Bernhard Nentwich

Brief aus Berlin

der erste Fall für Kriminaloberkommissar Abbo
Reichel, LKA Berlin

Bibliografische Information der Deutschen Nationalbibliothek: Die Deutsche Nationalbibliothek verzeichnet diese Publikation in der Deutschen Nationalbibliografie; detaillierte bibliografische Daten sind im Internet über http://dnb.dnb.de abrufbar.

Die automatisierte Analyse des Werkes, um daraus Informationen insbesondere über Muster, Trends und Korrelationen gemäß §44b UrhG („Text und Data Mining") zu gewinnen, ist untersagt.

© 2024 Bernhard Nentwich

Coverfoto: Bernhard Nentwich, bearbeitet durch Nico Siedler

Verlag: BoD · Books on Demand GmbH, Überseering 33, 22297 Hamburg, bod@bod.de

Druck: Libri Plureos GmbH, Friedensallee 273, 22763 Hamburg

2. Auflage Mai 2025

ISBN: 978-3-7597-8521-3

Nach vielen wahren und noch mehr unwahren Begebenheiten. An vielen echten und auch einigen nicht ganz so echten Örtlichkeiten. Alles in allem also eine frei erfundene Geschichte.

Brief, der:
Schriftliche, meist ausführlichere und verschlossen übersandte Mitteilung an einen abwesenden Adressaten; ersetzt häufig ein Gespräch, kann dieses aber auch vorbereiten oder sich darauf beziehen.

Aus Brockhaus Enzyklopädie, 19. Auflage, 1987

Dienstag 1. Mai 2018, 10.10 Uhr

Tot. Endlich. Leider ziemlich blutig das Ganze, sein T-Shirt war auch in Mitleidenschaft gezogen worden.

Dieses Mistvieh hatte ihn gestochen, bevor er es erschlagen konnte. Abbo Reichel fluchte leise vor sich hin. Zum ersten Mal seit Tagen schönes Wetter und dann gleich wieder Mücken. Strahlender Sonnenschein hatte ihn dazu verleitet, den ersten Espresso des Tages auf dem Balkon zu trinken, und dann das. Warum kommen einige der blöden Viecher bis in die vierte Etage, und das auch noch ohne Fahrstuhl? Ihm würde es reichen, wenn sie bis in die dritte Etage kämen und sich dann über seine nervige Nachbarin Caroline Jung hermachen würden.

Abbo Reichel kratzte sich am juckenden rechten Arm, seufzte leise vor sich hin und ging in die Küche, um sich einen zweiten Espresso zu machen. Das Ausklopfen des Siebträgers, das Mahlen der Bohnen und vor allem das laute Gurgeln seiner Rancilio versöhnten ihn wieder ein wenig mit seinem Schicksal. Vielleicht würde der Tag ja doch noch ganz nett werden. Es brauchte nur noch die nächsten knapp neun Stunden das Telefon nicht klingeln und ihn auch sonst niemand nerven. Ein wenig Erholung am Tag der Arbeit wäre schon nicht schlecht, zumal die letzten Tage mit langweiligen, aber durchaus erforderlichen Routinetätigkeiten mehr als ausgefüllt waren. Sein Überstundenkonto sah auch unerfreulich aus. Aber warum sollte am 1. Mai etwas passieren, was seine heutige Rufbereitschaft in einen Einsatz verwandeln würde. Die uniformierten Kollegen waren da sicherlich traditionsgemäß deutlich mehr gefordert, er beneidete sie nicht.

Mit dem Espresso, zwei Marmeladenbroten und seiner aktuellen Lektüre ging er leise zurück auf den Balkon. Schließlich sollte die auf ihrem Balkon unter ihm schon lautstark herumhantierende Caroline Jung nicht mitbekommen, dass er über ihr saß. Die Gefahr war nicht von der Hand zu weisen, dass sie dann mal wieder versuchen würde, ihn in ihre Wohnung zu locken. Auf ihre Anbaggerei hatte er echt keine Lust. Es war noch nicht sonderlich lange her, dass Abbo Reichel Caroline Jung kennengelernt hatte. Dummerweise hatte er sich im Januar von seinem

4

Vater überreden lassen, an einer Boßeltour mit dessen Kollegen teilzunehmen. Und dummerweise gehörte auch Caroline Jung zu diesen Kollegen. Noch blöder war, dass sie sofort einen Narren an ihm gefressen hatte und das Blödeste war, dass sie vor genau zwei Monaten in die Wohnung direkt unter ihm gezogen war und dann ziemlich schnell gemerkt hatte, wer über ihr wohnt. Angeblich alles purer Zufall, aber so recht wollte er nicht daran glauben. Jedenfalls ging sie ihm mächtig auf den Geist, denn sie wollte nicht kapieren, dass er absolut nicht auf sie abfuhr. Nicht ganz zu Unrecht war sie der Meinung, dass sie optisch sehr ansprechend sei, aber sein Typ war sie nicht und außerdem extrem nervig. Da war er sich auch mit seinem Vater einig, der sie als Kollegin in seiner Abteilung genießen durfte; aber sein Leiden hatte inzwischen ein Ende, da er seit kurzem in Vorruhestand war. Abbo Reichel musste sich dafür langsam aber sicher überlegen, wie er mit diesem Problem umgehen sollte. Umbringen wäre keine gute Lösung, dann hätte er seine Kollegen aus dem LKA an der Backe, und die Erfolgsquote des LKA war extrem gut. Umziehen wollte er auch nicht, dafür war seine Wohnung, die Wohnlage und auch der Mietpreis viel zu gut, außerdem wohnte er noch nicht einmal zwei Jahre hier und in Berlin eine vernünftige und bezahlbare Wohnung zu finden war auch nicht gerade einfach. Nach dem unerfreulichen Verlauf der Trennung von seiner damaligen Freundin Agnes Walldorf hatte er diese Wohnung nur mit viel Aufwand gefunden. Ohne jegliche Vorwarnung hatte Agnes Walldorf ihn damals von heute auf morgen verlassen und war in die USA verzogen, warum auch immer. Sie hatte ihm nicht einmal ihre neue Adresse mitgeteilt, dafür aber die auf ihren Namen gemietete gemeinsame Wohnung gekündigt, so dass er fast auf der Straße gestanden hätte.

In der Sonne ließ es sich trotz der nicht allzu hohen Temperaturen gut aushalten. Bequem auf seinem Gartenstuhl lümmelnd, die Füße auf dem zweiten Stuhl und mit dem Krimi in der Hand ließ sich die Rufbereitschaft aushalten. Abbo Reichel wunderte sich mal wieder über die völlig unrealistischen und blutrünstigen schwedischen Krimis, die er trotzdem reihenweise verschlang. Mit dem wahren Leben eines Kommissars, erst recht

5

nicht des Berliner Landeskriminalamtes, hatte das absolut nichts zu tun, war aber immer sehr unterhaltsam. Serienmörder und Massenmorde gab es halt nur in der skandinavischen Provinz und auch da wahrscheinlich nur in Krimis. Seine bisher nur wenigen Todesfälle waren ausschließlich Beziehungstaten gewesen, allesamt unspektakulär und recht schnell aufgeklärt. Trotzdem, oder vielleicht auch gerade deswegen, hatte man ihn zum kommissarischen Leiter des LKA 117 ernannt. Aber wegen des schon lange geplanten Sabbaticals seiner Chefin Bianca Neumann und des eher ungeplanten Unfalls des Stellvertreters Heiko Rückert hatte es halt ihn getroffen. Unangenehm war das nicht, ging ihm nebenbei durch den Kopf, ein bisschen Aufmerksamkeit konnte für die weitere Karriere nicht schaden, und der voraussichtlich mehrmonatige Ausfall von Heiko Rückert wurde nicht nur von ihm als sehr angenehm empfunden. So ein Haushaltsunfall mit einem Sturz von der Leiter kann durchaus seine Vorteile haben, zumindest für die nicht unmittelbar Betroffenen.

Abbo Reichel überlegte gerade, ob seine Gedankengänge unfair oder unmoralisch waren, als sein Handy auf dem Balkontisch vibrierte und sich dann mit den ersten Takten von ‚Sweet Lucy' von Raul de Souza lautstark meldete. Scheiße, jetzt hat bestimmt Caroline Jung mitbekommen, dass ich auf dem Balkon sitze, war noch sein Gedanke, bevor er das Gespräch annahm.

Zu Wort kam er allerdings nicht. Bevor er auch nur die geringste Chance hatte, sich formvollendet zu melden, tönte es schon aus dem Lautsprecher: „Hier ist die uniformierte und dich jetzt über die neuesten Neuigkeiten informierende Kollegin aus der Leitzentrale und sie hat für dich eine schöne Leiche – obwohl, ob sie tatsächlich schön ist, weiß ich natürlich nicht, aber wohl eher nicht, wenn ich die Kollegen richtig verstanden habe. Na, ist ja auch egal. Sie, also die Leiche, liegt am Fuß des Casinoturms in Frohnau und wartet auf den diensthabenden Kommissar. Und warten tun da auch zwei Kollegen, die wegen eines Notrufs dort hingefahren sind und die Leiche gefunden haben. Ach ja, die Rechtsmedizin und die Spurensicherungsgruppe sind auch schon informiert und dürften bald da sein und ein Streifenwagen für dich ist auch unterwegs, der müsste in ein paar

6

Minuten vor deiner Haustür stehen. Ich glaube, das war's jetzt erst einmal an Informationen. Alles klar?"

Ein wenig perplex ob dieser geballten und in Sekundenschnelle abgefeuerten Informationen brauchte Abbo Reichel eine Sekunde, bis er sich räuspern und dann auch antworten konnte. „Das waren jetzt reichlich Informationen auf einmal, aber wenn ich es richtig verstanden habe, liegt die Leiche am Fuß des Turms und das klingt für mich erst einmal ziemlich eindeutig nach Selbstmord – oder sehe ich das irgendwie falsch? Und wenn dem so ist, wäre es ja kein Fall für das LKA, das regeln dann die Kollegen aus der örtlichen Direktion." Und er dachte noch, dass dann sein Tag auf dem Balkon eventuell doch noch gerettet sei.

„Nee, falsche Schlussfolgerung. Laut den Kollegen deuten die Umstände eindeutig auf einen unnatürlichen Todesfall, wenn nicht sogar auf einen eiskalten Mord hin und das LKA ist zwingend erforderlich. Die Kripo der Direktion 1 hat schon abgewunken und euch für zuständig erklärt. Bei denen sind außerdem alle verfügbaren Kollegen zu anderen Einsätzen unterwegs. Deswegen habe ich für dich auch den Fahrdienst informiert, der ist, wie gesagt, gleich bei dir, du solltest dich also vor deine Haustür begeben."

Das Tuten des Telefons verkündete das Ende des Gesprächs, dafür tönte es vom Balkon unter ihm „Abbo, du bist ja doch da. Willst du nicht zum Frühstück zu mir herunterkommen oder soll ich zu dir kommen?"

„Caro, dass passt leider nicht, ich muss sofort zu einem Einsatz los. Ich melde mich dann später bei dir, einverstanden?"

Ohne die Antwort abzuwarten, brachte er sein Frühstücksgeschirr und das Buch wieder in die Wohnung, schloss die Balkontür so geräuschvoll, dass Caroline Jung es nicht überhören konnte und beglückwünschte sich selbst. Jede Leiche ist attraktiver als diese nervige Nachbarin. Zwar sehr ansehnlich, aber definitiv nicht länger als fünf Minuten am Stück auszuhalten. Eigentlich schade, aber nach seiner Einschätzung nicht zu ändern.

Drei Minuten später stand er vor dem Haus, in zweiter Reihe parkte schon der angekündigte Streifenwagen. Mal wieder ein popeliger Opel Corsa. Abbo Reichel fragte sich zum wiederhol-

7

ten Mal, ob man es mit den Sparmaßnahmen nicht auch übertreiben konnte. Es müssen ja nicht die dicksten Schlitten sein, so ein Opel Corsa ist ja privat durchaus praktisch, aber als Polizeiwagen wenig furchteinflößend und nach seiner Einschätzung auf die übliche Klientel der Polizei eher lächerlich wirkend. Seinen roten Dienstausweis gezückt öffnete er die Beifahrertür und faltete sich auf den Sitz. Die Kollegin auf dem Fahrersitz starrte ihn interessiert an. „Sie sind also der aufgehende und gut aussehende Stern am Himmel des LKA? So gänzlich daneben lag die Kollegin aus der Leitzentrale damit nicht."

Abbo Reichel war das zweite Mal an diesem Morgen perplex. Verdammt, was geht da vor und was spricht oder denkt man über mich? Bevor er etwas antworten konnte, kam schon die nächste Ansage. „Anschnallen bitte und dann geht es los. Ab nach Frohnau. Mit Musik und Lightshow?" Erwartungsvoll blickte ihn die Kollegin an. „Ach ja, mein Name ist Julia Rochow und etwas anderes als diese Keksdose war leider nicht zu bekommen, alle anderen Wagen waren schon unterwegs. Was ist das eigentlich für ein eigentümlicher Vorname? Abbo, habe ich noch nie gehört."

„Abbo ist friesisch und tatsächlich ziemlich selten. Mein Vater stammt aus Oldenburg und da haben halt meine Brüder und ich friesische Namen verpasst bekommen. Ich find's auf jeden Fall besser als einen Allerweltsnamen. Fahren wir jetzt erst einmal los und bitte ohne Lalülala. Mit dieser Keksdose würde das wohl eher lächerlich wirken, normales Tempo reicht auch."

„Schade" kam es vom Fahrersitz und der Motor wurde gestartet. Abbo Reichel wandte seinen Kopf in Richtung Fahrersitz und war zum inzwischen dritten Mal am heutigen Morgen perplex, das dürfte neuer persönlicher Rekord sein. Selbst die nicht gerade zur Haute Couture zählende Uniform konnte nicht verbergen, dass ihn eine echte Schönheit durch die Gegend kutschieren würde. Ein vorsichtiger Blick auf ihre das Lenkrad fest im Griff haltenden Hände zeigte ihm, dass sie zumindest keinen Ehering trug. Der Blick war offensichtlich nicht vorsichtig genug gewesen. „Ich bin in festen Händen, schade eigentlich, ist aber eben so."

Damit war die Unterhaltung erst einmal beendet und über den Spandauer Damm ging es auf die Stadtautobahn Richtung Norden, sehr zügig das Ganze. Abbo Reichel fühlte sich auf dem Beifahrersitz nicht sonderlich wohl und klammerte sich am Griff über der Tür mit der rechten Hand fest. Julia Rochow war das nicht entgangen. „Keine Sorge, ich habe gerade ein Fahrsicherheitstraining mit Bravour bestanden, war dabei besser als alle männlichen Kollegen. Und das mit dem Allerweltnamen stimmt. Julias gab es außer mir in jeder Klasse immer mindestens drei, selbst an der Polizeischule, das hat manchmal schon etwas genervt. Welchen Weg soll ich denn fahren oder ist dir das egal?" Damit war sie offenbar beim Du angekommen.

„Am kürzesten dürfte es über den Hermsdorfer Damm, die Frohnauer Straße und die Welfenallee gehen. Und je kürzer der Weg ist, desto weniger braucht man zu rasen." Am Fahrstil änderte das allerdings nichts und Abbo Reichel umklammerte weiterhin den Griff über der Tür. Ein sonderlich guter Beifahrer war er noch nie gewesen, vielleicht sollte er sich doch langsam aber sicher darum kümmern, dass ihm ein persönlicher Dienstwagen zugeteilt würde. Schließlich stand ihm einer als kommissarischem Dezernatsleiter zu. Auf den dafür erforderlichen Zug durch die Bürokratie des Berliner Polizeipräsidiums hatte er aber keine Lust; Erzählungen von Kollegen dazu waren legendär. Seine Gedanken endeten abrupt mit einer Vollbremsung vor der Dönerbude am Ludolfinger Platz, Ziel erreicht nach gerade einmal 25 Minuten. Erleichtert öffnete er die Tür und stieg aus. „Bekomme ich noch deine Visitenkarte, man weiß ja nie. Obwohl, ich kenne ja deine Adresse und die Telefonnummer bekomme ich heraus." Damit fuhr sie mit quietschenden Reifen los, Abbo Reichel konnte gerade noch die Beifahrertür zuwerfen.

Dienstag 1. Mai 2018, 11.04 Uhr

Hier war offensichtlich das volle Programm am Laufen. Die Parkplätze vor dem Casinoturm standen voll mit mehreren Streifenwagen, einem grünen Mercedes Sprinter mit der Aufschrift Rechtsmedizin und einem VW Bus der Spurensicherungsgruppe der Kriminaltechnik des LKA. Absperrungen mit Flatterleinen waren noch nicht zu sehen, aber der gesamte Komplex rund um den Casinoturm war immerhin durch Bauzäune gesichert. Glücklicherweise auch blickdicht durch viele weiße Planen. Nach jahrelangem Stillstand wurde hier endlich umfassend saniert und die vorhandenen Ladenflächen deutlich erweitert. Abbo Reichel war in Frohnau aufgewachsen, seine Eltern lebten noch hier und ihm war daher zur Genüge bekannt, dass insbesondere am Casinoturm dringender Sanierungsbedarf bestand.

Vor dem Bauzaun zwischen Turm und der Dönerbude standen zwei uniformierte Kollegen, beide blass im Gesicht und angespannt wirkend. Auch ihnen zeigte er seinen roten Dienstausweis. „Pass auf, das ist ziemlich magenunfreundlich." meinte der ältere der beiden und schob ein Element des Bauzaunes für ihn auf.

Eintreten in den abgesperrten Bereich und Entleeren des Magens waren ein Vorgang, und Abbo Reichel war ganz offensichtlich nicht der Erste, der sich hier ausgekotzt hatte. Bei seinen bisherigen Fällen hatte er zwangsläufig schon mehrfach Leichen gesehen, nicht immer sonderlich appetitlich. Eine schon mehrere Tage im Tegeler See schwimmende Wasserleiche und vor allem eine mit dutzenden von Messerstichen im wahrsten Sinne des Worte massakrierte Frau waren dabei die unerfreulichsten Anblicke gewesen. Aber das hier war wirklich eklig. Die Kollegin aus der Leitzentrale hatte recht, das hier war ohne jeden Zweifel kein Selbstmord. Abbo Reichel hatte seinen Magen wieder einigermaßen im Griff und nahm die vielen Details in sich auf. Nur wenige Meter von ihm entfernt lag die Leiche, zwei Kollegen der Spurensicherungsgruppe, erkennbar an dem Aufdruck Polizei auf ihren weißen Einweganzügen, waren mit dem Fotografieren des Opfers und des Tatortumfeldes und der Sicherung von Beweis-

10

material beschäftigt. Eine weitere ziemlich kleine Person in einem blauen Einweganzug mit dem Aufdruck Gerichtsmedizin vervollständigte das Bild. Von der Leiche war nur ein Teil zu sehen, auf dem Kopf und dem Oberkörper lag eine große Betonplatte. Durch die Wucht des Aufpralls war die Leiche völlig zerschmettert worden, Blut und sonstige Körperreste klebten ringsherum an den Wänden und Planen, die Betonplatte war in zwei Teile zerbrochen und ein leicht süßlicher Geruch lag über dem Ganzen. Das sah eher nach einem Gemetzel als nach einem gepflegten Tatort aus.

Unwillkürlich richtete sich sein Blick nach oben. Auf der Aussichtsplattform des Casinoturms in mehr als 25 Metern Höhe bewegten sich mindestens zwei Personen in weißen Einweganzügen; die Spurensicherungsgruppe war also dort ebenfalls schon dabei, Spuren zu sichern. In Anbetracht der Höhe des Turmes war klar, dass ein Sturz von oben auch ohne die Betonplatte absolut tödlich gewesen sein dürfte, aber so war eindeutig, dass es kein Selbstmord gewesen sein konnte. Kein Wunder, dass die uniformierten Kollegen sofort das LKA zusätzlich zur Kriminalpolizei der örtlich zuständigen Direktion 1 eingeschaltet hatten. Oder die Kollegen der Direktion 1 haben dies zu ihrer Arbeitsentlastung so angewiesen. Wenn er sich recht erinnerte, hatte die Kollegin aus der Leitzentrale so etwas erwähnt. Aber gerade diese Direktion war innerhalb des LKA für ihren ,Arbeitseifer' bekannt.

„Isabelle, Isabelle Berntsen. Von der Rechtsmedizin und du bist wohl der mit der Ermittlung beauftragte Kommissar." Abbo Reichel hatte überhaupt nicht bemerkt, dass sich der kleine blaue Einweganzug in seine Richtung bewegt hatte und jetzt direkt neben ihm stand. Sie, und es war eindeutig eine Sie, hatte die Kapuze des Anzugs zurückgestreift, die Nitrilhandschuhe ausgezogen und streckte ihm ihre rechte Hand zur Begrüßung entgegen. Abbo Reichel wollte antworten, bekam aber außer einem ziemlich peinlichen Krächzen erst einmal kein Wort heraus. In dem kleinen blauen Einweganzug steckte das niedlichste Wesen, dass er jemals gesehen hatte. Leuchtend rote Haare, die lockig und ungebändigt nach allen Seiten vom Kopf abstanden, ein

11

Gesicht voller Sommersprossen und Augen von undefinierbarer Farbe, irgendwo zwischen braun, grau, grün, blau und sonstwas, dafür aber eindeutig lachend; irgendwie in Anbetracht der Situation und der Umgebung ziemlich unpassend. Immerhin streckte Abbo Reichel jetzt seine rechte Hand zur Begrüßung aus, verfehlte aber ihre. Ergebnis war, dass nicht nur ihre Augen lachten.

„Wenn du deine Nervosität ein wenig abgelegt hast, kannst du mir ja deinen Namen verraten und ich verrate dir dann auch, was wir bisher wissen, auch wenn es noch nicht viel ist."

Für Abbo Reichel war alles surreal, nur wenige Meter von einer Leiche entfernt, alles ringsherum mit Blut besprizt und ihm direkt gegenüber seine Traumfrau, von der er zwar nicht gewusst hatte, dass er sie sucht, die er aber in diesem Moment gefunden hatte. Meine Güte, was für eine Scheißsituation, ging ihm noch durch den Kopf, bevor sie ihn wieder ansprach: „Kannst du auch reden?"

Er räusperte sich, er räusperte sich ein zweites und noch ein drittes Mal und dann gelang es ihm tatsächlich, den Mund zu öffnen und etwas zu sagen: „Abbo, Abbo Reichel, Landeskriminalamt Berlin, Delikte am Menschen, LKA 117." Und im zweiten Versuch gelang es ihm auch, ihre Hand zu schütteln.

„Uih, dann wäre das geklärt, auch wenn es ganz schön förmlich war, ziemlich deutsch in jedem Fall und ziemlich beamtisch." Immer noch lachend schüttelte sie ihren Kopf, so dass die roten Locken hin und her flogen. „Aber jetzt zum Ernst der Sache, wir, also die Kollegen von der Spurensicherung und ich, sind auch erst seit ungefähr 10 Minuten hier und wissen bisher nur, dass er, und es ist eindeutig ein Mann, tot ist. Und wie man unschwer erkennen kann, wurde nachgeholfen. Ein Selbstmord mit Betonplatte erscheint uns jedenfalls unwahrscheinlich. Für mehr brauchen wir noch ein wenig Zeit. Bist du damit einverstanden, dass wir uns um 12.00 Uhr gegenüber im Kaffeehaus Zeltinger kurz treffen und wir dann hoffentlich erste Informationen liefern können? Du könntest ja bis dahin organisieren, dass anschließend eine Befragung der Anwohner erfolgt und soweit ich es verstanden habe, wartet im Café sowieso der Leichenfin-

12

der." Damit zog sie sich die Kapuze wieder über den Kopf, die Nitrilhandschuhe an und ging zurück zur Leiche.

Abbo Reichel blickte ihr hinterher, schüttelte seinen Kopf und kämpfte beim unvermeidlichen Blick auf die Leiche sofort wieder mit einem Würgereiz. Schnell schob er sich durch die Lücke im Bauzaun. Die beiden uniformierten Kollegen standen unverändert vor dem Bauzaun und blickten angestrengt in Richtung des munter plätschernden Springbrunnens auf der Verkehrsinsel des Ludolfinger Platzes. Verständlich, sie wollten sich beide den Anblick hinter dem Bauzaun ersparen. Abbo Reichel stellte sich bei den beiden vor: „Sorry, dass ich mich erst jetzt vorstelle, ist wohl nicht so ganz mein Tag. Abbo Reichel vom LKA. Ich habe ein paar Bitten. Es muss unbedingt sichergestellt werden, dass hier kein Journalist herankommt und vor allem dürfen keine Fotos gemacht werden, der Anblick hinter dem Bauzaun darf auf keinen Fall an die Presse gelangen. Also alles weiträumig absperren und den Zugang hier bewachen. Und dafür sorgen, dass mindestens drei Zweierteams für eine Befragung der Anwohner zur Verfügung stehen, die möchten sich dann für eine kurze Einsatzbesprechung um 13.00 Uhr im Kaffeehaus Zeltinger einfinden."

Sichtlich erleichtert, dass sie nicht hinter den Bauzaun geschickt wurden, wollten sich die beiden gleich ans Werk machen, als vom älteren der beiden noch der Hinweis kam: „Manfred Schröder, also der Finder der Leiche, wartet im Kaffeehaus Zeltinger. Ich, also wir, haben gedacht, dass er da vielleicht besser aufgehoben ist als hier in einem der Streifenwagen."

Abbo Reichel gab ihm eine Visitenkarte. „Alles gut gemacht und wenn etwas sein sollte, erreichen Sie mich unter der Handynummer. Bis später."

Dienstag 1. Mai 2018, 11.25 Uhr

Seit seiner Ankunft am Casinoturm waren gerade einmal zwanzig Minuten vergangen, aber es kam Abbo Reichel wie eine kleine Ewigkeit vor. Mehr oder weniger automatisch überquerte er die Straße am Zebrastreifen und sah aus dem Augenwinkel heraus, dass die beiden Polizisten schon damit beschäftigt waren, das Gelände zwischen dem S-Bahnhof und der Dönerbude weiträumig mit Flatterleinen abzusperren. Soweit er es gesehen hatte, saßen in den Streifenwagen mehrere Uniformierte, dass müsste erst einmal für eine Befragung der Anwohner ausreichen. Unter ihm fuhr eine S-Bahn in Richtung Oranienburg, im direkt neben den S-Bahngleisen gelegenen Kaffeehaus Zeltinger wurde er von einer älteren und mütterlich wirkenden Bedienung aufgeregt begrüßt: „Sie sind bestimmt von der Kripo, Sie werden hinten schon erwartet und Nervennahrung brauchen Sie jetzt bestimmt auch. Was für ein Tortenstück möchten Sie denn, geht auch aufs Haus. Herr Schröder, also Herr Schröder ist ja quasi Stammgast bei uns, und er hat mir kurz berichtet, was da drüben am Turm passiert ist. Herr Schröder ist ja ganz ruhig, aber sein Pablo ist völlig aus dem Häuschen." Damit schob sie ihn ohne eine Antwort abzuwarten in Richtung Wintergarten und wies auf einen grauhaarigen Herrn, der ziemlich verschüchtert in der hintersten linken Ecke saß.

„Guten Tag, mein Name ist Reichel, ich bin vom Landeskriminalamt Berlin und möchte mich gerne kurz mit Ihnen unterhalten." Ohne eine weitere Reaktion abzuwarten, setzte sich Abbo Reichel auf den Stuhl gegenüber von Manfred Schröder. Die Bedienung brachte schon zwei Kaffee und ein riesiges Tortenstück, offensichtlich Blaubeer-Sahne, sah sehr lecker aus, obwohl Abbo Reichel im Augenblick nicht sonderlich nach irgendetwas Essbarem war. „Sie sind also Manfred Schröder und Sie haben die Leiche gefunden und dann gleich die 110 gewählt?" Immer noch keine Reaktion, aber Abbo Reichel wollte ihm auch erst einmal Zeit lassen. Dafür wurde er von einem nervös unter dem Tisch hin und her wuselnden schwarz-weißen Pudel angestupst.

14

„Das war ich nicht, Pablo hat ihn gefunden und als ich gesehen habe, was da liegt, habe ich mich sofort übergeben müssen. Es tut mir so leid, dass ich damit alles verunreinigt habe und es hat eine Weile gedauert, bis ich mich gefangen habe und die Polizei anrufen konnte." Für Abbo Reichel war klar, dass Manfred Schröder noch unter Schock stand, kein Wunder. „Sie waren zwar der Erste, der sich da übergeben musste und ich dürfte zumindest vorerst der Letzte gewesen sein, bei dem Anblick ist das wohl auch mehr als verständlich. Die Kollegen von der Spurensicherung werden damit schon klarkommen. Können Sie mir denn kurz schildern, was genau passiert ist? Alles weitere klären wir dann morgen Vormittag bei der offiziellen Zeugenbefragung bei uns im LKA."

„Ich, also eher wir beide, sind wie jeden Morgen so gegen 9.00 Uhr aus dem Haus gegangen. Er braucht seine Bewegung und ich natürlich auch. Und er muss ja auch mal pinkeln, ich auch, aber ich erledige das natürlich noch zu Hause. Morgens gehe ich mit ihm immer ungefähr eine Stunde, meist kreuz und quer durch Frohnau. Die Leine habe ich nur zur Zierde dabei, Pablo bleibt immer absolut brav direkt an meiner Seite. Aber heute war er wie von Sinnen. Am Bauzaun neben der Dönerbude fing er an zu bellen und zu winseln und hat sich dann durch eine kleine Lücke gezwängt. Dann war er auf einmal ganz ruhig. Ich habe mehrfach nach ihm gerufen, aber er kam nicht zurück und ich habe ihn auch nicht mehr gehört. Irgendwie musste ich ja nach ihm sehen und habe deswegen den Bauzaun ein wenig zur Seite gedrückt und da habe ich die Bescherung gesehen und mich gleich übergeben – und Pablo kam auch sofort wieder angerannt, er hatte eine ganz blutige Schnauze. Ich bin wohl mehr oder weniger zurückgeprallt und musste mich an einem der Fahrradbügel vor dem Bauzaun festhalten um nicht umzukippen. Wie lange ich so dagestanden habe, weiß ich beim besten Willen nicht, vielleicht nur wenige Sekunden, vielleicht aber auch zehn Minuten oder mehr. Ich weiß es wirklich nicht, ich war total geschockt. Irgendwann ist mir eingefallen, dass ich die Polizei anrufen muss, das habe ich dann auch gemacht. Zum Glück hatte ich mein Handy dabei. Und Ihre Kollegen waren ja auch ziemlich schnell da."

Für Abbo Reichel war klar, dass Manfred Schröder wirklich unter einem Schock stand und viel mehr als dieser Monolog momentan kaum zu erwarten war. Vorsichtshalber wollte er noch die Kontaktdaten erfragen, er war sich nicht sicher, ob die Kollegen das erledigt hatten. „Vielen Dank erst einmal, alles weitere können wir im Rahmen der offiziellen Zeugenvernehmung festhalten. Ist es möglich, dass Sie dann morgen um 10.00 Uhr zu uns ins LKA kommen? Hier ist meine Visitenkarte mit Adresse und Telefonnummer. Bitte einfach am Eingang melden, man wird Sie dann zu mir bringen. Und Sie können gerne auch Pablo mitbringen. Eigentlich dürfen Hunde nicht in die Diensträume, aber Pablo ist ja schließlich ebenfalls Zeuge oder besser gesagt derjenige, der die Leiche gefunden hat. Ach ja, und Ihre Daten hätte ich gerne auch noch." Und zückte damit sein Notizbuch – ziemlich oldschool, aber ihm war es lieber, als die Daten ins Handy einzutippen.

„Bin ich damit entlassen? Und morgen komme ich rechtzeitig. Ist das LKA nicht in der Nähe vom U-Bahnhof Wittenbergplatz? Dann kann ich mit der U-Bahn kommen, ist bestimmt besser als mit dem Auto. Manfred Schröder, geboren am 17. August 1950, Rentner, verheiratet, zwei Kinder, wohnhaft seit fast 30 Jahren in der Nibelungenstr. 36 A hier in Frohnau, linke Doppelhaushälfte und Pablo ist am 30. Mai 2011 geboren." Wieder alles ohne Punkt und Komma.

Mit einem immer noch verwirrten Gesichtsausdruck stand Manfred Schröder auf und ging, ohne Abbo Reichel eines weiteren Blickes zu würdigen und ohne ein weiteres Wort, in Richtung Ausgang. Er schien nicht wahrzunehmen, dass Pablo vor seinen Füßen hin und her wuselte. Manfred Schröder schaffte es aber problemlos und irgendwie automatisch, nicht über den Hund zu stolpern und das Café zu verlassen.

Ein Blick auf seine Uhr zeigte Abbo Reichel, dass er bis zum Treffen mit Isabelle Berntsen und der Spurensicherung noch mehr als 15 Minuten Zeit hatte. Da konnte er die Blaubeer-Sahne essen, sehr lecker und wahrscheinlich fast ohne Kalorien. Wie gerufen stand plötzlich die Bedienung vor ihm und fragte: „Kann ich Ihnen einen frischen Kaffee bringen, der dürfte ja wohl kalt sein und kalter Kaffee bringt bei Ihnen ja nichts mehr." Den zweiten Halbsatz konnte Abbo Reichel nicht so richtig einsortieren, außerdem war er mit seinen Gedanken sowieso ganz woanders. „Ein neuer Kaffee oder noch besser ein Cappuccino wäre toll und können Sie bitte dafür sorgen, dass andere Gäste möglichst weit entfernt platziert werden. In ein paar Minuten kommen zwei Kollegen zu einer kurzen Besprechung und für 13.00 Uhr habe ich einige uniformierte Kollegen zu einer Einsatzbesprechung hierhergebeten, ich hoffe, dass das in Ordnung geht. Und die Rechnung bitte nachher an mich."

„Geht in Ordnung. Endlich ist hier mal was los."

Auf das ,hier ist mal was los' hätte Abbo Reichel auch verzichten können. Schon beim Gedanken an den Anblick der Leiche wurde ihm wieder etwas merkwürdig in der Magengegend. War vielleicht doch nicht die beste Idee gewesen, die Blaubeer-Sahne zu essen, obwohl, lecker war sie ja. Er konnte sich gerade noch ein paar Notizen über die bisherigen Erkenntnisse und die zu veranlassenden Maßnahmen machen, als sowohl der bestellte Cappuccino als auch Isabelle Berntsen und eine weitere, aber deutlich größere Person, vor ihm standen.

17

Dienstag 1. Mai 2018, 12.00 Uhr

„Wir haben uns einander vorhin ja schon kurz vorgestellt, und das hier ist Ellen Nessmer von der Spurensicherungsgruppe vom LKA. Ich weiß nicht, ob ihr euch schon kennt, aber wenn nicht, dann halt jetzt." Abbo Reichel war vorher nicht aufgefallen, dass Isabelle Berntsen mit einem leichten, aber deutlich erkennbaren Akzent sprach, musste dänisch oder schwedisch sein, auf jeden Fall irgendetwas nordisches. Egal, das ließ sich sicherlich noch klären. Ihre vorhin teilweise etwas merkwürdige Wortwahl ‚beamtisch' und ‚Leichenfinder' ließe sich damit sicherlich auch erklären, war noch sein Gedanke, bevor er wieder auf den Boden der Tatsachen zurückgeholt wurde.

„Ellen, willst du berichten, oder soll ich das übernehmen?"

„Nein, nein, mach du das mal, du kommst ja sonst nie zu Wort." Der Satz wurde garniert mit einem extrem breiten Grinsen. Ellen Nessmer war Abbo Reichel damit auf Anhieb sympathisch und er dachte wie bei einigen anderen Fällen vorher, dass die Kollegen der Spurensicherung ebenso wie die Rechtsmediziner wohl nur mit einem leicht skurrilen Humor überleben können.

„Na gut, überredet. Dann will ich mal loslegen. Aber alles noch unter Vorbehalt. Die Spurensicherung muss natürlich noch einiges auswerten und analysieren und wir brauchen die Leiche zum Aufschnippeln dann noch in unseren Räumlichkeiten. Als Termin für die Obduktion habe ich morgen früh um 10.00 Uhr telefonisch abgeklärt. Du kannst gerne zusehen." Bevor Abbo Reichel einwerfen konnte, dass er um 10.00 Uhr schon den Termin mit Manfred Schröder vereinbart hatte, legte Isabelle Berntsen sofort wieder los: „Also, unsere Leiche ist eindeutig männlich und ebenso eindeutig tot, aber zumindest die zweite Aussage dürfte dir ja nach dem Anblick vorhin klar gewesen sein. Ungefähre Größe und Alter kann ich dir erst nach der Obduktion als Einschätzung geben, wird aber etwas schwierig werden. Wir haben weder ein Portemonnaie noch ein Handy gefunden, haben also auch keinen Namen. Ein Ehering wurde offensichtlich erst vor kurzem entfernt, jedenfalls ist am rechten Ringfinger ein entsprechender Abdruck vorhanden."

Ein kurzes Luftholen und Abbo Reichel konnte endlich zu Wort kommen: „Also möglicherweise ein Raubmord? Und könnt ihr den Todeszeitpunkt schon einschätzen?"

Jetzt kam auch Ellen Nessmer ins Spiel: „Ein klares nein und ein klares ja. Erstens erscheint es uns ziemlich unwahrscheinlich, dass jemand für einen Raubmord von einem normalerweise öffentlich nicht zugänglichen Turm aus über 25 Metern Höhe herabgestoßen und demjenigen dann noch eine Betonplatte hinterhergeworfen wird. Und zweitens hat die Leiche am linken Handgelenk eine Armbanduhr, ein exklusiv wirkendes Modell von Chopard. Ich schätze mal, die Uhr dürfte mindestens einen hohen 4-stelligen Betrag gekostet haben. Das überprüfen wir noch genauer, findest du dann später im Bericht. Isabelle hat den Todeszeitpunkt auf heute früh zwischen 5.00 Uhr und 7.00 Uhr geschätzt." Wieder ein breites Grinsen: „Und ich kann das ausdrücklich bestätigen, obwohl ich keine Ärztin bin. Der Tod ist mit sehr großer Wahrscheinlichkeit um 6.06 Uhr eingetreten."

„Aha." Mehr fiel Abbo Reichel dazu nicht ein. So eine frühe Festlegung und exakte Angabe hatte er noch nie erlebt.

„Selbst eine teure Uhr wie diese Chopard überlebt einen Sturz aus so großer Höhe ebenso wenig wie ihr Träger, sie ist um 6.06 Uhr und 12 Sekunden stehengeblieben. Und ich denke, dass wir davon ausgehen können, dass sie genau geht beziehungsweise von ihrem Besitzer regelmäßig überprüft wurde. Apropos Besitzer, die Fingerabdrücke haben wir mit unserem neuem Spielzeug, einem Fingerabdruckscanner, abgenommen, gleich an die Kollegen am Tempelhofer Damm gemailt und durch sämtliche Datenbanken laufen lassen – leider kein Treffer. Eine DNA-Probe haben wir genommen, die ist schon unterwegs ins Labor, Ergebnis bekommst du aber frühestens morgen Nachmittag. Und Isabelle meinte, dass eine Identifikation anhand des Zahnstatus kaum möglich sein dürfte, das Gebiss ist genau wie der Rest des Oberkörpers ziemlich platt. Vom Kopf abwärts bis genau zum Gürtel ist wohl unter der Betonplatte kaum noch etwas Brauchbares zu finden, genaueres wissen wir aber erst nach der Bergung. Um die kümmern wir uns anschließend. Immerhin waren beide Hände unversehrt, hat aber bisher auch nichts gebracht. Ach so, Tatort und Fundort sind nach erster Einschätzung identisch, die Kollegen haben oben auf dem Turm erste Spuren gesichert, näheres dann aber auch erst morgen. Ich denke, du kannst dir nachher noch selbst einen Eindruck oben auf dem Turm verschaffen. In zwei, vielleicht aber auch erst in drei Stunden müssten wir da eigentlich fertig sein."

Mit einem Blick auf seinen leeren Teller fragte Isabelle Berntsen: „Was hattest du da eigentlich für einen Kuchen? Die Spurensicherung würde jetzt wahrscheinlich auf Blaubeer tippen. So einen hätte ich jetzt auch gerne, bevor es wieder an die Arbeit geht. Du auch, Ellen? Ohne eine Antwort abzuwarten, ging Isabelle Berntsen nach vorne zur Kuchentheke um ihre Bestellung aufzugeben. Abbo Reichel blickte ihr versonnen hinterher. Ellen Nessmer verschwand in dem Moment, in dem Isabelle Berntsen zurückkam, in Richtung Toilette.

„Sag mal, hast du mir eben auf den Hintern geglotzt? Hintern und glotzen sind tolle deutsche Wörter, gibt es so im Dänischen nicht. Und, was ist jetzt, hast du?"

„Äh, ja, ich gebe es zu."

„Und?"

„Was, und?"

„Wie ist dein Eindruck?"

„Hä?"

„Na, von meinem Hintern."

„Ach so. Ja, der ist gut, der Eindruck, zumindest der erste, also der erste Eindruck."

„Was soll das denn jetzt heißen?"

„So wie ich es gesagt habe. Der erste Eindruck ist gut, jedenfalls im verpacktem Zustand."

Ellen Nessmers Rückkehr von der Toilette und die Lieferung von zwei Tortenstücken Blaubeer-Sahne beendeten diesen denkwürdigen Dialog. Abbo Reichel schüttelte innerlich den Kopf und hatte den Eindruck, dass er im falschen Film war. Aber das war er nicht, beide saßen ihm gegenüber und schaufelten genießerisch den Kuchen in sich hinein. Genauer betrachtet sah er mehr Isabelle Berntsen als Ellen Nessmer an, was beiden nicht verborgen blieb und bei beiden ein freundliches Grinsen, bei Isabelle Berntsen vielleicht sogar ein eher verführerisches, hervorrief. Bevor aber irgendetwas in irgendeiner Hinsicht eskalieren konnte, standen beide auf und verabschiedeten sich mit dem Hinweis, dass Abbo Reichel doch später noch einmal zum Tatort kommen sollte.

Dienstag 1. Mai 2018, 12.47 Uhr

Abbo Reichel blieb ziemlich verwirrt zurück, der Dialog mit Isabelle Berntsen ging ihm wieder und wieder durch den Kopf und übrig blieb nur, dass er völlig irritiert war, sowohl von ihrer als auch von seiner Reaktion. Ein eigenartiges Gefühl. Immerhin schaffte er es aber doch, sich noch ein paar vernünftige Gedanken für die weiteren Maßnahmen rund um seinen Fall zu machen. Mehrere Seiten seines Notizbuches hatte er vollgekritzelt, als um kurz vor 13.00 Uhr fünf uniformierte Kollegen in seine Ecke gepoltert kamen. Das Kaffeehaus Zeltinger hatte sich sowieso inzwischen ein wenig gefüllt und das Polizeiaufgebot weckte natürlich die Neugier der anderen Gäste. Dass etwas passiert war, dürfte in Anbetracht der Absperrungen und der vielen Polizeifahrzeuge vor dem Casinoturm kaum jemandem verborgen geblieben sein. Und auch die Presse war inzwischen vor Ort und leider den Polizisten ins Café gefolgt. Jedenfalls erblickte Abbo Reichel seinen Lieblingsfeind von der schreibenden Zunft, Thorsten Weber von der Zeitung mit den besonders großen Buchstaben und dem teilweise gestörten Verhältnis zur Wahrheit. Ein ekelhafter und schleimiger Typ mit dem für diese Zeitung ausgeprägten Hang zur Sensationsgeilheit.

Im gleichen Augenblick erschien wieder die Bedienung, sie hatte einen extrem resoluten Gesichtsausdruck aufgesetzt und stellte mehrere Pfosten auf, zwischen denen sie flexible Absperrbänder aufspannte. Die Situation war damit gerettet und es war halbwegs sichergestellt, dass kein Unbefugter Details der jetzt erforderlichen Besprechung mit den Kollegen mitbekommen konnte. Abbo Reichel notierte sich im Geiste auf seiner To-do-Liste einen Hinweis auf ein ausdrückliches Danke an die Bedienung. Jetzt nickte er ihr erst einmal anerkennend und dankbar zu.

„So liebe Kollegen, nehmt doch bitte erst einmal Platz, wer möchte, kann sich Kuchen und etwas zu trinken bestellen Die Rechnung übernimmt das LKA, hoffe ich jedenfalls." Mit einem Handzeichen winkte er die Bedienung heran und nach nur wenigen Minuten hatten alle ihre Bestellung aufgegeben. Für manche war es gar nicht so einfach gewesen, sich zu entscheiden. Erst jetzt nahm er war, dass seine Rallyefahrerin von heute früh auch zu den für die Ermittlung abgestellten Polizisten gehörte, das konnte ja heiter werden. Mit einem Räuspern ergriff er wieder das Wort: „Bevor jetzt die Getränke und der Kuchen kommen, ein paar Hinweise zu den Aufgaben. Für diejenigen, die mich noch nicht kennen, mein Name ist Abbo Reichel, derzeit kommissarischer Leiter LKA 117 und mit den Ermittlungen in diesem Fall beauftragt. Nach erster Einschätzung der Rechtsmedizin und der Spurensicherung handelt es sich nicht um Selbstmord, sondern um ein Tötungsdelikt. Details kann ich euch nicht ersparen, Bitte dazu aber das Kopfkino ausschalten, da es ziemlich unappetitlich ist und dazu vor allem eine ausdrückliche Bitte: nichts von dem hier darf in irgendeiner Weise an die Journalisten gehen. Es gilt ausschließlich die Aussage ‚kein Kommentar' und der Verweis an die Pressestelle des Polizeipräsidiums. Wir müssen erst einmal ermitteln, ob irgendein Anwohner etwas gehört oder gesehen hat. Das ist jetzt eure Aufgabe. Alle Wohnungen direkt hier am Ludolfinger Platz, in den ersten Häusern des Maximiliankorso, Ludolfinger Weg, Sigismundkorso, Karmeliterweg und der Welfenalle und auf der westlichen Seite des Zeltinger Platzes sind abzuklappern, also alle Wohnungen und Häuser, von denen aus man etwas gehört oder gesehen haben könnte. Bitte wirklich alle Wohnungen erfassen und die Ergebnisse protokollieren, auch wenn niemand angetroffen wird. Die Protokolle hätte ich dann gerne spätestens morgen Vormittag in meinem E-Mail-Eingang. Meine Visitenkarte bekommt ihr gleich. Der Todeszeitpunkt kann auf exakt 6.06 Uhr festgelegt werden. Wir müssen wissen, ob jemand etwas gehört oder gesehen hat, verdächtige Personen, Autos oder ähnliches. Dass jemand etwas gehört hat, halte ich für nicht unwahrscheinlich. Wenn man mehr als 25 Meter in die Tiefe stürzt, wird man wohl ziemlich schreien. Und dem Opfer ist eine massive Betonplatte hinterhergeworfen worden, es dürfte also ziemlich gerumst haben."

Bevor Abbo Reichel die Zweierteams einteilen konnte, kam von Julia Rochow der Vorschlag: „Da wir nur zu fünft sind und wir uns ja schon kennen, können wir beide ein Zweierteam bil-

23

den." Von den Anderen kamen keine Einwände und auch Abbo Reichel konnte sich Schlimmeres vorstellen. Die Einteilung der Befragungsgebiete war dann auch kein Problem mehr. Für Julia Rochow und ihn blieben die Welfenallee und der Sigismundkorso und die Erkenntnis, dass Blaubeer-Sahne in Polizeikreisen offenbar sehr beliebt ist, wie die jetzt gebrachten Kuchenteller zeigten. Vier von fünf, nur Julia Rochow fiel mit einer Käsesahnetorte aus der Reihe.

Dienstag 1. Mai 2018, 13.30 Uhr

„Wie kommt es denn, dass du mit dabei bist?"

„Dein LKA hat bei meinem Chef angerufen und um Unterstützung gebeten und da ich im Moment sowieso zu euch abgeordnet bin, hat es halt mich getroffen. Und gewehrt habe ich mich nicht, ist ja mal etwas anderes und vielleicht nicht so langweilig wie der übliche Dienst. Jedenfalls besser, als irgendwelche Kommissare durch die Gegend zu kutschieren." Dazu kam von Julia Rochow ein fast schon unverschämt zu nennendes Grinsen. „So, Herr Kommissar, wo und wie geht es jetzt los?"

„Du schnappst dir mal aus deinem Streifenwagen einen Schwung Exemplare des Vordrucks PolPrä 182165 Anwohnerbefragung, die sollten ja als Standardausstattung immer dabei sein, und dann treffen wir uns gleich an der Ecke Sigismundkorso/Ludolfinger Platz bei Alnatura."

„Sag mal, bist du so eine verklemmte Beamtenseele und kennst alle Vordrucke aus dem ff?"

„Wusste ich doch, dass ich dich damit begeistern kann. Nee, keine Sorge, das ist aktuell die einzige Vordrucknummer, die ich kenne, und auch nur, weil man uns damit während der Ausbildung extrem genervt hat. Also bis gleich." Leicht brummelnd setzte Julia Rochow sich in Bewegung; Abbo Reichel folgte ihr, nachdem er sich bei der Bedienung noch einmal für die Absperrung bedankt und ihr eine Visitenkarte für die Zusendung der Rechnung übergeben hatte. Dankbar nahm er wahr, dass die beiden Kollegen den Bereich vor dem Casinoturm und der Dönerbude inzwischen weiträumig mit Flatterleinen abgesperrt hatten und damit die erstaunlich große Anzahl an Schaulustigen auf Abstand hielten. Na ja, das war eigentlich auch kein Wunder, so etwas passierte in Frohnau schließlich nicht alle Tage. Im Geiste machte er sich eine Notiz, dass er mal checken wollte, der wievielte Mord es in Frohnau seit Gründung des Ortsteils 1910 war. Reine Neugierde aufgrund seiner Herkunft aus Frohnau. Seine Eltern würden ihn das bestimmt beim nächsten Besuch auch fragen.

Vor Alnatura wartete Julia Rochow schon auf ihn.

25

„Arbeitsteilung? Ich frage, du schreibst? Sind ja schließlich deine Vordrucke und wenn du so schnell schreibst wie du fährst...." Jetzt war es an der Reihe von Abbo Reichel, dazu ein passendes Grinsen aufzusetzen. Widerspruch kam auch keiner und damit war es beschlossen. Das erste Haus im Sigismundkorso war ein ziemlich großes, ziemlich hässliches und mit einer noch hässlicheren Farbe gestrichenes Einfamilienhaus. Auf sein Klingeln hin wurde nach kurzer Zeit die Haustür aufgerissen und die Dame des Hauses wollte sich sofort über die Störung in der Mittagszeit echauffieren. Erfahrungen in der häufig leidigen ‚Straßenarbeit' machen sich doch bezahlt, dachte sich Abbo Reichel und nahm ihr gleich den Wind aus den Segeln indem er ihr seinen roten Dienstausweis unter die Nase hielt. „Guten Tag, entschuldigen Sie bitte die Störung, wir suchen dringend nach Zeugen für ein Tötungsdelikt heute früh hier in Frohnau. Je früher wir den oder die Täter finden, desto eher können alle hier wieder ruhig schlafen. Haben Sie oder ein anderer Hausbewohner gegen 6.00 Uhr etwas Ungewöhnliches gehört oder gesehen?" Ihr Gesicht hellte sich sofort auf, offensichtlich fand sie es spannend, dass sie befragt wurde. „Um 6.00 Uhr sagten Sie? Nein, da haben mein Mann und ich noch tief geschlafen. Was genau ist denn passiert, müssen wir uns Sorgen machen, sind wir bedroht?" Abbo Reichel sah genau, dass Julia Rochow wie er dachte, ‚nervige Frau, wichtigtuerisch und nichts mitbekommen, also alles wie meistens'.

„Vielen Dank für Ihre Auskunft, meine Kollegin nimmt kurz Ihre Daten auf, wir müssen weiter zu den nächsten möglichen Zeugen. Sie verstehen sicherlich, dass wir so schnell wie möglich viele Befragungen durchführen müssen. Schließlich wollen wir alle, dass der Täter bald gefasst wird." Damit drehte er sich um und verließ das Grundstück, die Formalien überließ er lieber Julia Rochow, die konnte schließlich auch schnell schreiben.

Im nächsten Haus, einem Mehrfamilienhaus an der Ecke Tannenstraße, waren sie ebenfalls erfolglos, eine Wohnung stand schon seit einigen Wochen laut Angabe der anderen Mieter leer und sonst hatte niemand etwas gehört oder gesehen. Auch in den gegenüberliegenden Häusern im Sigismundkorso blieben sie ohne Erfolg. Aber immerhin hatten sie überall jemand angetroffen, auch nicht unbedingt selbstverständlich. Eine weitere Befragungsrunde war damit zumindest hier nicht erforderlich.

„Dann machen wir jetzt in der Welfenallee weiter, ich denke nicht, dass es Sinn macht, sich allzu weit vom Casinoturm zu entfernen. Wenn jemand etwas gehört oder gesehen hat, dann nur in unmittelbarer Nähe. Blöd ist, dass es so früh passiert ist, da werden wohl fast alle noch geschlafen haben und nicht einmal die Hundebesitzer sind mitten in der Nacht unterwegs." Julia Rochow widersprach ihm nicht. Die Häuser am Ludolfinger Platz, dem Ludolfinger Weg und dem Karmeliterweg sollte ja ein anderes Zweierteam übernehmen, so dass sie schweigend zur Welfenallee gingen. Auch hier waren sie erfolgreich bzw. erfolglos, je nach Anspruch. In jeder Wohnung und in jedem Haus öffnete jemand die Tür, aber niemand hatte etwas gesehen oder gehört. Erst in dem Wohnblock mit der Deutschen Bank im Erdgeschoss wurde es etwas interessanter. Eine Mieterin in der zweiten Etage namens Jana Bothmer behauptete, dass sie irgendwann ganz früh von einem lauten Rumsen bzw. Knall wach geworden sei, sie aber nicht wüsste, um welche Uhrzeit das war. Sie hätte sich nur umgedreht und sei gleich wieder eingeschlafen. Auf jeden Fall sei es schon hell gewesen. Das passte zwar und klang auch glaubwürdig, weil das Schlafzimmer ihrer Wohnung in Richtung Casinoturm lag und die Entfernung nicht allzu groß war. So richtig hilfreich war das aber auch nicht. Immerhin konnte Jana Bothmer ihnen noch die Auskunft geben, dass es sich bei beiden Wohnungen rechts und links von ihr um möblierte Appartements handelte, die beide an Mitarbeiter der mit der Sanierung und dem Umbau am Casinoturm beschäftigten Firmen vermietet waren. Sie vermutete, dass aber beide wegen des heutigen Feiertags diese Woche Urlaub hätten. Jedenfalls sei sie beiden zuletzt irgendwann letzte Woche begegnet. Der rechts von ihr, ein gewisser Jörg Schnitzler, sei ja ganz nett und würde immer freundlich grüßen, aber der linke Nachbar namens Roland Edler von Zander hätte nicht nur einen bescheuerten Namen, er sei auch ein arrogantes Arschloch, wie sie mit einem leicht angewiderten Gesichtsausdruck verkündete.

„Na, Julia, bist du jetzt davon überzeugt, dass die Arbeit der Kripo spannend ist? Zwei Stunden vertrödelt und herausgekommen ist mehr oder weniger nichts. Aber das ist halt das übliche Bohren der berühmten dicken Bretter, ein Großteil unserer Arbeit ist für die Tonne oder eher das Archiv."

„So spannend ist die Arbeit als Polizistin auf Streife auch nicht gerade, aber wenn man natürlich mal einen leibhaftigen Kommissar des LKA durch Berlin kutschieren und dazu noch seine Sekretärin spielen darf, dann ist das schon ein echtes Highlight." Dazu wieder ein Grinsen, das Abbo Reichel aber nicht wahrnahm.

„Du schickst mir die Protokolle der Befragungen dann bitte per E-Mail zu. Und stimme dich mit deinen Kollegen ab, wer von euch morgen die noch offenen Befragungen vornimmt und wer zur Teambesprechung ins LKA kommt. Um 17.00 Uhr in der Keithstraße 30. Ich denke, das war es für heute erst einmal." Damit setzte sich Abbo Reichel in Richtung Casinoturm in Bewegung und sah nicht mehr, wie sich im Gesicht von Julia Rochow eine gewisse Enttäuschung breit machte und gleichzeitig ein kleiner Hoffnungsschimmer. Ihr war schlagartig klar geworden, dass sie dafür sorgen musste, an der morgigen Besprechung teilzunehmen. ‚Zwar in festen Händen, aber man weiß ja nie‘ war noch ihr Gedanke, bevor sie ebenfalls in Richtung Casinoturm ging.

Es gelang ihr problemlos, ihre ebenfalls gerade von den Befragungen zurückkommenden Kollegen davon zu überzeugen, dass sie an der Besprechung im LKA teilnehmen sollte. Keiner hatte sonderliche Lust, morgen in die City zu fahren und sich mit den als arrogant verschrienen Kollegen des LKA länger als unbedingt nötig herumzuschlagen. Die Konkurrenz zwischen den Direktionen und dem LKA, nicht klar definierte Zuständigkeiten und die Unterschiede zwischen Uniform und Nichtuniform haben schon durchaus Vorteile, war noch ihr Gedanke. Erleichtert wurde die Zustimmung ihrer Kollegen oder eher Akzeptanz ihres Vorschlags mit Sicherheit auch dadurch, dass sie alle Protokolle einsammelte und sich bereit erklärte, sie zusammenzufassen und an Abbo Reichel weiterzuleiten.

Dienstag 1. Mai 2018, 15.40 Uhr

„Du bist zu früh, wir sind noch nicht fertig. Und wehe, du kotzt noch einmal, das können wir jetzt echt nicht gebrauchen. Es wird bestimmt noch mindestens zwei Stunden dauern, bis wir die Leiche abtransportieren können und dann müssen wir uns auch noch darum kümmern, dass die ganze Sauerei hier beseitigt wird. Den Anblick kann man ja niemandem zumuten und auf entsprechende Fotos in der Presse können wir auch verzichten. Aber wenn du willst, kannst du dich oben auf dem Turm umsehen, die Kollegen sind dort fertig." Die klare Ansage kam von Ellen Nessmer, die auch gleichzeitig mit ihrer Hand in Richtung der offen stehenden Tür auf der Vorderseite des Casinoturms deutete. „Geradezu und hinten links findest du hinter der rottigen Tür die Treppe. Nimm dir eine Taschenlampe mit, das Licht funktioniert nicht." Mit einem „Jetzt aber weg mit dir und das Teil will ich nachher wieder zurückhaben." drückte sie ihm eine Maglite in die Hand.

Einen Blick in Richtung Leiche konnte Abbo Reichel sich nicht verkneifen, wurde aber abgelenkt durch den kleinen blauen Einweganzug, der direkt davor kniete. Er schüttelte über sich selbst und seine Gedanken den Kopf. Selbst in dieser Situation ging sein Blick an genau die gleiche Stelle wie vorhin im Kaffeehaus Zeltinger.

Am äußersten Rand innerhalb der Bauzaunabschottung versuchte er die Eingangstür zu erreichen ohne in die Blutlachen zu treten, natürlich erfolglos. „Halt!" hörte er nur „sofort stehenbleiben" und „Mann, Mann, Mann, habt ihr auf der Polizeischule nicht gelernt, dass man sich an Tatorten zumindest Überzieher über die Schuhe zieht – Mann, Mann, Mann. Jetzt bitte mal schön die Schuhsohle in meine Richtung zeigen und ich mache dann ein paar schöne Fotos. Dann können wir wenigstens nachher identifizieren, wer eindeutig nach der Tat durch die Sauerei hier gelatscht ist." Die klare Ansage kam von Ellen Nessmers Kollegen von der Spurensicherungsgruppe, den Namen hatte er schon wieder vergessen, oder hatte man ihn überhaupt genannt? Auf jeden Fall ziemlich peinlich, so etwas sollte nicht einmal absoluten Anfängern passieren. Der Kollege hatte auch schon seine Kamera gezückt und ein paar Fotos von Abbo Reichels Schuhsohle geschossen. „Und jetzt bitte noch fürs Protokoll den Namen und die Dienststelle. Es soll ja für die Nachwelt erfasst werden, wer uns hier die Arbeit erschwert und den Tatort versaut."

„Entschuldige bitte, soll nicht wieder vorkommen. Abbo Reichel LKA 117."

„Ah, der aufgehende Stern am Himmel des LKA, so jedenfalls Julia, aber ich wusste gar nicht, dass Sterne so trampelig sein können."

Abbo Reichel konnte sich gerade noch den Hinweis verkneifen, dass es sich hier unten wohl eher um den Fundort als den Tatort handeln dürfte und ging mit möglichst großen Schritten zur Eingangstür, das Ganze war schon peinlich genug. Drinnen roch es trotz der offenen Tür ziemlich muffig. Abbo Reichel konnte sich kaum vorstellen, dass er hier mit seinen Eltern Essen gegangen war. Aber das musste auch schon viele Jahre her sein. Wenn er sich recht erinnerte, war es zuletzt ein mexikanisches Restaurant. Leer gestanden hatte der Casinoturm aber schon, als er vor sieben Jahren sein Elternhaus und damit Frohnau verlassen und seine erste eigene Wohnung bezogen hatte. Sanierungsbedarf bestand hier eindeutig und ohne die Maglite wäre er wahrscheinlich über das überall herumliegende Gerümpel und den Bauschutt gestolpert. Die Tür zum Treppenhaus klemmte und war nur durch massive Gewalteinwirkung zu bewegen, den Weg freizugeben. Trotz des herrlichen Sonnenscheins war das Treppenhaus total düster. Die wenigen und ziemlich kleinen Fenster starrten nur so vor Dreck und ließen kaum Licht herein. Immerhin hatte irgendjemand vor nicht allzu langer Zeit die Treppe abgefegt. Leicht schnaufend kam er oben an, die Stahltür zur Aussichtsplattform war zwar auch geschlossen, aber erstaunlicherweise leichtgängig. Froh, wieder am Tageslicht zu sein, riskierte Abbo Reichel einen Blick über die Brüstung nach unten auf die Frohnauer Brücke und das Kaffeehaus Zeltinger. Nichts für Leute mit Höhenangst, auch ihm wurde etwas merkwürdig in der Magengegend.

Die Brüstung war wirklich ziemlich niedrig, die eigentlich darauf montierten Gitter lagen alle ordentlich aufgestapelt links von der Tür. Überall an der Brüstung lehnten Betonplatten, die offensichtlich ursprünglich den Belag der Aussichtsplattform gebildet hatten. Der Boden bestand jetzt nur noch aus einer dicken Kiesschicht, an einigen Stellen war der Kies auch schon zusammengeschoben worden. Das sah für ihn so aus wie vorbereitende Tätigkeiten zur Abdichtung des Fußbodens. Fußabdrücke dürften die Kollegen von der Spurensicherung hier kaum gefunden haben. Genau in der Mitte der westlichen Seite der Aussichtsplattform war eine Lücke in den Betonplatten, die entsprechende Platte lag ja auch rund 25 Meter tiefer. Eindeutig erkennbar waren auch Schleifspuren an der Brüstung. Den direkten Blick nach unten ersparte er sich lieber, aber der weite Blick in Richtung Sigismundkorso mit seinen gerade aufblühenden Kastanien war schon beeindruckend. 22 Jahre seines Lebens hatte er hier in Frohnau verbracht, aber auf dem Turm war er noch nie gewesen. Irgendwelche Spuren würde er sowieso nicht finden. Falls es außer den Schleifspuren an der Brüstung weitere gab, würde er dies morgen dem Bericht der Spurensicherung entnehmen können. Dann konnte er genauso gut den Ausblick von hier oben genießen. Sein Elternhaus am Maximiliankorso war allerdings nicht zu erkennen. Schnurgerade in Richtung Süden verlief die Bahnstrecke, ein Zug der S 1 näherte sich gerade dem direkt neben dem Turm liegenden S-Bahnhof. In weiter Ferne war der Fernsehturm am Alex zu erkennen. ‚Schön hier' schoss es Abbo Reichel durch den Kopf, ‚schöner als ich es in Erinnerung habe. Eigentlich kann man hier ganz gut wohnen. Auch wenn meine Brüder und ich Frohnau immer als Spießerhausen bezeichnet haben.'

Er wusste nicht mehr, wie lange er über Gott und die Welt, oder besser gesagt nur über die Welt sinniert hatte, denn gläubig war er wirklich nicht, aber irgendwann setzte er sich auf eine massive Holzkiste direkt neben der Stahltür und zückte sein Notizbuch. Eine ganze Weile war er damit beschäftigt, seine bisherigen Erkenntnisse, Fragen und Ideen zur weiteren Vorgehensweise zu notieren. Klar war ihm, dass die Ereignisse kein

Zufall oder eine Affekthandlung gewesen sein dürfte. Um zur Absturzstelle mit der fehlenden Betonplatte zu kommen, musste man die Aussichtsplattform zu mehr als der Hälfte umrunden. Und um die Betonplatte über die Brüstung zu wuchten, war mit Sicherheit ziemlich viel Kraft erforderlich. Irgendwann fiel ihm ein, dass er für den morgigen Tag noch einiges zu organisieren hatte und er griff zu seinem Handy.

„Moin, hier Abbo. Wir haben eine Leiche, und so wie es aussieht, ist es unsere Leiche. Wir brauchen nur noch den Täter und schon haben wir wieder unsere Ruhe. Aber für die große Jagd müssen wir noch einiges organisieren und da habe ich an dich gedacht."

„Ja ja, du nimmst den ‚Tag der Arbeit' wörtlich und belästigst mich an meinem freien Tag bei wichtigen Tätigkeiten. Henriette hat den ersten Erdbeerkuchen in dieser Saison gemacht und gerade den Tisch auf dem Balkon gedeckt. Du weißt ja, Erdbeerkuchen ist meine Leidenschaft, und das noch vor Henriette und natürlich vor der Arbeit. Aber lass sie das bitte nicht wissen. Und an wen außer an mich willst du auch denken, du hast ja keine Henriette."

Das saß, oder eigentlich oder vielleicht oder wie auch immer nicht mehr so ganz, so jedenfalls der blitzartige Gedanke von Abbo Reichel. Steffen Tietz war ebenfalls Kriminaloberkommissar im LKA 117 und neben Abbo Reichel sozusagen der letzte der Mohikaner, sie beide bildeten aktuell das gesamte Dezernat. Außendienst war nicht seine Welt, und auch wenn er nicht so aussah, sportliche Tätigkeiten und überhaupt Bewegung waren ihm zuwider. Das zeigte sich immer wieder daran, dass er den obligatorischen regelmäßigen Sporttest nur mit Ach und Krach bestand. Und das nur unter großzügigster Auslegung der bestehenden Regularien. Abbo Reichel hatte noch nie ermitteln können, wie er das hinbekam, auf keinen Fall konnte es dabei mit rechten Dingen zugehen. Bei den ebenfalls zumindest theoretisch regelmäßig anstehenden Schießübungen war es allen anderen Teilnehmern völlig unklar, wie Steffen Tietz die überhaupt überleben konnte, ohne sich selbst in den Fuß oder sonst wohin zu schießen. Nach Abbo Reichels Erinnerung war es immer ein gro-

32

ßes Ereignis gewesen, wenn Steffen Tietz tatsächlich mal eine Scheibe traf. Zu seinem Glück waren schon seit langem sämtliche Schießstände der Berliner Polizei wegen baulicher Mängel und der damit verbundenen gesundheitlichen Gefahren gesperrt und er schaffte es immer wieder, sich vor den damit in der Praxis sehr seltenen Schießübungen in Schützenvereinen zu drücken. Davon mal abgesehen war er nicht nur Abbo Reichels Kollege, sondern seit einem völlig aus dem Ruder gelaufenen Einsatz während ihrer gemeinsamen Zeit an der Polizeiakademie auch einer seiner besten Freunde. Seine Unfähigkeit zum Außendienst machte er dafür im Innendienst mehr als wett, im LKA dürfte es keinen anderen Beamten geben, der besser und schneller recherchieren, analysieren und organisieren konnte.

„Den Erdbeerkuchen auf dem Balkon will ich dir natürlich nicht versauen und Ärger mit Henriette erst recht nicht bekommen, schließlich will ich bald mal wieder zu euch zum Essen eingeladen werden. Du kannst alles morgen früh im Büro erledigen. Du weißt ja selbst, was wir alles benötigen – und gehe bitte erst einmal von vier Mitgliedern in der Ermittlungsgruppe aus, wer auch immer die beiden anderen sein werden, keine Ahnung. Ich brauche um 10.00 Uhr einen Raum für eine Zeugenvernehmung und um 17.00 Uhr sollte ein Büro für die erste Teambesprechung fertig sein. Dann bis morgen."

Dienstag 1. Mai 2018, 17.05 Uhr

Abbo Reichel hatte sein Handy gerade wieder verstaut, als die Tür mit Schwung aufging und direkt neben ihm an die Wand knallte.

„Wir haben dich unten vermisst und wollten schon eine Vermisstenanzeige aufgeben. Ellen meinte aber, dass die Polizei bestimmt etwas Besseres zu tun hätte als sich um so etwas zu kümmern." Damit ging Isabelle Berntsen um die Aussichtsplattform herum, beugte sich über die Balustrade und rief nach unten: „Ich habe ihn gefunden, alles in Ordnung. Du kannst jetzt abräumen lassen." Mit einem leicht aufgesetzt wirkenden empörten Gesichtsausdruck, beide Arme in die Hüften gestemmt, kam sie gleich darauf zurück.

„So, das ist geklärt, und jetzt zu uns. Du, du hast es wieder getan, du hast mir vorhin schon wieder auf den Hintern geglotzt – und ja, ich merke das, auch wenn ich hinten keine Augen habe. Aber wenn du mir jetzt tief in die Augen schaust und mich dann küsst, verzeihe ich dir." Im gleichen Moment saß sie auf seinem Schoß und küsste ihn lange und leidenschaftlich. „So, das wäre jetzt geklärt, wir müssen jetzt runter und sehen, wie es weitergeht."

Abbo Reichel war vollkommen unklar, was sie mit ‚wie es weitergeht' meinte, aber es war ihm auch egal. Brav folgte er ihr nach unten, immer mit der Taschenlampe die Treppe vor ihr ausleuchtend.

Rund um den Fundort wirkten die Aktivitäten deutlich hektischer als vorhin. Die beiden Teile der Betonplatte wurden gerade mit einer Sackkarre zum VW-Bus der Spurensicherungsgruppe transportiert. Abbo Reichel ging davon aus, dass er alle Untersuchungsergebnisse spätestens in der morgigen Teambesprechung erhalten würde. Auch die beiden Mitarbeiter der Rechtsmedizin standen mit ihrem Zinksarg bereit, die sterblichen Überreste einzusammeln und in das ‚Landesinstitut für gerichtliche und soziale Medizin Berlin' in der Turmstraße zu bringen. Seit Stunden hatten sie in ihrem Mercedes Sprinter gehockt und wirken jetzt ziemlich missmutig ob der Tatsache, dass sie nun arbeiten

34

mussten; zugegebenermaßen ein ausgesprochen unappetitlicher Job. Zum wiederholten Mal wunderte sich Abbo Reichel über die roten T-Shirts mit dem Aufdruck Gerichtsmedizin. Dabei legten fast alle Mitarbeiter des Instituts gesteigerten Wert darauf, dass es Rechtsmedizin heißt und nicht Gerichtsmedizin, und Rechtsmedizin stand auch auf dem Mercedes. Aber eigentlich interessierte es ihn auch nicht so richtig.

„Du kannst mir jetzt gerne die Taschenlampe zurückgeben und darfst dich dann vom Acker machen. Wir sehen uns ja morgen, für die Spurensicherung werde ich teilnehmen – wann ist denn die Teambesprechung?"

„17.00 Uhr bei uns in der Keithstraße, Raum weiß ich noch nicht, frag einfach am Eingang nach. Und wenn du mir schon vorher etwas liefern kannst, hast du auf jeden Fall einen Pluspunkt."

„Wenn wir und die Kollegen von der Rechtsmedizin mit dem Abtransport fertig sind, kommt noch ein Team zur Reinigung, ist schon bestellt. Die Sauerei können wir ja nicht so lassen. Und die beiden uniformierten Kollegen habe ich beauftragt, sich um eine Ablösung zu kümmern. Ich halte es für sinnvoll, noch mindestens bis morgen Abend das Gelände zu bewachen. Einmal um die Journaille abzuschrecken und um zu verhindern, dass morgen womöglich die Bauarbeiter hier irgendetwas zertrampeln. Kann durchaus sein, dass sich aus unseren Laboruntersuchungen ergibt, dass wir hier noch einmal aufschlagen müssen. Und jetzt husch husch." Sie wedelte mit beiden Armen und machte ihm damit deutlich, dass er hier überflüssig sei.

Das war's also mit dem geruhsamen Tag in Rufbereitschaft, dabei hatte er so gut angefangen. Vor gefühlt ewigen Zeiten auf seinem Balkon.

Dienstag 1. Mai 2018, 17.25 Uhr

„So, dann wäre hier ja alles geklärt. Die Obduktion ist für morgen früh um 10.00 Uhr angesetzt, den Termin habe ich schon mit meinem Chef abgestimmt. Früher ging nicht. Wenn er zu früh antreten muss, ist er noch unausstehlicher als so schon. Aber die ersten Ergebnisse hast du dann wahrscheinlich zu eurer Teambesprechung. Du kannst natürlich gerne bei der Obduktion dabei sein, vorausgesetzt, du kippst nicht aus den Latschen oder behinderst uns sonst bei der Arbeit."

„Ehrlich gesagt kann ich gut darauf verzichten und außerdem habe ich eine gute Ausrede. Morgen um 10.00 Uhr habe ich die Zeugenvernehmung mit dem Finder der Leiche."

„Glück gehabt. Und was machen wir zwei Hübschen jetzt mit dem angebrochenen Tag: Hast du Hunger, wollen wir hier nebenan eine Pizza mitnehmen und zu mir fahren? Komm." Isabelle Berntsen schnappte seine Hand und zog ihn hinter sich her aus dem Baustellenbereich heraus zu Pizzaiolo hinter der Dönerbude. „Welche Pizza für dich? Ach egal, wir nehmen einmal Capricciosa und einmal Mista, die gehen immer." Bevor Abbo Reichel auch nur die geringste Chance zum Widerspruch hatte, war die Bestellung schon aufgegeben und sie warteten schweigend auf ihre Pizzen. Ein angenehmes Schweigen, das erst exakt 11 Minuten und 23 Sekunden später beendet wurde. Die Pizzen waren fertig.

Mit den beiden Pizzakartons in der Hand marschierte Isabelle Berntsen in Richtung S-Bahnhof, Abbo Reichel folgte ihr. Die Pizzen wurden mit einem Spanngurt auf dem Gepäckträger einer Vespa in himmelblau befestigt, die hier direkt vor dem Eingang zum S-Bahnhof geparkt war. Offensichtlich das Gefährt von Isabelle Berntsen.

„Einen zweiten Helm habe ich nicht, also verzichte ich auf meinen, geht ja auch so." Auf Abbo Reichels zweifelnden Blick hin meinte sie dann noch: „Die beiden Polizisten da vorne werden wohl etwas Besseres zu tun haben als uns aufzuhalten, außerdem haben sie ja den Auftrag, hier Wache zu schieben. Weit bis zu mir ist es auch nicht und ich passe schon auf dich auf, keine Sorge. Jetzt rauf mit dir."

Eigentlich war es überhaupt nicht sein Ding, kommentarlos irgendwelchen Befehlen zu folgen, das hatte schon des Öfteren zu heftigen Reibereien mit seinem bisherigen Vorgesetzten Heiko Rückert geführt. Aber das war ja auch ein hirnloser Karrierist, der seinem aufgeblasenen Ego entsprechend nur über seine Position führen konnte, nicht per Kompetenz oder gar Charisma. Das hier war natürlich etwas völlig anderes.

Über die Burgfrauen- und die Hohefeldstraße knatterten sie in Richtung S-Bahnhof Hermsdorf. Dort auf der Rückseite angekommen fuhr Isabelle Berntsen schwungvoll auf den Bürgersteig direkt vor der Apotheke. „So, da wären wir, hier wohne ich, ganz oben."

„Ärzte bekommen wohl deutlich höhere Gehälter als einfache Kommissare." war Abbo Reichels erster Kommentar nach Öffnen der Wohnungstür.

„Nee, glaube ich nicht, erkläre ich dir vielleicht später einmal. Jetzt sollten wir erst mal essen, bevor die Pizzen kalt werden. Vornehm oder prollig, ich meine, vom Teller mit Besteck oder so aus dem Karton. Ach, prollig reicht, erspart den Abwasch."

Während sie schweigend die Pizzen aßen, Abbo Reichel hätte im Nachhinein nicht mehr sagen können, welche er hatte, ließ er seine Blicke durch die Wohnung schweifen. Das Wohnzimmer war schon fast riesig zu nennen, wahrscheinlich kaum kleiner als seine gesamte Wohnung. Eine offene und sehr edel wirkende Küche mit einem Küchenblock als Abtrennung zum restlichen Raum. Sein Gedanke war gleich, dass sie bei so einer Küche wohl auch gut kochen können musste. Oder war das nur Tarnung? Die Espressomaschine auf der Kochinsel war jedenfalls das gleiche Modell wie bei ihm und auch bei seinen Eltern, eine Silvia von Rancilio, eine gute Wahl. Aber die Kaffeemühle war eine andere. Der runde Esstisch, an dem sie saßen, hatte eine weiße Marmorplatte und war umgeben von sechs Stühlen von Arne Jacobsen, in verschiedenen Farben. Zwei über Eck stehende schwarze Ledersofas mit einem ebenfalls aus weißem Marmor bestehenden kleinen Couchtisch vervollständigten das Bild

37

ebenso wie die weißen und übervollen Bücherregale, die die rechte Raumseite komplett füllten. Auf dem hellen Parkett lagen mehrere farbenfrohe Orientteppiche. Alles geschmackvoll, edel und sehr teuer wirkend.

„Noch ist es ja ziemlich sonnig und halbwegs warm, wollen wir unseren Espresso auf dem Balkon trinken?" Damit öffnete sie die Schiebtür zur mindestens 20 qm großen Dachterrasse, die im Gegensatz zur Wohnung kahl wirkte. Der kleine Tisch und die beiden Stühle wirkten provisorisch und passten nicht so recht zum Rest der Wohnung. Seinen skeptischen Blick bemerkend meinte sie: „Ja, ich weiß, das sieht noch blöd aus, aber ich bin erst im letzten Herbst eingezogen und hatte bisher weder Lust noch Zeit, mich um vernünftige Terrassenmöbel zu kümmern. Espresso mit Zucker?"

„Ja."

Die lauten Geräusche erst der Kaffeemühle und dann der Espressomaschine kamen ihm nur zu bekannt vor, so hatte sein Tag auch vor ihm ewig erscheinenden Zeiten begonnen. Dabei waren seither gerade einmal etwas mehr als acht Stunden vergangen, aber was für Stunden. Schweigend tranken sie ihren Espresso und schweigend blickten sie über das grüne Hermsdorf hinweg. Irgendwie kam ihm der Gedanke, ‚wie ein altes Ehepaar, dass sich seit Jahren kennt'. Eigentlich kein schlechter Gedanke.

Seine Gedanken wurden unterbrochen von einem „Langsam wird mir doch kalt, wollen wir rein?" verbunden mit einem synchronen Aufstehen und Hineingehen in die Wohnung. „Setz dich aufs Sofa und mach's dir gemütlich, Getränke sind im Kühlschrank, kannst dich gerne bedienen. Ich bin gleich wieder da, will mich nur kurz umziehen." Damit war sie verschwunden und Abbo Reichel saß alleine auf dem Sofa mit dem Blick auf die Dachterrasse.

Er hatte die Tür nicht gehört und auch keine Schritte, aber plötzlich stand Isabelle Berntsen direkt vor ihm – nackt.

Abbo Reichel musste unwillkürlich lachen: „Hattest du nicht von umziehen gesprochen, oder habe ich mich verhört und du hast von ausziehen geredet?"

38

Dieses Mal war es an Isabelle Berntsen, der es für zumindest eine Sekunde oder vielleicht auch zwei die Sprache verschlug. „Gefällt dir nicht, was du siehst?"

„Doch."

„Mehr nicht?"

Doch, viel mehr."

Und?"

„Sehr viel mehr. Und das Rot ist ja tatsächlich echt!"

In ihrem Gesicht erschienen erkennbar eine Reihe von Fragezeichen. Sie blickte an sich herunter, die Fragezeichen verschwanden und sie lachte laut gackernd los. „Du bist ein Idiot, aber ein total netter" und schon saß sie rittlings auf seinem Schoß und küsste ihn so heftig, dass er kaum noch Luft bekam. Mehr oder weniger erfolglos fingerte sie währenddessen an seinem Gürtel und seiner Hose herum. „Es ist unfair und vor allem sehr unpassend, wenn die Dame deiner Träume hier nackt herumhopst und du angezogen bist. Du kannst mal mitmachen." Das war durchaus ein Befehl, dem er ohne Widerspruch folgen konnte. Mit einigen Verrenkungen schafften sie es gemeinsam, beide nackt auf dem Sofa zu sitzen beziehungsweise Isabelle Berntsen hockte unverändert auf seinem Schoß und küsste ihn, während Abbo Reichel jetzt endlich seine Hände auf Entdeckungsreise schickte. „Oh Mann, wie viele Hände hast du eigentlich?"

Irgendwann rutschte sie mit einem leichten Seufzer von seinem Schoß und kuschelte sich an ihn. „Gut, dass das ein Ledersofa ist, kann man wenigstens abwischen."

Grinsend zwirbelte Abbo Reichel an ihren roten Locken herum und meinte: „Immer praktisch denken. Apropos, ich sehe hier ein graues Haar."

„Kann nicht sein."

„Doch, ich sehe es, du kannst da gar nichts abstreiten."

„Kann ich doch!"

„Willst du mit mir herumstreiten?"

„Nein, aber du hast nicht Recht. Graue Haare gibt es nicht, nur weiße. Kannst du mir glauben, ich bin Ärztin, ich kenne mich damit aus."

„Jetzt klingst aber du ziemlich beamtisch. Aber egal, ob weiß oder grau. Auf jeden Fall MHD." Und gab ihr dazu einen Kuss.

„Was heißt denn MHD?"

„Mindesthaltbarkeitsdatum."

Gespielt empört blickte sie ihn an: „Willst du damit etwa sagen, dass bei Frauen mit dem ersten weißen Haar das Mindesthaltbarkeitsdatum abgelaufen sind? Das ist ja total chauvinistisch."

„Ich sehe gerade ein zweites."

„Willst du jetzt nach weiteren suchen?!

„Warum eigentlich nicht?"

„Und was ist dann? Wenn das Mindesthaltbarkeitsdatum abgelaufen ist?"

„Dann muss die Ware vom Markt genommen werden, so ist es jedenfalls bei Lebensmitteln."

„Und wie soll man uns arme Frauen vom Markt nehmen?"

„Indem man sie heiratet."

„War das jetzt etwa ein Heiratsantrag?"

„Ja."

„Ja."

„Ups, war das jetzt die Annahme des Heiratsantrages? Darf ich dann die Braut noch einmal küssen?"

„Du darfst und du darfst noch mehr. Aber nebenan ist es bequemer und wir haben mehr Platz:" Damit zog sie ihn hoch und nach nebenan ins Schlafzimmer. Abbo Reichel dachte noch ‚da ist es wieder, das praktische Denken.'

Mittwoch 2. Mai 2018, 7.00 Uhr

Ein Klacken weckte Abbo Reichel, leicht irritiert öffnete er die Augen und sein Blick fiel auf einen Retro wirkenden Wecker in knalligem orange, dessen Klappzahlenanzeige gerade auf 7.00 Uhr umgeschaltet hatte. Komisch dachte er noch, er konnte sich gar nicht daran erinnern, so einen Wecker zu haben. Auch die graue Bettwäsche kam ihm unbekannt vor. Alles merkwürdig, aber so richtig klingelte es noch nicht in seinem Kopf. Ein mühsames Umdrehen seines noch nicht richtig wachen Körpers brachte auch keine neue Erkenntnis. Erst eine leichte Bewegung neben ihm und einige kurz darauf in den Tiefen der Bettwäsche auftauchenden roten Locken ließen ihn hellwach werden. Meine Güte, da war gestern ja einiges passiert und offensichtlich lag er hier in einem fremden Schlafzimmer und einem fremden Bett. Obwohl, nach Einschalten einiger weiterer Gehirnzellen dämmerte ihm, so fremd war das alles nicht. Immerhin hatte er, wenn er sich recht erinnerte, gestern einen Heiratsantrag gemacht, wenn der auch ein wenig erzwungen war, und der war auch noch angenommen worden. Also gehörten die Locken wohl zu seiner jetzt Verlobten. ‚Ach du Scheiße' war sein spontaner aber wohliger Gedanke und dann ging seine rechte Hand auf Entdeckungstour.

Die Entdeckungstour war erfolgreich, aber nicht so, wie Abbo Reichel es sich erhofft hatte. Ziemlich verschlafen kam die kaum zu verstehende Frage: „Wie spät ist es denn?"

„Dein altertümlicher Wecker zeigt 7.00 Uhr."

„Dann Finger weg von meinem Hintern, das müssen wir auf später verschieben. Aufstehen, Frühstücken und dann zur Arbeit ist jetzt das Gebot der Stunde. Ich muss schnippeln und du den Fall lösen. Erst die Arbeit und dann das Vergnügen." Damit war Isabelle Berntsen schon fast aufgestanden, bevor sie sich wieder ins Bett fallen ließ. „Komm, einen Kuss kannst du noch haben, dann stehst du aber auf und kannst dich duschen. Und danach bitte runter zum Bäcker und zu REWE, Brötchen und eine Zahnbürste, Rasierzeug und was du sonst noch zur Wiederherstellung deiner Schönheit benötigst, holen. Und wenn du außer Honig,

Marmelade, ich glaube, ich habe Erdbeer, Orange und noch irgendetwas da, und Nutella noch etwas anderes brauchst, musst du das auch mitbringen. Für mich zwei Brötchen oder wie heißt das bei euch komischen Berlinern, zwei Schrippen. Alles klar, dann raus mit dir. Steinecke ist hier im Haus und REWE gleich nebenan, wirst du schon finden, hast ja gestern auch alles gefunden." Offensichtlich war Isabelle Berntsen in der Lage, innerhalb von Sekundenbruchteilen von 0 auf 100 umzuschalten, jedenfalls kam die Ansage klar und ohne jeden Zweifel und seine Bettdecke wurde ihm auch mit Schwung weggezogen.

„Das kann ja lustig werden mit dir als Ehefrau und mir als Befehlsempfänger."

„Nicht meckern, raus mit dir aus dem Bett und ab ins Bad, Handtuch findest du im Schrank, Duschbad und Shampoo stehen in der Dusche. Wann wollen wir eigentlich heiraten? Das haben wir gestern gar nicht mehr geklärt." Lachend verpasste sie ihm noch einen Kuss und schob ihn endgültig aus dem Bett.

25 Minuten später stand Abbo Reichel wieder in der Wohnungstür, mit einer Brötchentüte in der einen Hand und einem REWE-Beutel in der anderen. Der Esstisch war schon gedeckt und der Milchaufschäumer zischte leise vor sich hin. Die nassen Haare deuteten eindeutig darauf hin, dass Isabelle Berntsen schon geduscht hatte, dabei hatte er doch nur wenige Minuten für den Einkauf gebraucht.

„Was guckst du so ungläubig, auch ein schönes deutsches Wort, gucken. Frauen brauchen im Bad nicht so lange wie Männer. Glaubst du wohl nicht, aber ich bin der lebende Beweis. So, jetzt noch die Brötchen in den Korb und hinsetzen. Der Cappuccino ist gleich fertig." Das vertraut klingende Gurgeln der Espressomaschine bestätigte zumindest die letzte Aussage.

„Da wir seit gestern verlobt sind, kannst du mir ja mal ein bisschen über dich erzählen, wäre schon ganz nett, da etwas mehr als deinen Namen zu wissen und deine Wohnung zu kennen."

„Die Kurzversion oder die lange?"

„Kurz. Für die lange haben wir ja noch ein paar Jahrzehnte Zeit."

42

„Stimmt, wie heißt es so schön ‚bis dass der Tod euch scheidet‘, und damit sind wir bei der Kurzversion. Also, meinen Namen kennst du ja, Isabelle Berntsen, 28 Jahre alt, am 5. Juni 1989 geboren," und ergänzte mit einem Grinsen: „Der ist übrigens deswegen auch dänischer Nationalfeiertag. Ich habe drei Schwestern, die sind 30 und die Zwillinge 25 Jahre alt. Ich habe wie meine Eltern und meine älteste Schwester in Kopenhagen Medizin studiert und nebenbei Kriminalistik mit reichlich Dienst in Uniform. Dabei habe ich viele Praktika in den Semesterferien gemacht und viele Wochenendschichten abgeleistet. Ich weiß, eine komische Mischung, aber ich fand's irgendwie passend. Am 11. Januar 2015, ich war gerade mit beiden Studiengängen fertig, wurde alles auf den Kopf gestellt. Es gab in Kopenhagen mitten in der Fußgängerzone, in der Strøget, eine Schießerei zwischen zwei rivalisierenden Banden, angeblich Albaner und Araber, beide wohl aus dem Drogenmilieu. Neben mehreren Bandenmitgliedern wurden vier unbeteiligte Passanten erschossen, auch meine Eltern, die sich gerade Möbel im Schaufenster von Illums Bolighus angesehen hatten. Die Polizei hat sich bei den Ermittlungen nicht gerade mit Ruhm bekleckert, es gab sogar den Verdacht, dass da innerhalb der Polizei jemand seine schützende Hand über die Verdächtigen hielt. Ich wollte dann nur noch weg aus Kopenhagen, das war dann schon irgendwie eine Flucht. Jedenfalls habe ich mich entschieden, Medizin und Polizei miteinander zu verbinden und meinen Facharzt in Rechtsmedizin zu machen. Hier in Berlin an der Charité habe ich erstaunlicherweise sofort eine passende Stelle bekommen und gleichzeitig die Möglichkeit, zu promovieren. Et voilà, hier bin ich. Und jetzt wird gefrühstückt."

Betretenes Schweigen bei Abbo Reichel, aber was hätte er dazu auch sagen sollen. Schweigend wurde gefrühstückt. ‚Fast schon wie ein altes Ehepaar‘, kam ihm wieder in den Sinn, ‚durchaus nicht unangenehm‘. ‚Das glaubt einem kein Schwein, nicht einmal ich mir selbst.‘

„So, jetzt aber hurtig, du wolltest doch rechtzeitig im LKA sein. Wie sehen uns dann heute Nachmittag, ich werde zusehen, dass ich in eurer Teambesprechung die Rechtsmedizin vertreten

43

kann. Mein Chef reißt sich nicht um solche Termine, Hauptsache, er kann selbst schnippeln und andere machen die Hilfstätigkeiten. Und ganz wichtig: sein Name steht auf dem Obduktionsprotokoll und es wird von ihm unterschrieben. Das sieht dann immer so ähnlich aus wie bei Donald Trump, echt lächerlich, aber für ihn wichtig. Und ganz wichtig ist für ihn auch, dass es so geschrieben ist, dass es kein normaler Mensch versteht, aber keine Sorge, ich ,übersetze' es dann so, dass auch ihr armen Polizisten zumindest das Wichtigste versteht."

Mittwoch 2. Mai 2018, 9.47 Uhr

Etwas später als geplant, aber immer noch rechtzeitig zur Zeugenvernehmung betrat Abbo Reichel sein Büro, das er mit Steffen Tietz teilte. Der hackte ohne aufzublicken auf seinem Computer herum, stören durfte man ihn dabei nicht, aber das war auch nicht erforderlich. Ein gelber Klebezettel mitten auf seinem Bildschirm informierte Abbo Reichel darüber, dass für 10.00 Uhr der Vernehmungsraum 1 am Flurende für ihn reserviert war, ergänzt um ein ‚alles weitere danach'.

Mit der S-Bahn bis Potsdamer Platz und dann weiter mit dem Bus 200 hatte es von Isabelle Berntsens Wohnung doppelt so lange gedauert wie von seiner eigenen Wohnung, aber das war ihm egal. Bevor er sich auf den Weg in den Vernehmungsraum machte, schaute er sich noch Notizen vom Vortag an, aber da war nichts mehr zu ergänzen. Das Klingeln seines Telefons schreckte ihn hoch: „Hier POM Müller vom Eingang, ein Manfred Schröder nebst Hund ist für Sie da, holen Sie ihn bitte ab. Der Hund darf aber nur ausnahmsweise mit, weil er nach der mir hier vorliegenden Anmeldung auch Zeuge ist." Ohne eine Antwort abzuwarten, war das Gespräch auch schon beendet, bevor es richtig angefangen hatte.

Auf Abbo Reichel wirkte Manfred Schröder schon deutlich ruhiger und gefasster im Vergleich zur ersten Befragung im Kaffeehaus Zeltinger, und das trotz der für den Zeugen eher ungewöhnlichen Situation im LKA. Die nicht gerade anheimelnde Atmosphäre im Vernehmungsraum war eigentlich auch nicht unbedingt geeignet, Zeugen zu beruhigen. Alle anderen zur Verfügung stehenden Vernehmungsräume waren allerdings noch ungemütlicher, wurden aber auch eher bei Verhören genutzt. Abbo Reichel fragte sich zum wiederholten Mal, warum das Behördenbudget es nicht hergeben sollte, den Raum wenigstens ein bisschen ansprechender auszustatten. Vielleicht sollte er Steffen Tietz darauf ansetzen. Dem würde es bestimmt gelingen, irgendwo noch ein paar Euro dafür aufzutreiben. Und Geschmack hatte er auch, wie er aus diversen Treffen in seiner

45

Wohnung wusste. Oder war es eher Henriette, die den guten Geschmack hatte?

Das, was Manfred Schröder bereits gestern berichtet hatte, kam jetzt so gut wie identisch wieder aus seinem Mund, aber ruhiger und strukturierter – ein schönes, aber für die weiteren Ermittlungen wohl wenig hilfreiches Protokoll war nach ungefähr einer halben Stunde das Ergebnis. Immerhin etwas, und die bürokratischen Erfordernisse waren damit erfüllt.

„In Fernsehkrimis werden die Zeugen an dieser Stelle immer aufgefordert, sich unverzüglich zu melden, wenn ihnen noch etwas einfällt und auch darüber informiert, dass die Polizei bei weiteren Fragen auf sie zukommt. Ist das in echt nicht so?"

„Doch, eigentlich schon, aber dieses übliche blabla finde ich irgendwie überflüssig und eigentlich ist es ja auch selbstverständlich. Und bei Ihnen bin ich mir sowieso sicher, dass Sie sich sofort melden, wenn Ihnen noch etwas einfällt. Viel lieber hätte ich daran gedacht, für Ihren Pablo ein Leckerli mitzubringen." Und streichelte damit den Pudel, der es sich auf Abbo Reichels rechtem Fuß bequem gemacht hatte und leise vor sich hin schnarchte. „Ich bringe Sie beide dann noch runter zum Ausgang und noch einmal vielen Dank für Ihr Kommen."

Wieder zurück im Büro fragte er: „Hast du eigentlich schon mit dem großen Meister gesprochen und ihm eine Unterstützung für uns aus dem Leib leiern können?" Der warnende Blick von Steffen Tietz kam eindeutig zu spät, das Bad im Fettnäpfchen war vollständig.

„Ja, hat er. Der große Meister hat gute Nachrichten, Herr Kollege Reichel. Ich bitte das zu würdigen und wäre Ihnen dankbar, wenn Sie künftig etwas respektvoller von mir sprechen könnten." Immerhin war diese Ansage mit einem freundlichen Lächeln verbunden, offenbar war Kriminalrat Oliver Scholz heute bester Laune, ansonsten hätte Abbo Reichel den ersten Anschiss des Tages bekommen. „Sie beide bekommen Julia Rochow aus der Direktion 1 bis auf Weiteres als Unterstützung, die kennt zumindest Herr Reichel ja schon, und der Kollege Thomas Kablow wird Sie ebenfalls unterstützen. Mehr eventuell heute Nachmittag, ich will noch ein wenig herumtelefonieren." Und an

Steffen Tietz gewandt: „Gehen Sie erst einmal davon aus, dass Sie sechs Arbeitsplätze benötigen, eigentlich müssten die beiden Büros hier nebenan verfügbar sein." Er wies dabei durch die Glaswand auf die seit einem Mitte April durch das LKA 115 geklärten Raubmord an einem Hotelier in Grunewald freien Schreibtische.

Scheiße, das saß, ausgerechnet dieser Idiot Kablow, seines Zeichens Kriminalhauptkommissar und ihm damit formal übergeordnet, aber laut Flurfunk einer der faulsten und unfähigsten Beamten im gesamten LKA und deswegen auch keinem Dezernat zugeordnet, sondern immer nur als Wanderpokal unterwegs. Offensichtlich hatte Oliver Scholz nicht nur gute Laune, sondern konnte auch Gedanken lesen: „Ich weiß ja durchaus, was Sie beide, und nicht nur Sie, vom Kollegen Kablow halten, aber auch ihn muss ich mit irgendetwas beschäftigen. Herr Reichel, zu Ihrer Beruhigung, die Ermittlungen leiten Sie und das werde ich auch eindeutig so kommunizieren." Damit war er entschwunden.

„Glück gehabt" meinte Steffen Tietz „das hätte auch anders ausgehen können. Aber irgendwie hast du bei dem einen Stein im Brett, womit hast du das eigentlich verdient? Für Kablow werden wir schon etwas finden und wer bitte ist Julia Rochow?"

„Die gehört eigentlich zur Direktion 1 und ist wohl im Augenblick für ein Praktikum dem LKA zugeordnet. Hat mich gestern schon zum Tatort kutschiert und dann bei der Anwohnerbefragung unterstützt. Sieht auf jeden Fall gut aus, behalte also deine Augen im Griff, gibt sonst Ärger mit Henriette, die merkt so etwas sofort. Fährt Auto wie Sau, da bangst du echt um dein Leben! Kann dir als Bürohengst aber auch egal sein. Scheint sonst ganz patent zu sein. Eigentlich könnte sie zusammen mit Kablow die noch fehlenden Anwohnerbefragungen vornehmen, damit kennt sie sich bereits aus und Kablow kann keinen großartigen Flurschaden anrichten."

„OK, dann schicke ich beide los, sobald sie hier auftauchen. Für nachher 17.00 Uhr habe ich den großen Besprechungsraum reserviert, der große Meister weiß Bescheid und will dabei sein, und du hast um 13.00 Uhr einen Termin in Frohnau, genauer

47

gesagt in den Bürocontainern der Caerlaverock Castle Real Estate Ltd. neben der Baustelle. Das ist die Firma, der der gesamte Komplex gehört und die dort alles umbauen und erweitern lässt. Ich habe schon mal ein bisschen recherchiert. Die Firma hat ihren Sitz im schottischen Dumfries und sich hier in Deutschland einen ziemlich zweifelhaften Ruf erarbeitet. Der Sitz der deutschen Niederlassung ist in Bremen, aber einer der beiden Geschäftsführer bzw. neudeutsch CEO ist aktuell immer hier in Berlin, wegen der Bauarbeiten in Frohnau. Denen gehören inzwischen rund 8.000 Wohnungen und Gewerbeeinheiten, mehr als die Hälfte davon in Berlin. Der Komplex in Frohnau ist das erste Mal, dass die komplett sanieren und alles neu gestalten. Bisher haben sie nur gekauft und dann mit teils fragwürdigen Methoden versucht, die Mieten in die Höhe zu treiben. Mit den Mietern in Frohnau sind sie wohl auch nicht gerade zimperlich umgegangen, jedenfalls haben sie es irgendwie geschafft, alle Mieter innerhalb kürzester Zeit zum Auszug zu bewegen. Das hatte einen ziemlichen Wirbel in der Presse verursacht, selbst die RBB-Abendschau war deshalb mal vor Ort. Und wenn ich es richtig verstanden habe, ist vor allem der Berliner Statthalter, ein gewisser Roland Edler von Zander, ein ziemliches Arschloch. Letztes Jahr gab es da ein Interview, auch in der Abendschau, ist leider in der Mediathek nicht vorhanden, ich habe aber schon beim RBB angefragt, die Videodatei bekommen wir noch. Einem deiner Protokolle von gestern habe ich entnommen, dass ihr ihn nicht angetroffen habt. Heute wirst du den auch nicht antreffen. Laut seiner Sekretärin, einer gewissen Svenja Eichhorn, ist er wie jeden Freitag gegen Mittag in den Feierabend entschwunden und hat jetzt Urlaub. Wohl bis einschließlich kommenden Dienstag. Und nicht zu erreichen, sie hat auch keine Ahnung wo er ist, aber so ist er halt laut ihrer Aussage. Sein Wochenende und sein Urlaub sind ihm heilig, und er gibt dazu keinerlei Auskünfte, erreichbar ist er dann generell nicht. Aber der Laden läuft auch so und eigentlich sogar besser als mit ihm, hat sie jedenfalls behauptet. Zu dem Projekt können auch einige andere Auskünfte geben. Unter der Hand hat sie angedeutet, dass er wohl ein ziemlicher Idiot ist, vielleicht sollten wir Kablow hinschicken –

so von Idiot zu Idiot? Spaß beiseite, besser, du fährst, ich habe dir auch schon einen Wagen aus dem Pool reserviert." Mit einem Blick auf die Uhr seines Handys meinte er dann noch: „Du solltest langsam los, wenn du deinen Termin einhalten willst. Ich mache hier weiter und stelle für nachher alles zusammen."

Mittwoch 2. Mai 2018, 13.10 Uhr

Etwas verspätet erklomm Abbo Reichel die Außentreppe der an der Welfenallee gestapelten Baucontainer. Ganz schön viele von den Dingern über- und nebeneinander gestapelt. Unten offenbar nur als Materiallager genutzt, in der ersten Etage sah er durch die offenen Türen Umkleideräume, wahrscheinlich auch mit Duschen, und ganz oben waren die Büros, wohl für die Bauleitung. Innerlich fluchte er immer noch über die Wahl seines Anfahrtsweges, über die Stadtautobahn wäre es mit Sicherheit schneller gegangen, aber aus irgendwelchen Gründen hatte er den Weg quer durch die Stadt genommen und war natürlich prompt gleich in der Heidestraße und dann noch einmal in der Müllerstraße steckengeblieben, beide Male hatte es gekracht und er brauchte eine ganze Weile, bis er die sich sofort bildenden Staus hinter sich lassen konnte. BVG und S-Bahn sind zeitlich irgendwie zuverlässiger, war noch sein Gedanke, als die Tür vor ihm aufgerissen wurde und zwei Männer mit Bauhelmen auf dem Kopf und Zigaretten in der Hand heraus stürmten. „Und wehe, ihr versucht noch einmal hier drinnen zu qualmen, rücksichtsloses Pack!" hörte er noch eine ziemlich keifend klingende Stimme hinter ihnen herrufen. Wie sich gleich darauf herausstellte, gehörte die Stimme zu Svenja Eichhorn, der mittelalten, mittelgroßen, mittelhübschen und auch sonst ziemlich mittelmäßig wirkenden Sekretärin, mit der Steffen Tietz den Termin vereinbart hatte, zu dem er jetzt genau 10 Minuten zu spät war.

„Entschuldigen Sie bitte diesen Empfang, aber manche hier kapieren es einfach nie. Im Büro wird nicht gequalmt, draußen ist reichlich Platz, schon schlimm genug, wenn die da die Luft verpesten. Sind Sie der angekündigte Kommissar vom LKA?" Ihre Stimme klang jetzt auch ganz normal und sie wirkte recht entspannt. Vielleicht gehörte es zu ihren Aufgaben, die Mitarbeiter auf Trab zu halten.

„Abbo Reichel hielt ihr seinen roten Dienstausweis unter die Nase. „Ja, das bin ich. Abbo Reichel vom LKA Berlin."

Mit den Worten:"Sieht ja ein bisschen unecht aus, so in rot." deutete sie ihm an, ihr zu folgen. Widersprechen konnte Abbo

50

Reichel ihr da nicht, er hatte sich auch schon mehrfach gefragt, warum die Dinger ausgerechnet rot sein mussten. Sonderlich seriös wirkte das aus seiner Sicht nicht. „Nehmen Sie dahinten in der Ecke schon einmal Platz, ich rufe noch jemand dazu, der einige Auskünfte mehr als ich geben kann. Einen Kaffee?"

Ohne abzuwarten war sie verschwunden und Abbo Reichel nahm auf einem der abgenutzt wirkenden Besucherstühle vor dem angegebenen Schreibtisch Platz. Er sah sich aufmerksam um und war überrascht, dass man von innen kaum erkennen konnte, dass es sich bei dem Büro eigentlich nur um Blechcontainer handelte. Auf Show war man hier definitiv nicht aus, billig und benutzt wirkende Möbel und Aktenordner über Aktenordner, alles in allem ziemlich rumpelig. Das papierlose Büro war hier noch nicht eingezogen, aber immerhin war jeder der geschätzt 10 Schreibtische, von denen nur die Hälfte besetzt war, mit einem Bildschirm und einer Tastatur ausgestattet.

Mit drei Kaffeebechern in der einen, einem Packen Hochglanzprospekte in der anderen Hand und einem älteren, leicht korpulenten Bauarbeiter im Blaumann erschien Svenja Eichhorn wieder in der Tür, stürmte an ihren Schreibtisch und ließ sich in den Drehstuhl fallen, der das mit einem leichten Quietschen quittierte. Erstaunlich geschickt vermied sie dabei, Kaffee aus den Bechern zu verschütten. „Martin, steh' nicht so dumm herum, nimm gefälligst Platz." Der Umgangston auf Baustellen war tatsächlich etwas rauer und färbte offenbar auch auf die Bürokräfte ab. An Abbo Reichel gewandt kam die Ansage: „Das hier ist Martin de Vries, einer der Bauleiter, der kann Ihnen mit Sicherheit so einiges zu der Baustelle sagen, ansonsten müssen Sie mit mir vorlieb nehmen, der Chef ist sowieso nicht da, aber das hatte ich Ihrem Kollegen bereits gesagt und wiederholen muss ich mich ja wohl nicht. Hier haben Sie schon einmal ein paar Prospekte, da können Sie nachlesen, was die Caerlaverock Castle Real Estate Ltd. hier in Frohnau so macht und auch zu den sonstigen Aktivitäten in Deutschland. Und denken Sie daran, Papier ist geduldig und Hochglanzpapier besonders. So, Martin, jetzt kannst du mal was sagen."

51

„Äh, ja, was wollen Sie denn wissen?" Man merkte Martin de Vries eindeutig an, dass er sich in seiner aktuellen Situation nicht sonderlich wohl fühlte, einen gelben Bauhelm mit dem Schriftzug ‚Holtmann Bau AG' drehte er nervös in seinen Händen.

„Sie wissen beide ja, was gestern hier passiert ist. Bisher ist uns weder bekannt, wer der Tote ist, noch kennen wir die genauen Umstände, die zum Tod geführt haben. Die Untersuchungen dazu laufen noch. Fakt ist aber, dass der Todeszeitpunkt um 6.00 Uhr war und dass der Tote vom Casinoturm gestürzt ist. Mich interessiert also erst einmal, wer wann zuletzt auf dem Turm war, wer einen Zugang zum Turm hat und als zweites, wie die Baustelle überhaupt organisiert ist und wer alles hier beschäftigt ist."

„Wir, also die Holtmann Bau AG, sind der Generalunternehmer für alle Baumaßnahmen. Wir haben die Bauleitung und Koordination, bestellen Material und so weiter. Die eigentlichen Bauarbeiten werden allerdings nur zu einem geringen Teil von uns durchgeführt, der größere Teil von verschiedenen Subunternehmen oder Sub-Subunternehmen. Das ist auf dem Bau leider so üblich, finde ich auch nicht so toll. Wir haben damit nicht unbedingt immer den vollen Überblick, wer wann wo und was macht, im Zweifelsfall müssen wir dann bei den Subunternehmen nachfragen. Was den Turm betrifft, kann ich Ihnen aber genau sagen, was da zuletzt passiert ist beziehungsweise was am Montag hätte passieren sollen. Letzte Woche Donnerstag und Freitag haben zwei rumänische Bauarbeiter, Mircea Dimitriu und Adrian Roseanu, die sind übrigens direkt bei uns angestellt, auf dem Turm gearbeitet. Die beiden sprechen zwar mehr oder weniger kein Wort Deutsch, sind aber von Anfang an mit dabei und gehören zu den zuverlässigsten Leuten, die wir hier haben. Sind auch heute da, Sie können sie also auch befragen, wir müssten dann nur sehen, wer dolmetscht, das dürfte sich aber machen lassen. Jedenfalls hatten die beiden letzte Woche den Auftrag, die an der Aussichtsplattform als Absturzsicherung montierten Gitter abzuschrauben und für den Transport in eine Restaurierungswerkstatt bereitzulegen, am Montag sollten sie dann mit dem Kran heruntergeholt werden. Die Dinger stehen tatsächlich unter Denkmalschutz und müssen nach Behördenauffassung unbedingt originalgetreu erhalten bleiben. Wenn Sie mich fragen, totaler Quatsch und abartig teuer, neue aus Edelstahl wären besser und günstiger als die Aufarbeitung der alten Dinger. Das Ganze ging jedenfalls schneller als gedacht und die beiden haben dann schon die Betonplatten aufgenommen und angefangen, den Kies zu entfernen. Eigentlich hätte man dann am Montag mit der Erneuerung der Abdichtung anfangen können, aber irgendjemand hier hat die Bestellung des Kranes verschusselt, der steht jetzt erst morgen zur Verfügung. Und bevor Sie fragen, eigentlich soll der Turm ebenso wie alle anderen Gebäude immer sofort wieder abgeschlossen werden."

„Perfekt, wenn Sie die beiden bitte noch hereinrufen könnten."

„Ruf auf jeden Fall Liviu mit dazu, der kann dann dolmetschen." Mit einem Handzeichen gab Svenja Eichhorn Martin de Vries den Auftrag, sich darum zu kümmern.

Abbo Reichel war mit seinen Notizen bei weitem noch nicht fertig, als Martin de Vries mit drei Bauarbeitern im Schlepp erschien, alle vier standen unschlüssig herum, bis Svenja Eichhorn noch drei weitere Stühle von den Nebenschreibtischen heranzog und allen andeutete, dass sie sich setzen sollten.

„Wir sind alle legal hier und haben alle notwendigen Papiere" kam es mit einem ziemlich starken Akzent von einem der drei, das war offenbar Liviu, der Dolmetscher, und gleichzeitig zogen alle drei irgendwelche Papiere aus ihren Blaumännern.

„Nein, nein, keine Sorge, ich will ihre Papiere nicht überprüfen und ich glaube Ihnen das. Ihre Namen und Ihre Adressen brauche ich zwar, aber nur für das Protokoll, alles weitere zu Ihren Papieren interessiert mich nicht." Ein erleichterter Blick erst vom Dolmetscher und nach erfolgter Übersetzung auch von den anderen beiden.

Mit: „Das sind Mircea Dimitriu und Adrian Roseanu, sie waren letzte Woche auf dem Turm, aber zuletzt am Freitag gegen Mittag." übernahm Liviu wieder das Wort. „Was genau soll ich sie fragen?"

Etwas zäh zog sich die Befragung der beiden Bauarbeiter hin, aber immerhin bestätigten sie sämtliche Auskünfte von Martin de Vries ohne wenn und aber. Einzig die Frage, ob sie den Turm abgeschlossen hatten, konnten oder wollten sie nicht eindeutig beantworten. Es war ihnen anzumerken, dass sie sich dabei ausgesprochen unwohl fühlten. Martin de Vries sah sich genötigt einzugreifen: „Normalerweise wird alles immer wieder abgeschlossen, aber ehrlich gesagt, klappt das nicht immer und nicht überall. Im Eifer des Gefechts wird es schon mal vergessen und beim aktuellen Stand der Bauarbeiten ist es auch fast egal. Wir haben noch die alten Türen und Schlösser, und da muss man wirklich kein Könner sein, um die aufzubekommen. Sämtliche Schlüssel hängen auch unten in den Umkleiden, damit die Arbeiter überall herankommen. Ändern wird sich das erst, wenn die Bauarbeiten weiter fortgeschritten sind und z.B. in den Wohnungen die neuen Bäder und Küchen eingebaut werden und das Material dafür bereitliegt. Da wird auf allen Baustellen dieser Welt geklaut wie nur irgendwas, aber jetzt, ich weiß nicht so Recht. Auf jeden Fall weiß jeder hier auf der Baustelle, wo die Schlüssel hängen."

Damit war das Ganze mehr oder weniger erfolglos und Abbo Reichel beendete die Befragung, aber in seinem Notizbuch waren wieder ein paar Seiten gefüllt. ‚Schön wäre eigentlich, wenn man technisch so ausgestattet wäre, dass man die leidigen Protokolle gleich erfassen und online archivieren könnte. Aber bis zu seiner Pensionierung waren es ja nur noch 35 oder ein paar Jahre mehr, also höchst unwahrscheinlich, dass er das noch erleben würde.' waren seine Gedanken, bevor er sich wieder an Svenja Eichhorn wandte, die geduldig abgewartet hatte.

„Können Sie mir bitte eine Aufstellung aller Mitarbeiter liefern, die hier auf der Baustelle beschäftigt sind – und immer mit Angabe, für welche Firma, Anschrift und so weiter. Ich gehe mal davon aus, dass am Tag der Arbeit nicht gearbeitet wurde, ich brauche aber eine Angabe, wer am Montag hier war und möglichst auch, wer wo genau gearbeitet hat. Lässt sich das machen und bis wann?"

54

„Die Aufstellung haben Sie in Ihrem Maileingang, wenn Sie zurück sind, da habe ich eine Datei, die ich Ihnen gleich schicke. Für die anderen Angaben muss ich die Bauleiter befragen, dürfte aber auch schnell gehen."

Mittwoch 2. Mai 2018, 15.32 Uhr

Immerhin hatte Abbo Reichel es noch vor dem Berufsverkehr wieder zurück ins LKA geschafft und sogar ausnahmsweise mal daran gedacht, das Fahrtenbuch für den Poolwagen ordnungsgemäß auszufüllen. Ansonsten schaffte er es regelmäßig, sich hier eine Rüge einzufangen.

„Wir haben tatsächlich die beiden Nebenräume bekommen" begrüßte ihn Steffen Tietz „dann brauchen wir beide wenigstens nicht umziehen, ist doch auch mal ganz nett. Aber wenn du dich ärgern willst, ein Blick in die Presse hilft da eigentlich immer." Damit warf er einen Stapel Zeitungen auf Abbo Reichels Schreibtisch.

Wie nicht anders zu erwarten, beherrschte der Fall die Titelseiten aller Berliner Blätter, beim Tagesspiegel, der Morgenpost und der Berliner Zeitung einigermaßen seriös, aber auch mit einigen Spekulationen. Die Betonplatte und die unappetitliche Situation vor Ort war durchgedrungen, wie auch immer. Dafür waren die Schlagzeilen der Zeitungen mit den großen Buchstaben mal wieder völlig daneben. Die Schlagzeilen ‚Mord in bester Gesellschaft' und ‚ Morden im Norden' mochten für die Boulevardpresse ja vielleicht noch halbwegs akzeptabel sein, aber die Spekulationen über das Opfer und mögliche Motive zeigten, dass die Reporter null Ahnung, aber dafür umso mehr Phantasie hatten. Die absolute Krönung war aber die Zeitung mit den ganz besonders großen Buchstaben und für Abbo Reichel die Bestätigung, dass sein Lieblingsfeind Thorsten Weber sich selbst übertroffen und damit wieder reichlich Minuspunkte gesammelt hatte. Die Schlagzeile war ‚Zermatscht - Mord in Frohnau', das Ganze garniert mit einer Fotomontage des Casinoturms mit einer neben dem Turm herabstürzenden Person. Der absolute Witz war aber der dicke, nach unten zeigende Pfeil, damit auch der letzte Leser kapierte, dass hier jemand herabgestoßen wurde und nicht etwa heraufgeflogen ist. ‚Wer ist hier eigentlich dämlicher, die Leser oder der Reporter?' war sein Gedanke.

„Toll, oder?" unterbrach Steffen Tietz seine Überlegungen, die schon fast in einem Mordplan für Thorsten Weber zu münden

56

drohten. „Den Text erspar dir lieber, der ist genauso gaga. Schreib lieber du ein paar vernünftige Texte in deine Protokolle, hast bis zur Teambesprechung ja noch Zeit. Ich habe allen Bescheid gegeben, dürfte wohl eine etwas größere Runde werden, unser Fall scheint alle zu interessieren. Ist ja auch mal was anderes als der übliche Mord- und Totschlag, da sind die anderen Dezernate vielleicht ein wenig neidisch. Außerdem wollte der große Meister verkünden, wer uns denn noch unterstützen soll, wird ja hoffentlich nicht nur bei Kablow und der Uniformierten bleiben. Der Ordner für die Protokolle heißt übrigens ‚Casinoturm‘, das ist damit auch der Name unseres Teams, zwar nicht sonderlich originell, dürfte aber passen. Da der große Meister auch dabei sein will, habe ich in der Kantine Kaffee und Kekse bestellt und damit nicht zu viele Kekse gegessen werden, habe ich ein paar schöne große Fotos vom Tatort aufgehängt. Und jetzt ein Lob bitte.“

„Ja ja“; aber das kam schon nicht mehr an, Steffen Tietz hackte schon wieder wie wild auf seiner Tastatur herum und Abbo Reichel tat es ihm gleich, immerhin stand ihm noch eine gute Stunde bis zur Teambesprechung für das Schreiben der Protokolle und Sichtung der bereits im Ordner vorhandenen Dateien zur Verfügung. Außerdem lenkte ihn das gut ab, so langsam aber sicher machte sich bei ihm eine gewisse Nervosität breit. Ihm stand seine erste Ermittlung bevor, die er, wenn auch nur kommissarisch, leiten würde und damit auch nachher die Teambesprechung. Aus Erfahrung wusste er, dass man bereits in dieser frühen Phase einiges vermurksen konnte, mahnendes Beispiel war das des lieben Kollegen Thomas Kablow, der sich Gerüchten zufolge im letzten Jahr gleich in der ersten Besprechung eines Falls dermaßen auf eine Vorgehensweise festgelegt hatte, die sich dann leider erst ziemlich spät als völlig falsch herausgestellt hatte. Der Fall wurde zwar letztendlich aufgeklärt, aber mit einem Aufwand, der völlig überflüssig war.

Mittwoch 2. Mai 2018, 16.55 Uhr

Ziemlich nervös mit fast schon zitternden Beinen betrat Abbo Reichel mit Steffen Tietz im Schlepp den großen Besprechungsraum. Der war mit schnell ermittelten sieben Personen schon ganz schön voll, meist bekannte, aber auch einige unbekannte Gesichter. Oliver Scholz saß schon an der Schmalseite des langen Tisches und deutete auf den noch freien Stuhl rechts neben ihm. „Na dann, kann ja nur schiefgehen." flüsterte ihm Steffen Tietz noch zu und schob ihn in die richtige Richtung.

Einige weitere Kollegen erschienen noch und um Punkt 17.00 Uhr waren alle Stühle belegt. Oliver Scholz erhob sich und ergriff das Wort: „Meine Damen und Herren, es ist 17.00 Uhr, wir haben keine freien Stühle mehr und können damit wohl anfangen. Um was es geht, dürfte Ihnen allen bekannt sein" und zeigte damit auf den Zeitungsstapel vor sich und die Fotos, die an der linken Wand aufgehängt waren. „Herr Tietz hat sich für den Arbeitstitel ‚Casinoturm‘ entschieden und unter diesem Namen wird der Fall damit bearbeitet. Geleitet wird das LKA 117 und damit auch dieser Fall kommissarisch von Kriminaloberkommissar Reichel hier zu meiner Rechten. Weiterhin gehören dem LKA 117 bis auf weiteres die Herren Kriminalhauptkommissar Thomas Kablow, der im Bedarfsfall auch Herrn Reichel vertreten wird, und Kriminaloberkommissar Steffen Tietz an. Dazu kommen noch Polizeiobermeisterin Julia Rochow, Frau Aylin Cantürk, entschuldigen Sie bitte, aber Ihren Titel weiß ich gerade nicht, und Frau Isabelle Berntsen, Näheres später. Für Sie alle haben wir Arbeitsplätze bereitgestellt, die Herren Reichel und Tietz zeigen Ihnen nachher die Räume. Und wie ich sehe, sehe ich einige Gesichter, die ich natürlich kenne, aber auch einige, die ich nicht kenne. Daher bitte erst einmal eine kurze Vorstellungsrunde und dann fangen wir mit den fachlichen Informationen an, am besten zuerst die Spurensicherung und Rechtsmedizin und alle anderen der Reihe nach. Ich beginne mal der Einfachheit halber mit mir, ich bin Kriminalrat Oliver Scholz und ich leite das LKA 1. Damit gebe ich weiter an Herrn Reichel."

„Ja, Abbo Reichel mein Name und jetzt offenbar Leiter dieser Ermittlungen."

„Bodo Harbauer, Staatsanwaltschaft Berlin, mir ist dieser Fall zugeteilt worden. Ich erwarte, dass Sie mich über die Ermittlungserfolge auf dem Laufenden halten, bitte immer über Herrn Reichel. Wenn es irgendwo hakt, will ich sofort informiert werden. An Ihren Besprechungen will ich nicht teilnehmen, aber informiert sein, und zwar über alles." ‚Meine Güte, was für ein Fatzke', schoss es Abbo Reichel gleich durch den Kopf, ‚das kann ja lustig werden. Optik, Mimik und Gestik passten zusammen, ebenso die schnarrende Stimme.' Geschätzt mindestens 55 Jahre, ziemlich groß wirkend, auf jeden Fall sehr arrogant und von sich selbst überzeugt, alles in allem sehr unsympathisch. Aber egal, wenn er tatsächlich an den weiteren Besprechungen nicht teilnehmen wollte, würde er wohl mit ihm einigermaßen klarkommen.

„Steffen Tietz, Kriminaloberkommissar LKA 117."

„Ellen Nessmer, Leiterin LKA KTI 21 – Tatortgruppe, meine Mitarbeiter und ich haben vor Ort alles aufgenommen und einige Erkenntnisse für Sie zusammengestellt, Details dann gleich."

„Mein Name ist Julia Rochow, ich bin Polizeiobermeisterin in der Direktion 1, zur Zeit sowieso zu einem Praktikum im LKA und jetzt dem LKA 117 zugeordnet."

„Kriminalhauptkommissar Thomas Kablow, LKA 1." Für Abbo Reichel und wahrscheinlich einige andere Anwesende nicht sonderlich überraschend musste Thomas Kablow natürlich den Kriminalhauptkommissar besonders betonen, aber so war er nun einmal.

„Jonas Kleinert und im Stab des Polizeipräsidiums in der Öffentlichkeitsarbeit tätig. Ich werde Sie bei Presseanfragen und ähnlichem unterstützen, den Bedarf sehen wir ja" und zeigte damit auf den Zeitungsstapel vor Oliver Scholz.

„Ich bin Aylin Cantürk, ich habe gerade mein Studium an der Polizeiakademie bzw. der HWR beendet und hätte eigentlich meinen ersten Einsatz in einer der Direktionen gehabt, bin jetzt aber hier im LKA gelandet, mal sehen, wie das wird." ‚Auweia, eine blutige Anfängerin' schoss es Abbo Reichel sofort durch den

Kopf ‚noch ein Klotz am Bein, hoffentlich müssen wir der nicht noch das Laufen beibringen.'

„Isabelle Berntsen, Ärztin und zur Facharztausbildung Rechtsmedizin an der Charité bzw. dem Landesinstitut für gerichtliche und soziale Medizin Berlin. Außerdem habe ich in Kopenhagen Kriminalistik studiert und bei der dortigen Polizei gearbeitet." Abbo Reichel schaute verstohlen zu ihr hinüber, sie ließ sich aber nichts anmerken. Dafür hatte Julia Rochow seinen Blick bemerkt und mit einem fast missmutigen Gesichtsausdruck quittiert. ‚Hübsch ist sie, verdammt hübsch mit ihren tausenden von Sommersprossen' dachte er noch, bevor ihn die nächste und dröhnende Stimme aus dem Konzept brachte.

„So, ich bin dann ja wohl als der Letzte dran. Mein Name ist Timo Thoms vom Stab der Polizeipräsidentin. Sie wissen ja, die Polizeipräsidentin ist erst seit ein paar Tagen im Amt und will sich einen Überblick verschaffen, was in ihrer Behörde so läuft und auch nicht so läuft. Das LKA genießt dabei ihre besondere Aufmerksamkeit und dabei gerade Ihr Fall, hervorgerufen natürlich auch durch die heutige Presse. Halten Sie mich bitte über alle Ermittlungsergebnisse auf dem Laufenden und auch über die Termine der künftigen Teambesprechungen, ich behalte mir eine jederzeitige Teilnahme vor. Einen Zugang zu ihren Dateien hätte ich gerne noch heute, das war's dann erst einmal, ich muss jetzt noch zur Chefin." Sprach es, stand auf und verschwand mit einer doch recht freundlichen Handbewegung, die man durchaus als Abschiedsgruß bewerten konnte.

„Äh, was das jetzt war, kann ich Ihnen auch nicht erklären" kam aus dem Mund von Oliver Scholz „keine Ahnung, was das soll, aber ich werde am Platz der Luftbrücke nachhaken. Sie werden informiert, wenn ich Näheres weiß. Aber wir machen hier erst mal ganz normal weiter und ich denke, Frau Nessmer und Frau Berntsen beginnen einfach mit ihren Berichten und dann der Reihe nach."

Ellen Nessmer stand auf und stellte sich vor die recht großformatigen Tatortfotos. „Eigentlich wollte ich unserem Ruf entsprechend mit einem schlechten Scherz beginnen und Ihnen allen erst einmal den Appetit auf die Kekse vermiesen, dann würden mehr für mich bleiben. Aber ich sehe schon, die Fotos haben ihre Wirkung nicht verfehlt, ich sehe jedenfalls ziemlich viele blasse Gesichter, aber zur Sache. Wir haben einiges ermitteln können, aber nicht unbedingt das, was Sie auf jeden Fall hören wollen. Wir wissen nicht, wer unser Toter ist. Zur Person wird sich gleich noch Isabelle auslassen. Weder die Fingerabdrücke noch der DNA-Abgleich haben einen Treffer ergeben. Ich bitte jetzt um Lob dafür, dass die DNA-Analyse so schnell erfolgt ist. Mit den Zeitungsartikeln konnte ich die Kollegen im Labor davon überzeugen, dass sie diesen Fall vorziehen sollten." Beifallheischend schaute sie sich um, aber der Beifall blieb aus. Die meisten bemühten sich eher, den Blick von den Fotos abzuwenden. „Na gut, wenn ihr das nicht zu würdigen wisst, mache ich halt weiter. Ausweis, Handy, Portemonnaie oder ähnliches haben wir nicht gefunden. Klar ist auf jeden Fall, dass ein Ring, wahrscheinlich ein Ehering, vom rechten Ringfinger entfernt wurde, die Abdrücke des Rings waren frisch, wie auch die Obduktion gezeigt hat. Dafür hatte unser Toter aber noch seine Armbanduhr um, eine Chopard Time Traveller One. So ein Teil kostet nach ersten Recherchen fast 10.000,-- €, wäre also für euch durchaus ein Ermittlungsansatz. Das lässt meines Erachtens die Schlussfolgerung zu, dass es kein Raubmord war, aber den würde ich anhand der gesamten Umstände sowieso ausschließen. Kann aber auch daran liegen, dass der linke Arm halb unter dem Oberschenkel lag und die Uhr damit auf den ersten Blick nicht zu sehen war. Durch die Uhr wissen wir aber ganz genau, wann der Herr zu Tode kam, sie ist durch den Aufprall, und das konnten unsere Techniker eindeutig feststellen, um exakt 6.06 Uhr und 12 Sekunden stehengeblieben. So, was haben wir noch? Die Betonplatte, ja, die ist 70 x 50 cm groß, hat eine ungleichmäßige Stärke von 8 bis 10 cm und wiegt exakt 59,7 Kilogramm, beim Aufprall übrigens in zwei Teile zerbrochen, aber schön gleichmäßig, ließ sich also einfach abtransportieren. Kann sich wohl jeder vorstellen, was so eine Platte anrichtet, wenn sie aus gut 25 Metern Höhe auf einen menschlichen Körper trifft. Und sie ist mit der vollen Fläche aufgetroffen. Das ist so ähnlich wie das Marmeladenbrot, dass einem vom Küchentisch fällt, das landet auch immer mit der beschmierten Seite unten, würde sonst ja auch keine Sauerei geben, war hier genauso." Damit zeigte sie auf eines der Fotos, automatisch schauten alle anderen Teilnehmer hin und die meisten wurden noch etwas blasser. Nur Aylin Cantürk und Thomas Kablow nutzten die Gelegenheit, sich jeweils einen der Keksteller heranzuziehen. „Hatte ich nicht erwähnt, dass die Kekse für die KTU und vielleicht noch die Rechtsmedizin reserviert sind, wir sind schließlich diejenigen, die solche Sauereien kennen. Ihr drückt euch ja sogar vor der Teilnahme an der Obduktion, kann ich aber auch verstehen. Weiter im Text. Unten haben wir noch etwas für euch Interessantes gefunden, nämlich ziemlich viele Fußabdrucke. Zum einen die von einem Hund, das dürften mit Sicherheit die von diesem Pudel sein, passt jedenfalls von der Größe her. Dann die vom Herrn Kriminaloberkommissar Reichel, Sneakers der Größe 44 und am Tatort eigentlich nicht erwünscht." Abbo Reichel wäre an dieser Stelle am liebsten unter den Tisch gerutscht, zumal sich im Gesicht von Thomas Kablow ein süffisantes Grinsen zeigte. Das besagte eindeutig ‚hättet ihr mal besser mir die Ermittlungsleitung gegeben.‘ Das Gesicht von Ellen Nessmer zeigte aber keinerlei Reaktion, aus Sicht von Abbo Reichel immerhin ein winzig kleiner Erfolg. Vielleicht war er doch nicht der erste, dem so ein Fauxpas passierte. „Und wir haben Schuhabdrücke, die für euch interessant sein dürften, Größe 45 mit einem ziemlich markanten Profil und eindeutig zur von der Leiche führend. Wir haben auch schöne Fotos davon gemacht. Am Casinoturm haben wir leider nicht allzu viel gefunden. Weder die Tür unten zum Turm noch die zum Treppenhaus oder die zur Aussichtsplattform weisen Aufbruchspuren auf. Das Treppenhaus ist zwar total staubig, aber auswertbare Fußabdrücke haben wir nicht gefunden, da ist wohl nicht nur ein einzelner LKA-Kommissar durchgetrampelt. Und auf der Aussichtsplattform selbst auch keine, im Kiesbett bleibt da nichts übrig. Nicht so ganz überraschend dürfte unsere Erkenntnis sein, dass die Betonplatte unten mit denen oben identisch ist. Die Dinger sind zwar ganz schön schwer, aber so wie sie an die Brüstung gelehnt sind, ist der erforderliche Kraftaufwand laut meinen Kollegen wohl recht gering, um sie dann hinüber und damit nach unten zu bekommen. Wunderschön ausformuliert findet ihr alles in unserem Bericht, der ist schon in eurem Ordner vorhanden. Wenn keine Fragen mehr offen sind, bin ich fertig und würde an Isabelle übergeben."

Fragen hatte erst einmal keiner der Teilnehmer und Abbo Reichel erteilte Isabelle Berntsen das Wort.

„Die Obduktion hat unser Institutsleiter durchgeführt, Herr Prof. Dr. Mario Jürges, assistiert habe ich. Das Protokoll ist auch schon in eurem Ordner vorhanden, verstehen dürfte das aber nur ein Mediziner. Jürges findet das leider toll und ist nicht davon zu überzeugen, die Ergebnisse etwas allgemeinverständlicher zu fassen, aber das ist wohl auch im LKA nicht ganz unbekannt. Ich versuche auf jeden Fall, es kurz und verständlich darzustellen. Aufgrund des Zustands des Opfers konnten wir einiges nur schätzen, eine gewisse Unsicherheit bleibt. Das Alter schätzen wir auf 40 Jahre, plus minus 5 Jahre, Größe ca. 180 cm, da nur plus minus 2 cm und Gewicht ungefähr 85 Kilogramm. Ihr dürft nicht vergessen, dass wir nur alles unterhalb des Gürtels gut untersuchen konnten, der Rest war nur rudimentär erhalten beziehungsweise ziemlich großflächig verteilt. Zur Identifikation können auch wir nichts beitragen, der Zahnstatus kann nur ansatzweise nachvollzogen werden und dürfte damit kaum hilfreich sein. Auf eine Nachfrage bei den Berliner Zahnärzten kann aus unserer Sicht verzichtet werden, das wäre wenig erfolgversprechend. Auch haben wir keine Tätowierungen, auffällige Narben, Muttermale oder ähnliches entdeckt. Aber wir haben etwas für euch bestimmt interessantes gefunden. Die Reste des Polohemdes weisen genau auf Höhe des Herzens einen Einstich auf, nur einen einzelnen und ziemlich klein. Wir tippen auf einen Dolch, ein Filetiermesser oder ähnliches. Aber ob das Loch schon vor dem Sturz vorhanden war, konnten wir nicht mehr ermitteln, das halten wir aber in Anbetracht des Zustands der sonstigen Kleidung für sehr unwahrscheinlich. Bewerten müsst ihr das allerdings selbst. Ansonsten haben wir nichts für euch Relevantes ermitteln können. Und wenn sich noch weitere Fragen ergeben, ist das kein Problem, ich bin ja ab morgen zur Unterstützung an euch ausgeliehen und damit immer vor Ort. Damit wäre ich eigentlich schon fertig."

Bevor jemand anders ihr in die Quere kommen konnte, ergriff Ellen Nessmer noch einmal das Wort. „Isabelle hat es eben erwähnt, es könnte ein Mordwerkzeug geben. Meine Leute haben mit der BSR, der S-Bahn und dem Grünflächenamt Reinickendorf telefoniert. Die Mülleimer rund um die Plätze sind seit gestern noch nicht geleert worden und die auf dem S-Bahnhof sind zwar geleert, der Müll ist aber noch nicht abgeholt worden. Wir überprüfen das morgen alles, vielleicht haben wir ja Glück und finden etwas. Eventuell sogar ein Portemonnaie oder Handy. Man weiß ja nie, und manchmal ist unsere Klientel glücklicherweise tatsächlich ausgesprochen blöd. Und noch eine Ergänzung, die findet ihr auch im Protokoll der Rechtsmedizin, und den Absatz sogar so, dass ihn jeder versteht. Die Kleidung unseres Opfers war sehr hochwertig, eigentlich schon edel zu nennen. Könnte vielleicht auch nützlich sein. Scheint sich jedenfalls nicht um einen armen Schlucker gehandelt zu haben. Ich teile daher ausdrücklich die Meinung von Isabelle. Es ist sehr unwahrscheinlich, dass das Loch im Polohemd nicht im Zusammenhang mit dem Mord entstanden ist." Damit war Ellen Nessmer endgültig mit ihren Ausführungen fertig und übergab mit einem Kopfnicken an die neben ihr sitzende Julia Rochow.

„Herr Kablow, wollen Sie zur Anwohnerbefragung berichten oder soll ich das übernehmen?" Thomas Kablow brummelte seine Zustimmung, Abbo Reichel hatte den Eindruck, dass die Anwohnerbefragung unter der Würde von Kablow lag, und Julia Rochow legte los: „Wir haben insgesamt 136 Wohnungen als relevant für die Befragung ermittelt, das reicht vom Einfamilienhaus bis zum Mehrfamilienhaus mit 20 Appartements, das ist das an der Welfenallee über der Deutschen Bank. Zwei Wohnungen stehen offensichtlich leer, eine am Sigismundkorso und eine in der Welfenallee, 16 von den damit verbleibenden 134 Wohnungen sind noch offen, da wir niemand angetroffen haben, auch heute nicht. In diesen Fällen müssen wir also in den nächsten Tagen noch einmal nachhaken. Das Ergebnis war nicht so prickelnd, wir haben nur zwei Anwohner gehabt, die meinten, dass sie einen Knall oder Rumms gehört haben, wohl die Beton-platte. Einen Schrei hat niemand gehört und wenn ich dazu mei-ne Meinung sagen darf, dann würde das ja mit dem Messer- oder Dolchstich passen. Wer tot ist, schreit nicht mehr. Das war's erst einmal von uns beiden."

Steffen Tietz ließ sich jetzt vernehmen: „Ich hätte da noch eine Ergänzung, ich habe mir mal die Umgebung auf Google Maps angesehen und meine, dass man auch die Anwohner jeweils in den ersten Häusern des Kasinowegs bis zur S-Bahn und in der Burgfrauenstraße befragen sollte. Würde auf jeden Fall nichts schaden." Ein Nicken von Julia Rochow und sogar von Thomas Kablow bestätigten die Annahme dieses Auftrags.

Thomas Kablow, Jonas Kleinert und Aylin Cantürk deuteten durch ein kurzes Kopfschütteln an, dass sie nichts sagen wollten, dafür ergriff Oliver Scholz wieder das Wort: „Wie eben schon gesagt, was das mit dem Stab der Polizeipräsidentin soll, keine Ahnung, aber wird von mir geklärt. Und Auskünfte an die Pres-se bitte ausschließlich über Herrn Kleinert, ansonsten kennen Sie ‚kein Kommentar' ja zur Genüge. Dann noch eine erfreuliche Nachricht, Sie werden nicht nur von Frau Rochow und Frau Cantürk unterstützt. Ich habe auch das Angebot bekommen, dass Frau Berntsen für zunächst einmal den gesamten Mai an uns quasi ausgeliehen wird. Sie hat ja in Kopenhagen Kriminalis-tik studiert und auch operativ bei der Polizei dort gearbeitet, ist uns also bestimmt eine Hilfe. Wenn ich jetzt so auf meine Uhr schaue, wir haben es schon nach 18.00 Uhr. Sie machen jetzt Feierabend, morgen ist auch noch ein Tag. Herr Reichel, Sie soll-ten aber noch Ihrem Team kurz die Büros zeigen und morgen um 11.00 Uhr möchte ich Sie bei mir sehen. Frau Rochow, Sie lassen bitte ab morgen die Uniform zu Hause."

Damit war die erste Teambesprechung offensichtlich beendet und Abbo Reichel deutete seinen Kollegen an, dass sie ihm fol-gen sollten.

Mittwoch 2. Mai 2018, 18.10 Uhr

„Bevor wir tatsächlich Feierabend machen, sollten wir noch kurz die Büroeinteilung festlegen, dann kann morgen früh jeder seinen Arbeitsplatz belegen und für sich organisieren. Wer dann welche Aufgaben übernimmt, klären wir morgen. Herr Tietz und ich bleiben hier im ersten Büro, wäre ja Blödsinn, wenn wir umziehen. Ich denke, Frau Rochow und Herr Kablow nehmen das hintere, Sie beide haben ja heute schon zusammengearbeitet, das müsste doch eigentlich passen. Und die beiden Damen Berntsen und Cantürk belegen das mittlere Büro, das nehmen wir dann auch für unsere Teambesprechungen, ist auch der größte Raum, der dritte Schreibtisch ist als Reserve gedacht und bleibt erst einmal frei." Steffen Tietz grinste in sich hinein, ihm war sofort klar, dass Abbo Reichel damit sichergestellt hatte, dass die Tatortfotos an die Glaswand zum hinteren Büro angeklebt werden konnten und ihnen beiden damit der Anblick von Thomas Kablow zumindest weitgehend erspart bleiben würde. Zwar nicht ganz fair gegenüber Julia Rochow, aber irgendjemand muss halt immer leiden.

Widerspruch kam nicht, damit war das schon einmal beschlossen und verkündet. Ebenso wurde noch die erste Besprechung für morgen früh um 9.30 Uhr anberaumt und die Runde aufgelöst. War gar nicht so schwer, die Leitung des LKA 117, dachte Abbo Reichel noch zufrieden. Er hatte dabei gar nicht bemerkt, dass nur noch Isabelle Berntsen und er übrig geblieben waren.

„Überrascht?"

„Kann man so sehen, drei Anfänger, ein Querkopf und zwei Profis. Dazu eine unbekannte Leiche und keine richtige Ahnung, wie wir vorgehen sollten. Da wissen auch die beiden Profis noch nicht weiter."

„Ich meinte jetzt eher die Tatsache, dass ich an euch ausgeliehen bin. Ich wusste bis kurz vor der Besprechung auch noch nichts davon. Irgendwie müssen dein Chef und mein Chef einen guten Draht zueinander haben und irgendeinen Deal getroffen haben. Schlimm?"

„Nee, dann teilen wir halt Bett und Büro."

„Ich hatte dich eigentlich so verstanden, dass ich gemeinsam mit Frau Cantürk in einem Büro sitze und nicht mit dir."

„Hm, kann ja lustig werden mit dir."

„Genau. Kommst du wieder zu mir? Hier hast du einen Wohnungsschlüssel. Ich muss noch einmal ins Institut, ein paar Sachen abholen."

„Dann hole ich noch ein paar Klamotten aus meiner Wohnung und breite mich bei dir aus. Ich besorge dann unterwegs auch etwas Essbares."

Mit einem „Alles klar" und einem Abschiedskuss stand Abbo Reichel alleine in seinem Büro, bevor auch er mit einem Kopfschütteln ging.

Mittwoch 2. Mai 2018, 20.30 Uhr

Zufrieden stellte Abbo Reichel fest, dass die himmelblaue Vespa schon vor dem Haus parkte, Isabelle Berntsen war also schneller als er gewesen. Aber erstens war sein Weg von der Keithstraße über Neu-Westend nach Hermsdorf mit U-und S-Bahn zeitaufwendiger als ihr Weg über Moabit und mit einer Vespa. Und zweitens hatte er in seiner Wohnung eine Weile überlegen müssen, was er denn nun mitnehmen sollte. War irgendwie schwierig zu entscheiden gewesen. Ergebnis war jedenfalls ein Rucksack mit Kulturbeutel und einigen Klamotten, das sollte erst einmal für ein paar Tage reichen. Kommt Zeit, kommt Rat.

Im REWE erledigte er noch den Einkauf, ein paar Brötchen, etwas Aufschnitt und Käse und eine Flasche spanischer Rotwein sollten ausreichen.

Zur Begrüßung meinte Isabelle Berntsen: „Du brauchst nicht klingeln, ich habe dir doch einen Schlüssel gegeben." Mit Blick auf den nicht gerade riesigen Rucksack ergänzte sie: „Sieht zwar nicht so aus, als ob du auf Dauer einziehen würdest, aber ein Umzug geht ja auch schlecht mit der S-Bahn. Wir müssen sowie noch reden, also privat meine ich, ich habe schon einiges für unserer Hochzeit organisiert. Zwischen Obduktion, Protokoll schreiben und Besprechung hatte ich etwas Zeit."

Den Kopf schüttelnd packte Abbo Reichel seine Einkäufe auf den Esstisch, Isabelle Berntsen legte Teller und Besteck dazu. „Hier in Berlin können wir nicht heiraten, das geht nicht. Ich hatte schon Schwierigkeiten, beim Standesamt überhaupt jemand zu erreichen. Gesagt haben sie mir dann, dass man einen Termin frühestens in zwei Monaten bekommen kann und in unserem Fall sei es sowieso schwierig, schließlich sei ich ja Ausländerin. Die haben wohl noch nicht mitbekommen, dass Dänemark zur EU gehört. Aber Behörden und Berlin, damit habe ich sowieso schon tolle Erfahrungen gemacht, sowohl Bürgeramt als auch Ausländerbehörde. Keiner weiß, was er macht und Termine bekommst du nirgends oder erst Monate oder Jahre später. Im Institut haben andere Kollegen auch ähnliches erlebt, wir lästern schon, dass Berlin ein ‚failed state‘ ist, so ähnlich wie Somalia. Fehlen nur noch die Piraten vor der Küste, aber das liegt in Berlin wohl eher an der nicht vorhandenen Küste, sonst gäbe es die hier auch."

„Und nun?"

Isabelle Berntsen legte ihm ihre Hände auf seine und blickte ihm tief in die Augen. „Die Polizei in Dänemark ist nicht so toll wie hier, aber sonst funktioniert einiges besser, zumindest die Behörden. Das ist meist wirklich bürgerfreundlich oder, wie heißt es so schön, kundenfreundlich. Wir haben am Montag um 9.30 Uhr unseren Termin im Standesamt in Kopenhagen im Rathaus, wäre sogar schon morgen oder Freitag gegangen, aber das fand ich dann doch ein bisschen zu schnell." Dazu wieder ihr schon fast unverschämt zu nennendes Grinsen. „Der Flug ist gebucht, wir fliegen in Tegel um 6.00 Uhr ab und sind um 7.10 Uhr in Kastrup, passt also. Du musst dir also für Montag einen Tag frei nehmen, bei mir ist das schon erledigt. Und meine Trauzeugin ist Karine, meine älteste Schwester. Wen nimmst du? Da brauchen wir dann auch noch ein Flugticket."

‚Das war wohl neuer deutscher Rekord, zumindest aber Reichel-Familienrekord. Dienstag kennengelernt und nicht einmal eine Woche später verheiratet‘ schoss es Abbo Reichel noch durch den Kopf. „Ja, schön."

„Das ist nicht nur schön, das ist toll. Und wen nimmst du?"

„Äh, ich glaube, meinen Vater. Der hat bestimmt Zeit, ist schließlich seit ein paar Wochen im Vorruhestand."

„Dann ruf ihn mal gleich an, aber verrate nicht, um was es geht."

„Hallo Papa, hier Abbo. Hast du am Montag Zeit, also am 7. Mai? Ich brauche mal deine Hilfe."

„Hm, eigentlich nicht, ich wollte weiter an der Terrasse arbeiten, die soll ja endlich mal fertig werden, sonst bekomme ich noch Ärger mit deiner Mutter. Um was geht's denn?"

„Kann ich dir noch nicht verraten, ist aber wichtig, sehr wichtig sogar. Du müsstest dann rechtzeitig zum Abflug um 6.00 Uhr in Tegel sein."

„Sag mal, spinnst du? Was wird das denn?"

69

„Wirst du dann sehen, aber Mama und Tammo nichts sagen, einfach nur rechtzeitig da sein. Und bitte in Anzug und Krawatte."

„Du weißt genau, dass ich Anzug und Krawatte hasse und nur noch bei Hochzeiten, Beerdigungen und ähnlichen Festivitäten anziehen wollte. Mehr als 40 Jahre bei der Sparkasse mit Anzug und Krawatte reichen!"

„Passt schon – kommst du dann?"

„Überredet, aber nicht überzeugt. An welchem Flugsteig?"

„Keine Ahnung, ist aber der Flug um 6.00 Uhr nach Kopenhagen. Anzug und Krawatte nicht vergessen. Ich rufe dich Sonntag noch einmal an. Ach so, eins noch. Kann ich am Sonntag eines eurer Boote haben, das Zweierkajak?"

„So so, Kopenhagen. Schön. Ja, das Boot kannst du haben. Und Montag bin ich dann rechtzeitig da."

„Ich glaube, mein Vater war ganz schön irritiert, aber er scheint ja kommen zu wollen."

„Na dann können wir jetzt endlich essen, die paar Kekse vorhin waren eindeutig zu wenig. Und danach können wir Mann und Frau und so üben. Und was war das mit einem Boot am Sonntag?"

„Wird nicht verraten, aber da habe auch ich etwas entschieden. Wirst du schon rechtzeitig sehen. Wenn du spontan Hochzeitstermine abmachst und Flüge buchst, kann ich auch mal etwas spontan entscheiden. Kann es übrigens sein, dass wir beide nicht ganz normal sind? Ich meine, was unser Kennenlernen und so weiter betrifft. Normal ist das doch nicht, oder? Wie auch immer normal definiert wird."

„In Kitschfilmen ist so etwas normal. Da gibt es immer die Liebe auf den ersten Blick, sie sind vom Donner gerührt oder ähnlich. Das scheint es also tatsächlich zu geben, jedenfalls geht es mir so."

„Mir auch."

„Dann beenden wir jetzt mal die Kitschphase und stärken uns."

Donnerstag 3. Mai 2018, 9.10 Uhr

Als Abbo Reichel und Isabelle Berntsen gemeinsam im Büro erschienen, sah Stefen Tietz zwar kurz auf, nickte kurz zur Begrüßung, schien sich aber nicht darüber zu wundern, dass sie gleichzeitig kamen.

„Die anderen sind noch nicht da, also habe ich die Gelegenheit genutzt, die Glaswand drüben zu verschönern. Obwohl, was ist schlimmer? Die Fotos vom Tatort oder der Anblick von Kablow? Das muss jeder für sich selbst entscheiden. Die Technik war auch schon da und hat alle Rechner angeschlossen und für unsere Neuen die Zugänge freigeschaltet. Und wenn Isabelle ein Passfoto abliefert, bekommt sie sogar einen Dienstausweis, hat jedenfalls vor ein paar Minuten der große Meister verkündet und auch daran erinnert, dass du um 11.00 Uhr bei ihm sein sollst. Dann hat vorhin Ellen angerufen, einige von ihren Mitarbeitern, bei der Anzahl bin ich mir nicht ganz sicher, wühlen sich jetzt durch den gesamten Müll von Frohnau oder jedenfalls von fast ganz Frohnau. Wenn sie etwas finden, werden wir sofort informiert. Ganz wichtig noch für unsere Besprechung gleich – die Neuen müssen sich etwas für die Einstandslage überlegen, soll doch wichtig sein für den Teambildungsprozess."

In dem Moment kam auch die restliche Hälfte des LKA 117 durch die Tür, ziemlich laut und offenbar auch alle ziemlich gut gelaunt. ‚Erstaunlich' dachte Abbo Reichel noch, vor allem, was den Kablow betrifft. Aber ehrlicherweise musste er vor sich selbst auch zugeben, dass er noch keine persönlichen Erfahrungen mit ihm gehabt hatte und nur die Sagen und Erzählungen aus dem Flurfunk des LKA kannte. Wer welchen Schreibtisch belegte, ergab sich irgendwie automatisch und um Punkt 9.30 Uhr rollten Abbo Reichel und Steffen Tietz mit ihren Schreibtischstühlen von rechts und Julia Rochow und Thomas Kablow von links in das mittlere Büro, das mit den Tatortfotos dekorierte.

Als Erster ergriff Thomas Kablow das Wort, Abbo Reichel hatte keine Chance: „Bevor der Kollege Reichel etwas sagt, von mir ein paar persönliche Worte. Sie haben es vielleicht gestern gemerkt und die Kollegen Reichel und Tietz kennen es mit Sicherheit aus den Kantinengesprächen oder so. Ich bin seit längerem keinem Dezernat fest zugeteilt und werde immer hin und her geschoben. Das hat durchaus seinen Grund und ehrlich gesagt, hätte ich das an Stelle von Kriminalrat Scholz auch so gehandhabt. Das, was jetzt kommt, bitte ich ausdrücklich hier im Raum zu belassen und nicht weiterzutratschen, sollen doch die anderen denken, was sie wollen. Und meinen schlechten Ruf habe ich mir sozusagen hart erarbeitet, der kann von mir aus noch eine Weile so bleiben, außer natürlich hier. Ich bin ziemlich abgestürzt, habe reichlich gesoffen und eine Ermittlung völlig an die Wand gefahren, jedenfalls so, dass ein mutmaßlicher Täter durch meinen Fehler freigesprochen wurde. Ein paar andere Fälle sind auch nicht so gelaufen, wie sie hätten laufen sollen, jedenfalls nicht sonderlich professionell. Das Ganze ist passiert, nachdem meine Frau mich mit unseren beiden Töchtern verlassen hat. Klingt vielleicht ziemlich nach einer Ausrede und ist es zumindest in großen Teilen wohl auch. Lange Rede, kurzer Sinn, ich hoffe, dass ich alles wieder im Griff habe und will hier vernünftige Arbeit leisten. Ach ja, mein Name ist Thomas und ich würde mich freuen, wenn ihr mich im Team akzeptiert."

Betretenes Schweigen lastete im Raum, bevor Isabelle Berntsen sich laut und vernehmlich räusperte: „Ich müsste ja völlig unvoreingenommen sein, da ich die Vorgeschichten nicht kenne, aber das fand ich eben richtig gut. Ich heiße Isabelle. Und die Einstandslage machen wir dann halt ohne Alkohol, ist sowieso gesünder und hier herrscht doch bestimmt auch Alkoholverbot, oder?" Damit blickte sie Abbo Reichel auffordernd an.

„Äh, ja. Alkoholverbot gilt hier. Und Klasse, vielen Dank an dich, Thomas. Ehrlich gesagt fällt mir da ein ziemlicher Stein vom Herzen. Das mit dem allgemeinen Du finde ich auch gut, schließlich sind wir jetzt die mit Abstand jüngste Mordkommission hier im LKA. Oder hat etwa jemand was dagegen? Fangen wir also an mit der Arbeit. So richtig viel haben wir noch nicht, eine unbekannte Leiche, damit auch kein Motiv, keine Mordwaffe und nur wenige Spuren. Vielleicht finden Ellens Leute etwas in den Mülleimern, aber ich glaube nicht so recht daran. Das wäre wohl zu schön, um wahr zu sein. Wir müssen mit den Anwohnerbefragungen weitermachen, sind zwar mit Steffens Vorschlag ein paar mehr geworden, aber dürfte trotzdem überschaubar sein. Wenn ich es richtig in Erinnerung haben, sind es eher Einfamilienhäuser. Das Ganze dürfte zwar nicht viel bringen, muss aber sein. Wie sieht es eigentlich mit euren praktischen Erfahrungen aus?" Die letzte Frage war an Aylin Cantürk und Isabelle Berntsen gerichtet.

Sowohl Aylin Cantürk als auch Isabelle Berntsen bestätigten seine Befürchtungen, seine Mordkommission bestand damit zu exakt 50 % aus mehr oder weniger Anfängern. Beide hatten zwar während des Studiums reichlich Praktika hinter sich gebracht, aber beide weitgehend in uniformierten Hundertschaften und ansonsten nur Kleinkram wie Einbrüche, Autodiebstähle und kleinere Drogendelikte verfolgt. ‚Drogendelikte in Kopenhagen' dachte Abbo Reichel ‚ein guter Witz, war da nicht etwas mit Christiania und mehr oder weniger offen gehandelten Drogen, so ähnlich wie in den Coffeeshops in Holland?'

„Steffen wird sowieso immer hier vor Ort sein und den Bürokram sowie die Recherchen erledigen, wir müssen dann eben jeweils Zweier- bzw. Dreierteams bilden, immer mal im Wechsel. Das wird schon irgendwie. Isabelle braucht sowieso noch ihren Dienstausweis, darum kümmert sich Steffen. Julia und Aylin, ihr habt doch eure grünen Dienstausweise, oder? Julia, du brauchst für deine Dienstwaffe noch einen Schulterholster, das Gürtelding geht ohne Uniform nicht, besorg dir nachher in der Materialausgabe so ein Teil. Davon mal abgesehen würde ich es begrüßen, wenn die Dienstwaffen eher hier in den Büros unter Verschluss bleiben." Ein wissendes Nicken kam von Steffen Tietz, es blieb den anderen nicht verborgen, Rückfragen blieben aber aus. „Ah, Planänderung. Ich muss ja gleich zu Scholz, Thomas, du kommst bitte mit, du bist ja schließlich offiziell mein Vertreter. Außerdem ist es vielleicht besser, wenn wir da im Zweierpack auftreten. Julia, Aylin und Isabelle, ihr fahrt dann zu dritt nach Frohnau und macht mit der Anwohnerbefragung weiter. Und geht bitte auch noch einmal in das Baubüro, zeigt denen mal ein Foto von den Schuhabdrücken, vielleicht kann da jemand etwas zu sagen.

73

Für mich sieht das nach Wanderschuhen oder eben so Sicherheitsschuhen oder wie die Dinger auf dem Bau auch immer heißen aus. Und wenn euch die Leute von Ellen über den Weg laufen, fragt ruhig schon mal nach Ergebnissen."

„Ich werde alle verfügbaren Vermisstenmeldungen aus Berlin und Brandenburg durchgehen, vielleicht finde ich ja jemanden, auf den die Beschreibung passen könnte. Ansonsten gehe ich noch alle Protokolle der Anwohnerbefragung und die der Rechtsmedizin und der KTU durch, könnte ja sein, dass mir etwas auffällt." Mit dieser Ansage von Steffen Tietz rollten alle mit ihren Bürostühlen zurück an ihre Schreibtische.

Donnerstag 3. Mai 2018, 10.58 Uhr

Die Tür zum Vorzimmer von Kriminalrat Oliver Scholz war offen, das Vorzimmer selbst verwaist und auch die Tür zum Chefzimmer stand sperrangelweit offen. Ein kurzes pro forma Anklopfen und Hereintreten waren mehr oder weniger ein Vorgang, wurde aber von Oliver Scholz nur mit einem Kopfnicken quittiert, der wohl so etwas wie ,hinsetzen' bedeuten sollte. Er schien nicht einmal sonderlich überrascht zu sein, dass Abbo Reichel mit Thomas Kablow im Schlepp erschien.

„Guten Morgen, meine Herren. Schön, schön, Sie sind pünktlich, wir können gleich anfangen. Zuerst einmal das Thema Polizeipräsidentin und Timo Thoms. Der ist tatsächlich zur Überwachung des LKA abgestellt worden. Offiziell heißt es natürlich, dass er im Auftrag der neuen Polizeipräsidentin das LKA durchleuchten und dann Vorschläge zur Effizienzsteigerung unterbreiten soll, also ähnlich wie ein externer Unternehmensberater. Offensichtlich ist auch am Platz der Luftbrücke angekommen, dass hier im LKA 1 im Schnitt mehr als 20 % aller Planstellen unbesetzt sind, und das nicht erst seit gestern. Bemerkt hat man wohl auch, dass die Mitarbeiter damit ziemlich überlastet sind, kein Wunder, kann man problemlos anhand der Überstundenstatistik erkennen. Ebenso, dass der Frust ziemlich weit verbreitet ist und manche Ermittlungen nicht unbedingt mit der erforderlichen Sorgfalt durchgeführt wurden. Das entsprechende Presseecho wird wohl auch eine gewisse Rolle gespielt haben. Meine Entscheidung zur kommissarischen Besetzung der Leitungsposition LKA 117 mit Ihnen, Herr Reichel, wird scheinbar auch mit Misstrauen beäugt. Alles sehr misslich, aber von unserer Seite aus nicht zu ändern. Meine Bitte ist, dass Sie Herrn Thoms täglich einen kurzen aber vollständigen Bericht über den aktuellen Stand der Ermittlungen geben. Ein Link auf die entsprechende Datei per E-Mail reicht, muss ja nicht unser Papier kosten. Übernehmen kann das Herr Tietz. Dieser Bericht kann dann auch gleichzeitig an Staatsanwalt Harbauer gehen, damit dürfte auch der zufriedengestellt sein. Auch wenn es gestern aus seinem Mund anders klang, können Sie davon ausgehen, dass er

75

Sie weitgehend autonom agieren lässt und sich kaum einmischt. Wie ich aus wie es so schön heißt gewöhnlich gut unterrichteten Kreisen erfahren habe, hatte Herr Harbauer seinen zweiten Herzinfarkt und arbeitet intensiv auf den vorzeitigen Ruhestand hin. Das war damit Punkt zwei, beides muss aber bitte unter uns bleiben. Punkt drei ist Ihre Unterstützung. Sie wissen, dass unsere Dezernate alle mehr als gut ausgelastet sind, weder kann ich da irgendjemanden abziehen noch die anderen Abteilungen um Unterstützung bitten. Wenigstens konnte ich mit Frau Rochow und Frau Cantürk zwei fertig ausgebildete Fachkräfte abordnen und Frau Berntsen ist zwar eine ausgesprochen unkonventionelle Lösung, aber auch sie hat eine Polizeiausbildung. Alles nicht gerade optimal, aber besser als nichts. Ansonsten gehe ich davon aus, dass Ihr Hauptaugenmerk auf der Identitätsfeststellung liegt, alles Weitere dürfte sich daraus ergeben. Noch Fragen?"

Den letzten Satz hätte er sich sparen können, schließlich waren Thomas Kablow und er keine blutigen Anfänger, einen Kommentar ersparten sich aber beide.

„Nur noch eine Frage oder eher Bitte. Ich möchte gerne am kommenden Montag frei nehmen, eine dringende Familienangelegenheit. Abbummeln von Überstunden wäre in Ordnung, ein Urlaubstag aber auch. Herr Kablow kann mich problemlos vertreten." Dass auch Isabelle Berntsen am Montag nicht da sein würde, musste er ihm nicht unbedingt auf die Nase binden, das war schließlich von ihr noch mit ihrem Institut abgesprochen worden.

Mit einem „Wenn's denn unbedingt sein muss, in Ordnung. Den Antrag hätte ich dann gerne rechtzeitig auf meinen Tisch". Mit einem Handzeichen in Richtung Tür war die Audienz beendet.

Donnerstag 3. Mai 2018, 11.15 Uhr

„Was wollt ihr denn schon wieder hier. Aber egal, dann könnt ihr gleich mithelfen, die Protokolle durchzuflöhen. Die drei Damen sind gerade los, die sehen wir bestimmt nicht vor 15.00 Uhr wieder, eher später. War's schlimm?"

Thomas Kablow setzte Steffen Tietz kurz und knapp und unter eindeutigem Verzicht auf die Einhaltung des Verschwiegenheitsauftrags in Kenntnis. „Und danke für die Umhängung der Fotos." Ihm war sofort aufgefallen, dass Steffen Tietz ihre kurze Abwesenheit genutzt hatte, die Tatortfotos an die Glaswand zum Flur zu kleben. Die Glaswände zwischen ihren Büros waren damit wieder gläsern und die Zwischentüren standen weit offen.

Lediglich unterbrochen von der gemeinsamen und ausgedehnten Mittagspause in der Kantine waren sie selbst zu dritt noch um kurz vor 16.00 Uhr mit dem Sichten der Protokolle beschäftigt, als die drei Damen nicht gerade leise das mittlere Büro stürmten. Der unsachlichste Kommentar dazu kam erwartungsgemäß von Steffen Tietz: „Das Frauenzimmer ist wieder voller Frauenzimmer, dabei war es bis eben so schön ruhig." Zu seinem Glück hatten die drei das nicht mitbekommen, dafür aber alle in das mittlere Büro gebeten.

Abbo Reichel übernahm die Information über das Gespräch mit Kriminalrat Scholz, ebenfalls ohne dessen Verschwiegenheitsauftrag übermäßig ernst zu nehmen. „So, wer von euch berichtet?"

Aylin Cantürk übernahm die Aufgabe: „Bei der Anwohnerbefragung waren wir nicht sonderlich erfolgreich, von den noch 16 offenen Fällen haben wir nur vier erreicht, neu hinzugekommen waren ja im Kasinoweg und der Burgfrauenstraße noch einmal 24 Wohnungen, aber auch da haben wir nur in 10 Fällen jemanden angetroffen. Wir gehen alle drei davon aus, dass diese Woche wegen des Feiertags am Dienstag nicht gerade wenige Anwohner in Urlaub sind und schlagen vor, dass wir die jetzt noch offenen Befragungen dann erst Anfang nächster Woche machen. Seht ihr das auch so? Herausgekommen ist bei den Befragungen nichts, außer, dass wir im Kasinoweg noch einen Einbruch auf-

77

nehmen durften, das haben wir aber schon weitergeleitet, darum sollen sich die Kollegen kümmern. Erfolgreicher waren wir aber mit den Schuhabdrücken. Das sind eindeutig die Sicherheitsschuhe, die sie auf der Baustelle verwenden, zu nützen scheint uns das aber ehrlich gesagt trotzdem nur wenig. Die Schuhe stehen immer unter den Spinden, und die meisten Bauarbeiter haben Größe 44 oder 45, und verschwunden sind auch keine. Erschwerend kommt noch hinzu, dass im Flur vor den Umkleiden ein Regal mit Reserve- oder Ersatzschuhen steht, da kann sich jeder bedienen. Auch da konnte keiner nachvollziehen, ob welche fehlen. Der eine Bauleiter, ein Martin de Vries, mit dem hatte Abbo wohl schon gesprochen, meinte sich erinnern zu können, dass die erste Etage der Bürocontainer am Dienstag früh nicht abgeschlossen war. Ob uns das was bringt, großes Fragezeichen. Julia hat sich bereit erklärt, die Protokolle zu erfassen und Isabelle und ich würden jetzt gerne Feierabend machen, wir haben beide noch was wichtiges Privates zu erledigen." Damit waren die beiden auch schon durch die Tür und weg.

„Ich mache dann nur noch schnell den Bericht für Thoms und Harbauer fertig und bin dann ebenfalls weg, morgen ist auch noch ein Tag." ließ sich Steffen Tietz vernehmen und war nach nebenan verschwunden und hackte kurz darauf deutlich hörbar auf seiner Tastatur herum.

Abbo Reichel saß gerade an seinem Schreibtisch als sich sein Handy mit den ersten Takten von ‚Sweet Lucy' lautstark meldete.

„Hier Isabelle" und als er nicht sofort antwortete „Du weißt schon, deine Braut." Jetzt musste er doch laut lachen ‚diese künftige Ex-Verlobte hatte wirklich eine große Klappe, so klein sie auch war.' und ging lieber auf den Flur, schließlich sollte Steffen Tietz nicht unbedingt alles mitbekommen. „Ich muss noch dein Geburtsdatum wissen und das deines Vaters und von dem auch den Vornamen, brauche ich alles für die Flugtickets und das Standesamt in Kopenhagen. Du musst dann neben deinem Ausweis auch deine Geburtsurkunde mitnehmen, die wollen die sehen, warum auch immer. Der Ausweis alleine reicht jedenfalls nicht. Muss wohl daran liegen, dass du Ausländer bist. Dann habe ich gedacht, dass wir morgen nach Feierabend einen Anzug für dich kaufen, sollst ja gut aussehen bei unserer Hochzeit. Ein Kleid für mich muss ich auch noch kaufen und bevor du fragst, nein, du darfst nicht dabei sein. Das soll angeblich Unglück bringen, ist zwar totaler Quatsch, aber gewisse Geheimnisse oder Überraschungen sind doch auch ganz nett. Und für wie viele Leute soll ich für Montag einen Tisch in irgendeinem Restaurant reservieren, also ich meine, wie viele gibt es von deiner Familie? Wir fliegen schließlich nach dem Standesamt gleich wieder zurück nach Berlin, da ist es doch bestimmt ganz vernünftig, wenn wir deine Familie dann ins Bild setzen. Meine Schwestern und deren Anhang können wir erst einmal außen vor lassen, die kommen bestimmt nicht am Montag mit nach Berlin. Eine größere Feier können wir irgendwann nachholen."

Ohne weiter nachzudenken antwortete Abbo Reichel: „5. Dezember 1988 und 26. Mai 1960, Bertram heißt mein Vater, sagt aber kein Mensch, alle nennen ihn Bertie. Außer Mama, wenn sie sauer auf ihn ist oder ihn ärgern will, dann nennt sie ihn Bertram. Ich denke, außer uns beiden wären das noch meine Eltern, meine beiden Brüder, die Freundin von Hilko dazu und vielleicht meine Oma, also höchstens acht."

„Super, dann lerne ich deine ganze Mischpoke kennen, meine siehst du vielleicht in Kopenhagen, mindestens aber Karine. Mischpoke ist auch ein schönes Wort, ist aber wohl nicht so ganz deutsch, habe ich jedenfalls gehört. Bis heute Abend ist das mit dem Restaurant geklärt, dann kannst du alle anrufen. Bis nachher in meiner Wohnung, du hast ja einen Schlüssel und darfst ihn auch benutzen."

79

Freitag 4. Mai 2018, 8.30 Uhr

Wieder fiel es Steffen Tietz nicht auf, dass Abbo Reichel und Isabelle Berntsen zeitgleich im Büro erschienen, vielleicht, weil er sowieso wenig um sich herum mitbekam, wenn er auf seiner Tastatur herumhackte, vielleicht aber auch, weil beide taktisch klug ihre jeweiligen Büros direkt vom Flur aus betraten. Der Blick der bereits anwesenden Aylin Cantürk konnte nach Isabelle Berntsens Einschätzung durchaus bedeuten, dass sie etwas bemerkt hatte oder zumindest ahnte.

„Weiß jemand, wann Julia und Thomas kommen wollten oder wo sie sind". Abbo Reichel machte sich gedanklich eine Notiz, dass er künftig für den jeweils nächsten Tag eine Uhrzeit für die Routinebesprechung bekannt geben musste. Im selben Moment tauchte erst Julia Rochow und wenige Sekunden später ziemlich hektisch Thomas Kablow auf.

„Alle bitte mal rüberkommen, wir machen jetzt sofort die Besprechung. Ihr werdet es kaum glauben, aber unser Täter scheint tatsächlich ein Vollidiot zu sein. Ich habe gerade eben den Bericht der KTU bekommen, deren Müllaktion gestern war erfolgreich. In dem Mülleimer an der Bushaltestelle beim spanischen Weinhändler am Zeltinger Platz, bzw. eher bei dieser Boutique, haben sie ein Messer mit Blutspuren gefunden. Ich habe mal schnell einen größeren Ausdruck gemacht" und klebte das Foto eines ziemlich groß und ziemlich spitz wirkenden Messers an die Glaswand zum Flur. „Die haben das im Labor gleich untersucht, und das Blut ist definitiv von unserem Opfer. Mensch, da haben wir doch endlich einen Ansatzpunkt. Fingerabdrücke gab's aber nicht. Wäre ja auch zu schön gewesen. Das Teil sieht nicht nur auf dem Foto groß aus, laut dem Bericht ist es 36 cm lang, das ist schon ziemlich auffällig. Alles weitere dazu müssen wir aber selbst ermitteln, die im Labor sind total überlastet und wissen nicht, was sie als erstes machen sollen. Steffen, kannst du nicht mal Google befragen, die Marke kann man ja eindeutig auf dem Foto erkennen und steht wohl auch irgendwo im Bericht. Ah ja, hier, Martiini heißt die Firma, mit drei i."

„Steffen, setz dich mal an Aylins Rechner und google das."

Alle saßen um Aylins Schreibtisch und Steffen herum und starrten gebannt auf den Bildschirm, die Jagd war jetzt endgültig eröffnet. Das Messer vom Foto hatte Steffen schnell gefunden, es war das Modell Condor Filleting Knife 23. Den Angaben auf der Internetseite von Martiini folgend, war es das teuerste und exklusivste Modell, auf jeden Fall das mit der längsten Klinge.

„Ich finde aber hier kein Händlerverzeichnis, nur die Möglichkeit, die Messer online zu bestellen. Das kann definitiv nicht sein, ich habe selbst bei meiner Campingausrüstung ein Messer von Martiini und ich glaube, dass ich das mal in Steglitz bei Globetrotter gekauft habe."

Ungläubige Blicke trafen Abbo Reichel. „Was willst du denn mit so einem Messer? Und du campst? Unglaublich." Das kam von Thomas Kablow.

„Falsche Annahme. Campen ja, ab und zu Touren mit Kajak oder Canadier und dann halt mit Zelt. Aber doch nicht so ein Messer. Ich habe ein ganz normales Allzweckmesser von denen, aber der Griff sieht schon sehr ähnlich aus. Steffen, geh doch bitte mal auf die anderen Messerrubriken. Hah, seht ihr, so in etwa sieht meins aus" und zeigte auf ein Modell mit einer normal aussehenden und deutlich kürzeren Klinge. „Gut, machen wir mal weiter im Programm, was wollen wir wissen? Julia, notier bitte mal die Ideen."

„Wie viele verkaufen die von diesem Modell pro Jahr?"

„Können die uns die Adressen der deutschen Kunden in den letzten Jahren liefern – und machen die das auch oder müssen wir über die finnische Polizei anfragen?

„Du hattest ja gesagt, dass du deins bei Globetrotter gekauft hast, dann gibt es also auch deutsche Händler – welche sind das und wie viele Messer dieses Modells haben die in den letzten Jahren geliefert bekommen und verkauft?"

„Wir können die Händler befragen, vielleicht haben die noch Kundendaten oder ein Verkäufer kann sich an einen Käufer erinnern. Ist ja wohl ein ziemliches Exotenteil, hoffe ich jedenfalls."

„Die Lederscheide scheint immer dazu zu gehören, wo ist die?"

Schnell hatten sie eine Reihe von Fragen aufgenommen und Abbo Reichel erteilte Steffen Tietz den Auftrag, sofort bei Martiini in Finnland diese Fragen zu klären.

„Wenn wir die deutschen Händler haben, telefonieren wir die ab, erst Berlin und dann immer weitere Kreise ziehen. Hoffentlich sind es nicht zu viele, vielleicht haben wir ja Erfolg. Isabelle, würde das Messer mit dem Loch im Polohemd zusammenpassen?"

„Aus der Erinnerung heraus würde ich sagen eindeutig ja. Steffen, ruf doch mal den Obduktionsbericht auf, da ist mindestens ein Foto dabei." Den Ausdruck des Messerfotos neben das Foto aus dem Bericht auf dem Bildschirm haltend: „Hier, seht ihr, dass passt eindeutig. Und bei der Klingenlänge ist ein Stich ins Herz eindeutig tödlich. Allerdings nur, wenn man richtig trifft und das konnten wir beim Zustand des Oberkörpers und der Organe eben leider nicht überprüfen, wenn ihr euch bitte mal die Fotos da an der Wand ansehen wollt. Das wäre dann ein Dreifachmord an einer Person, erstechen, hinunterstürzen und mit einer Betonplatte erschlagen. Echt nicht schlecht."

Abbo Reichel ließ sich wieder vernehmen: „Was meint Ihr, können wir uns auf einen Mann als Mörder festlegen? Wir haben ein Messer, das zum filetieren eingesetzt wird, und Angler sind fast ausschließlich Männer. Bei meinen Paddeltouren sehe ich jedenfalls so gut wie nie Frauen mit einer Angel" und setzte grinsend hinzu „ist also ein geschützter Bereich. Die Betonplatte wog fast 60 Kilogramm, sieht auch nach Mann aus und die Schuhabdrücke mit Größe 45 ebenfalls. Ich kann mir da kaum eine Frau als Mörderin vorstellen."

Zustimmendes Gemurmel erklang und die Ansage von Steffen Tietz: „Jetzt lasst mich mal meine Arbeit machen und eine E-Mail an Martiini schreiben. Dann haben wir womöglich schnell eine Antwort und ihr könnt telefonieren. Ich geb' euch dann Bescheid."

Freitag 4. Mai 2018, 10.15 Uhr

„Alle mal herkommen, ich habe die Antwort aus Finnland. Die haben überhaupt nicht herumgezickt und geschrieben, dass sie die deutsche Polizei gerne unterstützen. Und ein tolles Warenwirtschaftssystem haben sie auch, konnten jedenfalls für jedes verkaufte Messer nachvollziehen, welchen Weg es gegangen ist. So, mal sehen, was wir hier genau bekommen haben." Nach einigen Klicks „das Modell haben sie erst seit genau drei Jahren im Programm und ist tatsächlich eher ein Exot. Insgesamt wurden bis heute 1.132 Stück hergestellt und davon 987 verkauft, die anderen haben sie noch auf Lager. Nach Deutschland verkauft haben sie genau 205 Exemplare. Leider nur 47 Stück über ihren eigenen Internetshop, da haben sie gleich eine Liste mit den Adressen mitgeliefert. Datenschutz ist in Finnland offenbar nicht so ausgeprägt, aber das soll uns ja recht sein. Die anderen sind an alle möglichen Outdoorläden und Anglerbedarfsgeschäfte oder wie die Läden heißen gegangen, verteilt über die gesamte Republik. Wenn ich das hier richtig sehe, haben die meisten nur maximal eine Handvoll bekommen, kann also durchaus sein, dass wir da die Käufer ermitteln können. Das wären dann 205 potenziell Tatverdächtige. Damit können wir zumindest so lange nichts anfangen, bis wir das Opfer identifiziert haben und irgendeine Verbindung herstellen können. Vorschlag: wir teilen die Händlerliste auf und versuchen unser Glück, Berlin und Brandenburg zuerst. Wir müssen also für 158 Messer die Käufer finden."

Insgesamt waren auf der Liste 60 Händler, für jeden also genau 10. Schwerpunkt war erstaunlicherweise Berlin und Brandenburg mit 30 Händlern, der Rest war verteilt auf die gesamte Republik, allerdings überwiegend Nordddeutschland.

„Die 30 hiesigen Händler werden wir wohl heute noch schaffen, also schnappt euch die Liste und ran an die Telefone. Wenn wir alle durch haben, sehen wir weiter."

Vier Stunden, eine gemeinsame Mittagspause in der Kantine und viele Telefonate später war von der anfänglichen Euphorie nicht mehr viel übrig geblieben.

Thomas Kablow meinte ziemlich frustriert: „Bei Globetrotter und Camp 4 habe ich ewig gebraucht, bis ich überhaupt jemanden an der Strippe hatte, der wusste, wovon ich rede. Bei Globetrotter sind zwölf der Messer über den Internetshop verkauft worden, meine Anfrage wurde an die Zentrale in Hamburg weitergeleitet. Ich hoffe mal, die liefern uns dann auch tatsächlich die Kundendaten, wenn's dumm läuft, müssen wir uns noch einen richterlichen Beschluss zur Herausgabe der Daten besorgen. Fünf sind in der Filiale in Steglitz verkauft worden, davon immerhin drei laut deren Angaben bargeldlos bezahlt worden. Damit könnten wir zumindest theoretisch ermitteln, wer diese Käufer waren. Aber ohne Beschluss bekommen wir nicht einmal die entsprechenden Kartendaten und bei den Banken oder Kreditkartenunternehmen sieht das auch nicht anders aus. Bei Camp 4 konnte sich der Verkäufer sogar noch an den Käufer erinnern, die haben nämlich nur ein einziges verkauft und der Typ kam dem Verkäufer irgendwie merkwürdig vor. Das war auch erst vor zwei Wochen, leider Barzahlung und außer der Angabe, dass der Käufer irgendwie nazimäßig aussah, war nicht mehr herauszuholen. War also nichts."

„Verkäufer oder Inhaber von Fischläden oder wie die heißen müssen wohl gemäß ihrer Arbeitsplatzbeschreibung die Anforderung erfüllen, einen möglichst niedrigen IQ zu haben," ergänzte Steffen Tietz etwas genervt: „Ihr glaubt nicht, was ich mir da alles anhören musste. Bei manchen hatte ich den Eindruck, dass die kaum bis drei zählen können, zumindest solange sie nicht Bierflaschen zählen können. Einer war tatsächlich so besoffen, das ich die Fahne förmlich durch das Telefon gerochen habe. Aber im Ernst, einen Internetshop hat da keiner und Kartenzahlung scheint auch eher ein Fremdwort zu sein. Und an irgendeinen Käufer konnte oder wollte sich keiner erinnern. Ein Flop auf der ganzen Linie."

Die kurzen Berichte der anderen waren auch nicht wesentlich besser, so dass Abbo Reichel um Punkt 15.00 Uhr verkündete: „Dann machen wir heute mal früh Feierabend, das bringt jetzt sowieso nichts mehr. Ich bin übrigens am Montag nicht da, habe mir wegen einer dringenden Familienangelegenheit den Tag frei genommen. Aber Thomas vertritt mich und wenn ihr die restlichen Händler anrufen könntet…..Selbst wenn wir nicht alle Käufer ermitteln können, besteht ja die Chance, dass wir in dem Moment mit den vorhandenen Käuferdaten etwas anfangen können, wenn wir den Namen des Toten haben. Montag seid ihr übrigens nur zu viert, Isabelle hatte sich schon im Institut für diesen Tag Urlaub genehmigen lassen."

„Ja, auch eine dringende Familienangelegenheit." Ihr Grinsen dazu sah zum Glück außer Abbo Reichel niemand.

Fünf Minuten später waren nur noch Abbo Reichel und Isabelle Berntsen übrig, selbst Steffen Tietz war schnell verschwunden und hatte dabei den Bericht für Thoms und Harbauer vergessen. Notgedrungen formulierte Abbo Reichel ein paar dürre Worte, konnte sich dabei Isabelles Formulierung zum Dreifachmord an einer Person aber nicht verkneifen. Die E-Mail an die beiden mit den Links auf diesen Bericht und den der KTU zum Messerfund war schnell verschickt, es musste auch zügig gehen, schließlich saß Isabelle Berntsen die ganze Zeit auf seiner Schreibtischkante und das war seiner Konzentration nicht gerade zuträglich.

„Wenn du endlich fertig bist, können wir dich ja einkleiden gehen. KaDeWe muss aber nicht sein, da war ich gestern auf der Suche nach einem Kleid. Echt ätzend, dermaßen viele neureiche Chinesen und Russen, die einen dauernd rücksichtslos anrempeln. Also, wenn ich nicht selbst Ausländerin wäre, könnte ich da fast zur Ausländerfeindin werden oder sogar Wählerin der AfD." Ein breites Grinsen zeigte Abbo Reichel eindeutig, dass das nicht ganz ernst gemeint war. „Und ehrlich, bei den Preisen vergeht dir auch einiges. Aber bei P & C habe ich ein Kleid gefunden, wirst du dann am Montag sehen, ein bisschen sexy, das für darunter noch sexyer, und ziemlich edel. War sogar ein Sonderangebot. Für dich finden wir da bestimmt auch etwas, die haben ein gutes Angebot an Anzügen, habe ich gestern bereits gecheckt. Und wenn wir schon unterwegs sind, können wir gleich auch noch zu Karstadt Sport gehen, ich brauche noch passende Klamotten für unsere Paddeltour am Sonntag – richtig kombiniert?"

„Die Hinweise darauf waren nicht allzu schwer, das hätte jeder Polizeischüler im ersten Semester erkannt."

„Blödmann – auch ein schönes deutsches Wort, werde ich bestimmt öfter mal benutzen."

„Wehe. Bist du denn schon einmal gepaddelt?"

„Mal vor Jahren auf der Gudenå, wir waren da mit einigen Kommilitoninnen auf einem Campingplatz bei Silkeborg und hatten uns mehrere Kanus gemietet. War ein Scheißwochenende. Scheißwetter, schlecht geschlafen, bei der Paddeltour sind zwei Boote gekentert, dann gab's noch einen Zickenkrieg zwischen zweien, die dann aber zum Glück kurz danach das Studium geschmissen haben, und die Krönung war dann das Gewitter in der zweiten Nacht. Aber dir zuliebe....."

„Der Wetterbericht sieht gut aus, am Sonntag soll es sonnig bei über 20 Grad werden, wir fahren mit einem Zweierkajak, wenn du willst, können wir aber auch einen Canadier nehmen, und wenn du mit mir zusammen kentern willst, musst du dich schon ganz schön blöd anstellen. Blödfrau wäre dann auch ein schönes deutsches Wort. Außerdem paddel ich gerne, da bleibt dir kaum etwas anderes übrig, als mitzumachen, das ist sozusagen mit der Hochzeit inklusive."

Freitag 4. Mai 2018, 15.35 Uhr

Sie waren erst 15 Minuten in der Herrenabteilung von P & C und Abbo Reichel war bereits leicht genervt. Klamottenkaufen war überhaupt nicht sein Ding und erst recht nicht, wenn es um Anzüge ging. Der erste Anzug seit dem Abiball vor zehn Jahren. Isabelle Berntsen schleppte einen Anzug nach dem anderen an, wie von ihm erwartet, wurde es dann natürlich der, den er als ersten anprobiert hatte. Aber immerhin hatte sein Leiden nach einer halben Stunde ein Ende, mit einer großen Tragetasche mit einem grauen Anzug, einem weißen Hemd und einer recht farbenfrohen, aber trotzdem seriös wirkenden Krawatte verließen sie P & C.

„Na, war's denn so schlimm?"

„Schlimmer. Ich weiß schon, warum ich nur Jeans, Polohemden und Pullover trage. Jetzt brauche ich aber definitiv Nervennahrung, bevor wir für dich Paddelklamotten kaufen. Komm, wir gehen ins Café vom C/O Berlin gleich hinter dem Bahnhof Zoo, das ist auf jeden Fall besser als der Rest hier in der Gegend. Und Karstadt Sport ist auch gleich um die Ecke."

Zufrieden schob sie sich den Rest ihres Kuchens in den Mund: „War ein guter Tipp, aber die beiden aktuellen Fotoausstellungen sind nichts für mich. Da sind schon die Ausstellungsplakate ziemlich abschreckend. Schade, das C/O Berlin steht schon länger auf meiner virtuellen To-do-Liste."

„Gibt ja ständig neue Ausstellungen, da findet sich bestimmt mal etwas Passendes. Und dann könnte man vielleicht auch gleich in das Museum für Fotografie gehen, ist quasi gegenüber. Auf unserer To-do-Liste für heute steht aber Karstadt Sport, also los jetzt, das dauert bestimmt."

Dauerte aber gar nicht so lange wie befürchtet. Isabelle Berntsen konnte sich mit tatkräftiger Unterstützung von Abbo Reichel schnell entscheiden und in einer weiteren Tragetasche wurden eine schnelltrocknende lange Hose, eine schnelltrocknende sehr kurze Hose und gleich drei ebenfalls schnelltrocknende T-Shirts in der Vereinsfarbe von Abbo Reichels Kanuverein abtransportiert.

‚Wenn das Wetter wirklich so warm wie angekündigt wird und Isabelle die kurze Hose nimmt, sollte ich sie überreden, den Canadier zu nehmen, gibt eine schöne Aussicht für mich‘ sinnierte Abbo Reichel auf der Fahrt nach Hermsdorf. ‚Und das Grün der T-Shirts passt toll zu ihren Haaren.‘

„Was wollen wir eigentlich morgen machen?"

„Erst einmal ausschlafen, werden wir doch bestimmt nötig haben, nach der Nacht."

„Blödmann, du weißt doch gar nicht, was passiert."

„Aber Phantasie, auch Hoffnung genannt."

„Und danach?"

„Einfach abwarten und dann spontan entscheiden, je nachdem, wie viele Stunden der Tag dann noch hat."

„Ich bleibe einfach mal bei Blödmann."

Sonnabend 5. Mai 2018, 11.30 Uhr

„Ich glaube, wir sollten langsam doch mal aufstehen, sonst ist der Tag bald vorbei."

„Wenn ich so aus dem Fenster sehe, sieht das Wetter gut aus, die Sonne scheint jedenfalls. Wollen wir nach dem Frühstück einen Ausflug machen? Lass uns doch einfach nach Tegel fahren und wie ein verliebtes Pärchen am Tegeler See spazierengehen oder wir fahren mit einem der Ausflugsdampfer, das wäre die bequeme Variante zu dem, was dir am Sonntag blüht. Eiscafés gibt es in Tegel auch ganz nette und direkt am See ist ein gutes Fischrestaurant."

„Guter Plan, und ich spare meine Kräfte für morgen."

Ein netter, entspannter und völlig ereignisloser Tag war die Folge.

Sonntag 6. Mai 2018, 10.23 Uhr

Abbo Reichel öffnete die leicht quietschende Pforte zum Vereinsgrundstück des KCBN KanuClub Berlin-Nord im Lubminer Pfad in Berlin-Heiligensee und Isabelle Berntsen schob ihre himmelblaue Vespa auf den Parkplatz.

„Und denk bitte daran, was ich dir vorhin beim Frühstück gesagt habe, nicht irritieren lassen. Die werden dich genau beobachten und garantiert ein paar blöde Kommentare ablassen. Von denen kennen mich die meisten schon seit meiner Kindheit und bei dem Wetter hocken bestimmt eine ganze Reihe noch beim Frühstück auf der Wiese. Es sind immer viele das ganze Wochenende hier, übernachten in ihren Wohnwagen und die lange Tafel auf der Wiese ist halt Tradition oder besser gesagt ‚das war schon immer so'. Wenn du alle nett grüßt, hast du schon fast gewonnen."

„Ja ja, habe ich schon beim ersten Mal verstanden. Ich lasse einfach meinen natürlichen Charme spielen und schon ist es gelaufen. Nee, ehrlich gesagt bin ich ziemlich nervös, kann eigentlich nur morgen im Standesamt und danach mit deiner Familie aufregender werden."

„Guten Morgen Abbo, auch mal wieder da?"

„Ups, wer ist das denn? Frisches Blut für einen alten Verein?"

„Die letzte war nicht ganz so hübsch, aber ist ja auch schon Jahre her, oder etwa nicht?"

„Herzlich willkommen, und nicht von den Kommentaren irritieren lassen, die können nicht anders."

So und ähnlich waren die Bemerkungen, nachdem Isabelle Berntsen und Abbo Reichel zur allgemeinen Begrüßung auf den ersten Tisch direkt vor dem Bootshaus geklopft hatten und sofort in der Bootshalle verschwunden waren.

„Das ist ja erst einmal halbwegs gut gegangen, aber glaub' ja nicht, dass es das war. Du stehst unter Beobachtung. Neu, und damit unter Beobachtung, ist man hier für mindestens fünf, eher zehn Jahre. Aber eigentlich sind fast alle ganz nett und vor allem immer hilfsbereit. Was für ein Boot nehmen wir denn, Kajak oder Canadier?"

„Schön ist es hier auf jeden Fall. Denk' bloß nicht, dass das in Vereinen in Dänemark anders ist. Hattest du Freitag nicht von einem Kajak gesprochen?"

„Schade" brubbelte Abbo Reichel und zeigte Isabelle Berntsen das Boot seiner Eltern, einen Lettmann Fjord mit dem Namen Navicula „komm, wir bringen das Teil mal auf die Wiese vorne am Steg, wir müssen dann sowieso ausprobieren, ob wir für dich noch etwas einstellen müssen. Für meinen Sitz vorne passt das, mein Papa und ich haben die gleiche Beinlänge. Aber du bist doch ein Stückchen kleiner als Mama. Dann kann ich dir auch gleich zeigen, wie du das Paddel halten musst und wie es überhaupt funktioniert, ist aber alles ganz einfach. Ich sitze sowieso vor dir und steuere das Boot, du brauchst dich dann nur nach mir zu richten" und grinsend dazu „ist mal was Neues."

Wenige Minuten später saßen sie im Boot und paddelten quer über den Nieder Neuendorfer See, sogar mehr oder weniger synchron.

„Was siehst du da vorne?"

„Bäume und Büsche, mitten im See."

„Und unter den Bäumen und Büschen"

„Sieht komisch aus, irgendwie wie Reste von Schiffen."

„Genau, als die DDR noch existierte, haben die hier alte Binnenschiffe versenkt. Das sollte als Sperre dienen um zu verhindern, dass jemand aus Nieder Neuendorf oder Hennigsdorf über den See in den Westen flüchtet. Die Grenze verlief hier mitten im See und wurde scharf bewacht. Kenne ich aber auch nur aus den alten Geschichten, muss wohl ziemlich unschön gewesen sein. Jetzt wachsen da seit langem die Bäume und Büsche und auf der anderen Seite, direkt am Oder-Havel-Kanal ist eine Biberburg, da paddeln wir gleich mal hin. Und weiter vorne nisten viele Graureiher."

„Schön hier, ich wusste zwar, dass Berlin viel Wald und Wasser hat, aber so viel? Irgendwie bin ich vor lauter Arbeit im Institut nicht dazu gekommen, viel zu erkunden. Kann man doch bestimmt nachholen, mit dir als Fremdenführer."

Mehr als vier Stunden später waren sie wieder zurück am Steg des KCNB. „Puh, jetzt brauche ich erst einmal eine Pause, paddeln ist doch anstrengender als ich gedacht habe, meine Schultern tun mir ganz schön weh. Gewöhnt man sich irgendwann daran?"

Bevor Abbo Reichel antworten konnte, tönte es von der Bank direkt neben dem Steg von einer älteren, grauhaarigen und verschmitzt wirkenden Dame: „Da hat Abbo dich ja ganz schön lange über den See gescheucht. So kann man auch Leute vergraulen. Böser Abbo," und drohte mit gespieltem Ernst mit dem Zeigefinger. „Dann will ich mal versuchen, das wieder gutzumachen. Mein Name ist übrigens Erika. Setz dich einfach auf einen der freien Stühle da vorne, ich mache gleich frischen Kaffee und Kuchen haben wir sowieso reichlich. Abbo kann sich mal irgendjemand schnappen und das Boot wieder zum Bootshaus bringen. Wie war's denn sonst so? Ach egal, jetzt setz dich erst einmal." Abbo Reichel wurde unmissverständlich per Handzeichen angedeutet, dass er verschwinden und sich um das Boot kümmern sollte.

Sonntag 6. Mai 2018, 19.15 Uhr

„Papa, hier wieder Abbo. Das Boot ist heile geblieben und du bist bitte morgen früh rechtzeitig in Tegel, der Abflug ist um 6.00 Uhr, Terminal C, Anzug und Krawatte nicht vergessen. Ach ja, bevor ich es vergesse, um 18.00 Uhr hast du einen weiteren Termin, der gilt auch für Mama und Tammo, Hilko und Tabea rufe ich noch an, Oma auch. Ihr seid alle ins Ristorante Brescia in der Welfenallee eingeladen. Warum und weswegen wird nicht verraten, das werdet ihr dann schon sehen. Und bevor du fragst, ja, ihr seid eingeladen, ich zahle." Damit war das Telefonat beendet.

An Isabelle Berntsen gewandt: „Ich wollte lieber Rückfragen vermeiden. Bevor er auf dumme Gedanken kommt und nachfragt, mit wem ich das Boot nutzen wollte oder was er in Kopenhagen soll. Wird schon schiefgehen. Ich rufe gleich noch Hilko und Tabea an und bei Oma werde ich es auch mal probieren, kann mir aber vorstellen, dass sie keine Lust hat, aus Zehlendorf nach Frohnau zu fahren wenn sie nicht weiß, um was es geht. Dann hat sie halt Pech gehabt und lernt dich erst später kennen. Bei Papa habe ich den Eindruck, dass er keine Ahnung hat, um was es geht. Hattest du nicht das dritte Ticket separat gebucht? Dann haben wir doch bestimmt keine drei Sitzplätze nebeneinander, oder? Hah, lernt er dich eben erst direkt vor dem Standesamt kennen. Genau, wir fliegen sozusagen getrennt. Wie kommen wir überhaupt vom Flughafen zum Rathaus?"

„Mit der U-Bahn bis direkt zum Rådhuspladsen, nur ein Mal umsteigen, dauert keine 30 Minuten. Klar, dann sieht er mich erst dort, und du auch, prima, das machen wir so. Du musst dich zur Not am Eingang des Rathauses halt zum Standesamt durchfragen, die sprechen dort zumindest englisch, wenn nicht sogar deutsch. Wirst du schon finden, ich vertraue auf dich. So, ich muss noch meine Sachen packen, du darfst das Kleid ja vorher nicht sehen, ist außerdem für die Fahrt auch nicht so praktisch. Wollen wir dann noch schnell zum Italiener gegenüber gehen? Wir müssen schließlich bald ins Bett, der Wecker klingelt morgen früh um 3.30 Uhr."

„3.30 Uhr, super Zeit. Künftig aber bitte immer etwas später."

Montag 7. Mai 2018, 3.30 Uhr

Klack und dazu ein Tote aufweckendes Geräusch, das nicht unbedingt als Weckerklingeln zu identifizieren war.

Abbo Reichel war damit zwar wach, aber nicht sofort in der Lage, seine Situation zu erfassen. Erst nach Suchen und Finden des Schalters für die Leselampe neben dem Bett ließ ihn den Wecker und die Zeitanzeige erkennen. 3.30 Uhr zeigte das anachronistische orange Teil an – und das verhieß, dass er wohl oder übel aufstehen musste, dabei war das nun wirklich nicht seine Zeit. ,Aber Opfer müssen eben gebracht werden', schoss es ihm durch den Kopf, ,zumal dann, wenn dieses Opfer mit lebenslanger Knechtschaft belohnt wird'. Zufrieden mit sich selbst und seinen in Anbetracht der bevorstehenden Heirat leicht kruden Gedankengängen quälte er sich aus dem Bett. „Denk dran, Anzug, Hemd und Krawatte und schwarze Schuhe" kam es etwas verschlafen aus der anderen Betthälfte.

„Scheiße, an passende Schuhe habe ich bei unserer Einkaufstour nicht gedacht, so etwas habe ich auch gar nicht. Und nun?"

„Deine einfach nur praktisch denkende künftige Ehefrau hat sich das fast schon gedacht oder besser gesagt, es ist ihr immerhin schon gestern Abend eingefallen, dass da noch etwas fehlt und hat auch gleich gegoogelt. Am Flughafen Kastrup gibt es auch Schuhgeschäfte und die müssten schon geöffnet haben, wenn wir landen. Dann gewinne ich auch einen Vorsprung und bin auf jeden Fall vor euch am Rathaus."

Immerhin klappte dann alles weitere, die Anfahrt zum Flughafen per Taxi und auch Bertram Reichel war rechtzeitig erschienen, die Begrüßung allerdings etwas brubbelig: „Moin Abbo, Scheiß Zeit um aufzustehen und dann weiß ich noch nicht einmal, was das Ganze überhaupt soll. Wie siehst du denn überhaupt aus? Der Anzug ist ja schick, aber die Schuhe sehen dazu echt Scheiße aus."

„Guten Morgen Papa, dir auch einen schönen guten Morgen. Lass dich einfach überraschen, und überrascht wirst du nachher schon sein. Mit den Schuhen gebe ich dir allerdings Recht, da hatte ich nicht dran gedacht, kaufe nachher in Kopenhagen noch passende und du darfst mich dabei beraten." Immerhin war Bertram Reichel damit ein wenig der Wind aus den Segeln genommen und nach Passieren der Sicherheitskontrolle und Besteigen ihres Fliegers konnten sie auf ihren Sitzen Platz nehmen. Isabelle Berntsen hatte er nicht bemerkt, sie war in der Schlange vor der Sicherheitskontrolle um einiges hinter ihnen gewesen und auch im Flugzeug saß sie mehrere Reihen hinter ihnen.

Exakt dem Flugplan folgend landete der easyJet Airbus A 320 um 7.10 Uhr auf dem Flughafen Kastrup bei Kopenhagen. Unauffällig schaute Abbo Reichel beim Aussteigen aus dem Flugzeug nach Isabelle Berntsen, die trotz ihrer geringen Größe durch die auffällige Haarpracht kaum zu übersehen war. Sie verzog aber keine Miene und war mit ihrem kleinen Rucksack über der Schulter schnell verschwunden.

Der Schuhladen hatte tatsächlich schon zu dieser frühen Morgenstunde geöffnet und auch wenn die Beratung durch seinen Vater mehr oder weniger ausfiel, konnte Abbo Reichel recht zügig ein paar schlichte schwarze Businessschuhe kaufen. Da ihm ziemlich unklar war, wie das ganze Procedere der Hochzeit ablaufen würde und ob es auf dem Standesamt eine Möglichkeit zur Deponierung einer Einkaufstüte geben würde, entsorgte er seine Sneaker im Schuhgeschäft ‚schade drum, aber Opfer müssen eben gebracht werden' war noch zum zweiten Mal an diesem Tag sein Gedanke, bevor ihn sein Vater fragte: „So, Sohn, jetzt erklär mir mal, was ich hier in Kopenhagen soll außer mit dir Schuhe zu kaufen."

„Wirst du schon rechtzeitig sehen. Wir fahren jetzt erst mal mit der U-Bahn in die City."

95

Montag 7. Mai 2018, 8.12 Uhr

Es hatte tatsächlich geklappt, ihre drei Schwestern waren erschienen. Jubelnd fielen sich die vier in die Arme. Karine Berntsen als älteste übernahm gleich die Führung: „Jetzt keine langen Begrüßungszeremonien und keine Fragen nach dem wie und warum und überhaupt, das geht alles später. Ihr beide geht mit ihr und seht zu, dass ihr irgendwo einen Raum findet, wo Isabelle sich umziehen und ihr sie schminken könnt. Übrigens Isabelle, mal was ganz Neues, die beiden haben mitgedacht, Merle hat einen Brautstrauß mitgebracht und Morana einen Fotografen bestellt, der kommt um 9.45 Uhr. Dann habt ihr wenigstens vernünftige Fotos von eurer Heirat und nicht nur welche mit dem Handy. Ich nehme dann deinen Künftigen in Empfang und gebe ihm Anweisungen. Wie sieht er denn überhaupt aus, wie erkenne ich ihn?"

„Ihr seid toll, die besten Schwestern der Welt, an Blumen und einen Fotografen habe ich nun wirklich nicht gedacht. Gut sieht er aus. Hier, ich habe ein Foto auf dem Handy, ganz frisch gestern gemacht."

„Na, allzu alt kann das Foto so oder so nicht sein, wenn ich dich richtig verstanden habe, kennst du ihn ja noch nicht einmal eine Woche. Irgendwie habe ich den Eindruck, dass du spinnst, dabei warst du doch immer von uns allen die vernünftigste. Und was hat er an, doch wohl nicht dieses grüne T-Shirt?"

„Grauer Anzug, weißes Hemd und eine ziemlich bunte Krawatte, sehr seriös auf jeden Fall."

Damit wurde Isabelle Berntsen von ihren jüngeren Zwillingsschwestern durch die Rathaustür geschoben.

Montag 7. Mai 2018, 8.30 Uhr

Exakt eine Stunde vor dem Standesamtstermin standen Abbo und Bertram Reichel ebenfalls auf der Treppe des Rathauses, als Abbo Reichel von einer sehr blonden und sehr dänisch wirkendend Frau angesprochen wurde: „Du bist bestimmt Abbo. Hi, ich bin Karine. Ich soll dir ausrichten, dass ihr um Punkt 9.25 Uhr hier sein sollt, ich bringe euch dann an die richtige Stelle. Bis dahin könnt ihr gegenüber in eines der Cafès gehen, ein Kaffee soll auch gegen Nervosität wirken." Damit war sie auch schon durch die Eingangstür des Rathauses verschwunden. ‚Die ist ja auch nicht besser als ihre Schwester' ging ihm durch den Kopf ‚aber wenigstens hat Papa nichts mitbekommen'.

Um Punkt 9.25 Uhr standen beide wieder auf der Rathaustreppe, die beiden Cappuccini und ein Croissant hatten tatsächlich dazu beigetragen, Abbo Reichels Aufregung etwas zu verringern, auch wenn sein Vater ihn mehrfach mit Fragen nach dem warum und wie und überhaupt genervt hatte.

„Guten Morgen, mein Name ist Karine Berntsen, folgen Sie mir bitte." Abbo Reichel fiel jetzt auf, dass Isabelle Berntsens Schwester zwar auch gut deutsch sprach, ihr Akzent aber deutlicher ausgeprägter war.

Vor einer imposant wirkenden dunklen Flügeltür mit einem Messingschild ‚Registreringskontor' stoppte Karine Berntsen und wollte die Tür öffnen, als Abbo Reichel das Wort ergriff.

"So, Papa, nun kann ich dir sagen, was du hier sollst. Du bist neben Karine mein zweiter Trauzeuge, wir gehen jetzt da hinein und ich werde gleich heiraten."

"Hab' ich mir fast gedacht, aber irgendwie scheinst du zu spinnen, mein Junge."

"Nein, wie kommst du denn darauf? Aber ehrlich gesagt hätte ich mir das alles vor einer Woche auch nicht vorstellen können."

Damit wurden sie von Karine Berntsen durch die sich von innen öffnende Tür geschoben. Abbo Reichel hatte nur Augen für Isabelle Berntsen, sie wirkte fast ein wenig verlegen, so wie sie vor ihm stand. Toll sah sie aus in ihrem schlichten, aber edel aussehendem beigen Kleid, ärmellos, bis knapp über die Knie reichend und mit einem eckigen und nicht gerade kleinen Ausschnitt. Ihre rote Lockenpracht trug sie hochgesteckt und die Lippen verführerisch geschminkt. Die beiden anderen Schwestern nahm er überhaupt nicht wahr.

20 Minuten später waren Abbo Reichel und Isabelle Berntsen tatsächlich verheiratet und die 20 Minuten wurden auch nur deswegen benötigt, weil die Standesbeamtin erst alles auf Dänisch vortrug und dann zusätzlich noch auf Deutsch. Abbo Reichel blieb vor allem der letzte Satz ‚Sie dürfen die Braut jetzt küssen' in Erinnerung, weil Isabelle Berntsen ihn schon vor Beendigung dieses Satzes stürmisch küsste.

Karine Berntsen übernahm jetzt wieder das Kommando: „Wenn ihr endlich mit der Knutscherei fertig seid, runter mit euch allen, draußen wartet der Fotograf."

Bertram Reichel war immer noch ob der gesamten Situation ziemlich fassungslos, als ihm und Abbo Reichel draußen auf der Rathaustreppe endlich Merle und Morana Berntsen vorgestellt wurden und ihm natürlich auch Isabelle Berntsen.

Bei strahlendem Sonnenschein, aber noch niedrigen Temperaturen, ließen alle die Fotosession über sich ergehen, Abbo Reichel mit Isabelle Berntsen, gemeinsam mit den beiden Trauzeugen und alle sechs gemeinsam. Einige der Fotos wurden auf Bertram Reichels Wunsch hin sofort per WhatsApp auf alle Handys geschickt: „Wir müssen doch heute Abend Mama mindestens ein offizielles Hochzeitsfoto zeigen" meinte er als Begründung. Danach übernahm erneut Karine Berntsen das Kommando: „Isabelle, du siehst total verfroren aus. Wir gehen wieder rein, du ziehst dich um und wir gehen dann wenigsten kurz in das Café gegenüber, du hast deinen Schwestern wohl einiges zu erklären. Und Abbo wohl auch seinem Vater. Ein bisschen Zeit dürften wir noch haben, wenn ich es richtig verstanden habe, geht euer Rückflug nach Berlin erst um 12.25 Uhr. Die Heiratsurkunden holen wir dann auch gleich ab, die müssten eigentlich fertig sein. Ich habe mir erlaubt, zusätzlich noch ein paar Exemplare in beglaubigter deutscher Übersetzung mit zu bestellen, braucht ihr doch bestimmt, oder?" Damit schob sie die anderen vier in Richtung des Cafés: „Ihr sucht schon mal einen schönen Platz aus."

Die Zeit bis zur Fahrt zum Flughafen war dann doch viel zu kurz für die Beantwortung der vielen Fragen, die auf Abbo Reichel und Isabelle Berntsen einprasselten. „Liebe Schwägerinnen, vor einer Woche hatte ich keine Ahnung, weder von Isabelle noch von euch, aber ich fühle mich jetzt sauwohl in meiner neuen Situation. Ich verspreche euch, Isabelle und ich organisieren auch eine richtige Hochzeitsfeier mit allem drum und dran und ihr kommt dann nach Berlin. Wann und wie, keine Ahnung, das werden wir sehen. Isabelle und ich müssen vorher noch einen Mörder jagen, das ist schließlich unser Job."

Im Flugzeug saßen Abbo Reichel und Isabelle Berntsen nebeneinander und Bertram Reichel einige Reihen dahinter.

„Papa, bitte kein Wort zu Mama oder Hilko und Tammo, einfach nachher pünktlich im Brescia sein, Anzug und Krawatte ist dann auch nicht mehr Pflicht". Mit diesen Worten wurde Bertram Reichel am Taxistand vor Terminal C des eigentlich schon vor sechs Jahren geschlossenen Flughafens Berlin-Tegel verabschiedet.

Montag 7. Mai 2018, 18.00 Uhr

Pünktlich erschien Abbo Reichel im Brescia. Seine Familie, oder besser gesagt, seine bisherige Familie, saß schon vollständig an einem großen Ecktisch. Seine Eltern, Petra und Bertram Reichel, sein jüngerer Bruder Hilko Reichel mit seiner Freundin Tabea Raschke und sein jüngster Bruder Tammo Reichel. Seine Oma hatte er zwar Sonntag auch angerufen, aber sie hatte keine Lust auf die weite Anfahrt mit der S-Bahn von ihrem Altersheim in Zehlendorf nach Frohnau gehabt – und den Grund konnte und wollte er ihr am Sonntag nicht sagen, dann wäre das Geheimnis in Sekundenschnelle keines mehr gewesen. Unter dem Tisch lag noch Bruno, der Hund seiner Eltern, ein Tibet-Terrier, der bei jeder fremden Person generell erst einmal Alarm machte.

„Schön, euch zu sehen. Ihr werdet euch gleich wundern und hoffentlich auch freuen. Und Mama, bitte keine Vorwürfe an Papa, der hatte von mir einen Maulkorb verpasst bekommen." Damit drehte er sich um und winkte Isabelle heran, die in ihrem Standesamtsoutfit den Gastraum betreten hatte. „Das ist Isabelle, meine Ehefrau" und an Isabelle gewandt „und das sind Hilko, Tabea, Petra, Bertie kennst du ja schon und Tammo. Dazu noch unter dem Tisch Bruno."

Ungläubiges Schweigen war die erste Reaktion, Tammo Reichel stierte Isabelle Berntsen an und bekam den Mund nicht wieder zu. Als erste gewann Petra Reichel ihre Fassung zurück und erhob sich murmelnd: „Das erklärt den Anruf von Erika" und dann vernehmlicher, dabei auf Isabelle Berntsen zugehend oder eher schon zustürmend: „Meine Güte, herzlich willkommen in dieser Familie" und umarmte sie fest und ausdauernd. Nachdem sie Isabelle Berntsen aus der Umarmung losgelassen hatte, musterte sie sie intensiv von oben bis unten. Isabelle Berntsen wusste überhaupt nicht, wie sie das einordnen sollte, als Petra Reichel sich zu den anderen umdrehte und sagte: „Erika hat absolut Recht, sie hat gestern Abend angerufen und mich gefragt, ob Abbo eine Freundin hat. Jedenfalls sei er beim KCNB mit einer Frau aufgetaucht, sehr klein, sehr rothaarig und total niedlich. Das niedlich von Erika hatte dabei mindestens drei iii, wenn nicht sogar vier. Erika übertreibt zwar häufig, aber da muss ich ihr zu 100 % Recht geben." Mit dieser für Petra Reichels Verhältnisse langen Rede war der Bann gebrochen, vor allem, nachdem Abbo Reichel noch meinte: „Tammo, du kannst jetzt deinen Mund mal zumachen, so gut sieht das nun wirklich nicht aus." Tammo reagierte zwar etwas beleidigt, starrte Isabelle Berntsen unverändert an, aber jetzt mit geschlossenem Mund. Endlich konnte das frischgebackene Ehepaar Platz nehmen und sah sich 1.000 Fragen ausgeliefert. „Isabelle, du kannst dich wohl in der Familie als aufgenommen betrachten, selbst Bruno hat nicht gebellt, das macht er sonst bei jeder fremden Person. Wenn der dich als Familienmitglied betrachtet, wird der Rest das wohl auch tun." Ein befreites und langes Lachen von Isabelle Berntsen war die Reaktion und bestätigendes Kopfnicken von allen Reichels inklusive Tabea Raschke.

Ungläubiges Staunen und auch mehrfaches Kopfschütteln riefen dann allerdings die Antworten von Abbo Reichel und Isabelle Berntsen hervor. Nicht nur die Tatsache, dass die beiden sich noch nicht einmal eine Woche kannten, sondern auch die Aussage von Isabelle Berntsen, dass sie bisher noch nicht in der Wohnung von Abbo Reichel war. Nachdem Tammo Reichel mitbekommen hatte, dass die beiden sich anlässlich des Mordfalls am Casinoturm kennengelernt hatten und Isabelle Berntsen Rechtsmedizinerin und aktuell an das Berliner LKA ausgeliehen war, kamen von ihm dazu viele Fragen: „So richtig CSI-mäßig? Und du schneidest jetzt wirklich die Leichen auf und nähst sie wieder zu? Sieht das wirklich so aus wie in den Krimis? Darf ich da mal zusehen? Und jetzt machst du diesen langweiligen Job mit Abbo im LKA?"

Isabelle Berntsen beantwortete die Fragen, meist mit einem Lachen und man merkte ihr an, dass sie sich in dieser Familie sehr schnell sehr heimisch fühlte.

Erst ziemlich spät am Abend wurde die Runde aufgelöst und ehe Abbo Reichel protestieren konnte, hatte sein Vater die Rechnung übernommen, allerdings erst auf eindeutige Anweisung seiner Frau per Ellenbogen in die Seite.

101

Mit einer Taxe fuhren Abbo Reichel und Isabelle Berntsen in die Glienicker Straße, vor der Wohnungstür kam die Anweisung: „Du musst mich jetzt auf den Arm nehmen und über die Schwelle tragen, das wird doch wohl auch in Deutschland Tradition sein."

Weisungsgemäß übernahm Abbo Reichel diese nicht allzu schwere Aufgabe. Im Wohnzimmer bekam er einen ausgiebigen Kuss, Isabelle Berntsen löste sich aber schnell aus seiner Umarmung, drehte sich um, öffnete den Reißverschluss ihres Kleides und ließ es zu Boden fallen, alles in einer einzigen und ausgesprochen eleganten Bewegung.

Abbo Reichel kam der Gedanke, dass ihm jetzt wenigstens die Bedeutung des altertümlichen Wortes Reizwäsche bewusst war, bevor er Isabelle Berntsen ins Schlafzimmer und widerstandslos ihrem Befehl „Komm, auspacken" folgte.

Dienstag 8. Mai 2018, 8.00 Uhr

Klack. Abbo Reichel drehte sich verschlafen um und sah auf den Wecker. 8.00 Uhr. „Isabelle, aufwachen, wir haben verschlafen. Wenn wir noch halbwegs pünktlich im LKA sein wollen, müssen wir sofort aufstehen und los. Von Thomas kam gestern noch eine SMS, dass die Besprechung heute um 9.30 Uhr ist. Klang auch irgendwie so, als ob es Neuigkeiten gäbe."

Ebenfalls ziemlich verschlafen kam es aus der anderen Betthälfte: „eigentlich hat man doch wohl nach der Hochzeit Urlaub und ist auf Hochzeitsreise, würde mir jetzt besser gefallen, wird aber nachgeholt, oder?" Dann schon etwas munterer: „raus aus dem Bett und ab unter die Dusche, und beeil dich. Bei mir dauert's ja nicht so lange. Frühstück fällt aus, wir holen uns unten bei Steinecke belegte Brötchen und Kaffee und krümeln dann halt die S-Bahn voll."

Während der S-Bahn-Fahrt wurde Steffen Tietz von Abbo Reichel telefonisch informiert, dass er und Isabelle Berntsen sich etwas verspäten würden.

Die anderen saßen schon im mittleren Büro, als Abbo Reichel und Isabelle Berntsen mit acht Minuten Verspätung gemeinsam erschienen, von Steffen Tietz und Aylin Cantürk kamen etwas merkwürdige Blicke, aber keine Kommentare.

„Entschuldigt bitte die Verspätung, ihr bekommt auch gleich eine Erklärung. Wir müssen euch sowieso etwas mitteilen, bevor ihr mit euren Neuigkeiten loslegt. Ja, äh, also, äh, Isabelle und ich, wir sind seit gestern verheiratet, genau, so ist es. Das war's, was ich oder besser gesagt was wir beide loswerden wollten. Dann könnt ihr jetzt weitermachen."

„Hab' ich mir doch fast gedacht," ließ sich Steffen Tietz vernehmen „war ja verdächtig, dass ihr letzte Woche immer zeitgleich gekommen seid und so getan habt, als ob ihr euch nicht einmal kennen würdet." ‚Ausgerechnet Steffen, der doch sonst nie irgendetwas mitbekommt' dachte Abbo Reichel, bevor auch Aylin Cantürk ihren Kommentar abgeben konnte: „Wundert mich nicht, wer Augen im Kopf hat, konnte doch nicht übersehen, dass die beiden schwer verliebt sind." „Also ich habe nichts bemerkt," kam es etwas schmallippig von Julia Rochow.

„Bevor wir über eure Ergebnisse von gestern sprechen, noch die Info, nicht mit meiner Ehefrau abgesprochen, dass wir in hoffentlich nicht allzu ferner Zeit eine Hochzeitsfeier nachholen und das ihr dann selbstverständlich eingeladen seid. Gleich nach unserer Besprechung gehen wir beide auch zum großen Meister, ich denke, dass wir klären müssen, ob unsere Heirat Auswirkungen auf die Arbeit hier hat. Ehrlich gesagt, habe ich da keine Ahnung."

Weiter kam er nicht, aus der offenen Tür erklang die Stimme von Kriminalrat Oliver Scholz: „zu dem brauchen Sie nicht mehr zu gehen, der hat alles mitbekommen und würde gerne weiterhin seinen Namen hören statt großer Meister. Trotzdem natürlich herzlichen Glückwunsch an Sie, Frau Reichel....."

„Berntsen, weiterhin Berntsen, ich habe meinen Namen behalten."

„Ach, das ist mir auch neu" ließ sich jetzt Abbo Reichel vernehmen und löste damit schallendes Gelächter aller Anwesenden aus.

„Oh oh Herr Reichel, auch an Sie natürlich meinen herzlichen Glückwunsch, aber das Heiraten müssen Sie wohl noch etwas üben, mir scheint, dass das noch nicht so ganz perfekt war. Schauen Sie nicht so irritiert Frau Berntsen, das war ein Scherz! Aber egal, ich hoffe mal, dass Sie beide mich ebenfalls einladen, dann würde ich Ihnen, Herr Reichel, auch das ,Großer Meister' noch einmal verzeihen. Und jetzt bitte weiter im Text, wie ich Ihrem Bericht an die Herren Thoms und Harbauer von gestern entnommen habe, haben Sie den Toten möglicherweise identifiziert. Ihr Bericht war da noch etwas unklar." Damit nahm Oliver Scholz am dritten, noch freien Schreibtisch Platz und bedeutete Thomas Kablow, dass er jetzt das Wort habe.

„Ja, wie ich im Bericht geschrieben habe, dürften wir tatsächlich unseren Toten identifiziert haben. Es gab schon seit Sonnabend, dem 28. April 2018 eine Vermisstenanzeige in Bremen, die offensichtlich etwas verpeilten Kollegen haben es aber versäumt, diese Meldung auch nach Berlin weiterzuleiten, obwohl bekannt war, dass der Vermisste hier einen Zweitwohnsitz hat und auch hier arbeitet. In der Vermisstenanzeige steht auch klar und eindeutig, dass der Vermisste schon seit mehr als einem Jahr zwischen Bremen und Berlin pendelt und eine Wochenendbeziehung führt. Wir haben die Meldung erst gestern auf dem üblichen Dienstweg wie alle anderen Polizeidienststellen bundesweit bekommen und Julia ist der Name sofort aufgefallen, Roland Edler von Zander. Den hattet ihr beide" und deutete dabei auf Abbo Reichel und Julia Rochow „letzten Mittwoch zweimal in den Protokollen erwähnt, einmal bei der Anwohnerbefragung und einmal als Berliner Statthalter dieser schottischen Investorenbude. Die Angaben zu Größe, Alter und Gewicht passten auch ganz gut mit dem Obduktionsprotokoll überein, so dass Julia und ich nach Frohnau gefahren sind und mit der Sekretärin, dieser Svenja Eichhorn, gesprochen haben. Meine Güte, die hat echt Haare auf den Zähnen, aber braucht man als Frau vielleicht auch auf einer Baustelle. Sie hat uns ihre Angaben vom Mittwoch noch einmal bestätigt, dass dieser Herr von Zander am Freitag gegen Mittag ins Wochenende beziehungsweise in seinen Urlaub gegangen ist. Sie hat auch bestätigt, dass er fast immer übers Wochenende nach Bremen gefahren ist. Und auch seinen Hang zu hochwertigen Klamotten. Da ist Julia die teure Armbanduhr eingefallen, die im Protokoll der KTU erwähnt wurde. Steffen hat uns das Foto aus dem Protokoll aufs Handy geschickt, und siehe da, die gute Frau Eichhorn war sich sehr sicher, dass das seine Uhr ist beziehungsweise ein gleiches oder zumindest sehr ähnliches Modell. O-Ton: ‚das hässliche und völlig unpraktische Teil hat er sich erst vor drei oder vier Wochen gekauft und damit hier im Büro herumgeprotzt, vor allem mit dem hohen Preis, ich glaube, es waren weit mehr als 10.000,-- Euro. Völlig bescheuert, so viel Geld für eine Uhr auszugeben und dann noch für eine, bei der man die Uhrzeit kaum vernünftig ablesen kann.' Sie hat sich richtig über die Uhr echauffiert und dann auch noch über ihren Chef selbst. Sie würde sich nicht wundern, wenn er der Tote wäre, Feinde hätte er mit Sicherheit genug, so wie er sich aufführen würde. Ich denke, wenn wir den Toten tatsächlich als Roland Edler von Zander zweifelsfrei identifiziert haben, laden wir sie ins LKA ein. Ein aktuelles Foto von diesem Herrn haben wir von ihr auch noch bekommen, das war ein Handyfoto von einer Baustellenbesichtigung vor zwei Wochen durch den Reinickendorfer Bezirksbürgermeister, einem gewissen Frank Balzer. Laut Frau Eichhorn hat er sich dabei auf fast jedes Foto gedrängelt. Ist auf jeden Fall viel besser als das Foto in der Vermisstenanzeige, die haben da ein mehr als sieben Jahre altes Foto von seinem Personalausweis genommen, kaum zu glauben."

Thomas Kablow schüttelte zum wiederholten Mal seinen Kopf, bevor er fortfuhr: „Die Uhr war ja sowieso eine schöne Spur und Steffen hatte schon bei Chopard nachgefragt, die mauern aber ziemlich, vielleicht gibt es ja nicht nur das Schweizer Bankgeheimnis, sondern auch ein Schweizer Uhrengeheimnis. Jedenfalls haben wir keine Angabe bekommen, wohin genau diese Uhr geliefert wurde. Aber Julia hatte die Idee, dass wir einfach mal beim Juwelier Ginter im Maximiliankorso nachfragen könnten, der Laden war ihr irgendwie am Mittwoch aufgefallen und wir wussten zu dem Zeitpunkt auch noch nicht, was so ein Teil kostet. Und Bingo, bei Ginter kannst du tatsächlich Chopard kaufen und unsere Uhr wurde dort direkt nach Ostern verkauft, und zwar an einen gewissen Roland Edler von Zander! Der Herr Ginter konnte sich auch sehr gut erinnern. Selbst in Frohnau werden so teure Uhren nicht jeden Tag verkauft und dieser Verkauf war auch recht speziell. Die Uhr kostet laut Liste 13.300,-- Euro, der Herr von Zander hat nicht verhandelt, das ist wohl eher ungewöhnlich in dieser Preiskategorie, und als es ans Bezahlen ging, wurde es etwas peinlich. Die American Express Karte hatte entweder ein zu niedriges Limit oder war nicht gedeckt, dazu wollte er sich nicht weiter auslassen. Jedenfalls hat er sich die Uhr bis zum nächsten Tag reservieren lassen und dann bei der Abholung bar bezahlt. Ich bin mir mit diesen Aussagen sehr sicher, dass wir jetzt wissen, wer unser Toter ist. Steffen hat schon einen Durchsuchungsbeschluss für seine Wohnung in der Welfenalle beantragt, der müsste eigentlich gleich kommen. Da können wir auch DNA-Proben nehmen und Ellen zur Bestätigung überlassen. Klingt doch alles gut, oder? Ach so, den für die

Vermisstenanzeige verantwortlichen Bremer Kollegen habe ich mir vorhin telefonisch zur Brust nehmen wollen, ist an dem aber völlig abgeprallt, der ist sich keinerlei Versäumnisse bewusst, echt verpeilt. Auf Amtshilfe sollten wir uns bei denen nicht unbedingt verlassen."

,Kaum einen Tag nicht da und schon ist die Mannschaft einen großen Schritt weiter' dachte Abbo Reichel bevor er sagte: „Klingt super, damit haben wir die Chance, nach Motiven zu suchen und dann auch den Täter zu finden. In die Wohnung komme ich dann mit, Thomas, wir fahren zusammen hin, sobald der Beschluss vorliegt. Ich denke, einen Schlüsseldienst brauchen wir nicht, ich hatte am Mittwoch nicht den Eindruck, dass da sonderlich hochwertige Schlösser eingebaut sind, das schaffen wir mit unseren Bordmitteln."

„Gut, gut," ließ sich Oliver Scholz vernehmen „Frau Berntsen und Herr Reichel, Sie folgen mir kurz in mein Büro."

„Schließen Sie bitte die Tür hinter sich, die Schreiner muss ja nicht alles mitbekommen." ,Oho,' dachte Abbo Reichel ,da ist die Atmosphäre wohl nicht so gut.' „Also jetzt noch einmal ausdrücklich und wirklich aus vollem Herzen meinen Glückwunsch an Sie beide. Ist ja ziemlich überraschend, ich hatte den Eindruck, dass das Team auch überrascht war. Ich denke, dass das für das Team bzw. Ihre Tätigkeit hier bei uns, Frau Berntsen, keine Auswirkungen haben dürfte. Sie sind ja nur an uns ausgeliehen, ich frage aber vorsichtshalber in der Personalstelle noch einmal nach. Die Ausleihe hat aber auch zur Konsequenz, dass Sie keinen Dienstausweis bekommen können, da hatte ich mich wohl am Donnerstag gegenüber Herrn Tietz ein wenig zu weit aus dem Fenster gelehnt. Ich habe aber veranlasst, dass Sie wenigstens eine Zugangskarte bekommen, damit Sie auch ohne Ihren Mann das Gebäude betreten können und in der Kantine etwas zu essen bekommen." Den letzten Satz begleitete ein leicht verschmitztes Grinsen. Abbo Reichel und Isabelle Berntsen hatten beide den Eindruck, dass sie irgendwie bei Oliver Scholz den berühmten Stein im Brett hatten. „Die Zugangskarte sollte eigentlich noch heute bei mir abgeliefert werden, ich lasse sie Ihnen dann von der Schreiner bringen. Gute Arbeit übrigens bisher von Ihrem Team, Herr Reichel, dann machen Sie mal so weiter. Denken Sie auch daran, Ihre Heirat der Personalstelle zu melden. Für Verheiratete gibt es einen Familienzuschlag."

An der missmutig wirkenden Victoria Schreiner vorbei gingen sie wieder zurück in ihr Dezernat und wurden gleich mit einem: „Wir haben den Durchsuchungsbeschluss und können gleich los, ein Wagen steht uns zur Verfügung. Die anderen checken gemeinsam diesen von Zander durch, die Videodatei mit dem Abendschau-Interview ist eben auch gekommen."

Damit schnappte sich Thomas Kablow seine Lederjacke vom Garderobenständer im Nebenbüro und deutete Abbo Reichel an, dass sie sich auf den Weg machen sollten.

Dienstag 8. Mai 2018, 11.27 Uhr

Erstaunlicherweise fanden sie einen freien Parkplatz direkt vor dem Immobilienbüro an der Welfenallee. Die wenigen Meter zum Appartementgebäude führten am Brescia vorbei.

„Was grinst du denn so?"

„Ich musste nur an gestern Abend denken, hier in dem Restaurant habe ich gestern Isabelle meinen Eltern und Brüdern vorgestellt oder genauer gesagt, meinem Vater eigentlich nicht mehr, der war schließlich als Trauzeuge mit in Kopenhagen."

„Echt jetzt, ihr habt in Kopenhagen geheiratet? Und kennt ihr euch wirklich erst seit letzten Dienstag? Ist ganz schön schräg, so schnell zu heiraten. Meine Ex und ich kannten uns da deutlich länger, hat aber auch nichts genützt. Da sind wir ja. Na, so toll sieht der Eingang hier aber nicht aus, schon ein bisschen angeranzt. Bei wem wollen wir denn klingeln, damit wir reinkommen, ach egal, sind ja genügend Klingelknöpfe da." Damit drückte Thomas Kablow auf mehr oder weniger alle Knöpfe und mehr oder weniger sofort summte auch der Türöffner. „Siehst du, klappt immer, es fragt nie jemand nach."

Der lange Flur in der zweiten Etage sah auch nicht besser aus als in der Woche davor, jedenfalls ziemlich normal und nicht unbedingt so, dass sich Abbo Reichel vorstellen konnte, dass hier jemand wohnt, der es gerne etwas exklusiver hat. Die passende Wohnungstür ganz am Ende des Ganges hatten sie schnell gefunden und dabei auch festgestellt, dass es noch einen Hauseingang direkt hinter der Deutschen Bank gab, das hätte ihnen den langen Flur erspart. Das Türschild mit dem Namen Roland Edler von Zander entsprach sicherlich nicht der Standardversion, die die Hausverwaltung liefert, es war ein ziemlich protzig wirkendes glänzendes Messingteil. Dafür war das Schloss mit Sicherheit die Standardversion und leistete Thomas Kablows Bemühungen keine 10 Sekunden Wiederstand. „Gekonnt ist halt gekonnt" meinte er grinsend und öffnete die Tür.

Der nächste Kommentar war: „Bäh, sieht das Scheiße aus, so richtig neureich." Da konnte Abbo Reichel ihm kaum widersprechen, in jedem Fall ein ziemlicher Kontrast zur eher einfachen

Optik und des eindeutig vorhandenen Instandhaltungsrückstaus des Treppenhauses und des Etagenflures. Die Einrichtung wirkte teuer, war nicht unbedingt jedermanns Geschmack, eher Bling-Bling-mäßig. Erstaunlicherweise war auch die in den Wohnraum integrierte Küche und das kleine Bad recht exklusiv, ein merkwürdiger Kontrast zwischen innen und außen.

„Lass uns mal als erstes nach DNA-Proben suchen." Im Bad fanden sie auch nur einen Zahnputzbecher mit einer Zahnbürste. „Die nehmen wir dann mal mit." Damit war sie auch schon in einer passenden Pergamintüte verschwunden, die mit einem kleinen Edding entsprechend beschriftet wurde. „Liefern wir auf der Rückfahrt im Labor am Tempelhofer Damm ab und bitten Ellen, etwas Dampf zu machen. Guck mal hier, die Haarbürste können wir wohl vergessen. Die langen blonden und hier das lange rote Haar. Stammt bestimmt nicht von dem Herrn, von Isabelle kann das rote aber auch nicht stammen, ist ja schließlich gerade und nicht gebogen" garniert mit einem Grinsen. „Dann wollen wir mal sehen, ob wir sonst etwas Interessantes finden."

Eine Stunde später hatten sie das Wohnzimmer mit Blick auf den Casinoturm und die Bürocontainer sowie das kleine Schlafzimmer intensiv durchsucht, aber nichts für ihre Ermittlungen Relevantes gefunden, alles wirkte sehr ordentlich, sehr aufgeräumt, aber irgendwie steril und unpersönlich.

Bei Abgabe der Zahnbürste im kriminaltechnischen Institut am Tempelhofer Damm 12 erhielten sie zu ihrer Überraschung ohne weiteres Insistieren die Zusage, dass ihnen das Ergebnis am nächsten Vormittag bis spätestens 9.00 Uhr vorliegen sollte.

Weniger erfolgreich war dafür der Besuch in der Kantine des Polizeipräsidiums am Platz der Luftbrücke, gleich gegenüber vom kriminaltechnischen Institut. „Und ich dachte immer, dass diese Kantine besser ist, weil hier die ganze Führung sitzt. Klassischer Fall von Irrtum, da ist ja selbst unsere im LKA besser" meinte Abbo Reichel nach dem Genuss der schon optisch recht fragwürdigen Lasagne. „Komm, lass uns zurückfahren, mal sehen, was die anderen ermittelt haben."

110

Dienstag 8. Mai 2018, 14.30 Uhr

„Und, wart ihr erfolgreich?" fragte Steffen Tietz zur Begrüßung. Die anderen drei saßen um seinen Schreibtisch herum, offenbar hatten sie alle gemeinsam die Informationen zu Roland Edler von Zander gesichtet.

„Wie man's nimmt, auf jeden Fall haben wir eine Warnung für euch. Geht bloß nicht in die Kantine am Platz der Luftbrücke, die Lasagne dort war echt mies. DNA-Material haben wir gefunden, das Ergebnis soll morgen früh vorliegen. Ansonsten war die Bude teuer, aber für meinen Geschmack scheußlich eingerichtet und erstaunlich unpersönlich. Ich habe ein paar Fotos gemacht, die überspiele ich nachher in unseren Ordner. Was habt ihr herausbekommen?"

„Wir haben uns gerade die Video-Datei des Abendschau-Interviews angesehen – der Typ ist echt unsympathisch und scheint über Leichen zu gehen. Passt auch zu dem, was wir über Google noch recherchieren konnten. Befragungen der Sekretärin, der anderen Mitarbeiter und auch der Nachbarin sollten wir meines Erachtens aber erst machen, wenn wirklich bestätigt ist, dass unser Toter dieser Herr von Adel ist."

Dieser Aussage von Steffen Tietz war von Seiten Abbo Reichel nichts weiter hinzuzufügen. „Okay, dann lasst uns noch alle Ermittlungsergebnisse erfassen. Steffen, du schreibst den täglichen Bericht und dann machen wir alle früh Feierabend. Ich bin saumüde, wohl ein leichter Schlafmangel." Das Grinsen aller Teammitglieder mit Ausnahme von Isabelle Berntsen war nicht zu übersehen und um 16.00 Uhr waren die drei Büros tatsächlich verwaist, wie die Schreiner um 16.10 Uhr erbost feststellte. Die Zugangskarte ließ sie trotzdem auf einem der Schreibtische liegen, und das ohne die vorgeschriebene Quittungsleistung.

111

Mittwoch 9. Mai 2018, 9.00 Uhr

„Meine Güte, womit haben wir das denn verdient? Das Labor hat sich selbst übertroffen, die DNA-Analyse ist schon da. Unser Toter ist definitiv Roland Edler von Zander."

„Was ist das eigentlich für ein bescheuerter Name?"

„Laut Wikipedia niedrigster Landadel, nichts besonderes, du hättest ihn zu Lebzeiten nicht mit Durchlaucht oder Hoheit anreden brauchen, Hofknicks wäre auch nicht nötig gewesen." Steffen Tietz klebte damit ein großes Porträt von Roland Edler von Zander an die Glaswand zum Flur: „Die Qualität der Handyfotos von Svenja Eichhorn ist gar nicht so schlecht und das sieht auf jeden Fall etwas besser aus als die Tatortfotos."

„Gar nicht so unattraktiv, der Typ," meinte Julia Rochow.

Als Erwiderung kam gleich von Aylin Cantürk: „Das ist doch ein alter Sack."

„Jetzt aber vorsichtig, ich bin fast genauso alt wie der," sagte Thomas Kablow.

„Ups, das war wohl ein Fettnäpfchen. Sorry, war nicht persönlich gemeint. Aber wenn ich mir das Foto genau anschaue, kann ich durchaus nachvollziehen, dass einige Frauen auf den abgefahren sind, jedenfalls etwas ältere. Also für uns drei hier ist der auf jeden Fall zu alt."

„So, wenn ihr mit Fragen der Optik und des Alters fertig seid, können wir ja endlich richtig loslegen und hoffen wir mal, dass wir über den klassischen Weg, das Motiv, den Mörder finden. Steffen, kannst du bitte mal kurz zusammenfassen, was wir bis jetzt über ihn haben," kam jetzt von Abbo Reichel.

„Also, wir haben: Er ist gerade im März 46 Jahre alt geworden, verheiratet mit einer gewissen Miriam Edle von Zander, über die haben wir noch keine weiteren Informationen. Er arbeitet seit 2010 für die Caerlaverock Castle Real Estate Ltd., als einer von immer zwei Geschäftsführern. Vorher war er bei mindestens drei anderen Firmen, alle in der Immobilienbranche. Laut Handelsregister hat der zweite Geschäftsführer seit 2010 aber schon viermal gewechselt. Hat hier in Berlin seit ungefähr einem Jahr seinen Nebenwohnsitz, Hauptwohnsitz ist Bremen. Unser eigener

112

Eindruck, zumindest aus dem Abendschau-Interview, war ja, dass er sehr unsympathisch wirkt. Die Aussagen auf der Baustelle und auch seiner Nachbarin aus der Welfenallee passen dazu. Die Sekretärin wollten wir sowieso zu einer Vernehmung einbestellen, die Nachbarin sollten wir uns auch noch einmal vornehmen. Die finanziellen Verhältnisse kommen mir zumindest auf den ersten Blick auch merkwürdig vor, wenn ich da an euren Besuch bei dem Juwelier denke. Das sollten wir also überprüfen. Die Immobilienbude müssen wir uns auch genauer ansehen, vier Geschäftsführer in nur acht Jahren? Kommt mir komisch vor, der Ruf scheint jedenfalls nicht gerade der Beste zu sein. Der Sitz der Bude ist übrigens in Bremen und zwar ganz in der Nähe der Wohnung des Herrn von Zander. Weite Wege zur Arbeit scheint er nicht gemocht zu haben. Wenn ich das richtig sehe, ist das wohl feinste Wohnlage, wie Dahlem oder Grunewald."

„Oder Frohnau?"

„Nee, besser und vor allem zentraler."

„Dann lasst uns mal festlegen, wer jetzt was macht. Die Information der Witwe sollen mal ruhig die Bremer Kollegen übernehmen, die haben sowieso etwas gutzumachen. Thomas, kannst du die bitte gleich anrufen, dein Kriminalhauptkommissar macht sich dabei bestimmt besser als mein Ober. Die Vernehmung der Dame würde ich aber gerne selbst vornehmen, ich denke, dass ein persönlicher Eindruck sinnvoll ist. Außerdem haben sich die Kollegen vor Ort nicht gerade mit Ruhm bekleckert. Ein Gespräch mit dem anderen Geschäftsführer bietet sich dann auch gleich an. Und wie Steffen schon sagte, die Sekretärin und die Nachbarin müssen wir uns unbedingt vornehmen, die Sekretärin auf jeden Fall hier im LKA, bei der Nachbarin meine ich, dass das vor Ort erledigt werden kann. Dann kann man auch gleich versuchen, noch andere Nachbarn zu befragen und die beiden Bauleiter nebst den anderen Mitarbeitern in dem Bürocontainer. Ich halte es für sinnvoll, wenn wir immer gemischt ermitteln, also Männlein/Weiblein-Teams, dann können wir im Bedarfsfall auch mal böser Bulle/gute Bullin oder böse Bullin/guter Bulle spielen. Seit ihr damit erst einmal einverstanden?"

113

Allgemeines Kopfnicken war die Folge, bevor sich Thomas Kablow zu Wort meldete: „Klingt vernünftig, das machen wir so. Steffen und Aylin sollten Svenja Eichhorn vernehmen, so schnell wie möglich, und ansonsten versuchen, so viel wie möglich über das Ehepaar von Zander und die Caerlaverock Castle herauszubekommen. Julia und ich fahren nach Frohnau und ihr beide" dabei zeigte er mit einem breiten Grinsen auf Abbo Reichel und Isabelle Berntsen", macht als frischgebackenes Ehepaar eure Kurzhochzeitsreise halt nach Bremen. Eben das Praktische mit dem Unnützen verbinden. Steffen wird das budgettechnisch schon irgendwie so hinbekommen, dass es nicht allzu unangenehm auffällt – gell, Steffen, das schaffst du."

‚Sweet Lucy' erklang und reflexmäßig nahm Abbo Reichel das Gespräch an, aus dem Hörer blaffte es: „Gestern am frühen Nachmittag war bei Ihnen keiner mehr im Büro, ein Unding. Frau Berntsen muss sofort zu mir kommen und die Zugangskarte quittieren."

„Ihnen auch einen schönen guten Morgen Frau Schreiner. Die Frau Berntsen erreichen Sie mit Sicherheit auf deren eigenem Handy, die Nummer haben Sie ja. Auf Wiederhören." „Und du gehst nicht ran, die soll ruhig zappeln, das ist ja wohl nicht so wichtig mit der dämlichen Quittung." In dem Moment klingelte Isabelle Berntsens Handy mit einem Ton, der an ein Uralttelefon mit Wählscheibe erinnerte. Das Gespräch wurde natürlich nicht angenommen.

Thomas Kablow und Julia Rochow machten sich gleich auf den Weg nach Frohnau, Julia Rochow am Steuer und Thomas Kablow am Telefon. Die Bremer Kollegen waren sehr kooperationsbereit und übernahmen sowohl die Benachrichtigung der Witwe als auch die Vereinbarung der gewünschten Termine, die Rückmeldung zu den Terminen sollte dann direkt per SMS an Abbo Reichel erfolgen.

Aylin Cantürk gelang es sofort, Svenja Eichhorn zu erreichen, die Vernehmung wurde für 11.30 Uhr vereinbart und Steffen veranlasste die Buchung der Bahntickets nach Bremen und zwei Einzelzimmer im ibis Bremen City. Zwei Doppelzimmer zur

Einzelnutzung, aber ausdrücklich mit getrennten Rechnungen und der Angabe Einzelzimmer auf den Rechnungen.

Mittwoch 9. Mai 2018, 10.15 Uhr, LKA

„So geht das nicht, so geht das auf gar keinen Fall." Mit sichtlicher Erregung nicht nur in der Stimme kam die Schreiner in das Büro von Abbo Reichel und Steffen Tietz gestürmt. Beide saßen entspannt vor ihren Rechnern und reagierten erst einmal nicht. Beide hatten die Schreiner schon Sekunden vorher durch die Glaswand zum Flur hin heranstürmen sehen und sich durch einen kurzen Blick verständigt.

„Frau Schreiner, wir haben eben erst unsere Besprechung beendet und wie Sie ja von Herrn Kriminalrat Scholz wissen dürften, haben wir einen Fall zu lösen. Und nicht nur wir, auch der Herr Kriminalrat Scholz steht dabei unter besonderer Beobachtung durch die neue Polizeipräsidentin. Da hat die Quittungsleistung für eine Zugangskarte sicherlich nicht die erste Priorität, ich gehe jedenfalls davon aus, dass Sie uns deswegen beehren. Aber wie Sie sehen," Abbo Reichel wies mit seiner Hand zur Glaswand in das nächste Büro „ist Frau Berntsen noch nicht zu ihrer Dienstreise nach Bremen aufgebrochen und wird Ihnen den Beleg bestimmt gerne unterschreiben."

Ohne ein weiteres Wort, aber immerhin mit halbwegs normaler Geschwindigkeit, verschwand die Schreiner nach nebenan, hielt Isabelle Berntsen die Quittung unter die Nase und verließ das Büro grußlos, nachdem sie ihre Unterschrift bekommen hatte.

„Touché," meinte Steffen Tietz, „die mag dich jetzt noch weniger als vorher, wenn das denn überhaupt möglich ist."

„Ist mir wurscht. Außerdem bin ich damit in bester Gesellschaft. Über mich beschweren kann sie sich kaum, auch der große Meister mag sie anscheinend nicht sonderlich."

Isabelle Berntsen kam auf ihrem Schreibtischstuhl hereingerollt, Aylin Cantürk gleich hinterher. „Was war das denn? Wenn Blicke töten könnten, hättet ihr den nächsten Mordfall. Und du lässt gefälligst das Grinsen, du wärst dann nicht nur superschnell verheiratet, du wärst dann auch superschnell Witwer." Allgemeines Gelächter war die Folge.

Bevor Abbo Reichel antworten konnte, übernahm Steffen Tietz das Wort: „Die ist immer so, kann nicht anders und wird wohl auch nie anders. Einfach ignorieren und immer schön auflaufen lassen, machen hier im LKA 1 eigentlich alle. Und ansonsten solltest du und natürlich auch Abbo euren Koffer packen. Euer Zug nach Bremen geht um 14.35 Uhr ab Gesundbrunnen, Umsteigen in Hannover und um 17.50 Uhr seid ihr in Bremen. Rückfahrt habe ich noch offengelassen, man weiß ja nie. Im ibis Bremen City habt ihr zwei Einzelzimmer, das ist nur 300 oder 400 Meter vom Bahnhof entfernt und von dort zur Wohnung in der Contrescarpe 32 ist es noch kürzer. Das Ostertorviertel mit reichlich Restaurants und Kneipen für einen netten Abend ist auch nicht weit. Es gab übrigens nur noch Doppelzimmer zur Einzelnutzung, warum auch immer. Achtet bitte auf getrennte Rechnungen und das da nur Einzelzimmer angegeben sind, sonst gibt es bloß Probleme mit der Abrechnung. Jetzt raus mit euch, Aylin und ich müssen uns noch auf die Vernehmung von Frau Eichhorn vorbereiten."

Mittwoch 9. Mai 2018, 10.15 Uhr, Frohnau

Dank Julia Rochows leicht verwegenem Fahrstil und dem Ende des Berufsverkehrs und des damit verbundenen täglichen Verkehrschaos standen sie schnell auf einem freien Parkplatz in der Welfenallee, direkt vor dem Bäcker Schäfer`s. Thomas Kablow ärgerte sich dabei zum wiederholten Male über das Deppenapostroph im Firmennamen, meinte dann aber zu Julia Kablow: „Wenn wir fertig sind, lade ich dich auf einen Kaffee ein, bei dem schönen Wetter können wir den draußen genießen."

„Danke schon einmal für die Einladung, heute nehmen wir mal den richtigen Eingang, da hinten, hinter der Deutschen Bank, ist wohl die Hausnummer 3, auf der anderen Seite ist es die 5. Ist sowieso ein merkwürdiger Bau."

Ihren Besuch hatten sie nicht angekündigt, aber das Glück war ihnen hold. Gefühlt nur Sekundenbruchteile nach Drücken des Klingelknopfes mit dem Namen Bothmer summte der Türöffner. Auch auf dieser Seite des Hauses wirkten Eingang und Treppenhaus etwas ungepflegt. An der Wohnungstür in der zweiten Etage klingelten sie erneut, hier mussten sie deutlich länger warten, bevor sich die Tür öffnete und eine ziemlich verschlafen wirkende Jana Bothmer im Bademantel etwas irritiert auf sie blickte. Bevor Julia Rochow oder Thomas Kablow ihre Dienstausweise zeigen konnten, meinte sie: „Sie kenne ich doch, waren Sie nicht letzte Woche mit ihrem feschen Kollegen da, Sie allerdings in Uniform?"

„Ja, Frau Rochow und ein weiterer Kollege vom LKA haben Sie bereits kurz zu dem Todesfall am Turm befragt. Inzwischen haben wir neue Erkenntnisse und ein paar weitere Fragen. Dürfen wir reinkommen?"

„Gehen Sie geradeaus ins Wohnzimmer und suchen Sie sich einen freien Platz, ich ziehe mir nur schnell etwas an. Kann ich Ihnen etwas zu trinken anbieten, Kaffee, Cola oder Wasser?" Ohne eine Antwort abzuwarten, verschwand sie durch eine andere Zimmertür, wohl das Schlafzimmer, und schloss diese hinter sich.

118

Auf dem Weg ins Wohnzimmer ließ Thomas Kablow seine Blicke durch die offenen Türen ins Badezimmer und die Küche schweifen, ebenso im Wohnzimmer, das etwas unaufgeräumt wirkte, aber durchaus sympathisch eingerichtet war. Julia Rochow legte einige Kleidungsstücke auf die Seite und beide nahmen auf dem Sofa Platz. „Das ist hier schon ein anderes Kaliber als nebenan die Wohnung des Herrn von Zander. Bad und Küche sind hier noch Original 1970er und Kategorie einfach und nebenan funkelnagelneu und ziemlich exklusiv."

„Darauf können Sie einen lassen" klang es aus dem Flur und Jana Bothmer erschien mit einer Cola- und einer Wasserflasche nebst drei Gläsern in der Tür, offensichtlich hatte sie alles mitbekommen. „Für den wurde vor dem Einzug alles um- und ausgebaut, vom Feinsten. Wände rausgerissen, neues Bad, neue Küche und wenn unsereins einen tropfenden Wasserhahn hat, lässt einen die Hausverwaltung ewig warten, bis irgendwann mal ein Handwerker kommt. Wenn überhaupt mal einer kommt. Sie haben ja selbst gesehen, dass der Eingangsbereich und das Treppenhaus durchaus eine Renovierung vertragen könnten. Und in der dritten Etage tropft es immer mal durch. Die Decken zu den Dachterrassen sind wohl nicht mehr ganz dicht, genau wie die Hausverwaltung. Dafür erhöhen sie regelmäßig die Miete. Ist bloß leider nicht so einfach, hier in der Gegend eine andere und vor allem bezahlbare Wohnung zu finden. Und ich würde ganz gerne in Frohnau wohnen bleiben, ist halt praktisch, ich arbeite gleich um die Ecke beim Zahnarzt. So, wer trinkt jetzt was und was kann ich eigentlich für Sie tun."

Thomas Kablow ergriff das Wort: „Wir möchten so viel wie möglich über Ihren Nachbarn, den Herrn von Zander, erfahren. Inzwischen wissen wir nämlich, dass es sich um ihn bei dem Toten vom Casinoturm handelt."

„Wundert mich nicht, hat er verdient, dieses Arschloch. Man soll ja nicht schlecht von Toten reden, aber es gibt doch wohl Ausnahmen, und dieser Herr ist definitiv eine. Es dürfte eigentlich kaum jemanden geben, der Gutes über den berichten kann. Was wollen Sie denn genau wissen?"

„Eigentlich alles."

„Gut. Angefangen hat alles durchaus nett, muss vor ziemlich genau einem Jahr gewesen sein. Da hat er bei mir geklingelt, sich vorgestellt und erklärt, dass er demnächst nebenan einziehen wird. Ich habe ihn in die Wohnung gebeten, weil er gleich gesagt hat, dass er der Verantwortliche für den Neu- und Umbau am Turm ist und außerdem wirkte er sympathisch und charmant. Er hat mir dann erklärt, dass die Wohnung für ihn umgebaut wird und ich leider für einige Tage den Baulärm ertragen müsste. Ehrlich gesagt hat mich das ziemlich gewundert, weil die Hausverwaltung hier sonst mehr oder weniger gar nichts macht. Erst später habe ich dann per Zufall gehört, dass auch dieses Haus hier dieser Caerlaverock gehört – damit war ja klar, dass die für ihren Geschäftsführer alles chic machen. Na egal, ich habe ihn dann gleich aus meiner Wohnung geschmissen."

„Wieso das denn?"

„Der hatte seine Hand ganz schnell auf meinem Knie und dann seine Finger überall – widerlich! Meinte noch, dass wir uns als künftige Nachbarn gut verstehen sollten und ähnlichen Blödsinn. Ich habe ihm klar gemacht, dass ich nicht auf Männer stehe und außerdem in festen Händen bin. Hat ihn aber nicht gestört, da habe ich ihm eine gescheuert und rausgeschmissen. Man kann durchaus sagen, dass das Verhältnis zwischen uns seither recht frostig war. Ich kann es natürlich nicht beweisen, aber ich hatte ganz schnell den Eindruck, dass er Einfluss auf die Hausverwaltung genommen hat, jedenfalls fingen damit echte Schikanen an, Details will ich Ihnen lieber ersparen, war jedenfalls nicht schön. Sie können sich sicherlich vorstellen, dass die Wände hier im Haus ziemlich hellhörig sind, die Bauarbeiten konnte ich damit wunderbar miterleben, aber das hat tatsächlich nur ein paar Tage gedauert. Aber der Typ muss bei Frauen, also bei Heterofrauen, gut ankommen. Es ließ sich bei den dünnen Wänden hier beim besten Willen nicht vermeiden mitzubekommen, dass nebenan ein ständiges Kommen und Gehen war und die Geräuschkulisse aus seinem Schlafzimmer war manchmal schon ziemlich penetrant. Beschwerden haben natürlich nichts genützt, weder bei ihm noch bei der Hausverwaltung. Das dürfte ja jetzt wohl ein Ende haben. Reicht Ihnen das?"

120

„Wir müssen uns ein Bild vom Opfer machen und darüber versuchen, den Täter zu ermitteln. Ihre Schilderung ist da mit Sicherheit sehr hilfreich, und vielen Dank für Ihre Offenheit. Falls sich noch weitere Fragen ergeben, würden wir gerne auf Sie zukommen und wenn Ihnen noch etwas einfällt, bitte wenden Sie sich jederzeit an Frau Rochow oder mich."

Mit der Übergabe der obligatorischen Visitenkarte verabschiedeten sich die beiden. Das Klingeln an den anderen benachbarten Wohnungen blieb ergebnislos.

„Sympathisches Kerlchen! Aber ermorden muss man ihn ja trotzdem nicht gleich und den Mörder müssen wir trotzdem suchen. Komm, es geht weiter. Wenn hier keiner anwesend ist, im Baucontainer werden wir schon jemand erwischen. Möchtest du jetzt den versprochenen Kaffee oder später?"

„Wenn du das Angebot noch um ein oder zwei belegte Brötchen erweiterst, lieber später. Dann können wir uns die Kantine ersparen, der Speiseplan für heute verheißt nichts Gutes, ich habe vorhin mal im Intranet einen Blick darauf geworfen."

Svenja Eichhorn war schon zu ihrer Vernehmung im LKA aufgebrochen, wie ihnen eine sehr junge Mitarbeiterin gleich bei Betreten des Bürocontainers mitteilte. Sie stellte sich als Annika Heise vor, Auszubildende im ersten Lehrjahr und neben Svenja Eichhorn und Roland Edler von Zander die einzige weitere Mitarbeiterin der Caerlaverock Castle Real Estate Ltd. „alle anderen Mitarbeiter hier gehören zur Holtmann Bau AG, das ist der mit den Bauarbeiten beauftragte Generalunternehmer. Da kommen gerade die beiden Bauleiter, die Herren Martin de Vries und Jörg Schnitzler, das sind bestimmt für Sie die richtigen Ansprechpartner."

Alle vier drängten sich dann kurz darauf um den verwaisten Schreibtisch von Svenja Eichhorn und wurden von Annika Heise mit Kaffee versorgt.

„Frau Eichhorn musste ja zu Ihren Kollegen ins Landeskriminalamt fahren und hat uns gesagt, dass wir beide und wohl auch alle anderen Mitarbeiter hier Ihnen für Auskünfte zur Verfügung stehen sollen" kam es etwas verdruckst aus dem Mund von Martin de Vries. Jörg Schnitzler saß stumm auf seinem Besucherstuhl. „Ist es wirklich der Herr von Zander, den Sie in der letzten Woche dort gefunden haben?" und deutete mit der Hand in Richtung Casinoturm.

Julia Rochow übernahm irgendwie automatisch die Gesprächsführung, wurde daran aber auch nicht von Thomas Kablow gehindert. „Ja, wir können das inzwischen bestätigen, es handelt sich tatsächlich um Herrn von Zander. Wir benötigen jetzt so viele Informationen wie möglich, um den Mörder finden zu können. Alles kann wichtig sein, auch Details, die Ihnen vielleicht auf den ersten Blick als unwichtig erscheinen."

„Ein Macker, ein Blender und ein Leuteschinder" platzte es aus Jörg Schnitzler heraus. „Bei der Suche werden Sie bestimmt viel Spaß haben, gibt garantiert einige Leute, die den lieber tot als lebendig gesehen hätten. Ich auch, aber umgebracht habe ich ihn trotzdem nicht. Das kann ich Ihnen auch beweisen, ich hatte nämlich Urlaub und war mit meiner Radsporttruppe zu einer Trainingswoche auf Mallorca. Wir wollen nämlich am 24. Juni zum ersten Mal in Schweden an der Vätternrundan teilnehmen, das sind immerhin 300 Kilometer am Stück, da können ein paar Trainingskilometer nicht schaden."

„Gut, auf Ihr Alibi kommen wir im Bedarfsfall noch zurück. Bitte weiter im Text."

„Alles, was weiblich war und halbwegs in sein Beuteschema passte, war vor dem nicht sicher. Also blond, zur Not auch blondiert, ansehnlich und jung, nicht älter als 30 oder vielleicht 35 Jahre. Die hat er alle angemacht, fragen Sie doch zum Beispiel mal die arme Annika. Svenja wird Ihren Kollegen sicherlich auch berichten, dass er auf diese Weise hier mehrere Kolleginnen vergrault hat. Ein echtes Arschloch. Aber immer auf fein und schnieke machen. Und fragen Sie mal die Bauarbeiter, was die von ihm halten. Da war dann nichts mehr mit fein und schnieke, herumbrüllen und die Leute meist ohne jeglichen Grund abkanzeln, das konnte er hervorragend. Vom Bau hatte der sowieso keine Ahnung. Wie gesagt, ein echtes Arschloch. Martin, sag du doch auch mal was."

Von Martin de Vries kam erst nur ein zustimmendes Kopfnicken und dann: „Wenn ich ehrlich bin, kann ich das alles nur ausdrücklich bestätigen, einschließlich dem ‚echten Arschloch', das war er wirklich. Wir werden ihn bestimmt nicht vermissen. Egal wer als Nachfolger kommt, das kann nur besser werden." Und dann noch ganz leise, mehr zu sich selbst, aber für Thomas Kablow und Julia Rochow noch deutlich hörbar: „Auch wenn man über Tote nicht schlecht reden soll, manchmal muss man es halt."

Die anderen anwesenden Mitarbeiter einschließlich Annika Heise bestätigten die Aussagen mehr oder weniger wortwörtlich und nach Aufnahme sämtlicher Personalien verließen Julia Rochow und Thomas Kablow schweigend den Bürocontainer. Es war zwar immer noch reichlich warm, die Sonne aber hinter grauen Wolken verschwunden und es hatte angefangen leicht zu regnen. In der Sonne vor dem Bäcker zu sitzen hatte sich damit erledigt.

Erst an einem Fenstertisch bei Schäfer's, beide jeweils mit einem belegten Brötchen und einem Cappuccino vor sich, meinte Thomas Kablow: „Ich bin nun wirklich nicht erst seit gestern bei der Polizei und habe reichlich Befragungen und Vernehmungen durchgeführt, aber an eine so unisono schlechte Meinung über einen Toten kann ich mich beim besten Willen nicht erinnern. Ich befürchte, dass der Herr Schnitzler Recht haben könnte und wir dann gefühlt tausend Verdächtige ermitteln. Wenn ich damit richtig liege, und mein Bauchgefühl sagt mir, dass ich richtig liege, haben wir noch einen langen Weg vor uns." Und dann grinsend: „Wie lange bist du eigentlich zu uns abgeordnet? Aber ist vielleicht auch etwas spannender, als in Uniform Ladendiebe zu jagen."

„Hm."

Erst um kurz vor 17.00 Uhr waren sie zurück im LKA, die drei Büros waren schon verwaist. „Faule Bande, dann machen wir eben auch Feierabend, die Protokolle können bis morgen warten. Ich habe alle Gespräche mit dem Handy aufgenommen, ist eigentlich nicht erlaubt, erleichtert das Protokollschreiben aber ungemein. Solltest du dir merken."

„Und wieder was fürs Leben gelernt. Übrigens für drei Monate, also für drei Monate im LKA, so lange ist das Praktikum bei euch vorgesehen. Schönen Feierabend."

Mittwoch 9. Mai 2018, 10.30 Uhr, LKA

„Aylin, versuch du doch bitte mal, möglichst viel über die Caerlaverock herauszubekommen, da müsste über Google bestimmt einiges zu ermitteln sein, Ich nehme mir mal den Herrn von Zander vor. Wenn wir dann nachher mit der Vernehmung fertig sind, machen wir damit weiter."

Um 11.25 Uhr klingelte das Telefon auf dem Schreibtisch von Steffen Tietz, POM Müller vom Eingang meldete die Ankunft von Svenja Eichhorn an.

Steffen Tietz fragte anschließend Aylin Cantürk: „Willst du sie unten abholen oder lieber Kaffee kochen?"

„Ich geh runter, Kaffee kochen ist Männersache" und schon war sie verschwunden.

„Guten Tag Frau Eichhorn, vielen Dank, dass Sie sich die Zeit für uns genommen haben. Sie können sich sicherlich vorstellen, dass wir einige Fragen an Sie haben, jetzt, wo wir den Toten als Herrn von Zander identifizieren konnten. Den Inhalt des Gesprächs vom letzten Mittwoch mit meinem Kollegen Reichel kenne ich natürlich, aber wir brauchen jetzt noch mehr Details und werden unser Gespräch zu einem offiziellen Protokoll zusammenfassen. Wir werden das Gespräch deswegen auch aufnehmen. Frau Cantürk nimmt ebenfalls teil und wird gegebenenfalls auch ein paar Fragen stellen. Kann ich Ihnen einen Kaffee anbieten, von mir höchstpersönlich gekocht. Und dann können wir mit Ihren persönlichen Daten anfangen."

„Gerne einen Kaffee. Mein Name ist, wie Sie ja wissen, Svenja Eichhorn, geboren am 27. September 1973 in Berlin, wohnhaft in der Aroser Allee 142, 1. Etage, in 13407 Berlin. Seit etwas mehr als einem Jahr, genauer seit dem 1. April 2017, oder besser gesagt ab dem darauf folgenden Montag, arbeite ich für die Caerlaverock und von Anfang an als Sekretärin und Mädchen für alles für Herrn von Zander. Vorher war ich bei einer Heizungsbaufirma als Sekretärin, aber die Firma hat pleite gemacht. Eingestellt hat mich der Herr von Zander, das ging alles ganz schnell, das Vorstellungsgespräch hat nicht einmal 30 Minuten gedauert und ich sollte auch sofort anfangen, also gleich am Montag nach dem Vorstellungsgespräch. Das passte alles ganz gut, wie gesagt, war ich kurz vorher arbeitslos geworden, der Herr von Zander wirkte ganz angenehm, die beschriebenen Tätigkeiten und die Bezahlung waren auch in Ordnung und die Stelle sollte von Dauer sein. Herr von Zander sagte, dass nach Beendigung der Bauarbeiten in Frohnau die Caerlaverock in Berlin dauerhaft ein Büro beziehen wolle, dass man aber bis dahin den etwas rauen Ton auf der Baustelle eben ertragen müsse. Als ob mich das stören würde, die Heizungsmonteure bei meiner alten Firma waren da auch nicht sonderlich zimperlich. Dabei war der raue Ton eher sein Metier, und das ist ziemlich diplomatisch ausgedrückt. Aber das habe ich alles erst nach ein paar Wochen so richtig gemerkt, genau wie die Tatsache, dass die Caerlaverock nicht gerade den besten Ruf genießt. Hinterher ist man ja immer schlauer. Eigentlich wollte ich mir schon längst einen anderen Job suchen, aber zumindest für mich war es bisher noch erträglich, anderen wie zum Beispiel der armen Annika Heise ist es da schon deutlich schlechter gegangen und die Bezahlung ist halt ganz anständig."

„Was können Sie uns denn zu Herrn von Zander im Allgemeinen sagen?"

„Soweit ich es weiß, ist er seit ungefähr 2010 einer von immer zwei Geschäftsführern der Caerlaverock, der zweite hat wohl in der Zeit mehrfach gewechselt, aber Näheres dazu ist mir nicht bekannt. Den aktuellen, einen Sebastian Lürsen, habe ich bisher nicht persönlich kennengelernt, nur ein paar Mal Telefonate an Herrn von Zander durchgestellt oder bei seiner Abwesenheit angenommen. Der Hauptsitz der Firma ist in Bremen, da ist das doch eigentlich nicht verwunderlich. Der Herr Lürsen ist für die Akquisition neuer Objekte zuständig. Alles andere obliegt Herrn von Zander, also die Finanzen und die Verwaltung der vorhandenen Objekte, obwohl, die Arbeit erledigen damit beauftragte Hausverwaltungen, aber er macht denen strikte Vorgaben zu Mieterhöhungen, droht Mietern auch schon mal unverhohlen mit Kündigung und ähnliche Nettigkeiten. Der Komplex Casinoturm ist wohl der erste Versuch der Caerlaverock, sich als Im-

126

mobilienentwickler zu betätigen und da hat man auf die ‚besonderen Qualitäten' des Herrn von Zander gesetzt."

„Was meinen Sie denn mit ‚besondere Qualitäten'," unterbrach Steffen Tietz an dieser Stelle. Aylin Cantürk beobachtete Svenja Eichhorn jetzt noch genauer.

Die Antwort kam ohne jegliches Zögern, dafür verwandelte sich ihr Gesichtsausdruck jetzt vom bisherigen neutral zu einem eindeutig angewidert: „Das Fehlen jeglicher Menschlichkeit und jeglichen Mitgefühls. In der Immobilien- und Baubranche geht es sicherlich oft mit nicht ganz sauberen Mitteln zu, vor allem dann, wenn Sanierungen durchgeführt werden und die Mieten steigen sollen. Da brauchen Sie ja bloß mal die Zeitungen aufschlagen oder sich die Abendschau ansehen. Aber was hier abgegangen ist, spottet jeder Beschreibung. Dass bei so einer Sanierung die Mieter ausziehen müssen, ist mir durchaus klar, aber dann braucht es eben auch Ersatzwohnungen und im Bedarfsfall Unterstützung. Am schlimmsten war der Fall einer netten alten Dame, weit über 80, die ganz oben über dem Reformhaus Demski gewohnt hat, seit mehr als 50 Jahren. Wie sollte die denn ohne Unterstützung eine neue Wohnung finden? Die hat er selbst mehrfach aufgesucht, nee, eher heimgesucht, sie rüde beschimpft und ihr Schadensersatzforderungen angedroht für den Fall, dass sie nicht sofort auszieht, weil sie damit den Beginn der Bauarbeiten verzögert. Er hat sogar das Schloss ihrer Wohnung austauschen lassen, als sie kurz einkaufen war. Sie kam dann hier heulend und total aufgelöst herein, das war nur ein oder zwei Wochen, nachdem ich hier angefangen hatte. Sie hätten mal erleben sollen, wie er sie behandelt hat, ein echtes Schwein. Immerhin hat er ihr dann den neuen Schlüssel gegeben. Ein paar Tage später ist sie tatsächlich ausgezogen, in das Altersheim im Sigismundkorso. Da fühlt sie sich aber total unwohl und sowieso eigentlich viel zu jung und fit für ein Altersheim, das hat sie mir jedenfalls erzählt, als ich sie im Eiscafé in der Welfenallee getroffen habe, wir haben da bestimmt mehr als eine Stunde miteinander geredet."

127

„Sie sagten am Anfang, dass es der Frau Heise deutlich schlechter als Ihnen ergangen sei, wie dürfen wir das verstehen?" warf Aylin Cantürk ein.

„Das grenzte nicht nur an sexuelle Belästigung, das war es eindeutig. Er hat sie von Anfang an angemacht. Sie hat ihre Ausbildung hier im letzten Sommer angefangen und sie ist auch recht hübsch und ziemlich jung. Am Anfang fand sie es vielleicht sogar ganz nett, wie gesagt, er kann ja auch charmant sein und so ein junges Ding ist doch noch ziemlich unsicher und weiß nicht, wie es damit umgehen soll. Aber als er versucht hat, sie anzugrapschen, ist es ihr dann doch zu bunt geworden. Da hat sie sich gewehrt und hat ihm gedroht, sich bei Herrn Lürsen zu beschweren und auch Anzeige zu erstatten. Die Auseinandersetzung war ziemlich lautstark, das haben alle im Büro mitbekommen. Immerhin hat er sie danach in Ruhe gelassen und erstaunlicherweise hat es für sie auch keine weiteren Konsequenzen gehabt."

„Wann war das ungefähr?"

„So genau kann ich Ihnen das gar nicht sagen, aber ich denke mal, dass das so zwei oder drei Monate nach dem Ausbildungsbeginn gewesen sein muss. Mit Frauen hat er es sowieso gehabt. Es ließ sich leider nicht vermeiden, dass ich nicht gerade wenige seiner Telefonate mitbekommen habe, unsere Schreibtische stehen ziemlich dicht beieinander. Also wenn Sie mich fragen, hat er seine Frau, und das ist eine ganz hübsche und auch nette, betrogen. Und wenn ich die Telefonate nicht völlig falsch interpretiere, nicht nur einmal und nicht nur mit einer anderen Frau. Übers Wochenende ist er zwar fast immer nach Bremen gefahren, aber während der Woche....."

„Also wenn ich Sie richtig verstanden habe, keine feste Affäre, sondern eher wechselnde Liebschaften oder wie auch immer."

„Genau."

„Wie war das Verhältnis zum zweiten Geschäftsführer, dem Herrn Lürsen?"

„Ich habe wie gesagt Herrn Lürsen nie persönlich kennengelernt und wüsste nicht, ob er jemals in Berlin gewesen ist, jedenfalls nicht in der Zeit, in der ich für die Caerlaverock arbeite. Die

Telefonate der beiden waren jedenfalls nie so, dass ich irgendwelche Missstimmungen o.ä. mitbekommen habe. Aber ich kann Ihnen auch nicht sagen, ob es überhaupt irgendwelche Themen gab, bei denen sie sich hätten streiten können. Ich denke, jeder hat sich weitgehend um seinen Zuständigkeitsbereich gekümmert und das war es dann auch, sie sind sich einfach nicht in die Quere gekommen. Ob Herr von Zander bei seinen regelmäßigen Fahrten nach Bremen auch dort im Büro war, entzieht sich meiner Kenntnis."

„Herr de Vries hat letzte Woche unserem Kollegen gegenüber in Ihrem Beisein unter anderem die Aussage getroffen, dass es des Öfteren Zoff zwischen Herrn von Zander und den Bauarbeitern gegeben habe. Wie sehen Sie das?

„Der Ton auf Baustellen ist wie schon gesagt immer etwas rauer als woanders, aber Herr von Zander hat die Leute wirklich rund gemacht, oft wegen absoluter Kleinigkeiten. Beliebt war er bei denen mit Sicherheit nicht, aber ich kann mir kaum vorstellen, dass einer von denen ihn deswegen umgebracht hat – und dann noch auf diese Art und Weise. Nee, wirklich nicht."

„Gut, ich denke, wir können uns jetzt ganz gut ein Bild von ihm machen. Letzte Frage dann noch, wann haben Sie ihn zuletzt gesehen und wie war das mit seinem Urlaub?"

„Am Freitag, das muss wohl der 27. April gewesen sein, ist er wie fast jeden Freitag um Punkt 13.00 Uhr gegangen. Fast wie ein Beamter, so nach dem Motto ,Am Freitag um eins macht jeder seins'. Ich gehe davon aus, dass er wie üblich nach Bremen gefahren ist, jedenfalls hat er mal erwähnt, dass er ja ,leider, leider' eine Wochenendbeziehung führen müsste und es so doch recht anstrengend sei. Na egal, jedenfalls hatte er die folgende Woche Urlaub und wollte am Montag, dem 7. Mai, wieder da sein. Aber was er vorhatte, keine Ahnung. Aus seinem Privatleben hat er sowieso ein ziemliches Geheimnis gemacht, aber das war mir auch ganz Recht, Interesse an irgendwelchen Privatgesprächen hatte ich nicht, das können Sie doch bestimmt nachvollziehen. Seine Frau habe ich auch nur ein einziges Mal gesehen, das muss irgendwann im Januar oder vielleicht war es auch schon Februar gewesen sein. Das war auf jeden Fall an einem Freitag, sie war mit der Bahn gekommen und gegen Mittag hier. Herr von Zander war noch irgendwo auf der Baustelle unterwegs, ich habe ihr einen Kaffee angeboten und wir haben uns bestimmt eine halbe Stunde lang unterhalten. Sie wollten gemeinsam von Berlin über das Wochenende nach Dresden fahren, sie hat mir noch vorgeschwärmt, dass sie Karten für die Semperoper hätten und wie toll Dresden doch sei. Eine schöne Frau, sie wirkte sehr kultiviert und doch auch irgendwie bodenständig. Als er dann ins Büro kam, war das Gespräch sofort beendet. Er hat zwar nichts gesagt, sie auch nicht mehr, aber man hat ihm angesehen, dass es ihm absolut nicht Recht war, dass ich mich mit seiner Frau unterhalten habe. War schon etwas merkwürdig."

Aylin Cantürk beendete das Gespräch mit den Worten: „Vielen Dank für die vielen Informationen. Wenn Ihnen noch etwas einfallen sollte, auch wenn es vielleicht aus Ihrer Sicht unwichtig ist, rufen Sie uns bitte jederzeit an." Damit brachte sie Frau Eichhorn nach unten und verabschiedete sie erst auf dem Bürgersteig vor dem LKA mit den persönlichen Worten: „Ich drücke Ihnen die Daumen, dass Sie es mit dem Nachfolger von Herrn von Zander deutlich besser treffen. Ich kann mir kaum vorstellen, dass ich das ausgehalten hätte." Man sah Svenja Eichhorn deutlich an, das ihr diese wenigen Worte sehr gut taten.

Zurück im Büro sah sie Steffen Tietz schon wieder auf seine Tastatur einhacken. „Mann, Mann, Mann, und bei so einem Arsch muss man den Mörder jagen. Es gibt durchaus Fälle, bei denen ich denke, dass man es einfach lassen sollte. Nicht dass du denkst, dass wir hier so denken, aber man kann manchmal durchaus in Versuchung geraten, so zu denken. Das geht natürlich gar nicht, jeder Mörder muss gefasst werden. Also dann, ich schreibe schon einmal das Protokoll und gebe es dir nachher zum Gegenlesen. Du kannst ja schon mal mit den Recherchen anfangen und vor allem die sozialen Netzwerke und Karriereplattformen nach Informationen zu diesem Herrn durchsuchen. Für das Protokoll dazu reichen Stichworte aus, bitte keine Romane. Ich kümmere mich nachher noch um seine finanziellen Verhältnisse und die Caerlaverock, das wird wahrscheinlich nicht nur auf dem ganz geraden und hochoffiziellen Weg gehen.

Alle Infos müssen unbedingt noch heute an Abbo und Isabelle gehen, die können das bestimmt für ihre Gespräche in Bremen gut gebrauchen. Könntest du heute die Notiz für die Herren Harbauer und Thoms übernehmen?" Damit hackte er schon wieder auf seiner Tastatur herum und Aylin ging zu ihrem Schreibtisch im Büro nebenan.

Mittwoch 9. Mai 2018, 11.10 Uhr

„Wenn wir unseren Zug bekommen wollen, müssen wir langsam los, erst einmal in meine Wohnung, ich brauche sowieso noch ein paar Klamotten, die ich bei dir deponieren kann. Oder nehmen wir künftig meine Wohnung? Obwohl, deine ist schon schicker, meine aber verkehrsgünstiger."

„Wo wohnst du überhaupt?"

„Das ist ja eine originelle Frage, meine Ehefrau weiß also nicht, wo ich wohne."

„Blödmann."

„Das hatten wir doch schon. Also Schatzi oder am besten Abbo wäre mir als Anrede lieber. Die Wohnung ist direkt am U-Bahnhof Neu-Westend, Reichsstr. 28 A. Wir laufen zum Wittenbergplatz und sind dann mit der U 2 ganz schnell da, dauert keine halbe Stunde. Wie gesagt, verkehrsgünstig."

Als sie aus dem U-Bahnhof wieder zurück ans Tageslicht kamen, wollte Isabelle Berntsen am liebsten in die Wiener Konditorei abbiegen, konnte sich aber gerade noch zusammenreißen.

„Wir müssen zuerst in den Keller, da sind meine Koffer. Für Bremen reicht ja ein kleiner, aber für den Rest brauche ich wohl den ganz großen. Es sei denn, du ziehst bei mir ein."

„Sport ist ja ganz schön, aber ich denke, meine Wohnung ist bequemer, vierte Etage ohne Fahrstuhl ist schon heftig" meinte Isabelle Berntsen leicht schnaufend vor der Wohnungstür „jetzt bin ich mal gespannt."

„Gar nicht so schlecht, Herr Kommissar," war dann ihre nächste Aussage nach dem Betreten des Wohnzimmers.

„Herr Oberkommissar bitte, Frau Polizeiliche Hilfskraft."

„Ja ja, kümmer du dich mal um deine Klamotten, ich sehe mich mal um."

15 Minuten später waren sie bepackt mit einem großen und einem kleinen Rollkoffer auf dem Weg nach unten, als sich in der dritten Etage eine Wohnungstür öffnete. „Hallo Abbo," flötete Caroline Jung und betrachtete Isabelle Berntsen intensiv und leicht säuerlich, „und wer ist das?"

„Ahem, das ist Isabelle, also Isabelle Berntsen, meine Ehefrau."

Ein hysterisch wirkendes Lachen war die Antwort: „Das ist nicht dein Ernst, oder? Mich verschmähst du und dann bist du auf einmal verheiratet." Schon war sie wieder in Ihrer Wohnung verschwunden und hatte die Tür lautstark hinter sich zugeworfen.

„Was war denn das oder eher, wer war denn das?" war die zu erwartende Frage von Isabelle Berntsen.

„Klare Frage, klare Antwort: Das war oder besser ist die nervigste Nachbarin der Welt, aber die bin ich jetzt ja wohl endgültig los." Und er erläuterte ihr die weiteren Einzelheiten zu seinem Verhältnis oder eher Nichtverhältnis zu seiner Nachbarin.

Isabelle Berntsen nahm das erstaunt, aber ohne einen weiteren Kommentar zur Kenntnis. Erst etwas später in der U-Bahn ergriff sie wieder das Wort:„Schon irgendwie witzig, dass deine und meine Einrichtung ziemlich ähnlich sind, aber du hast eindeutig mehr Krimis als ich."

„Bis auf die IKEA-Regale habe ich aber das meiste gebraucht gekauft, eBay-Kleinanzeigen war da recht ergiebig und per Zufall habe ich einen tollen Laden in Friedrichshain entdeckt, da habe ich mein Ledersofa her. Die kaufen vor allem in Dänemark bei Wohnungsauflösungen Möbel auf und restaurieren sie im Bedarfsfall. Mein Sofa ist deutlich älter als ich und dabei wie ich völlig faltenfrei."

„Meine Möbel sind fast alle geerbt, das meiste stammt aus der Wohnung meiner Eltern. Karine hatte damals gerade erst mit Søren ihre Wohnung neu eingerichtet und die Zwillinge hatten auch keinen großen Bedarf, neu gekauft habe ich mir hier in Berlin nur die Schlafzimmermöbel und die Esstischstühle. Ich werde dann bei mir nur schnell ein paar Sachen packen. Deinen großen Trolley räumen wir erst aus, wenn wir wieder aus Bremen zurück sind. Dann schaffen wir es ohne Probleme, rechtzeitig am Gesundbrunnen zu sein."

Mittwoch 9. Mai 2018, 14.30 Uhr

Fünf Minuten vor Abfahrt ihres ICE nach Hannover erreichten Abbo Reichel und Isabelle Berntsen den Bahnhof Gesundbrunnen mit der S-Bahn. Die Rolltreppe vom S-Bahnsteig hinunter, durch den langen Tunnel bis zur nächsten Rolltreppe und dort wieder hinauf zum ICE-Bahnsteig. Der ICE fuhr schon ein. Zeit für einen Blick auf den Wagenstandsanzeiger blieb natürlich nicht, Ergebnis war, dass sie sich durch den halben Zug bis zu ihren reservierten Sitzplätzen durchkämpfen mussten.

„Puh, das war doch ganz schön knapp. Wie viel Zeit haben wir denn in Hannover beim Umsteigen?"

„Laut Fahrplan 17 Minuten, aber das sind bei der Bahn eher theoretische Angaben. Es würde mich wundern, wenn der Zug ausnahmsweise mal pünktlich wäre. Außerdem muss man in Hannover fast immer von einem ans ganz andere Ende des Bahnhofs, echt nervig. Ich habe übrigens vergessen, mir für heute Abend ein Buch mitzunehmen."

„Da findet sich bestimmt eine andere Beschäftigung."

Inmitten der brandenburgischen Pampa erklang ‚Sweet Lucy'.

„Ja, hier Abbo Reichel, Landeskriminalamt Berlin."

„Hier Polizeihauptkommissar Thiem vom Bremer Polizeikommissariat Mitte. Ihr Kollege Kablow und ich hatten heute Vormittag telefoniert. Eigentlich sollte ich Ihnen die Termine per SMS senden, ich denke aber, dass ein Telefonat sinnvoller ist. Wir haben vorhin Frau von Zander in ihrer Wohnung aufgesucht und ihr die Todesnachricht überbracht, sie hat das erstaunlich gefasst aufgenommen, für mich schon fast ein wenig zu gefasst, aber die Menschen sind da halt unterschiedlich. Wir haben auch Ihr Kommen für morgen früh avisiert, so gegen 10.00 Uhr. Die Adresse haben Sie ja. Ihr Herr Kablow hatte auch gebeten, einen Termin mit dem Geschäftsführer der Caerlaverock Castle Real Estate Ltd. zu vereinbaren. Auch darum haben wir uns gekümmert, der Termin ist allerdings erst am Freitag um 9.00 Uhr, der Herr Sebastian Lürsen ist heute und am Donnerstag nicht in Bremen, ging also nicht früher. Die haben ihren Sitz witzigerweise direkt neben uns, Am Wall 199, was in der Vergangenheit

134

auch schon zu Irritationen geführt hat. Ist auch gleich auf der anderen Seite des Stadtgrabens und der Wallanlagen von der Contrescarpe 32 aus gesehen. Einen weiten Weg zur Arbeit hatte der Herr von Zander da wirklich nicht. Wenn Sie bei der Frau von Zander fertig sind, kommen Sie doch bitte bei uns im Revier vorbei, dann können wir uns zu unseren Eindrücken und auch zu der Vermisstenanzeige austauschen. Ich habe morgen die Tagesschicht, bin dann also vor Ort. Und die SMS mit den Terminen und Adressen kommt gleich noch."

„Danke, und auf Ihr Angebot kommen meine Kollegin und ich gerne zurück."

An Isabelle gewandt sagte Abbo Reichel: „Dann müssen wir wohl zwei Nächte in Bremen bleiben, ich werde mal Steffen anrufen und ihn bitten, das von Kriminalrat Scholz genehmigen zu lassen. Außerdem kann ich gleich mal nachfragen, wie die Vernehmung der Sekretärin gelaufen ist."

„Hallo Steffen, hier Abbo. Seid Ihr mit der Vernehmung fertig?"

„Das Protokoll ist schon in der Mache, schicke ich dir nachher per E-Mail, dann hast du eine sinnvolle Bettlektüre heute Abend."

„Ich habe eben mit dem Kollegen aus Bremen telefoniert, wir haben den Termin mit der von Zander morgen früh und anschließend einen mit dem Kollegen. Ich hatte bei dem Telefonat den Eindruck, dass er einiges ,außerhalb des Protokolls' sowohl zur Vermisstenanzeige als auch zur von Zander loswerden will. Allerdings haben wir den Termin mit dem zweiten Geschäftsführer der Caerlaverock erst am Freitag, vorher ist der nicht in Bremen. Kannst du dich bitte um die Änderung der Dienstreisegenehmigung kümmern. Im ibis rufe ich gleich an. Gibt's sonst noch etwas Neues?"

„Aylin und ich sind gerade dabei, zur Caerlaverock und zu Herrn von Zander zu recherchieren. Wir fassen die Ergebnisse nachher zusammen und du bekommst sie dann auch als weitere Bettlektüre per E-Mail."

„Alles klar, danke."

Wie erwartet, hatte der ICE natürlich Verspätung und von den 17 Minuten geplanter Umsteigezeit blieben gerade einmal fünf Minuten übrig, die nur knapp ausreichten, den Anschlusszug nach Norddeich/Mole zu erreichen. Erstaunlicherweise war der dann pünktlich auf die Minute um 17.50 Uhr in Bremen.

„Boah, was für eine Hitze und es ist noch nicht einmal Mitte Mai. Bist du damit einverstanden, wenn wir nur schnell zum ibis gehen, einchecken, die zweite Nacht buchen und dann irgendwo schön essen gehen, ich hätte dafür eine Idee. Auf dem Rückweg zum Hotel können wir uns dann schon einmal das Haus von dem von Zander ansehen, das liegt fast auf dem Weg."

„Du scheinst dich ja in Bremen auszukennen."

„Stimmt, erkläre ich dir nachher."

Im ibis waren die zwei Doppelzimmer zur Einzelnutzung reserviert, die Verlängerung um eine Nacht kein Problem und die polizeiabrechnungsgerechte Erstellung der getrennten Rechnungen sollte nach kurzer Diskussion mit dem jungen Angestellten an der Rezeption auch kein Problem sein.

Keine Stunde nach ihrer Ankunft in Bremen saßen sie nur wenige hundert Meter von ihrem Hotel entfernt mitten im Ostertorviertel im griechischen Restaurant Elia an der Ecke Sielwall und Vor dem Steintor. In Anbetracht der Hitze des Tages war die verglaste Seitenfront komplett geöffnet, so dass sie gefühlt draußen saßen.

Nachdem die Getränke und Vorspeisen serviert waren, fragte Isabelle Berntsen: „So, mein allerliebster Ehemann, wir müssen uns sowieso noch besser kennenlernen und da ich heute immerhin deine Wohnung gesehen habe, will ich jetzt wissen, wieso du dich in Bremen ganz gut auskennst. Morgen haben wir doch bestimmt nach den Terminen mit Frau von Zander und mit dem Kollegen von der Polizei, wie war noch sein Name, Zeit für ein kleines touristisches Programm."

„Thiem heißt der Kollege. Ich denke auch, dass wir morgen wohl etwas Zeit für eine Sightseeingtour haben werden. Aber du wirst künftig sowieso ab und zu nach Bremen kommen."

„Aha."

„Aber jetzt wird erst einmal gegessen, Fortsetzung folgt danach."

Nach dem Essen nahm Abbo Reichel den Faden ansatzlos wieder auf: „Wenn man hier die Straße hinuntergeht, landet man direkt an der Weser, da geht man dann links herum, am Weserstadion vorbei und kurz dahinter ist ein Kanuverein, die Bremer Kanu Wanderer, bei dem ich schon als Kind mehrfach mit meinen Eltern und Brüdern war. Die veranstalten nämlich im Wechsel mit einigen anderen Vereinen, u.a. meinem in Heiligensee, eine Paddelveranstaltung, an der wir immer teilnehmen. Und wenn es das nächste Mal in Bremen stattfindet, musst du eben mit, das ist schließlich für alle Teilnehmer eine Art Familientreffen. Übrigens ist die Paddelveranstaltung in diesem Jahr in Celle in der Lüneburger Heide, ich glaube, der Termin ist Anfang Juli. Da fahren wir auf jeden Fall hin, das wird dir bestimmt gefallen. Jedenfalls kenne ich mich deswegen hier ganz passabel aus. Außerdem stammt mein Papa aus Oldenburg, das ist keine 50 Kilometer weit entfernt und wenn wir meine Großeltern besucht haben, sind wir ab und zu auch mal nach Bremen gefahren."

„Ich würde mir dann gerne morgen den Roland, die Böttcherstraße und das Schnoor ansehen. Und natürlich die Bremer Stadtmusikanten. Ich hatte vorhin mal kurz gegoogelt, was für Touristen besonders sehenswert sein soll."

„Wenn's zeitlich passt, kein Problem. Jetzt sollten wir aber zurück ins Hotel und den kleinen Schlenker über die Contrescarpe 32 machen, ein Verdauungsspaziergang kann zumindest mir nicht schaden."

„Nette Wohnlage und dann noch ruhig und zentral, da kannst du fast alles auch zu Fuß erreichen."

„Eher mit dem Fahrrad, die Bremer sind mehr mit dem Fahrrad als zu Fuß unterwegs. Mit der Wohnlage stimme ich dir zu, so würde ich auch gerne wohnen, obwohl, beklagen kann ich mich mit meiner Wohnung auch nicht unbedingt. Aber das hier hat schon eine andere Qualität. Das Haus ist auch nicht von schlechten Eltern. Laut Herrn Thiem ist die Wohnung derer von Zander die im Hochparterre, da ist auch Licht an, aber erkennen kann ich nichts. Na, wir werden morgen früh ja sehen. Und jetzt zu dir oder zu mir. Wohl eher zu dir, oder? Mein Zimmer hat zwei Einzelbetten, das ist irgendwie blöd. Deins ein Doppelbett, finde ich deutlich besser."

Donnerstag 10. Mai 2018, 8.30 Uhr

Abbo Reichel und Isabelle Berntsen erschienen um exakt 8.30 Uhr im farbenfroh möblierten und mit großformatigen Fotos dekorierten Frühstücksraum des ibis. Das Hotel war anscheinend gut gebucht, der Frühstücksraum jedenfalls recht voll. In der hintersten Ecke gab es aber noch mehrere freie Tische.

„Gut, dass die meisten Leute zu faul sind, ein paar Meter bis zum Büffet zu laufen. Hier hinten haben wir etwas Ruhe und können noch das Vernehmungsprotokoll von Svenja Eichhorn und die Rechercheergebnisse zur Caerlaverock und zum Herrn von Zander durchlesen, hat gestern mit der Bettlektüre ja nicht mehr so ganz geklappt. Da fällt mir ein, wir müssen für dich noch ein Diensthandy organisieren. Mal sehen, wie umfangreich das Ganze ist, du kannst das ja nach mir lesen und zur Not muss es eben ohne gehen. Wenn du eine liebevolle und treusorgende Ehefrau bist, kannst du mir etwas vom Büffet mitbringen, ich fange dann schon einmal mit dem Lesen an."

Die Arbeitsteilung klappte ganz gut, allerdings waren die Informationen so umfangreich, dass Abbo Reichel gegen 9.30 Uhr meinte: „Das schaffen wir jetzt nicht mehr, dass du das alles liest. Quintessenz ist aber, dass der Herr von Zander wirklich ziemlich viele Feinde gehabt haben und ein echtes Ekel gewesen sein muss, mal sehen, was seine Witwe dazu sagt. Die Gesprächsführung übernehme auf jeden Fall ich, ist schon aus rein formalen Gründen erforderlich, du kannst aber jederzeit auch Fragen stellen. Nur zur Klarstellung, du bist nicht nur als schmückendes Beiwerk da, obwohl du natürlich schon sehr schmückend bist. Wir sollten uns jetzt fertig machen, sonst kommen wir nicht pünktlich."

„Da hast du ja gerade noch die Kurve bekommen. Wie weit willst du sie eigentlich über die näheren Todesumstände informieren? Das wäre dann vielleicht eher mein Part. Aber ehrlich gesagt, würde ich ihr die Details ersparen wollen und außerdem ist doch grundsätzlich auch sie eine Verdächtige."

„Als Verdächtige würde ich sie zwar nicht einstufen, wir waren uns doch einig, dass wir von einem Mann als Täter ausgehen, aber die Details will ich lieber umgehen. Sie muss auch nicht unbedingt wissen, dass du Rechtsmedizinerin bist und ihren Mann aufgeschnippelt hast."

„Zugenäht habe ich ihn aber auch noch."

Donnerstag 10. Mai 2018, 10.57 Uhr

Nach gerade einmal 300 Metern Fußweg vom Hotel standen sie vor dem Haus Contrescarpe 32. Der positive Eindruck der Wohnlage und des Hauses in der gestrigen Dunkelheit bestätigten sich bei Tageslicht und Sonnenschein. Auch ohne Worte waren sich Abbo Reichel und Isabelle Berntsen einig, dass die Lage direkt an den Wallanlagen mit Blick auf den Park und den langgezogenen Teich kaum idyllischer sein konnte. Das Haus selbst wirkte ebenfalls sehr gediegen und gepflegt. Auf ihr Klingeln an der auf Hochglanz polierten Klingeltafel summte es sofort an der schweren Eichenholzhaustür. Die imponierende Architektur des Treppenhauses mit Wandverkleidungen in verschiedenen Marmortönen und opulenten Deckenbemalungen konnten sie nur ansatzweise wahrnehmen, da sie nach dem Öffnen der Tür sofort aufgefordert wurden: „Kommen Sie herauf, gleich hier in der Beletage."

In der doppelflügligen Wohnungstür im Hochparterre erwartete sie eine Frau, offensichtlich Miriam Edle von Zander. Sehr blond, sehr kurzhaarig, sehr schlank, sehr geschminkt und in einem schwarzen Hosenanzug steckend. Eine sehr schöne Witwe, fast schon ein wenig unwirklich wirkend. „Kommen Sie herein, ich habe für uns im Salon gedeckt. Auf der Terrasse ist es nach der gestrigen Hitze heute zu frisch. Was kann ich Ihnen anbieten? Ich nehme an, Sie sind die angekündigten Polizisten aus Berlin."

„Ja, entschuldigen Sie bitte, dass wir uns noch nicht vorgestellt haben. Mein Name ist Abbo Reichel und das ist meine Kollegin Isabelle Berntsen, beide vom Landeskriminalamt Berlin," damit hielt er ihr seinen Dienstausweis vor die Nase. „Erst einmal unser herzliches Beileid. Unsere Bremer Kollegen haben Sie ja gestern über den Tod Ihres Mannes und die Umstände informiert. Aufgrund unserer bisherigen Erkenntnisse sind wir uns absolut sicher, dass Ihr Mann ermordet wurde und Sie können sicher sein, dass wir alles Menschenmögliche unternehmen werden, um den Mörder dingfest zu machen. Dafür benötigen wir so viele Informationen über Ihren Mann wie möglich. Ich hoffe, Sie

141

sind einverstanden, wenn wir unser Gespräch aufnehmen, das erleichtert uns das Schreiben des Protokolls. Und zu trinken gerne Wasser."

„Selbstverständlich, das kennt man doch aus allen Krimis. Das Wasser kommt gleich." Damit verschwand sie in den hinteren Räumen.

„Meine Güte, wie auf dem Catwalk. Ob an der alles echt ist?" flüsterte Isabelle Berntsen.

Es dauerte zwei bis drei Minuten, bis sie mit einer Kristallkaraffe und drei passenden Gläsern zurückkam. Alle drei saßen um den runden Tisch, die Gläser waren gefüllt, als Miriam Edle von Zander das Wort ergriff. Als ob sie Isabelle Berntsens geflüsterten Satz gehört hätte, war ihre erste Aussage: „In meinem früheren Leben war ich Model, zwar nicht in der Klasse der Supermodels, aber durchaus gut im Geschäft. Dann habe ich Roland kennengelernt und mein jetziges Leben hat begonnen, der goldene Käfig," damit zeigte sie im Raum herum. „Sie sehen ja selbst, arm sieht es hier nicht gerade aus, aber es ist halt ein goldener Käfig. Dabei hatte alles so schön angefangen. Roland war charmant, sah gut aus, war beruflich erfolgreich, hatte die gleichen Interessen wie ich und er war vernarrt in mich. Dass ich nur sein Modepüppchen zum Vorzeigen und Angeben bin, habe ich erst viel später realisiert. Dass er nicht nur charmant sein konnte, sondern auch ganz anders, vor allem ein absoluter Egomane war, habe ich auch erst später gemerkt. Aber das interessiert Sie bestimmt alles nicht."

„Ganz im Gegenteil, für uns sind alle Aspekte wichtig. Nur so haben wir die Chance, das Motiv zu finden und darüber auch den Mörder. Beginnen wir bitte mit der Vermisstenanzeige. Die haben Sie am 28. April aufgegeben, ermordet wurde er am 1. Mai. Zuletzt gesehen wurde er am 27. April gegen Mittag, als er Feierabend machte. Wir vermuten, dass er hierher zu Ihnen fahren wollte. Es ist schon eher ungewöhnlich, dass so schnell eine Vermisstenanzeige aufgegeben wird, bei Kindern durchaus, aber bei Erwachsenen?"

„Dafür gibt es eine ganz einfache Erklärung. Sie werden es sowieso von irgendjemandem erfahren, also kann ich es Ihnen

142

auch erzählen. Mein Mann war nicht unbedingt das, was man sich als treuen Ehegatten vorstellt, er ist regelmäßig fremdgegangen. Nie ein festes Verhältnis, immer wechselnde Liebschaften. Irgendwann habe ich es endlich gemerkt und letztes Jahr Weihnachten hat es dann zwischen uns heftig gekracht; Sie können sich sicherlich vorstellen, was das für ein tolles Weihnachtsfest war. Jedenfalls hat er mir dann hoch und heilig versprochen, dass er nur mich und ausschließlich mich liebe und auf keinen Fall neue Affären anfangen wolle. Das hat dann auch geklappt, jedenfalls habe ich ab diesem Zeitpunkt nichts mehr bemerkt. Und zu unserem Geburtstag, wir haben beide am 25. März Geburtstag, hat er mir eine Versöhnungsreise geschenkt, wir wollten für eine Woche nach Venedig fliegen. Das war für die Woche über den 1. Mai geplant und alles gebucht. Roland wollte wie immer Freitag am frühen Abend zu Hause sein, für Sonnabend, den 28. April hatten wir Karten für die Elbphilharmonie in Hamburg, ein Vormittagskonzert im Rahmen des Internationalen Musikfestes und der Flug nach Venedig war für Sonntag um 6.40 Uhr vorgesehen, ab Hamburg. Von Bremen aus gibt es ja keine Flüge nach Venedig, das ist hier schon ziemliche Provinz. Roland hat sich noch ziemlich aufgeregt, dass es nur Flüge mit Eurowings gibt, so einem Billigflieger mit wenig Beinfreiheit im Flieger. Rückflug wäre dann am Sonntag, dem 6. Mai gewesen, er wollte dann von Hamburg mit dem Auto wieder zurück nach Berlin fahren, für mich hatte er eine Bahnkarte nach Bremen gebucht. In Venedig hatte Roland eine Suite im Residenza Cannaregio gebucht und für zwei Abende Opernkarten im La Fenice, aber daraus hatte er ein ziemliches Geheimnis gemacht. Die Flugtickets, die Bahnkarte und die Buchungsbestätigung des Hotels habe ich für Sie hier bereitgelegt". Sie reichte damit eine Mappe mit den Unterlagen an Isabelle Berntsen, die sie kurz prüfte und mit einem Kopfnicken andeutete, dass Miriam Edle von Zander fortfahren könne.

„Jedenfalls wäre er immer nach Hause gekommen und hätte sich das nie entgehen lassen. Ich habe am Freitagabend mehrfach ohne Erfolg versucht, ihn telefonisch zu erreichen. Meine Nachrichten auf der Mailbox waren auch erfolglos. Am Sonnabend

143

früh, ich glaube, es war so gegen 10.00 Uhr, bin ich dann zur Polizeiwache hier auf der anderen Seite der Wallanlagen gegangen und habe eine Vermisstenanzeige aufgegeben. Ich hatte aber den Eindruck, dass Ihre Kollegen weder mich noch meine Vermisstenmeldung ernst genommen haben, aber immerhin haben sie dann doch die Anzeige aufgenommen. Gehört habe ich allerdings von denen nichts mehr, erst gestern kam ein dicker und ziemlich ungehobelter Kollege von Ihnen und hat mir die Todesnachricht überbracht. Irgendwie hatte ich damit schon gerechnet."

„Wie dürfen wir denn das verstehen?", warf Abbo Reichel ein.

Schon fast schnippisch antwortete Miriam Edle von Zander: „Wie ich schon sagte, Roland wäre immer nach Hause gekommen und hätte sich die Reise nie entgehen lassen. So erfolgreich wie er war, hatte er mit Sicherheit auch Feinde, aber Details kann ich Ihnen dazu nicht nennen, mit solch profanen Dingen habe ich mich nicht abgegeben. Meine Welt war außer dieser Wohnung das Repräsentieren auf irgendwelchen langweiligen Immobilientagungen und Kongressen, auf denen Roland seine Firma vertreten hat. Ansonsten habe ich mit meiner besten Freundin Charity-Veranstaltungen organisiert, wir haben damit ein wenig das Elend auf dieser Welt verringert. Nicht jeder hat schließlich so viel Glück und Erfolg im Leben wie wir." Isabelle Berntsen verdrehte bei diesen letzten Sätzen ziemlich theatralisch die Augen, Abbo Reichel musste sich ein Lachen verkneifen und hoffte, dass Miriam Edle von Zander das nicht bemerkt hatte.

Das war offensichtlich der Fall, sie fuhr unbeeindruckt fort: „Für seinen beruflichen Erfolg hat Roland hart gearbeitet, seit ungefähr einem Jahr war er von Montag bis Freitag auf dieser Baustelle in Berlin und hat dort alles am Laufen gehalten. Sonntags nach dem Mittagessen ist er gefahren und erst Freitag am frühen Abend war er zurück zu Hause. Sie können mir glauben, dass das für uns sehr belastend war. Aber ein Umzug nach Berlin, nein, das wollte ich auf gar keinen Fall."

Damit stockte das Gespräch, Abbo Reichel konnte eine Frage einwerfen: „Verstehe ich Sie richtig, Frau von Zander, dass Sie sich um die beruflichen Belange Ihres Mannes nicht gekümmert haben?"

„Ja, das ist korrekt. Davon habe ich keine Ahnung und Roland wollte mich damit auch nicht belasten. Genauso wenig hat er mich mit finanziellen Dingen belastet, ich habe mehrere Kreditkarten, das sollte reichen, hat er immer gesagt. Nur um die Einrichtung des doch recht primitiven Appartements in Berlin sollte ich mich im Auftrag seiner Firma kümmern. Roland meinte, ich hätte ein gutes Händchen und einen guten Geschmack." Sie deutete damit im Raum herum, was bei Isabelle Berntsen das nächste Augenrollen hervorrief. „Obwohl es schon nicht einfach war, aus so wenigen Quadratmetern etwas Vernünftiges zu machen. Hier im Haus war es schon etwas angenehmer, bei 250 Quadratmetern kann man sich einfach etwas besser entfalten."

Die nächste Zwischenfrage kam von Isabelle Berntsen: „Wann und wo haben Sie sich denn kennengelernt? Hatten Sie gemeinsame Hobbys? Erzählen Sie uns doch bitte etwas zu Ihrem privaten Umfeld."

Man merkte sofort, dass dies eher die Welt von Miriam Edle von Zander war: „Kennengelernt haben wir uns 2008 auf einem dieser langweiligen Immobilienkongresse in Hamburg. Ich war da als das Gesicht für einen international tätigen Immobilienkonzern, für den ich gerade eine Fotosession im Rahmen einer neuen Werbekampagne abgeschlossen hatte. Roland war im Auftrag seines damaligen Arbeitgebers dort. Wir haben uns gesehen, und das war's. Jedenfalls haben wir dann sehr schnell die Tagungsräume verlassen und uns an der Hotelbar stundenlang sehr angeregt unterhalten und viele gemeinsame Interessen im kulturellen Bereich festgestellt. Da wir beide schon damals in Bremen wohnten, war es sehr einfach für uns, Kontakt zu halten. Und nach ungefähr einem Jahr sind wir zusammengezogen, natürlich noch unter etwas einfacheren Verhältnissen als jetzt. Ein weiteres Jahr später haben wir geheiratet. In Las Vegas! Kurz nach unserer Hochzeit ist Roland als Geschäftsführer in die Caerlaverock Castle Real Estate Ltd. eingetreten und damit konnten wir auch unsere Wohnverhältnisse deutlich verbessern und sind hier an die Contrescarpe gezogen. Viele schöne Reisen mit Mu-

145

seums- und Opernbesuchen haben wir in den letzten Jahren unternommen. Nur mit Kindern hat es leider nicht geklappt, aus irgendwelchen Gründen wollte Roland auf keinen Fall Kinder, ich habe nie so richtig herausbekommen, warum. Das muss wohl mit seiner eigenen Familie, die ich nie kennengelernt habe, zusammenhängen. Seine Eltern sind lange vor unserer Hochzeit bei einem Verkehrsunfall ums Leben gekommen. Ein merkwürdiges Hobby hatte Roland allerdings," sagte sie mit einem leicht angewiderten Gesichtsausdruck, „er hat geangelt. Können Sie sich das vorstellen? Sitzt stundenlang irgendwo an einem sterbenslangweiligen See oder Fluss und wartet darauf, dass ein Fisch anbeißt. Zum Glück hat er die Viecher selbst ausgenommen und zubereitet. Ehrlicherweise muss ich aber sagen, dass sie meistens sehr gut geschmeckt haben."

Bei dem Stichwort Angeln wurde Abbo Reichel sehr hellhörig und fragte nach: „Wo hat er denn seine Angelausrüstung und können Sie uns die bitte nach unserem Gespräch zeigen?"

„Ich kann mir zwar nicht vorstellen, was das mit seiner Ermordung zu tun haben könnte, aber das gesamte Zeug liegt immer im Kofferraum von seinem Range Rover, der steht hinter dem Haus auf dem Parkplatz. Oh Gott, sein Mercedes Cabrio steht doch in Berlin, wie bekomme ich das denn hierher nach Bremen?"

„Das dürfte kein Problem sein, wir haben nichts beschlagnahmt. Sie können den Wagen also jederzeit nach Bremen fahren."

„Das ist sehr wohl ein Problem, ich habe keinen Führerschein. Die Führerscheinprüfung habe ich drei Mal nicht bestanden, dann habe ich es aufgegeben. Mir war meine Modelkarriere wichtiger. Roland hätte mich sowieso mit seinen beiden Autos nie fahren lassen, das waren für ihn fast schon Heiligtümer. Dafür wäre er aber nie auf die Idee gekommen, mit der Bahn nach Berlin zu fahren."

„Gut, die Überführung des Wagens lässt sich sicherlich irgendwie organisieren. Wie ich am Anfang unseres Gesprächs sagte, für uns sind alle Informationen wichtig bei der Suche nach dem Täter. Ist Ihnen irgendetwas bekannt, ob Ihr Mann Feinde gehabt haben könnte?"

„Wie bitte, Sie meinen, ob ich weiß, wer Roland hätte ermorden können? Nein, da muss ich passen. Er war erfolgreich, da hat man sicherlich Leute, die einem das neiden, aber deswegen ermorden? Nein. Da fragen Sie besser Herrn Lürsen, als zweiter Geschäftsführer der Caerlaverock kann er Ihnen da sicherlich wesentlich besser Auskunft geben."

„Vielen Dank Frau von Zander für Ihre Informationen. Bevor wir zum Abschluss noch einen Blick in den Wagen werfen, noch eine letzte Frage, die ich Ihnen nur ungern stelle, die aber leider erforderlich ist. Wo waren Sie zum Zeitpunkt des Todes Ihres Mannes, also am 1. Mai gegen 6.00 Uhr?"

Miriam Edle von Zander verfiel fast in Schnappatmung: „Muss ich mir diese Frage gefallen lassen, das ist ja wohl die Höhe!" Und ohne eine Antwort abzuwarten: „Auch wenn ich die Frage als ausgesprochen befremdlich empfinde, müssen Sie sie wohl stellen. Ich glaube, in den Fernsehkrimis ist das auch immer so. Ein Alibi kann ich Ihnen nicht liefern. Aber ich war den ganzen Abend bei meiner besten Freundin Silvia Strunk, die wohnt gleich ein paar Häuser weiter. Ich habe mich bei ihr sozusagen ausgeheult, weil Roland verschollen war, und sie hat mich bei einer Flasche Champagner getröstet. Irgendwann weit nach Mitternacht bin ich nach Hause gegangen und habe die restliche Nacht selbstverständlich alleine verbracht."

„Ich denke, dass uns das reicht. Wir hätten trotzdem gerne die Adresse und Telefonnummer von Frau Strunk und auch eine Liste aller Freunde und Bekannten, die wir gegebenenfalls zu Herrn von Zander befragen könnten. Wenn wir dann noch einen kurzen Blick in das Auto werfen können, wäre unsere Befragung damit beendet."

Miriam Edle von Zander führte Abbo Reichel und Isabelle Berntsen vom Salon durch das Wohnzimmer über die hintere Terrasse hinunter in den Garten des Hauses und zum Parkplatz. Abbo Reichel war zwar alles andere als ein Autoexperte, erkannte jedoch auf Anhieb, dass dieser Range Rover mit Sicherheit nicht die Basisausstattung war. Mit seinem Handy machte er ein paar Aufnahmen von außen, inkl. der Modellbezeichnung auf der Heckklappe, und von innen. Im Kofferraum lagen wie beschrieben mehrere längliche Taschen, die Angeln enthielten. Auch hiervon machte er einige Fotos, um im Nachgang ermitteln zu können, um was für eine Ausrüstung es sich handelte. Weiterhin stand dort ein Angelkoffer in der Art von Werkzeugkisten, allerdings deutlich teurer wirkend. Beim Öffnen dieses Koffers fanden Abbo Reichel und Isabelle Berntsen jede Menge Zubehör, dessen Sinn und Zweck sich ihnen nicht erschloss; auch hiervon wurden einige Fotos gemacht. Im untersten Fach fanden sie neben zwei weiteren Messern auch ein in einer Lederhülle steckendes Filetiermesser von Martiini, allerdings mit einer erheblich kürzeren Klinge als das Tatwerkzeug. Nach einer kurzen Verabschiedung verließen sie das Grundstück über die Autozufahrt und wollten gerade in Richtung des Polizeireviers gehen, als Isabelle Berntsen meinte: „Was hältst du denn davon, wenn ich mal bei dieser Freundin, der Silvia Strunk, vorbeischaue und sie nach dem Alibi frage? Kann doch nichts schaden, oder?"

„Warum nicht, schaden wird es kaum. Vielleicht kannst du ja so von Frau zu Frau auch etwas zum Verhältnis zwischen Frau von Zander und ihrem Mann herausbekommen. Ich unterhalte mich dann schon mal mit dem Kollegen Thiem."

Donnerstag 10. Mai 2018, 12.55 Uhr – Contrescarpe 28

Silvia Strunk war tatsächlich zu Hause und hatte auch nichts gegen ein Gespräch mit Isabelle Berntsen einzuwenden, nachdem sie ihr den Grund des Besuchs kurz geschildert hatte. Glücklicherweise fragte sie auch nicht nach einem Polizeiausweis. Die Wohnung lag in der ersten Etage eines neueren Hauses aus den 1970er oder 1980er Jahren und war sowohl größen- als auch einrichtungsmäßig deutlich bescheidener als die Wohnung derer von Zander, eindeutig IKEA-dominiert. Aber dafür nach Isabelle Berntsens Geschmack um einiges gemütlicher.

„Sehen Sie sich ruhig um, das ist ein etwas anderes Kaliber als bei Miriam und Roland, aber wenigstens gehört die Wohnung mir – das Ergebnis einer glücklichen Scheidung. Aber das wollen Sie sicherlich nicht wissen. Miriam, also Frau von Zander, war gestern bei mir und hat sich wieder bei mir ausgeheult. Die Polizei war kurz vorher bei ihr und hat ihr die Todesnachricht überbracht, wohl nicht sonderlich zartfühlend. Aber egal, auch das wollen Sie sicherlich nicht wissen."

„Doch, und ich kann das gerne auch an die Bremer Kollegen weitergeben. Ich denke, dass man in so einer besonderen Situation schon sehr zurückhaltend vorgehen sollte. Wir, also ein Kollege von mir und ich, waren eben bei Frau von Zander und haben uns ausführlich mit ihr unterhalten. Um den Mörder finden zu können, brauchen wir so viele Informationen wie möglich. Frau von Zander hat uns da eine ganze Menge geliefert. Auch von anderen Personen aus ihrem und seinem Umfeld sind weitere Details sehr hilfreich. Wir mussten auch die übliche Frage nach einem Alibi für den Todeszeitpunkt stellen. Das ist eine reine Routinefrage, aber notwendig. Frau von Zander sagte uns, dass sie zum Todeszeitpunkt, also am 1. Mai gegen 6.00 Uhr, alleine zu Hause war, aber den Abend vorher mit Ihnen verbracht hätte und dass sie irgendwann deutlich nach Mitternacht gegangen sei."

„Das ist richtig, sie war den ganzen Montagabend hier und hat sich wie gestern bei mir ausgeheult. Eine Flasche Champagner hatte sie mitgebracht, ich glaube aber, dass ich die fast alleine geleert habe. Jedenfalls hat sie mir zum wiederholten Mal erzählt, was für eine tolle Reise Roland ihr geschenkt hätte und das es überhaupt nicht sein kann, dass er nicht nach Hause gekommen ist, da sei bestimmt etwas ganz Schreckliches passiert und so weiter und so fort. Sagen Sie mal, ist ihr leichter Akzent nicht dänisch? Was machen Sie denn dann bei der Berliner Polizei?"

„Gut erkannt. Ich wohne auch erst seit drei Jahren in Berlin, stamme aber aus Kopenhagen."

„Dann könnten wir uns auch auf Dänisch unterhalten, ich war einige Zeit als Stewardess bei SAS und zeitweise am Flughafen Kastrup stationiert. Jetzt bin ich bei Ryanair, schon ein ziemlicher Abstieg. Aber egal. Ich bin mir einigermaßen sicher, dass Miriam eher gegen ein Uhr als kurz nach Mitternacht gegangen ist, aber die genaue Uhrzeit kann ich Ihnen beim besten Willen nicht sagen; wie gesagt, war ich ein bisschen angetüddert, im Gegensatz zu Miriam. Im Bett war ich jedenfalls erst nach ein Uhr, und das war kurz nachdem Miriam gegangen war. Da bin ich mir eigentlich ziemlich sicher, dass ich die Anzeige des Weckers mit irgendwas nach ein Uhr wahrgenommen habe. Aber wie gesagt, beschwören könnte ich es nicht."

„Woher kennen Sie Frau von Zander denn und können Sie mir auch etwas zu Herrn von Zander sagen?"

„Miriam und ich kennen uns schon aus dem Kindergarten, wir waren auch die gesamte Schulzeit zusammen und die dicksten Freundinnen. Wir bzw. unsere Eltern haben so wie jetzt auch nur wenige Häuser auseinander gewohnt. Mit dem Abitur haben sich unsere Wege getrennt, das hat sich irgendwie so ergeben. Vor drei Jahren sind wir uns wieder über den Weg gelaufen, ich hatte gerade diese Wohnung hier gekauft, wie gesagt, das Ergebnis einer glücklichen Scheidung nach einer unglücklichen Ehe. Unser Wiedersehen war schon irgendwie komisch, aber auch toll. Wir haben uns aber sofort wieder super gut verstanden. Roland war allerdings nicht so mein Typ, irgendwie zu wenig Empathie und aalglatt. Obwohl, etwas Negatives kann ich zu ihm nicht sagen, zu mir war er immer sehr nett, aber irgendwie...... Und Miriam hat ihn angehimmelt, war ihm schon fast hörig. Aber wenn ich ihn in den drei Jahren vielleicht fünf- oder sechsmal gesehen habe, dann ist das schon großzügig gerechnet. Miriam und ich haben uns entweder hier bei mir oder in einem Café, häufig in dem um die Ecke in der Kunsthalle Bremen, getroffen. Ist auch ein Tipp von mir für Sie, die haben göttlichen Kuchen."

„Ich möchte Sie dann auch nicht weiter stören, wenn Ihnen noch etwas einfallen sollte, wenden Sie sich bitte an meinen Kollegen, hier haben Sie seine Visitenkarte, ich habe noch keine eigenen. Sie können sich vielleicht vorstellen, als Dänin bei der Berliner Polizei....." Damit verabschiedete sie sich von Silvia Strunk und ging zum Polizeirevier.

Donnerstag 10. Mai 2018, 13.05 Uhr Polizeikommissariat Bremen-Mitte

„Herr Thiem erwartet Sie schon" war die Begrüßung an der Anmeldung des Polizeireviers, als Abbo Reichel sich mit seinem roten LKA-Ausweis legitimiert hatte, „Einfach durch die Glastür, erste Etage links, das erste Büro, können Sie nicht verfehlen, der Name steht dran."

‚Oh,' dachte Abbo Reichel ‚das papierlose Büro wurde hier definitiv nicht erfunden.' Der nicht gerade kleine Raum war ringsherum vollgestellt mit Regalen, die vor Akten nur so überquollen, Aktenordner mit Rücken in allen Farben des Regenbogens, aber ohne ein auch nur ansatzweise zu erkennendes System. Beim Schreibtisch hätte man bei einem neueren und nicht so stabilen Teil sicherlich sagen können, dass er sich unter der Last der Akten durchbog. Aber dieses Modell stammte offenbar aus einer Zeit, in der mit massivem Materialeinsatz dafür gesorgt wurde, dass auch wahre Aktenberge nicht zu einem Zusammenbruch führten. Und wahre Aktenberge stapelten sich auf dem Schreibtisch, so dass nur wenig Freifläche für einen PC und Tastatur blieben. Immerhin hatte auch hier schon das Computerzeitalter Einzug gehalten.

„Moin Herr Thiem, Abbo Reichel mein Name."

„Moin moin, kommen Sie herein. Einen Kaffee oder lieber einen Tee?"

„Lieber einen Tee. Und bitte nicht wundern, meine Kollegin kommt etwas später hinzu, sie befragt noch eine Freundin von Frau von Zander zu deren Alibi zum Todeszeitpunkt."

„Merkwürdige Frau, diese Frau von Zander. Merkwürdig auch dieser Herr von Zander und genauso merkwürdig die Caerlaverock Castle. Das wird Ihnen aber sicherlich nicht reichen. Und das meiste, was ich Ihnen sagen will, ist tendenziell außerhalb des Protokolls, weil ich es Ihnen nicht belegen kann. Reines Bauchgefühl, und davon habe ich wirklich genug."

„Wovon, Bauch oder Gefühl?" Das war Abbo Reichel irgendwie herausgerutscht, aber PHK Thiem saß in einer Uniformgröße hinter seinem Schreibtisch, bei der er sich sicher war, dass es sie zumindest in Berlin nicht standardmäßig gab.

152

„Beides. Ich sehe schon, wir werden bestens miteinander klarkommen. Wie heißt es bei Ihnen in Berlin? Herz mit Schnauze? Scheint zu stimmen. Nachdem das jetzt geklärt ist, fange ich einfach mal an und bitte keine Scheu vor Rückfragen. Auf den ersten Blick scheint es vielleicht etwas merkwürdig, dass wir die Vermisstenanzeige nicht gleich nach Berlin weitergeleitet haben, uns war natürlich der Zweitwohnsitz bekannt, aber wir hatten dafür durchaus nachvollziehbare Gründe. Erstens ist es bei Erwachsenen üblich, dass wir nicht sofort reagieren, anders natürlich bei vermissten Kindern. Und zweitens ist die Frau von Zander ein eher spezieller Fall. Sie hat ihren Mann bereits mehrfach als vermisst gemeldet, da steckte bisher – außer wahrscheinlich andere Frauen – nie etwas dahinter. Das war schon so, als er noch ausschließlich in Bremen gewohnt hat und mit dem Zweitwohnsitz in Berlin hat sich das nicht unbedingt gebessert. Dann kommt noch hinzu, dass sie, wie sagt man so schön, ein wenig überdreht ist. Sie erwartet, dass wir sofort mit Hundertschaften die Suche nach ihrem Mann einleiten und wird dann etwas ausfällig, wenn wir das ablehnen. Jedenfalls hält sich die Begeisterung aller Kollegen hier im Haus in sehr engen Grenzen, wenn sie im Revier auftaucht.

Hinsichtlich des Herrn von Zander können wir dagegen nichts Negatives sagen, der hat sich nach den Vermisstenanzeigen seiner Frau immer für ihre „Überspanntheit" bei uns entschuldigt, aber immer auf eine irgendwie merkwürdige und aalglatte Art und Weise, so jedenfalls unser Eindruck. Aber wie gesagt, alles eher Bauchgefühl. Und was die Gerüchte und Presseartikel gegen die Caerlaverock und damit auch gegen ihn betrifft, liegen uns hier keine konkreten Erkenntnisse vor, aber das ist auch nicht unbedingt unsere Spielwiese.

Gegen die Caerlaverock hat es allerdings vor ca. zwei Jahren eine Demonstration aus dem eher linken Lager gegeben. Es ging um ein alternatives Wohnprojekt im Ostertorviertel. Die Caerlaverock hatte das Gebäude gekauft und versucht, die Miete zu erhöhen. Soweit ich mich entsinnen kann, soll die ursprüngliche Miete extrem niedrig gewesen sein, selbst für Bremer Verhältnisse. Die Demonstranten haben dabei anscheinend nicht berücksichtigt, dass wir hier direkt neben der Caerlaverock sitzen. Jedenfalls ist das Ganze ein wenig entgleist und Frau von Zander, die wohl gerade ihren Mann von der Arbeit abholen wollte, ist mitten in die Demonstration geraten. Aufgrund ihrer Optik, der Kleidung und auch ihres Auftretens war sie sofort das personifizierte Feindbild einiger Demonstranten oder besser gesagt einiger Demonstrantinnen. Wie sie uns im Nachhinein zu Protokoll gegeben hat, hat sie denen auch gesagt, dass sie ihren Mann, der ja Geschäftsführer der Caerlaverock sei, von der Arbeit abholen wolle, das muss man doch wohl als ziemlich dämlich bezeichnen dürfen – oder? Bei einem Handgemenge hat sie selbst eigentlich kaum etwas abbekommen, aber die Kleidung war dann schon etwas mitgenommen. Ein paar Tage danach hat es zudem noch einen Farbbeutelanschlag auf das Wohnhaus in der Contrescarpe gegeben. Die Anzeige hat sie erstattet und ihr Auftreten dabei war wie bei den diversen Vermisstenanzeigen schon ausgesprochen befremdlich, unabhängig davon, dass sie in beiden Fällen sehr berechtigte Gründe zur Anzeigenerstattung hatte. Insgesamt haben ihre diversen Auftritte hier dazu geführt, dass wir sie ehrlich gesagt nicht mehr sonderlich ernst nehmen. Deswegen haben wir die letzte Vermisstenanzeige auch erst am vergangenen Montag weitergeleitet."

Es klopfte an der Tür und Isabelle Berntsen erschien. Nach einer kurzen Begrüßung fuhr PHK Thiem fort: „Wie gesagt, wir haben sowohl von ihm als auch von ihr als auch von der Caerlaverock einen merkwürdigen Eindruck, können das aber nicht konkret belegen. Fakt ist aber, dass es allen Kollegen hier im Haus so geht, sobald sie mit denen in Kontakt gekommen sind. Auch gestern war dies wieder so. Die Todesnachricht hat Frau von Zander so merkwürdig aufgenommen, wie ich das noch nie erlebt habe, mir fehlt dafür auch der passende Begriff. Gefasst wäre auf jeden Fall falsch, auch wenn es irgendwie schon zutrifft. Wie war das denn vorhin bei Ihnen beiden? Und wird Frau von Zander von Ihnen als Verdächtige betrachtet?"

Bevor Abbo Reichel etwas sagen konnte, ergriff Isabelle Berntsen das Wort: „Irgendwie merkwürdig trifft es auch aus meiner Sicht ganz genau, ohne dass ich das konkret belegen könnte.

154

Aber irgendwie habe ich bei der ein merkwürdiges Gefühl. Aber als Verdächtige betrachten wir sie nicht." Damit erläuterten Abbo Reichel und Isabelle Berntsen gemeinsam den aktuellen Stand der Ermittlungen, der Obduktion und der bisher in ihrem Team daraus gezogenen Schlussfolgerungen.

„Hm, kann ich absolut nachvollziehen. Alles irgendwie komisch. Aber wieso oben auf diesem Turm und zu so einer frühen Zeit an einem Feiertag? Was halten Sie denn davon, wenn wir ins Café der Kunsthalle gehen, ist gleich um die Ecke und der Kuchen dort ist hervorragend, sieht man ja eindeutig an meiner Figur, und der Kaffee um einiges besser als hier, ich lade Sie auch ein. Wir können uns auch dort noch ein bisschen austauschen und Sie haben es anschließend nicht weit für ein kleines touristisches Programm."

„Das Café hat mir auch Silvia Strunk empfohlen, muss dann ja wohl wirklich gut sein."

Gesagt, getan und nur wenige Minuten später saßen sie zu dritt im Café. PHK Thiem war hier ganz offensichtlich Stammgast und wurde von allen anwesenden Kellnerinnen fast überschwänglich begrüßt. „Besonders ans Herz legen würde ich Ihnen den Schoko-Rote-Bete-Kuchen, klingt merkwürdig, schmeckt aber total lecker und merkwürdig passt ja gut zu Ihrem Fall," meinte PHK Thiem und bestellte ohne eine Antwort abzuwarten drei Stück davon.

„Vielleicht sollten wir Dienstbesprechungen in Cafés zur Tradition werden lassen" sagte Abbo Reichel und erläuterte kurz, dass die erste Besprechung zum Mordfall im Kaffeehaus Zeltinger unmittelbar am Tatort stattgefunden hatte.

„Das würde ich Ihnen nicht empfehlen, hat ungute Auswirkungen auf die Figur," war die Antwort, „obwohl, so einen gewissen Charme hat es natürlich. Aber noch einmal zurück zum Fall. Wie wollen Sie denn weiter vorgehen? Wenn ich Sie richtig verstanden habe, haben Sie bisher noch nicht sonderlich viel und vor allem, Sie haben keinen konkreten Verdächtigen. Eigentlich geht es mich ja nichts an, aber interessieren würden mich Ihre Fortschritte schon. Vielleicht können Sie mich ja inoffiziell auf dem Laufenden halten. Wenn Sie später noch weitere Informationen hier aus Bremen benötigen, können wir Sie sicherlich unterstützen."

„Ihr Angebot nehmen wir gerne an und auf dem Laufenden halten wir Sie auch gerne. Ein Kollege aus unserem Team muss sowieso einen täglichen Bericht für die Staatsanwaltschaft und den Stab des Polizeipräsidiums schreiben, den leiten wir Ihnen einfach in bcc zu. Ansonsten muss ich Ihnen leider zustimmen, wir tappen noch ziemlich im Dunkeln. Aufgrund der Tatumstände und der Indizien gehen wir derzeit davon aus, dass es sich um einen männlichen Täter handelt, das trifft allerdings auf 50 % der Menschheit zu und ist damit nicht sonderlich hilfreich. Warten wir mal ab, was morgen aus dem Gespräch mit Herrn Lürsen herauskommt und dann werden wir am Montag im Team mal ein wenig ‚herumspinnen'. Es wäre auch ganz hilfreich, wenn Sie uns alle alten Vermisstenanzeigen und die beiden Anzeigen im Zusammenhang mit der Demonstration bzw. dem Farbbeutelanschlag zukommen lassen könnten. Zur Abrundung des Bildes kann das sicherlich nicht schaden. Senden Sie die Dateien bitte an unseren Kollegen Steffen Tietz, der recherchiert sowieso zur Caerlaverock und zu Roland von Zander, dann kann er sich das auch gleich mit ansehen."

„Klar, mache ich noch heute fertig. Ich lasse Sie jetzt auch alleine, sehen Sie sich auf jeden Fall die Böttcherstraße und das Schnoor an, so etwas haben Sie in Berlin nicht. Wenn Sie einen Restauranttipp brauchen, direkt unterhalb der Böttcherstraße an der Weser das ‚Da Francesco', ein im positiven Sinne ganz normaler Italiener."

Damit war PHK Thiem auch schon verschwunden und für Abbo Reichel und Isabelle Berntsen sehr früh Feierabend.

„Dann lass uns doch zuerst durch das Schnoor bummeln, dann Rathaus mit Roland, die Bremer Stadtmusikanten und zuletzt die Böttcherstraße. Zum Italiener fände ich abschließend auch nicht schlecht, der Kollege Thiem kommt mir auch in dieser Hinsicht sehr kompetent vor."

„Das war jetzt aber nicht sonderlich nett, gut, dass er das nicht mitbekommen hat."

Abbo Reichel berichtete ihr von seinem Fauxpas mit dem Bauchgefühl und die Reaktion von PHK Thiem, was Isabelle Berntsen mit einem lauten Lachen quittierte: „Passt irgendwie, ich glaube, wenn wir noch irgendwelche Unterstützung aus Bremen benötigen, sind wir mit ihm gut bedient."

Donnerstag 10. Mai 2018, 14.45 Uhr

Das malerische Viertel Schnoor mit seinen kopfsteingepflasterten Gassen, den jahrhundertealten Häusern und den vielen Geschäften und Cafés begeisterte Isabelle Berntsen. Auch das Bremer Rathaus mit dem Roland davor fand sie beeindruckend. Bei den Bremer Stadtmusikanten musste Abbo Reichel ihr das Märchen der Gebrüder Grimm in groben Zügen erläutern.

„In Dänemark sind eher die Märchen von Hans-Christian Andersen populär und dann natürlich die modernen von Astrid Lindgren. Du kannst dir sicherlich vorstellen, dass ich als kleines Kind zum Fasching immer als Pippi Langstrumpf gegangen bin."

„Dafür brauchtest du dich doch gar nicht verkleiden."

„Eigentlich müsste ich jetzt wieder eines meiner deutschen Lieblingswörter verwenden, aber das hast du mir ja verboten! Aber Recht hast du. Ich habe damals wohl auch bei jeder passenden und unpassenden Gelegenheit gesagt, dass ich in den Verfilmungen die viel bessere Pipi Langstrumpf gewesen wäre. Witzig ist aber schon, dass die damalige Schauspielerin aktuell in einigen Krimis eine Rechtsmedizinerin spielt. Kennst du vielleicht, eine deutsche Serie, die auf Gotland spielt, ‚Der Kommissar und das Meer.' Sei nur froh, dass ich nicht ganz so stark wie Pippi Langstrumpf bin, sonst hättest du jetzt schlechte Karten."

Beim Anblick der expressionistischen Backsteinarchitektur der Böttcherstraße geriet Abbo Reichel ins Schwärmen: „Das ist ein Baustil, der mir immer wieder aufs Neue gefällt, andererseits finde ich die Schlichtheit der Bauhausarchitektur auch toll. Aber jetzt lass uns endlich den Italiener besuchen, ich habe langsam aber sicher Hunger."

Im Da Francesco nahm Isabelle Berntsen den Faden wieder auf: „Wir müssen uns sowieso überlegen, wie wir das mit unserem gemeinsamen Hausstand machen. Die Idee mit einem eigenen Haus ist gar nicht so schlecht."

„Die Idee vielleicht nicht, aber bei den Immobilienpreisen in Berlin und dem Gehalt eines einfachen Kriminalkommissars sehe ich trotz des Familienzuschlags eher schwarz."

„Ich nicht. Du hast mit mir auch in finanzieller Hinsicht eine gute Partie gemacht. Karine und Søren haben die Praxis meiner Eltern nach deren Tod übernommen und Merle, Morana und mich ausgezahlt. Die drei Mietshäuser meiner Eltern gehören uns vieren zusammen, die Überschüsse aus den Mietzahlungen sind auch nicht zu verachten. Für ein Haus in Berlin dürfte es auf jeden Fall reichen, es muss ja auch nicht unbedingt eine große Villa am Wannsee sein, ein Häuschen in Frohnau oder Hermsdorf würde mir reichen. Obwohl Frohnau vielleicht nicht so optimal ist, da scheint mir die Mordrate recht hoch zu sein und die Polizei tappt immer noch im Nebel."

Da konnte Abbo Reichel ihr nicht widersprechen und er ergab sich für den restlichen Abend in sein Schicksal.

Freitag 11. Mai 2018, 8.55 Uhr

Nach einem wieder sehr ausgiebigen Frühstück im ibis erschienen Abbo Reichel und Isabelle Berntsen wenige Minuten vor der verabredeten Zeit an der Adresse Am Wall 199. Das Bürogebäude, in dem die Caerlaverock Castle Real Estate Ltd. residierte, war zwar nicht ganz so imposant wie das Gebäude des direkt daneben liegenden Polizeireviers, aber immer noch recht beeindruckend. Dieser Eindruck wurde auch im Treppenhaus und erst recht in der ersten Etage in den Räumen der Caerlaverock bestätigt. Der Eingangsbereich wurde dominiert vom riesigen Logo der Firma, bestehend aus einem stilisierten Grundriss der schottischen Burg Caerlaverock Castle, umrandet vom Schriftzug der Firma. Der Empfangstresen davor war sehr modern und nobel, offensichtlich von USM Haller, besetzt von einer sehr blonden, sehr kurzhaarigen, sehr schlanken, sehr geschminkten und wie sich gleich darauf zeigte, sehr langbeinigen, aber dafür offenbar namenlosen Sekretärin, die sie offensichtlich schon erwartet hatte. Jedenfalls deutete sie ihnen an, ihr zu folgen: „Herr Lürsen empfängt Sie sofort."

Isabelle Berntsen flüsterte Abbo Reichel zu: „Die sieht ja fast so aus wie die von Zander, bloß einige Jahre jünger. Die hat bestimmt er eingestellt."

„Guten Morgen, Sebastian Lürsen mein Name, nehmen Sie doch bitte Platz" und an die immer noch namenlose Sekretärin gewandt: „Bringen Sie uns bitte eine Kanne Kaffee und drei Tassen."

Abbo Reichel stellte Isabelle Berntsen und sich kurz vor, die üblichen Beileidsbekundungen wurden erwähnt, als Sebastian Lürsen wieder das Wort ergriff: „Keine Sorge, Kaffee kochen kann sie, aber sonst nicht viel. Roland hat sie eingestellt, kurz bevor ich in die Firma eingetreten bin. Seit er weitgehend in Berlin ist, äh war, habe ich sie als Sekretärin und außer der durchaus ansehnlichen Optik hat sie nicht übermäßig viele Qualitäten, aber bei unseren Geschäftspartnern macht sie immer einen guten Eindruck. Aber das ist wohl nicht unbedingt das, was Sie von mir hören wollen."

„Sie können sich sicher vorstellen, dass wir alles über Ihre Firma und Herrn von Zander wissen möchten, legen Sie bitte einfach los." Die Tür ging auf und die Tassen und eine Kanne Kaffee wurden wortlos, aber immerhin mit einem freundlichen Lächeln, auf dem Schreibtisch abgestellt.

„Bedienen Sie sich bitte selbst, mit dieser schicken Designerkanne kleckere ich bloß immer den Schreibtisch voll, vielleicht sind Sie ja geschickter. Ich gehe mal davon aus, dass Sie zur Caerlaverock selbst schon recherchiert haben und wissen, wer unsere Anteilseigner sind und was wir so machen oder liege ich damit falsch?"

„Das erledigt gerade ein Kollege in Berlin, ein paar Basisinformationen wären also für uns beide nicht schlecht."

„Sie haben ja am Empfang unser Logo gesehen, die Benennung der Firma nach Caerlaverock Castle durch unseren Gründer, Ian Cunningham, hat schon einen leicht skurrilen Hintergrund. Als Austauschschüler war er für ein Jahr in Hamburg und hat dort durch die Kinder seiner Gasteltern das Kinderbuch Robbi, Tobbi und das Fliewatüüt von Boy Lornsen und vor allem wohl die Verfilmung kennengelernt. Ein Teil des Buches und des Films spielt in Schottland auf einer dreieckigen Burg, Plumpudding Castle, und Caerlaverock Castle in der Nähe unseres Firmensitzes Dumfries ist tatsächlich die einzige schottische Burg oder besser gesagt Burgruine mit einem dreieckigen Grundriss. Das Dreieck passt dann auch gut zu den Grundsätzen unserer Firma, nämlich Sicherheit in der Anlage, kontinuierliche Erträge und Seriosität in der Abwicklung. Dann haben wir insgesamt vier Anteilseigner, die jeweils exakt 25 % halten, keiner hat damit eine Sperrminorität, das heißt, wir können schon alleine aus diesem Grund sehr autonom agieren. Die Eigner halten sich aus unserem Geschäft vollständig heraus, solange die Zahlen, also die Ausschüttungen stimmen, interessieren die sich nicht für irgendwelche Details. Und die Zahlen stimmen, dafür hat Roland gesorgt. Die vier Anteilseigner sind der Pensionsfonds des katholischen Bistums Galloway, der Pensionsfonds der reformierten Church of Scotland, der Pensionsfonds für die Lehrer der Primary Schools Scotland und der Clan der Maclamond. Ist schon irgendwie witzig, dass an uns sowohl die Katholiken als auch die Reformierten beteiligt sind. Die Caerlaverock investiert ausschließlich in Immobilien und das europaweit. Die deutsche Niederlassung gibt es seit ungefähr 20 Jahren und sie wächst kontinuierlich. Damit wäre ich dann auch bei meinem Aufgabenbereich, der ist nämlich die Akquisition neuer Anlageobjekte. Wir sind von Anfang an darauf spezialisiert gewesen, aus unserer Sicht unterbewertete Objekte zu kaufen, diese dann weiterzuentwickeln und damit die Rendite zu steigern."

„Also die Mieten zu erhöhen?"

„So kann man das durchaus sehen, aber die Verwaltung der erworbenen Objekte war ausschließlich Aufgabe von Roland oder besser gesagt, er hat das mit den entsprechenden Vorgaben an externe Hausverwaltungen ausgelagert. So ganz konfliktfrei ist das natürlich nicht immer verlaufen, aber das dürfte Ihnen ja nicht unbekannt sein. Ich denke auch, dass wir da in bester Gesellschaft sind, welcher Mieter ist schon erfreut, wenn seine Miete erhöht wird. Ihre Kollegen nebenan haben Ihnen sicherlich berichtet, dass es schon Demonstrationen und Farbbeutelanschläge gegen uns und auch persönlich gegen Herrn von Zander gegeben hat. Aber wie gesagt, damit habe ich nichts zu tun gehabt. Ich bin auch erst vor gut zwei Jahren in die Caerlaverock eingetreten."

„Damit hätte ich gleich eine Zwischenfrage," warf Abbo Reichel ein: „Dem Handelsregister haben wir entnommen, dass Sie der vierte Geschäftsführer seit 2010 sind, während Herr von Zander seine Position seither unverändert eingenommen hat. Können Sie uns dazu etwas sagen?"

„Das war ein Punkt, der mich bei meinem Eintritt ein wenig irritiert hat. Aber andererseits war es für mich ein optimaler Aufstieg nach meinem BWL-Studium und ersten Berufserfahrungen in einer anderen Immobilienfirma. Da fragt man dann nicht allzu viel nach. Was mir dann aber im Laufe der zwei Jahre zu Ohren gekommen ist, ist das Gerücht, dass Roland meine Vorgänger quasi ‚weggebissen' haben soll. Hintergrund soll angeblich gewesen sein, dass er Bestechungsgelder angenommen beziehungsweise von uns beauftragte Firmen unter Druck gesetzt haben

162

soll, diese an ihn zu zahlen. Das sind aber ausdrücklich alles nur Gerüchte, für die ich keinerlei Beweise habe und denen ich auch nie nachgegangen bin. Ich wollte meine Position hier nicht gefährden und bin aufgrund völlig unterschiedlicher Aufgabenbereiche mit Roland auch ganz gut klargekommen. Mein Plan war bisher, hier insgesamt vier bis fünf Jahre quasi auszuhalten und mir dann eine andere Position zu suchen. Wie es jetzt aber weitergehen soll, keine Ahnung. Da muss ich mir wohl kurzfristig den Kopf zerbrechen und das dann mit der Geschäftsführung in Schottland und den Anteilseignern abstimmen. Wenn ich ehrlich bin, kann ich mir durchaus vorstellen, dass Roland Zahlungen außerhalb des Systems bekommen hat. Unsere Gehälter sind sicherlich sehr gut, aber er lebte auch auf ausgesprochen großem Fuß. Vielleicht hat aber auch seine Frau einen entsprechenden finanziellen Hintergrund? Seine Wohnung hier und die beiden sehr hochpreisigen Wagen würde ich mit meinem Gehalt jedenfalls nicht finanzieren können."

Jetzt war es an der Reihe von Isabelle Berntsen, einen Einwurf zu machen: „Wir benötigen von Ihnen dann genaue Angaben zur Gehaltshöhe und eine vollständige Auflistung sämtlicher Firmen, die für die Caerlaverock arbeiten, angefangen mit den von Ihnen genannten Hausverwaltungen über sonstige Dienstleister wie Handwerker bis hin zu den in Berlin tätigen Baufirmen. Und das Ganze bitte noch heute."

„Ich weiß gar nicht, ob ich Ihnen diese Informationen geben darf. Da will ich erst einmal unseren Rechtsanwalt befragen."

Leicht genervt sagte Abbo Reichel: „Das können Sie selbstverständlich machen. Wir besorgen uns dann einen Durchsuchungsbeschluss, was unter den gegebenen Umständen sehr schnell gehen wird. Und dann nehmen wir Ihre gesamte Firma mit einem Dutzend oder mehr Beamten auseinander. Wo waren Sie übrigens am 1. Mai so gegen 6.00 Uhr?"

Sebastian Lürsen hob abwehrend beide Hände. „So war das nicht gemeint, selbstverständlich erhalten Sie die gewünschten Informationen. Bin ich jetzt etwa verdächtig?"

„Warum nicht gleich so? Die Frage nach dem Alibi ist grundsätzlich reine Routine, kann aber auch anders betrachtet werden.

163

Wenn Sie es wünschen, können wir Sie gerne in den noch recht exklusiven Kreis der Tatverdächtigen aufnehmen. Wo waren Sie also?"

„Am 1. Mai? Am Feiertag? Morgens um 6.00 Uhr? Mit Sicherheit noch im Bett, alleine. Aber beweisen kann ich Ihnen das leider nicht. Meine Frau war von Sonnabend bis Mittwoch bei ihren Eltern in Lübeck, sie fährt zwei- bis dreimal pro Jahr für ein paar Tage zu ihnen. Ein Alibi habe ich nicht, aber warum hätte ich Roland umbringen sollen?"

Diese Frage ließen Abbo Reichel und Isabelle Berntsen unbeantwortet.

„Gut, die Informationen hätten wir dann gerne bis spätestens um 15.00 Uhr per E-Mail, ansonsten stehen unsere Bremer Kollegen um genau 15.30 Uhr mit einem Durchsuchungsbeschluss hier in Ihrem Büro. Ansonsten erwarte ich, dass Sie uns unverzüglich informieren, wenn Ihnen noch irgendetwas Relevantes einfallen sollte, was uns auf die Spur des Mörders führen kann. Wir würden jetzt gerne noch kurz mit Ihrer Sekretärin sprechen und das war's dann erst einmal, zumindest für heute."

Im Vorzimmer sprach Isabelle Berntsen die Sekretärin an: „Wir müssten uns mit Ihnen auch noch kurz unterhalten, wo können wir das ungestört machen?"

„Kommen Sie bitte mit, wir nehmen das Besprechungszimmer."

Im Besprechungszimmer angekommen deutete Isabelle Berntsen Abbo Reichel unauffällig per Handzeichen an, dass sie die Gesprächsführung übernehmen würde.

„Sie können sich sicherlich denken, warum wir auch mit Ihnen sprechen müssen. Wir benötigen möglichst viele Informationen über Herrn von Zander und sein Umfeld, um seinen Mörder zu finden. Von Ihnen benötigen wir jetzt erst einmal Ihren Namen, Geburtsdatum und Adresse. Als seine Geliebte werden Sie uns ganz bestimmt einiges sagen können."

Schnappatmung, Schockstarre und hemmungsloses Weinen gingen nahtlos ineinander über, bevor sie schluchzend sagte: „Wie kommen Sie darauf, dass ich Rolands Geliebte gewesen sei?"

164

„Nun, auch Polizeibeamte haben Augen im Kopf und können eins und eins zusammenzählen. Uns interessieren nur die Fakten, eine moralische Bewertung werden wir mit Sicherheit nicht vornehmen."

„Ich heiße Lina Berger, geboren am 12. Januar 1993 und wohne in der Luisenstr. 10 hier in der Nähe, im Ostertorviertel. Sie werden es ja sowieso herausbekommen, ja, Roland und ich hatten seit mehr als zwei Jahren ein Verhältnis und er hat mir hier auch die Anstellung verschafft. Durch seine Tätigkeit in Berlin ist es für uns allerdings etwas schwierig geworden, ich kann mir nicht ständig frei nehmen und nach Berlin fahren und am Wochenende kann sich Roland nur selten von seiner Frau befreien. Ein Alibi für den 1. Mai kann ich Ihnen nicht liefern, ich war da alleine zu Hause. Roland hatte mir vor einigen Wochen erzählt, dass er in dieser Woche Urlaub hätte und mit seiner Frau nach Venedig fliegen wollte, obwohl er absolut keine Lust dazu gehabt hat. Viel lieber wäre er mit mir geflogen, hat er mir jedenfalls gesagt." An dieser Stelle war wieder ein herzzerreißendes Schluchzen angesagt.

„Können Sie sich vorstellen, wer Herrn von Zander so gehasst hat, dass er ihn töten würde?"

„Nein, das kann ich mir nicht vorstellen. Herr Lürsen mit Sicherheit nicht, die beiden haben sich nie gestritten. Eigentlich hatten sie auch nie oder nur selten etwas miteinander zu tun. Zu seiner Frau kann ich nichts sagen, die habe ich nur dann gesehen, wenn sie ihn von der Arbeit abgeholt hat. Eine blondierte und alte Schnepfe und sehr hochnäsig. Roland war ihrer ziemlich überdrüssig, aber trennen wollte er sich von ihr auch nicht, leider! Aber dass sie ihn umgebracht hat, kann ich mir nicht vorstellen."

Das weitere Gespräch mit Lina Berger verlief erwartungsgemäß ziemlich substanzlos, so dass sich Abbo Reichel und Isabelle Berntsen bald verabschiedeten, im ibis ihren Koffer abholten und den nächsten Zug nach Berlin nahmen.

Auf dem Weg zum Bahnhof meinte Abbo Reichel ziemlich unwirsch: „Meine Güte, was für ein Arschloch, dieser Lürsen. Kassiert ein mit Sicherheit sehr hohes Gehalt und kümmert sich einen Scheißdreck um das, was um ihn herum passiert. Solche Typen kann ich echt gut ausstehen. Aber für einen Verdächtigen halte ich ihn trotzdem nicht, nur für ein Arschloch, aber das ist nicht die Hauptqualifikation für einen Mörder. Aber wenigstens konnte ich kurz mal ‚böser Bulle' spielen."

„Und ich bei dieser blonden Schönheit ‚böse Bullin'. Die wirkte auf mich wirklich ziemlich unterbelichtet, für eine Mörderin halte ich sie definitiv nicht, dafür wirkt sie auf mich auch einfach zu dumm. In jedem Fall bestätigt sie die Vorurteile, die viele gegenüber Blondinen haben." Und fügte mit einem Grinsen hinzu: „Gut, dass ich rote Haare habe. Außerdem, warum hätte sie ihn umbringen sollen, ein Motiv sehe ich nicht. Dafür teile ich aber ihre Einschätzung durchaus, dass auch Frau von Zander ihren Mann nicht umgebracht hat. Schon irgendwie blöd, wir haben immer noch keinen richtigen Verdächtigen. Da war unsere Dienstreise ziemlich erfolglos."

„Das würde ich nicht unbedingt so sehen, immerhin hatten wir auf Staatskosten eine kurze Hochzeitsreise. Aber im Ernst, ein paar Informationen haben wir durchaus erhalten. Den Korruptionsansatz sollten wir auf jeden Fall weiter verfolgen, vielleicht hat Steffen dazu auch schon etwas ermitteln können. Ich rufe ihn mal an, wenn wir im Zug sitzen."

Eine Stunde später: „Hallo Steffen, hier Abbo. So richtig viel Neues haben wir nicht, aber immerhin haben wir einen vielleicht Erfolg versprechenden Ansatz, um den du dich mal kümmern kannst." Damit erläuterte Abbo Reichel ihm die gesammelten Ergebnisse der beiden Tage. „Isabelle und ich werden erst so gegen 15.00 Uhr in Berlin sein und ehrlich gesagt habe ich keine Lust mehr, heute noch ins LKA zu kommen, wir werden aber beide noch unsere Berichte schreiben, damit sie Montag zur Verfügung stehen. Kannst du bitte für Montag früh um 9.00 Uhr eine Teamsitzung anberaumen und auch Scholz dazu bitten. Harbauer und Thoms sollten wir am Montag persönlich über den aktuellen Stand informieren, lade sie doch für 14.00 Uhr ein."

„Mach ich. Zu der Teamsitzung sollten wir auch den Kollegen Kleinert einladen, dann ist der gleich auf dem aktuellen Stand.

166

Wir sind nämlich vorgewarnt worden, dass für Montag eine Pressekonferenz angesetzt wurde, die Uhrzeit kenne ich noch nicht, frage aber mal nach. Ich schlage vor, dass wir die Herren Harbauer und Thoms auch zu der Pressekonferenz einladen und sie bitten, einfach eine Stunde vorher zu erscheinen, dass müsste doch reichen. Was den Bestechungsvorwurf betrifft, da haben wir auch einiges läuten hören, aber noch nichts Konkretes, das steht aber als nächstes auf meiner Agenda. Vielleicht habe ich bis Montag schon ein paar genauere Infos. Ansonsten ein schönes Wochenende, ihr Turteltauben."

„Isabelle Berntsen hatte das Gespräch verfolgt und meinte: „Und wo turteln wir?"

„Na in Berlin, da fahren wir nämlich gerade hin. Berlin, Berlin, wir fahren nach Berlin."

„Oh, mein Mann ist ein echter Schlaumeier."

„Endlich hast du das erkannt, von wegen Blödmann. Davon mal abgesehen, habe ich eine WhatsApp bekommen. Meine Eltern fragen an, ob wir morgen um 15.00 Uhr zum Kaffee und zum Abendessen kommen wollen. Ich kann mir durchaus vorstellen, dass sie dich näher kennenlernen möchten. Mama kocht auch gut, hast du ja an Papa gesehen."

Sonnabend, 12. Mai 2018, 14.57 Uhr

„Ich bin ganz schön nervös. Deine Eltern werden mich gleich genau unter die Lupe nehmen. Am Montag haben sie doch schon 1.000 Fragen gestellt, jetzt kommen bestimmt drei Millionen weitere."

„Na und, du bist doch sonst nicht auf den Mund gefallen. Außerdem sind sie eigentlich ziemlich harmlos und zur Not beschütze ich dich. Außerdem lerne ich meine Ehefrau dabei auch noch ein bisschen besser kennen, kann ja nichts schaden." Damit klingelte Abbo Reichel an der Haustür seiner Eltern im Maximiliankorso 32, das Ergebnis war ein heftiges Hundegebell und gleich darauf ein mehrfaches „aus" von Bertram Reichel. Mit dem Öffnen der Tür sauste Bruno heraus und sprang aufgeregt zwischen Abbo Reichel und Isabelle Berntsen hin und her. Ein lautes „Platz" von Isabelle Berntsen war sofort von Erfolg gekrönt, Bruno saß erwartungsvoll vor ihr und wurde mit einem Leckerli belohnt. „Immerhin ein Reichel, der mir aufs Wort gehorcht."

„Damit habe ich bei Bertie schon keinen Erfolg gehabt und bei den drei Jungs auch nicht so richtig. Ob du das bei Abbo schaffst? Ich habe da so meine Zweifel. Aber jetzt kommt erst einmal rein, der Kuchen wartet schon und den Cappuccino gibt's gleich" ließ sich Petra Reichel vernehmen. „Freut mich, dass ihr gekommen seid. Wir sehen uns bestimmt künftig häufiger." Damit wurden Abbo Reichel und Isabelle Berntsen ins Haus und in die Essküche geschoben. „Keine Sorge, Tammo ist nicht da, der weiß nicht, dass ihr heute kommt und kann nicht mit ‚CSI-mäßigen' Fragen nerven. Er ist bei einem Kumpel und wird wohl erst abends zurück sein. Das gibt dann zwar bestimmt Ärger, aber Opfer müssen eben gebracht werden." Dann meinte sie noch lachend: „Außerdem reicht es bestimmt, wenn wir beide euch jetzt gleich ausquetschen; am Montag sind wir ja dank Tammo nicht so richtig zu Wort gekommen und ehrlich gesagt, war ich schon ein wenig überrascht oder besser gesagt überrumpelt. Dass ich von heute auf morgen Schwiegermutter werde, damit hatte ich nun wirklich nicht gerechnet. Bertie hatte ja immerhin einen Informationsvorsprung von sage und schreibe ein paar Stunden."

„Mama, du kannst gerne reichlich inquisitorische Fragen stellen, Papa, du natürlich auch. Da kann ich bestimmt einiges lernen, so richtig viel weiß ich über Isabelle nämlich auch noch nicht. Außer natürlich, dass wir miteinander verheiratet sind und ich sie für den Rest meines Lebens behalten will."

„Hm, da hast du aber gerade noch so eben die Kurve bekommen, sonst hätte ich gleich die Scheidung einreichen müssen," meinte Isabelle Berntsen grinsend.

„Das kann man auch einfacher haben," kam jetzt trocken von Bertram Reichel: „Rothaarige wurden in früheren Jahrhunderten doch im Rahmen der Inquisition gleich auf den Scheiterhaufen gebunden und verbrannt. Scheidung ist damit überflüssig. War damals wohl durchaus üblich. Obwohl, wäre bei dir eigentlich schade." Damit hatte er den Ellenbogen seiner Ehefrau in der Seite und musste erst einmal tief Luft holen.

„Meine Güte. Isabelle, du siehst, in was für eine Familie du eingeheiratet hast. Normal ist hier wenig, aber wie wird schon normal definiert," war die Anmerkung von Abbo Reichel dazu.

Normaler ging es dann bei Cappuccino und einem Rote Johannisbeer-Baiser-Kuchen zu, ebenso bei der anschließenden Führung durch die Doppelhaushälfte von Abbo Reichels Eltern.

„Wie habt ihr euch eigentlich euer künftiges Zusammenleben und vor allem eure gemeinsame Wohnung vorgestellt," fragte Petra Reichel und hatte dabei ganz pragmatisch das künftige Eheleben ihres ältesten Sohnes im Blick.

„Keine Ahnung, da haben wir noch nicht drüber nachgedacht, wir sind ja erst ein paar Tage verheiratet und so richtig lange kennen wir uns auch noch nicht," kam es wie aus einem Mund von Abbo Reichel und Isabelle Berntsen.

„Ich denke, wir werden uns in den nächsten Tagen unsere beiden Wohnungen gemeinsam mal ganz genau ansehen und dann zusehen, welche von beiden wir erst einmal nutzen und dann in Ruhe entscheiden, was wir auf Dauer machen. So richtig viel Zeit haben wir ja im Augenblick nicht, wir müssen uns schließlich um unseren Mord in Frohnau kümmern," kam als Ergänzung von Isabelle Berntsen.

„Immerhin haben wir den Toten identifizieren können und werden am Montag in unserem Team sehen, wie wir weiter vorgehen. Isabelle und ich müssen auch noch heute oder morgen die Ergebnisse unserer Dienstreise nach Bremen zusammenfassen. Wenigstens haben wir erste Ansatzpunkte für die weiteren Ermittlungen, da wartet aber noch reichlich Arbeit auf uns alle. Mehr werde ich euch aber nicht erzählen, das fällt unter das Dienstgeheimnis."

Mit dieser Aussage kam Abbo Reichel bei seiner Mutter natürlich nicht durch: „Dann erkläre uns doch wenigstens mal, was ihr in Bremen gemacht habt. Ist es denn ein Geheimnis, wer der Tote ist? Vielleicht kennen Bertie oder ich ihn ja und können euch weiterhelfen. Nun hab dich nicht so, schließlich passieren Morde in Frohnau nicht jeden Tag. Wir erzählen auch nichts weiter."

Gemeinsam erzählten Abbo Reichel und Isabelle Berntsen von ihrer Fahrt nach Bremen und den Ergebnissen, ohne auf Details einzugehen. Bei der Nennung des Namens Roland Edler von Zander wurde Petra Reichel hellhörig: „Wartet mal einen Augenblick," schnappte sich das Telefon und war in der Küche verschwunden, um wenige Minuten danach wieder zu erscheinen. „Wusste ich's doch, den Namen habe ich schon einmal gehört, ist ja auch wirklich ein bisschen merkwürdig. Ich habe eben mit Beate Neuss telefoniert, deren Tochter Sophie hatte vor ein paar Monaten mal ein sehr kurzzeitiges Verhältnis mit diesem Herrn. War wohl alles sehr unschön. Beate meinte, ihr könnt Sophie direkt anrufen und mit ihr sprechen. Vielleicht hat sie ja ein paar für euch hilfreiche Informationen."

„Frohnau ist echt ein Dorf," meinte Abbo Reichel, bevor er sich von seiner Mutter die Telefonnummer von Sophie Neuss geben ließ. Schwach konnte er sich auch an sie erinnern, schließlich war sie die Tochter einer der Freundinnen seiner Mutter und nach seiner Erinnerung auch eine oder zwei Stufen über ihm auf dem Georg-Herwegh-Gymnasium gewesen. Auf jeden Fall ziemlich blond und schon damals ziemlich aufgebrezelt, würde also zu Herrn von Zander passen, war noch sein Gedanke. Nach einem kurzen Telefonat mit ihr konnte er verkünden, dass sie am kommenden Montag um 11.00 Uhr ins LKA kommen würde.

Der Frohnauer Mordfall war damit als Gesprächsthema erst einmal erledigt. Zumindest aus Sicht von Petra Reichel gab es auch wesentlich wichtigere Dinge, die sie wissen wollte. Immerhin schaffte sie es, ihre Neugier zu stillen, jedenfalls hatten weder Abbo Reichel noch Isabelle Berntsen große Probleme damit, ihre nicht allzu inquisitorischen Fragen zu beantworten. Am Ende des gemütlichen Abends nach einem Schweinefilet-Gemüse-Gnocci-Gratin und zwei Flaschen Rotwein fuhren die beiden per Taxi zurück in Isabelle Berntsens Wohnung in Hermsdorf, Isabelle Berntsen mit dem Eindruck, spätestens jetzt vollkommen in der Familie Reichel angekommen zu sein.

Als neue Erkenntnis über seine Ehefrau wusste Abbo Reichel jetzt immerhin, dass sie gemeinsam mit ihren Schwestern nicht nur drei Mietshäuser in Kopenhagen sondern auch noch ein Ferienhaus in Smidstrup Strand an der Nordküste von Seeland besaß.

Sonntag, 13. Mai 2018, 9.35 Uhr

„Ich habe nachgedacht," tönte es aus der rechten Betthälfte.

„Immer gefährlich, insbesondere bei Frauen und bei meiner ganz besonders," brummte Abbo Reichel noch ziemlich verschlafen. Er hatte seinen Satz noch nicht richtig beendet, als er mit einem Kopfkissen beworfen wurde.

„Schuft."

„Immerhin besser als Blödmann. Du hast also nachgedacht. Und was ist das Ergebnis?"

„Wir kaufen uns wirklich ein Haus, am besten in Frohnau oder Hermsdorf. Muss nicht unbedingt ein großes Grundstück haben, Gartenarbeit ist nicht so mein Ding. Hauptsache schön grün drum herum und familiengerecht. In der Nähe deiner Eltern wäre auch nicht schlecht. Wir können ja nach dem Frühstück dort mal spazieren gehen und uns ein wenig umsehen, vielleicht können wir uns ja Bruno für den Spaziergang ausleihen. Was meinst du dazu?"

Immer noch verschlafen: „Aha, familiengerecht. Und für wie viele Kinder?"

„Drei auf jeden Fall."

„Bin mit allem einverstanden. Aber nur, wenn wir das mit der Familienplanung jetzt gleich üben." Jetzt war Abbo Reichel endlich richtig munter geworden und konnte sich dieser Aufgabe widmen.

„Ich glaube, wir sollten jetzt endlich aufstehen. Rufst du deine Eltern wegen Bruno an, dann gehe ich gleich runter und besorge ein paar Brötchen. Frag sie doch, ob wir Bruno gegen 12.00 Uhr abholen können, der freut sich doch bestimmt auf einen längeren Marsch. Und wir haben anschließend noch reichlich Zeit, unsere Protokolle zu den Befragungen zu schreiben und für morgen zu überlegen, welche weiteren Schritte wir den anderen vorschlagen."

Gesagt, getan und pünktlich um 12.00 Uhr wurde Bruno abgeholt, der zur Begrüßung wieder begeistert an Isabelle Berntsen hochsprang.

Drei Stunden später saßen sie mit einem sichtlich erschöpften Bruno im Kaffeehaus Zeltinger. Kreuz und quer durch die Frohnauer Straßen bei mehr als 25 Grad und wolkenlosem Himmel waren für ihn, und nicht nur für ihn, ziemlich anstrengend. Im Café wurden sie von der gleichen patenten Bedienung wie am 1. Mai begrüßt: „Ah, der Herr Kommissar nebst Begleitung. Wieder eine Leiche in Frohnau oder nur mal Lust auf leckeren Kuchen? Wie war das noch, zweimal Blaubeer-Sahne? Kommt gleich und natürlich Wasser für den Hund." Weg war sie, ohne eine Antwort abzuwarten.

„Wenn ich Ethnologie studiert hätte, könnte ich hier in Berlin wunderbar passende Studien dazu durchführen nach dem Motto: ‚fremde Länder, fremde Völker, fremde Sitten'. Irgendwie finde ich es fast bedenklich, wenn nicht einmal ich zu Wort komme."

„Junge Dame, das habe ich jetzt gehört. Sie haben aber Recht, die Berliner sind schon ein merkwürdiges Völkchen, und die waschechten ganz besonders. Und waschecht bin ich."

„Was sind denn bitte waschechte Berliner?"

„Jetzt bitte nicht lachen, aber eine Stammkundin, deren Tochter tatsächlich an der FU Ethnologie studiert, hat es mir vor einiger Zeit mal erläutert. Zugereiste sind – je nach Definition – nach fünf, zehn oder sogar erst nach zwanzig Jahren gelernte Berliner, also vom einheimischen Stamm der Berliner so einigermaßen akzeptiert. Echte Berliner sind die, die hier in der Stadt geboren sind und waschechte Berliner sind diejenigen, bei denen auch beide Elternteile in Berlin geboren wurden. Das sind aber echte Exoten, solche wie mich findet man nur sehr selten. Aber jetzt Schluss mit den Erklärungen, Sie essen jetzt erst einmal Ihren Kuchen ordnungsgemäß auf."

„Dann bin ich also noch ein Nichts und du bist auch nur ein echter Berliner und kein waschechter. Unsere künftigen Kinder können also auch keine waschechten Berliner werden, nur echte. Hm. Und nun?"

„Dann müssen wir eben echte Berliner produzieren und die dann irgendwann waschechte."

„Vom Nebentisch ließ sich jetzt eine ältere Dame vernehmen, die ganz offensichtlich das vorherige Gespräch nur zum Teil mitbekommen hatte: „Das heißt Pfannkuchen und nicht Berliner. Das werden diese Zugereisten nie kapieren."

Abbo Reichel antwortete ganz ruhig: „Ich bin echter Berliner und sage trotzdem Berliner und nicht Pfannkuchen und zum Pfannkuchen dafür auch nicht Eierkuchen, das finde ich irgendwie blöd. Außerdem sagt man auch in Hamburg zum Hamburger Hamburger und in Frankfurt heißt das Frankfurter Würstchen Frankfurter Würstchen."

„Na, wenn Sie echter Berliner sind, will ich das ausnahmsweise mal akzeptieren. Aber bei Schwaben hätte ich das nicht akzeptiert. Einen schönen Tag noch." Damit stand sie auf und verließ gemächlich mit einem Gehstock das Café.

„Das war auch ein Stammgast von uns und soweit ich weiß, ist Frau Meier eine waschechte Berlinerin. Wenn ich mich recht erinnere, sogar eine waschechte Frohnauerin. Sind Sie nur beruflich hier oder wollen Sie sich auch den Status Stammgast erwerben?", ließ sich jetzt wieder die Bedienung vernehmen.

„Wir sind rein privat hier, haben einen sehr ausgiebigen Spaziergang gemacht, um zu sehen, ob wir uns hier in der Gegend ein Haus kaufen. Ich bin immerhin echter Berliner und gelernter Frohnauer, meine Eltern sind mit mir hierher gezogen, als ich gerade ein Jahr alt war."

„Und ich arbeite noch am Status ‚gelernte Berlinerin' und erst recht am Status ‚gelernte Frohnauerin'."

„Da würde ich mir keine großen Sorgen machen, das bekommen Sie problemlos hin. Wenn Sie wollen, kann ich ja mal herumhorchen, wer von unseren älteren Kunden sein Haus verkaufen will, manchmal bekommt man ja so etwas per Zufall mit. Ihre Karte habe ich noch, ich gebe Ihnen Bescheid, falls ich etwas höre."

174

Sonntag, 13. Mai 2018, 17.15 Uhr

Bruno war wieder bei Abbo Reichels Eltern abgeliefert worden und dort wegen akuter Erschöpfung sofort in seinem Körbchen verschwunden. Lange Spaziergänge war er zwar gewohnt, aber drei Stunden durch die Frohnauer Straßen, und das nach einer schon ausgiebigen Runde gleich nach dem Frühstück, war doch etwas ungewohnt für ihn.

Wieder in der Glienicker Str. 6 in Isabelle Berntsens Wohnung angekommen, machten sich beide gleich an die Arbeit und erfassten anhand ihrer Notizen die Ergebnisse der Befragungen in Bremen. Die Bürokratie erfordert halt ihre Opfer, aber alle Ergebnisse mussten für alle Teammitglieder in nachvollziehbarer Art und Weise zur Verfügung stehen, auch wenn das Ganze im Endergebnis mehrere Stunden in Anspruch nahm.

„Von konkreten Ergebnissen können wir eigentlich noch nicht reden, von konkreten Tatverdächtigen auch nicht, aber immerhin haben wir einige mögliche Gruppen von Tatverdächtigen. Lass uns die doch für morgen früh schon einmal zusammentragen. Wen haben wir denn da alles?"

„Die Ehefrau Miriam Edle von Zander, Ehefrauen sind doch grundsätzlich verdächtig, habe ich jedenfalls so in Kopenhagen an der Polizeihochschule gelernt. Kann ich mir in diesem Fall allerdings nicht so recht vorstellen. Da passen die ganzen Umstände einfach überhaupt nicht."

„Der zweite Geschäftsführer Sebastian Lürsen, der ist mir ziemlich suspekt, auch wenn ich kein konkretes Motiv sehe."

„Ich biete als Tatverdächtigengruppe die ganzen Verflossenen an. Da könnte ich mir schon vorstellen, dass die eine oder andere der Damen einen ziemlichen Hass auf den Herrn von Zander entwickelt hat. Aber wie sollen wir die ermitteln? Freiwillig wird sich wohl kaum eine von denen melden und dann haben wir das gleiche Probleme wie bei seiner Ehefrau, die Umstände passen einfach nicht zu einer Frau als Mörderin. Wir könnten aber die Tatverdächtigengruppe erweitern um die Ehemänner oder Freunde dieser Damen. Problem ist aber auch hier, wie ermitteln wir die?"

„Einfacher zu ermitteln ist die nächste Tatverdächtigengruppe, sämtliche Mitarbeiter auf der Baustelle. Wenn der von Zander sich tatsächlich so schweinemäßig ihnen gegenüber verhalten hat, könnte das für einen tatsächlich ein Mordgrund gewesen sein. Die Liste der Mitarbeiter müssten wir ja inzwischen haben und sollten dann von allen die Alibis überprüfen."

„Und dann haben wir natürlich die Korruptionsvorwürfe. Das könnte doch ein Mordgrund sein, dass der Herr es mit seinen Forderungen überzogen hat. Mal sehen, was Steffen dazu ermitteln konnte. Das ist vielleicht der bisher beste Ansatz."

„Was ich mich gerade frage: Wie kommt man auf die Idee, jemand vom Casinoturm zu stürzen beziehungsweise ihn dort oben zu erdolchen? Das kann man doch kaum so planen und eine zufällige Begegnung dort oben ist auch irgendwie absurd. Da müssen wir morgen früh wohl mal alle fröhlich herumspinnen, manchmal kommt dabei ja etwas Vernünftiges heraus."

„Jetzt machen wir für heute Schluss, es reicht wohl, wenn wir uns jeder drei Arbeitsstunden aufschreiben können. Widmen wir uns lieber den angenehmeren Dingen, ich habe nichts dagegen, wenn deine Hände wieder auf Erkundungstour gehen."

Montag, 14. Mai 2018, 8.45 Uhr

„Puh, scheint heute wieder ganz schön warm zu werden, da sollten wir anfangen, sobald alle da sind. Wenn die Sonne erst so richtig auf den Fenstern steht, wird es hier in den Glaskästen ganz schön ungemütlich." Mit diesen Worten tauchte Steffen Tietz kurz nach Abbo Reichel und Isabelle Berntsen auf, die zu ihrer Überraschung als erste des Teams im Büro erschienen waren. Gleich danach betraten Julia Rochow, Aylin Cantürk und Oliver Scholz das Büro und als letzter Thomas Kablow, aber auch er noch rechtzeitig vor der für 9.00 Uhr angesetzten Teambesprechung.

„So, meine Damen und Herren, dann lassen Sie mal hören, was Sie bisher ermittelt haben, Herrn Kleinert habe ich gebeten, an der Besprechung teilzunehmen, erspart uns ein separates Briefing für die Pressekonferenz, ich gehe mal davon aus, dass er noch kommen wird," damit eröffnete Oliver Scholz die Sitzung.

In diesem Moment platzte Jonas Kleinert in das Büro, brummte: „Entschuldigung" und nahm auf Aylin Cantürks Schreibtischkante Platz.

„Wenn's recht ist, fange ich mal an," damit übernahm Thomas Kablow das Wort. „Ich glaube, wir wissen jetzt oder haben zumindest eine Ahnung, wie es überhaupt zu dem Mord oben auf dem Turm kommen konnte. Das kann man doch eigentlich kaum so planen, war jedenfalls mein Gedanke. Kann man aber offensichtlich doch. Nach der Vernehmung hat mich die Frau Svenja Eichhorn angerufen und berichtet, dass ihr Chef, der Herr von Zander, also das Mordopfer, ziemlich regelmäßig in aller Frühe oben auf dem Casinoturm gewesen ist und dort laut seiner eigenen Aussage den Sonnenaufgang beobachtet hat. Aus diesem Grund hat er auch eigene Schlüssel für die Türen unten und oben gehabt – die sind bisher übrigens nirgends aufgetaucht, jedenfalls hat die Spurensicherung nichts gefunden. Zumindest auf der Baustelle war es wohl auch allgemein bekannt, dass er häufig so früh dort oben ist, so jedenfalls ihre Auskunft. Das hat wohl anfangs ein ziemliches Gerede unter den Bauarbeitern gegeben, wurde dann aber schnell als mehr oder weniger selbstverständlich hingenommen, deswegen ist es ihr auch erst im Nachhinein eingefallen. ‚Jeder Mensch hat halt seine Macken, und das war eine seiner vielen' war ihre Aussage. Wenn wir also unterstellen, dass das zutrifft, müssten einige gewusst haben oder davon ausgegangen sein, dass Herr von Zander am 1. Mai gegen 5.30 Uhr oben sein könnte; Sonnenaufgang war an diesem Tag nämlich um 5.36 Uhr, also exakt 30 Minuten vor seinem Tod. Das würde auch erklären, warum keine Einbruchspuren gefunden wurden. Einschränkung noch in der Hinsicht, dass sicherlich einige wussten, dass er Urlaub hatte und dementsprechend am 1. Mai eben eigentlich nicht auf dem Turm sein würde. Alles irgendwie Mist und nicht so richtig greifbar. Ich übergebe dann mal an Steffen, der hat einiges zu seinen Finanzen ermittelt."

„Genau, aber fragt bitte nicht nach der Herkunft der Informationen. Ich bin mir sehr sicher, dass wir die Daten alle bestätigt bekommen, wenn wir sie auf offiziellem Weg erhalten. Ein entsprechendes Auskunftsersuchen ist über Staatsanwalt Harbauer in Arbeit. Wir wissen, dass er ein Nettoeinkommen in Höhe von monatlich € 8.822,52 hatte. Das ist auch bestätigt durch eine E-Mail von der Caerlaverock, von einer Frau Berger, die kam noch am Freitagnachmittag mit Gehaltsangaben zu allen Mitarbeitern und einer ziemlich langen Liste aller Firmen, mit denen die zusammenarbeiten. Sag mal, habt ihr die unter Druck gesetzt, das ging ja verdächtig schnell."

Abbo Reichel gab nur kurz von sich: „Das würde ich so nicht unbedingt sagen."

„Egal, Hauptsache, wir haben die Angaben. So, dann kommen wir mal zu seinen Ausgaben. Da wäre die Miete für die Wohnung in Bremen mit € 2.787,50, die Leasingrate für den Range Rover mit € 2.829,07, die Leasingrate für das Mercedes Cabrio € 787,29 und die Miete für die Wohnung in Frohnau € 892,67. Mir war völlig neu, dass man für die Leasingrate für ein Auto so viel Geld ausgeben kann. Geht aber anscheinend problemlos. Jedenfalls bleiben damit für alles andere ‚nur' rund € 1.500,-- übrig. Ich weiß, für unsereins wäre das ziemlich viel, aber bitte kein Neid. Kosten für Strom, Telefon, Versicherungen und so weiter habe ich noch nicht, da dürfte aber auch noch einiges zusammenkommen. Sein Lebensstandard scheint jedenfalls ziemlich hoch und mit diesen € 1.500,-- kaum zu finanzieren gewesen sein. Denkt nur an die nicht gerade billige Armbanduhr oder auch seine Angelausrüstung. Anhand deiner Fotos habe ich in einem Angelladen nachgefragt, der Besitzer ist fast vom Glauben abgefallen und meinte, dass er so einen Kunden auch gerne gehabt hätte. Alleine das Zeugs auf euren Fotos hat wohl einen Wert von mindestens € 4.000,--. Bei seiner Bank hat er eine Kreditlinie von € 50.000,--, die voll ausgeschöpft oder eher deutlich überschritten ist. Das würde auch die Aktion beim Kauf der Chopard erklären. Ich bin mir jedenfalls ziemlich sicher, dass er noch weitere, also wahrscheinlich nicht so ganz legale, Einnahmequellen hat. Meines Erachtens sollten wir allen Firmen auf der Liste der Caerlaverock auf die Pelle rücken, und zwar persönlich. Zum hohen Lebensstandard kann jetzt Aylin noch einiges beitragen."

„Ich habe mir seine Einträge in den sozialen Netzwerken genauer angesehen, insbesondere Facebook und Instagram waren da ziemlich ergiebig. Und der Herr von Zander war so freundlich und hat von den Möglichkeiten der Zugriffsperre keinerlei Gebrauch gemacht, alles war ohne Schwierigkeiten einsehbar. Ebenfalls aktiv war er auf den Karriereplattformen wie Xing und Linkedin, aber am ergiebigsten war Facebook. Ständige Städtetripps, Restaurantbesuche der eher nicht so günstigen Art und alle möglichen Freizeitaktivitäten kann man da problemlos nachvollziehen. Das alles sieht absolut nicht so aus, als ob es in irgendeiner Art und Weise an Geld gemangelt hat. Und es war fast immer eine Blondine an seiner Seite, aber ständig wechselnd. Alle optisch sehr ähnlich wie seine Frau, aber die taucht auf den Fotos eher selten auf. Ehrlich gesagt kann ich mir kaum vorstellen, dass die es nicht gemerkt haben soll, dass er sie ständig betrügt, schließlich ist sein Profil frei zugänglich. Einige Profile dieser ‚Freundschaften' habe ich mir auch angesehen, das scheint wirklich immer wieder der gleiche Typ zu sein, ausschließlich blond. Allerdings sowohl kurz- als auch langhaarig. Als Mörderin kann ich mir von denen jedenfalls keine vorstellen. Meiner Meinung nach sollten wir uns eher auf die anderen Spuren konzentrieren und die Freundinnen mit geringerer Priorität verfolgen. Fakt ist auf jeden Fall, dass er mit seinem Gehalt diesen Lebenswandel kaum finanziert haben kann. Ich stimme Steffen da voll und ganz zu, dass er weitere Einnahmequellen gehabt haben muss."

Steffen Tietz ließ sich jetzt erneut vernehmen: „Ich muss noch etwas ergänzen. Auf seinem Konto waren immer wieder Bareinzahlungen verzeichnet, nicht unbedingt regelmäßig, aber doch ziemlich häufig und mindestens im vierstelligen Bereich. Auffällig dabei ist, dass die meist kurz vor der Belastung der Kreditkartenabrechnungen seiner Ehefrau erfolgt sind. Laut meiner Quelle ist das auch bankintern aufgefallen, die Beträge waren aber nicht so hoch, dass man nachgefragt oder sogar eine Verdachtsanzeige wegen Geldwäsche erstattet hätte."

Jetzt war es an der Reihe von Abbo Reichel und Isabelle Berntsen über ihre Bremer Ermittlungen zu sprechen, unterbrochen nur von wenigen Rückfragen ihrer Kollegen.

Alle Ermittlungsergebnisse, auch die Internet- und sonstigen Recherchen zur Caerlaverock, stimmten mehr oder weniger überein, so dass man nach Austausch aller Informationen auf Vorschlag von Abbo Reichel zum Brainstorming über mögliche Tatverdächtige bzw. Tatverdächtigengruppen übergehen konnte. Julia Rochow wurde schnell als diejenige identifiziert, die über eine halbwegs lesbare Handschrift verfügte und damit einstimmig bzw. mit einer Gegenstimme, ihrer eigenen, dazu bestimmt wurde, die entsprechenden post-its zu beschriften. Die Glaswand zum Flur war schon mit einer ziemlich großformatigen Tabelle vorbereitet worden. Unter den Fotos des Opfers, tot und lebendig, klebten schon weitere Fotos mit den ermittelten Spuren inkl. diverser post-its mit den passenden Hinweisen. Ein Foto zeigte das gefundene Filetiermesser mit genauen Angaben zum Fabrikat, zur Klingenlänge und dem Hinweis, dass die Messerhülle fehlte. Die beiden nächsten Fotos zeigten die Betonplatte und die Schleifspuren an der Brüstung des Casinoturms, verbunden mit den Angaben zum Gewicht und den Maßen der Platte und der Tatsache, dass die Platten oben senkrecht an die Brüstung gelehnt standen. Foto Nummer vier zeigte die Chopard mit dem gesplitterten Glas und der Zeit 6.06 Uhr, ergänzt um den Preis von 13.300,-- Euro.

Auf Nummer fünf war ein Schuhabdruck mit einem sehr markanten Profil zu sehen, laut den Angaben auf dem angeklebten post-it Schuhgröße 45 und identisch mit dem auf der Baustelle in Frohnau üblicherweise eingesetzten Sicherheitsschuh.

Das letzte Foto zeigte einen weiteren Schuhabdruck, versehen mit einem post-it mit den Angaben ‚KOK Abbo Reichel, LKA 117, Schuhgröße 44'.

„Ihr seid ja echte Scherzkekse," entfuhr es Abbo Reichel mit einem leicht genervt klingenden Unterton. „Aber wenn es zur guten Stimmung im Team beiträgt, werde ich es mannhaft ertragen, dass man mir das mindestens bis zu meiner Pensionierung immer wieder vorhalten wird." Allgemeines Gelächter war die Reaktion und die Ansage von Thomas Kablow: „Und wehe, jemand entfernt dieses für die Ermittlung entscheidende Foto. Wem wollen wir denn die Ehre des ersten Tatverdächtigen erweisen?"

Isabelle Berntsen ließ sich jetzt vernehmen: „Da sollten wir die Ehefrau Miriam Edle von Zander nehmen. Aber ehrlich gesagt habe ich nur ein bis eineinhalb pros, aber viele cons. Pro wäre die Tatsache, dass sie mehr oder weniger ständig betrogen wurde und vielleicht ihre, wenn auch wohl irrige Annahme, dass sie etwas zu erben hätte. Contra wäre ihr fast wasserdichtes Alibi und die gesamten Umstände des Mordes, das passt alles absolut nicht zu ihr. Und wenn ihr meinen persönlichen Eindruck hören wollt, ich halte sie dafür auch einfach für zu dumm."

„Dem habe ich absolut nichts hinzuzufügen," meinte Abbo Reichel, „aber der Form halber steht sie halt auf Platz eins der Liste. Ich denke, dass wir das erst einmal nicht weiter verfolgen. Nächster Kandidat wäre aus meiner Sicht der zweite Geschäftsführer Sebastian Lürsen. Als pro fällt mir aber ehrlich gesagt nur ein, dass er mir ziemlich suspekt ist und dass natürlich davon profitiert, wenn er jetzt, wenn auch vielleicht nur vorübergehend, alleiniger Geschäftsführer der Caerlaverock ist. Wenn ich die Konstruktion der Firma richtig verstanden habe, konnte er mehr oder weniger ohne Einmischung der Eigentümer machen, was er wollte. Denkbar wäre eventuell auch, dass er sich verspricht, die ‚Sonderzahlungen' übernehmen zu können. Ein Alibi hat er auch nicht vorzuweisen. Contra wäre, dass ich kein so richtig überzeugendes Motiv sehe. Meines Erachtens sollten wir erst einmal die anderen Ansätze verfolgen, also auch hier Prio C, D oder E. Und wenn, dann hätte er ihn doch wohl eher in Bremen und nicht hier in Berlin ermordet."

Julia Rochow schlug vor: „Die Gruppe der Blondinen, also die ganzen Verflossenen als sozusagen Tatverdächtigengruppe. Da wird schon die eine oder andere Mordphantasien entwickelt haben, so, wie der sich verhalten hat. Aber wie sollen wir die ermitteln? Auch wenn wir im Rahmen der Pressekonferenz einen Zeugenaufruf starten, wird das wohl kaum Erfolg haben. Wenn ich eine dieser Blondinen wäre, würde ich mich jedenfalls nicht melden. Einige konnten wir über Facebook und Co. identifizieren, aber mit Sicherheit nicht alle. Außerdem gilt das Gleiche wie bei seiner Ehefrau, das passt alles nicht zu einer Frau als Mörderin. Ich könnte mir da schon eher vorstellen, dass ein Ehemann oder Freund einer dieser Blondinen es nicht so witzig fand, dass er betrogen wird und deswegen zum Mörder wurde. Auch die können wir aber kaum vollständig ermitteln, oder seht ihr da eine Chance?"

„Die Idee mit den Ehemännern oder Freunden finde ich auf den ersten Blick gar nicht so schlecht. Chancen, die zu ermitteln sehe ich aber eher nicht. Schaden kann es aber sicherlich nicht, wenn wir auf der Pressekonferenz nicht nur Zeugen, sondern auch sonstige Hinweisgeber bitten, sich bei uns zu melden. Ansonsten würde ich meinen, dass uns bei dieser Tatverdächtigengruppe nur unser allseits beliebter Kollege Zufall helfen kann, aber die Hoffnung stirbt zuletzt. Also auch Prio C, D oder E.", so die Aussage von Thomas Kablow.

„Wenn ihr nichts habt, dann will ich mal zwei weitere Tatverdächtigengruppen einbringen," meinte jetzt Steffen Tietz, „sämtliche Mitarbeiter auf der Baustelle. Die dürften alle gewusst haben, dass er mehr oder weniger regelmäßig oben auf dem Turm ist, kennen sich da aus, die Umstände würden auch dazu passen und so ein Mord im Affekt ist womöglich bei dieser Klientel nicht so abwegig. Die Liste der Mitarbeiter haben wir ja inzwischen, wir sollten mit denen sprechen und die Alibis überprüfen. Sind ja zum Glück nicht hunderte, nur gut 20, ist also machbar. Aus meiner Sicht wäre das Prio A. Außen vor lassen sollten wir auch nicht zwei weitere mögliche Tätergruppen, nämlich Mieter oder eventuell auch Ex-Mieter, die von der Caerlaverock drangsaliert wurden und vielleicht noch die linken Aktivisten, ich denke da an die Demo in Bremen, den Farbbeutelanschlag auf das Wohnhaus. Ich meine, auch in diese Richtung sollten wir weiter ermitteln, mit Prio B. Ich werde mal sehen, ob ich da Ansatzpunkte finde."

„Auch wenn das jetzt etwas voreingenommen klingen mag, ich bin unverändert der Meinung, dass die ‚Sonderzahlungen' der am ehesten Erfolg versprechende Ansatz ist. Da scheint es ja um nicht geringe Beträge zu gehen und wenn der Herr von Zander womöglich den Bogen überspannt hat, wäre das für mich durchaus ein Grund. Wir haben ja auch mehrfach gehört, dass in der Immobilien- und noch mehr in der Baubranche die Sitten durchaus rau sind. Als Contra sehe ich eigentlich nur, dass im Gegensatz zu den Bauarbeitern bei den Geschäftspartnern die Kenntnis über die Turmbesteigungen zum Sonnenaufgang eher gering gewesen sein dürfte. Aus meiner Sicht sollten wir sowohl die Bauarbeiter als auch die Variante ‚Sonderzahlungen' mit Prio A behandeln, wir müssten das doch eigentlich parallel schaffen," ließ sich jetzt Abbo Reichel vernehmen.

Montag, 14. Mai 2018, 11.03 Uhr, mittleres Büro der Mordkommission Casinoturm

Nebenan klingelte das Telefon auf Abbo Reichels Schreibtisch: „Mist, ich habe den Termin mit Sophie Neuss ganz vergessen, ihr müsst erst einmal ohne mich weitermachen." Damit war er erst im Nebenzimmer und gleich darauf ganz verschwunden.

Jetzt ließ sich seit der Begrüßung erstmalig Oliver Scholz vernehmen: „Das sieht doch gar nicht mal so schlecht aus. Ich denke auch, dass Sie mit dem Bestechungsansatz die am meisten Erfolg versprechende Spur haben und diese mit erster Priorität verfolgen sollten. Parallel dazu sollten Sie die Bauarbeiter auf deren Alibis überprüfen. Unabhängig davon können wir durchaus die Pressekonferenz nachher, die übrigens um 14.00 Uhr ist, dazu nutzen, nach weiteren Gespielinnen des Herrn von Zander zu suchen. Herr Kablow, Sie und Herr Reichel nehmen daran teil und bitte beide um 13.00 Uhr in meinem Büro erscheinen, da müssen die Herren Harbauer und Thoms über den derzeitigen Stand informiert werden. Ob die beiden dann auch an der Pressekonferenz teilnehmen, müssen die selbst entscheiden. Herr Kleinert, ich gehe mal davon aus, dass Sie und ich die Pressekonferenz leiten werden und die Herren Kablow und Reichel nur pro forma anwesend sein müssen."

Das zustimmende Nicken von Jonas Kleinert wurde von Thomas Kablow mit Erleichterung aufgenommen. Pressekonferenzen hasste er genau wie Abbo Reichel. Und wenn Oliver Scholz und Jonas Kleinert die Fragen der versammelten Hauptstadtpresse übernehmen wollten, sollte es ihm nur Recht sein. Erstaunlich fand er nur, dass Jonas Kleinert die ganze Zeit über auf der Schreibtischkante von Aylin Cantürk gehockt hatte, mit Sicherheit für mehr als zwei Stunden ziemlich unbequem. Noch erstaunlicher fand er aber, dass er keine einzige Rückfrage gestellt und auch sonst bis auf das zustimmende Nicken eben keinerlei Reaktion gezeigt hatte und hoffte inständig, dass er bei der Pressekonferenz mehr sagen würde.

„Herr Kleinert und ich werden Sie jetzt in Ruhe weiterarbeiten lassen; ich denke, mit der Kontaktaufnahme zu den diversen Geschäftspartnern der Caerlaverock und den Bauarbeitern sind

184

Sie erst einmal zur Genüge ausgelastet." Damit waren die beiden mit einem kurzen Gruß verschwunden.

Julia Rochow ließ sich als erste vernehmen: „Und ich dachte immer, dass unsere Presseverantwortlichen die ganze Zeit über reden und uns kaum zu Wort kommen lassen, war wohl ein Irrtum."

„Dem Irrtum war ich auch unterlegen. Ich muss aber zugeben, dass ich den Herrn Kleinert bisher noch nicht erlebt habe, sein Vorgänger war auf jeden Fall völlig anders gestrickt," kam es jetzt von Thomas Kablow. „Dann wollen wir mal sehen, wie wir weitermachen. Aylin, kannst du bitte mal die Berliner Firmen von der Liste anrufen und für morgen oder spätestens übermorgen Termine vereinbaren. Wer dann hinfährt, können wir später klären. Ein paar von den Firmen sitzen ja in Bremen, ich glaube, das waren nur drei oder vier; Isabelle, du hattest ja schon mit dem Bremer Kollegen Thiem zu tun. Telefoniere doch mal mit dem und bitte ihn um Unterstützung. Er soll denen persönlich auf den Zahn fühlen und sehen, ob er etwas zu möglichen Barzahlungen an Herrn von Zander ermitteln kann. Um die wenigen Firmen außerhalb von Berlin und Bremen kümmern wir uns später. Ich denke, wir sollten erst einmal sehen, ob an den Vorwürfen tatsächlich etwas dran ist und ob wir diesen Ansatz dann weiter verfolgen. Julia und Isabelle, ihr fahrt anschließend noch einmal nach Frohnau und versucht, mit möglichst vielen von den Bauarbeitern zu sprechen und deren Alibis aufzunehmen. Die Liste dazu haben wir ja. Steffen wird sich, wie ich ihn kenne, um die weitere Dokumentation der bisherigen Erkenntnisse kümmern und unsere post-its der Tatverdächtigen von der Glaswand in eine schöne Liste mit allen pros und cons verwandeln."

185

Montag, 14. Mai 2018, 11.07 Uhr, Vernehmungsraum 2

„Sorry Sophie, ich habe den Termin ein wenig verschwitzt, aber unsere Ermittlungen nehmen jetzt richtig Fahrt auf. Danke auf jeden Fall, dass du gekommen bist und uns in den Ermittlungen unterstützt. Ich versichere dir nochmals ausdrücklich, dass alles, was du uns sagst, die Räume des LKA nicht verlassen wird."

„So so, der kleine Abbo ist jetzt also ein großes Tier bei der Kripo. Hätte ich nie gedacht, dass du mal zur Polizei gehst."

„Ich damals ehrlich gesagt auch nicht. Aber auf einer dieser Ausbildungs- und Studienmessen war u.a. ein Stand der Berliner Polizei und irgendwie waren die ziemlich überzeugend. Hat sich dann ja auch ganz gut gemacht. Dass ich jetzt diese Ermittlung leite, ist aber eher dem Zufall geschuldet. Was machst du denn beruflich?"

„Nach einigen Irrungen und Wirrungen bei den Studienfächern bin ich letztendlich bei Kommunikationswissenschaften gelandet und leite seit inzwischen zwei Jahren die Öffentlichkeitsarbeit bei einer größeren Eventagentur. Auf einer von uns initiierten Immobilienmesse habe ich auch Roland kennengelernt. Ich gehe mal davon aus, dass du zu dem möglichst viel wissen willst. Allzu viel wird es aber nicht sein."

„Klingt vielleicht ein bisschen komisch, aber du scheinst genau in sein Beuteschema zu passen, blond, ansehnlich und jung. Nach unseren bisherigen Erkenntnissen gab es da einige oder wohl eher ziemlich viele Affären, die aber meistens recht schnell beendet wurden, von welcher Seite auch immer. Jedenfalls ist das einer unserer Ansätze für ein mögliches Tatmotiv, entweder eine abservierte Geliebte oder auch deren Ehemann oder Freund. Und jetzt lach bitte nicht, intern heißt das bei uns ,Blondinenspur', aber andere Spuren werden aktuell mit höherer Priorität verfolgt. Mama ist bei Nennung des Namens des Toten am Sonnabend sofort hellhörig geworden und hat gleich mit deiner Mutter telefoniert. Ich sehe unser Gespräch eher unter dem Aspekt, möglichst viel über die Person Roland von Zander zu erfahren."

186

„Na, da will ich mal hoffen, dass du mich nicht verdächtigst. Aber ich kann dich beruhigen, ich war es definitiv nicht, ein Alibi kann ich dir aber nicht bieten. Dafür kann ich dir aber versichern, dass es weder ein Ehemann oder ein Freund von mir gewesen sein kann, beides ist nicht vorhanden. Wie ich aus gewöhnlich gut unterrichteten Kreisen erfahren habe, bist du ja sehr schnell in feste Hände gekommen, Stichwort Dänemark," fügte sie hinzu. "Als Ersatzalibi kann ich dir bieten, dass nicht Roland unsere Affäre beendet hat, sondern ich. Das kann ich sogar beweisen, glaube ich jedenfalls. Schluss gemacht habe ich nämlich per WhatsApp, ich müsste mal checken, ob die ganzen Nachrichten noch vorhanden sind."

„Ich verdächtige dich definitiv nicht und kann mir auch kaum vorstellen, dass eine der anderen ‚Blondinen' als Täterin in Betracht kommt, für uns ist das im Augenblick eher Prio C oder sogar D. Uns interessiert derzeit mehr, was für ein Mensch er war und ich denke, dazu kannst du mir bestimmt einiges erzählen."

„Charmant, gut aussehend, ein echter Frauentyp. Einer von der Sorte, die genau wissen, wie sie eine Frau möglichst schnell in ihr Bett bekommen, das habe ich aber erst zu spät kapiert. Hat bei mir jedenfalls geklappt. Kennengelernt haben wir uns wie gesagt auf einer Immobilienmesse, die war letztes Jahr im November in der Arena Treptow. Seine Firma war da mit einem Stand vertreten, es ging wohl in erster Linie um die Gewinnung von Mietern für den Komplex am Casinoturm und auch um die Akquisition neuer Objekte. Wenn ich das richtig in Erinnerung habe, war für die Akquisition wohl sein Co-Geschäftsführer zuständig, der aber aus irgendwelchen Gründen nicht nach Berlin gekommen war. Jedenfalls habe ich mich darauf eingelassen, mit ihm nach der Messe in eine Bar zu gehen und anschließend sind wir in seinem Appartement in Frohnau und dort natürlich im Bett gelandet. Zur Entschuldigung kann ich vielleicht anführen, dass ich gerade eine längerfristige Beziehung hinter mir hatte und wohl etwas liebesbedürftig war, klingt etwas blöd, war aber tatsächlich so. Das Ganze lief dann ein paar Wochen ganz gut, aber ich habe dann recht schnell gemerkt, dass Roland nicht nur

187

mit mir seine Frau betrügt, sondern auch mich mit anderen Frauen. Dabei hat er sich noch nicht einmal sonderlich Mühe gegeben, das zu verbergen. Mein Eindruck war, dass es ihm ausschließlich darum ging, möglichst viele Frauen flachzulegen, das schien so eine Art Wettbewerb zu sein. Mit wem auch immer, vielleicht auch nur mit sich selbst. Auf jeden Fall hatte er einen sehr einseitigen Geschmack, nur Blondinen waren gefragt. Ich habe ihn dann in seiner Wohnung zur Rede gestellt, das wurde ziemlich schnell sehr unschön, er hat mich angebrüllt und es hätte nicht viel gefehlt und er hätte mich wohl geschlagen. Das Appartement habe ich mehr oder weniger fluchtartig verlassen und ihm sofort von meiner Wohnung aus per WhatsApp die Beendigung unserer Beziehung verkündet, so nach dem Motto, was für ein Arsch er sei und dass ich ihn nie wieder sehen will und so weiter und so fort – was man halt in so einer Situation so schreibt. Reagiert hat er darauf übrigens nie! So ein Arsch! Ich habe mich dann mehrere Tage in meiner Wohnung verkrochen und war für niemanden zu sprechen, nicht einmal für meine Eltern. Deswegen meinte meine Mutter wohl auch, dass das alles sehr unschön war, das kann man wohl so sagen. Ich ärgere mich noch heute darüber, dass ich auf diesen Typen hereingefallen bin. Reicht dir das so?"

„Das passt genau in das Bild, was wir bisher von Herrn von Zander hatten. Vielen Dank, dass du so auskunftsfreudig warst. Ich denke, dass wir nicht noch einmal auf dich zukommen müssen," und mit einem Grinsen ergänzte Abbo Reichel noch: „Auf unserer Liste der Tatverdächtigen bist du auf jeden Fall erst ganz weit hinten. Schön, dich mal wieder gesehen zu haben, das letzte Mal muss es kurz nach meinem Abi gewesen sein."

„Eine Frage habe ich noch. Warum steht unten am Eingang ‚Delikte am Menschen', das klingt ziemlich bescheuert und vor allem total bürokratisch."

„Gute Frage, nächste Frage. Das habe ich mich auch schon des Öfteren gefragt, ich finde das auch etwas merkwürdig. Ich kann ja mal bei Gelegenheit bei meinem Chef nachfragen, würde mich aber nicht wundern, wenn der das ebenfalls nicht weiß oder es heißt, das war schon immer so. Schönen Gruß noch an deine

Eltern und jetzt muss ich dich leider rauswerfen, wir haben noch einiges zu klären."

Montag, 14. Mai 2018, 12.55 Uhr

„Komm, wir müssen los, die Herren werden bestimmt sauer, wenn wir zu spät kommen. Und wieder nichts mit einem gepflegten Mittagessen in der Kantine, ich glaube aber, dass wir da heute nichts verpassen."

Abbo Reichel meinte darauf nur: „Dann lass uns wenigstens auf dem Rückweg noch etwas Nervennahrung besorgen, die Pressekonferenz erfordert das bestimmt."

Zeitlich mit den Herren Harbauer und Thoms kamen sie vor dem Vorzimmer von Oliver Scholz an. Timo Thoms stürmte als erster wort- und grußlos an der konsternierten Schreiner vorbei in das Büro, die anderen drei hinterher und vernahmen dabei noch das zwar leise, aber empörte: „So geht das aber nicht, so geht das nun wirklich nicht," der Schreiner.

Die Begrüßung übernahm erstaunlicherweise Bodo Harbauer: „Guten Tag die Herren. Hier schon einmal die von mir unterzeichneten Auskunftsersuchen für die Konto- und Kreditkartenumsätze des Herrn von Zander. Ich vermute zwar, dass Sie die Informationen schon inoffiziell haben, aber damit bekommen Sie sie wenigstens in gerichtsverwertbarer Form. Ansonsten würde mir eine Kurzversion des aktuellen Stands ausreichen, ich denke mal, Herr Thoms sieht das genauso. Die Gesprächsführung bei der Pressekonferenz wird doch sowieso Herr Scholz gemeinsam mit Herrn Kleinert übernehmen. Wir anderen sind eigentlich nur Beiwerk oder für spezielle Rückfragen. Herr Kablow und Herr Reichel, legen Sie bitte los."

Timo Thoms nickte nur zustimmend und Oliver Scholz gab per fast unmerklichem Handzeichen die Anweisung, die geforderten Informationen zu liefern. Thomas Kablow und Abbo Reichel kamen dieser Aufforderung nach und eine dreiviertel Stunde später waren auch die Staatsanwaltschaft und der Aufpasser aus dem Polizeipräsidium über den aktuellen Stand der Ermittlungen informiert. Oliver Scholz merkte lediglich noch an, dass er die Presse um Unterstützung bei der Suche nach weiteren Hinweisgebern bitten wolle. Außerdem sei mit Herrn Kleinert abgesprochen, dass er die mehr als befremdliche Titelseite der

190

Bild vom 2. Mai ansprechen wollte. Auch hierzu gab es keinen Widerspruch seitens der Herren Harbauer und Thoms, so dass man sich kurz vor 14.00 Uhr auf den Weg zum derzeit als Presseraum genutzten größten Besprechungszimmer des LKA machte.

Montag, 14. Mai 2018, 13.58 Uhr

Der Presseraum war brechend voll, ein Kamerateam der RBB-Abendschau war anwesend, ebenso mehr als ein Dutzend Radio-sender und natürlich die gesamte Hauptstadtpresse sowie einige Reporter von nicht in Berlin ansässigen Zeitungen. Zufrieden stellte Abbo Reichel fest, dass auch Thorsten Weber anwesend war. Er hoffte, dass Oliver Scholz ihn tatsächlich ein wenig vor-führen würde, verdient hatte er es in jedem Fall.

In der Mitte des provisorisch aufgebauten Podiums nahmen Oliver Scholz und Jonas Kleinert Platz, links die Herren Har-bauer und Thoms und rechts Abbo Reichel und Thomas Kablow.

„Meine Damen und Herren, ich darf Sie jetzt um Ruhe bitten. Wir wollen im Interesse aller pünktlich anfangen und das geht im Allgemeinen besser, wenn wir hier vorne zu Gehör kommen. Selbstverständlich können Sie nach unseren Ausführungen Fra-gen stellen, aber erst dann. Zuerst möchte ich uns alle hier auf dem Podium vorstellen. Mein Name ist Jonas Kleinert, ich bin der Pressesprecher der Berliner Polizei und leite diese Veranstal-tung. Rechts neben mir sehen Sie Kriminalrat Oliver Scholz, sei-nes Zeichens Leiter des LKA 1 Delikte am Menschen und damit Leiter aller Mordkommissionen in Berlin. Herr Scholz wird Sie gleich in die derzeitige Sachlage einführen. Daneben die Herren Kriminalhauptkommissar Thomas Kablow und Kriminalober-kommissar Abbo Reichel, die beiden leiten gemeinsam die Mordkommission Casinoturm, so haben wir den aktuellen Fall genannt. Auf der anderen Seite finden Sie Staatsanwalt Bodo Harbauer und Timo Thoms vom Polizeipräsidium Berlin. Wie ich an Hand der Anzahl der anwesenden Journalisten sehe, ist unser Fall Casinoturm auch fast 14 Tage nach dem Mord für Sie immer noch interessant, wahrscheinlich schon auf Grund der etwas makabren Umstände, auf die ich hier aber vor allem aus Rücksicht auf die Hinterbliebenen nicht im Detail eingehen wer-de. Fragen Ihrerseits dazu werden wir nicht beantworten. Einige von Ihnen haben in der letzten Woche ausgiebig dazu spekuliert und besonders – ich betone das jetzt ausdrücklich vor Ihnen al-len und mache Ihnen damit sehr deutlich, wie ich das Ganze im

Namen der Berliner Polizei missbillige – Thorsten Webers Artikel in der ‚Bild'. Herr Weber, ich sehe Sie auch heute hier im Raum, dazu eine persönliche Anmerkung von mir – Ihr Artikel und die Fotomontage auf der Titelseite, das war einfach widerwärtig."

Ungläubiges Staunen und heftiges Gemurmel unter den Anwesenden war das Ergebnis dieser Journalisten- oder eher ‚Bild'-Schelte. Keiner konnte sich erinnern, so etwas schon einmal erlebt zu haben, aber es war für die Personen auf dem Podium eindeutig erkennbar, dass die Schelte durchaus wohlwollend aufgenommen wurde.

„So, meine Damen und Herren, nachdem ich meinen Unmut loswerden konnte, übergebe ich an Kriminalrat Scholz, der Ihnen zum aktuellen Sachstand berichten wird. Herr Scholz, Sie haben das Wort."

„Meine Damen und Herren, einige Ihrer Spekulationen der letzten Woche entsprechen durchaus den Tatsachen, vieles aber auch Ihrer Phantasie. Fakt ist, dass wir das Opfer erst nach mehr als einer Woche identifizieren konnten und das auch erst nach einer aufwendigen DNA-Analyse. Der Grund dafür liegt in der Tatsache begründet, dass das Opfer ziemlich entstellt wurde, keinerlei persönliche Gegenstände bei sich trug und auch keine zur Identifizierung tauglichen besonderen persönlichen Kennzeichen aufwies. Es handelt sich bei dem Opfer um Roland Edler von Zander, er ist einer von zwei Geschäftsführern der Caerlaverock Castle Real Estate Ltd., Das ist die Gesellschaft, die seit geraumer Zeit im Besitz des Komplexes rund um den Frohnauer Casinoturm ist und aktuell die Sanierung inklusive Erweiterung dort vorantreibt. Herr von Zander war daher seit rund einem Jahr in Berlin und hat sich in Frohnau um die Bauarbeiten gekümmert. Ihnen allen ist wahrscheinlich die Caerlaverock Castle Real Estate Ltd. ein Begriff und damit auch bekannt, dass diese Gesellschaft rund 8.000 Wohnungen bundesweit in ihrem Besitz hat, einen nicht unerheblichen Anteil davon in Berlin. Für die Suche nach dem Mörder haben wir inzwischen einige durchaus vielversprechende Ansätze, zu Einzelheiten kann ich Ihnen aber aus ermittlungstaktischen Gründen keine Auskünfte geben. Wir

193

benötigen an dieser Stelle aber auch Ihre Unterstützung und wären Ihnen sehr dankbar, wenn Sie in Ihrer Berichterstattung erwähnen würden, dass wir auf Hinweise aus der Bevölkerung angewiesen sind. Insbesondere benötigen wir Informationen zum Umfeld des Herrn von Zander, seinem Umgang und seinem Privatleben. Alle Hinweise werden von uns selbstverständlich mit äußerster Diskretion behandelt. Damit Sie sehen, wie sehr wir auf Ihre Unterstützung angewiesen sind und da wir natürlich auch wissen, dass Sie auf schlagzeilenträchtige Informationen warten, jetzt ein paar Details zum Mord selbst. Intern haben wir fast schon ein wenig flapsig formuliert, dass Herr von Zander eigentlich dreifach ermordet wurde."

Eigentlich wollte Oliver Scholz an dieser Stelle eine kurze Kunstpause einlegen, die wurde ihm aber nicht gegönnt. Das erst nur relativ leise Gemurmel der versammelten Journalisten steigerte sich innerhalb weniger Sekunden zu einer Lautstärke, die vom Podium kaum zu übertönen war.

„Meine Damen und Herren, wenn Sie weitere Informationen haben möchten, und ich denke, die wollen Sie haben, dann müssen Sie bitte leise sein."

Schlagartig war es still im Raum und Oliver Scholz konnte weiterreden: „Dreifachmord an einer Person, machen Sie etwas daraus, aber denken Sie bitte auch an unseren Aufruf für Hinweise aus der Bevölkerung. Herr von Zander wurde oben auf dem Casinoturm erdolcht, anschließend aus über 25 Metern Höhe hinuntergestürzt und dann wurde vom Mörder noch eine mehr als 50 Kilogramm schwere Betonplatte hinterhergeworfen. Jede einzelne dieser Taten für sich war tödlich. Wenn Sie noch Fragen haben, dann besteht jetzt die Gelegenheit."

Fast schon tumultartig war die Stimmung im Raum; erst nach zwei bis drei Minuten hatten sich alle wieder ein wenig beruhigt, so dass erste Fragen gestellt wurden.

„Laura Giesecke von BB Inforadio. Herr Kleinert, können Sie bitte mir und unseren Zuhörern erklären, warum Sie hier einen unserer Kollegen wegen seiner Berichterstattung so rüde heruntergeputzt haben?"

„Sehr verehrte Frau Giesecke, zuerst einmal eine kurze Gegenfrage. Haben Sie den Artikel des Herrn Weber gelesen und sich die Fotomontage auf der Titelseite angesehen? Ah, Ihrem leichten Kopfschütteln entnehme ich, dass Sie das nicht gemacht haben. Damit kann ich ehrlich gesagt Ihre Kritik an meiner Aussage nicht sonderlich ernst nehmen und finde sie fast schon ein wenig erbärmlich. Man darf, kann und sollte natürlich immer und überall Kritik üben, das gilt selbstverständlich und ausdrücklich auch für Journalisten. Aus meiner Sicht ist die Pressefreiheit eines der höchsten Güter, über die wir verfügen. Dazu gehört auch, dass einige von Ihnen, lassen Sie mich versuchen, es etwas diplomatischer auszudrücken, manchmal ein wenig ‚grob‘ formulieren. Das ist auch in Ordnung, nicht alles, was Sie und Ihre Kollegen schreiben oder berichten, muss uns und erst recht nicht mir gefallen. Aber es gibt auch Grenzen, und so eine Grenze hat Herr Weber nach meiner ganz persönlichen Meinung eindeutig und unzweifelhaft überschritten, und zwar ganz weit überschritten. Ihnen Frau Giesecke wäre ich dankbar, wenn Sie Fragen stellen, bei denen Sie auch wissen, um was es geht. Meine Damen und Herren, ich gehe davon aus, dass Sie auch substanzielle Fragen haben, die meine Kollegen und ich gerne beantworten werden.“

Wieder herrschte im Raum ungläubiges Staunen, nicht wenige der anwesenden Journalisten nickten durchaus anerkennend mit ihren Köpfen.

„Hermann Elger vom Tagesspiegel. Wir haben Hinweise bekommen, dass Herr von Zander angeblich von diversen Auftragnehmern der Caerlaverock dafür bezahlt worden sein soll, dass sie Aufträge erhalten haben. Ist da etwas dran und könnte das ein Grund für den Mord sein?“

Oliver Scholz übernahm die Beantwortung: „Ich hatte es vorhin kurz erwähnt, dass ich Ihnen aus ermittlungstaktischen Gründen keine Einzelheiten zu unseren Ermittlungsansätzen nennen kann. Bestätigen kann ich Ihnen aber, dass uns derartige Gerüchte auch zugetragen wurden, Beweise haben wir aber aktuell nicht. Selbstverständlich gehen wir auch dieser Spur nach. Wie gesagt, wir ermitteln derzeit in mehrere Richtungen, sind aber guter Hoffnung, dass wir uns schnell auf einige Spuren konzentrieren können."

„Doreen Jung von der RBB Abendschau. Herr Scholz, Sie sprachen vorhin vom Mörder. Gehen Sie davon aus, dass der Mord von einem Mann begangen wurde oder war das einfach nur eine politisch unkorrekte Ausdrucksweise."

„Politisch unkorrekte Ausdrucksweise – schön gesagt. Aber das trifft es nicht. Zum einen werden tatsächlich nur weniger als 10 % aller Morde in Deutschland von Frauen verübt, so jedenfalls die offiziellen Statistiken, und zum anderen sprechen die Ihnen bereits geschilderten Tatumstände auch in unserem Fall sehr deutlich für einen Mann als Täter. Die am Tatort vorgefundenen Indizien lassen ebenfalls den Schluss zu, dass der Täter ein Mann ist. Das ist jedenfalls unser aktueller Ermittlungsstand."

Die weiteren Fragen fielen teilweise unter die Rubrik ‚leider bei den vorherigen Ausführungen nicht zugehört', ‚ich wollte einfach auch mal etwas sagen' oder ‚völlig überflüssig' und wurden meist mit ‚kein Kommentar', teilweise verbunden mit einem Augenrollen, von Jonas Kleinert souverän abgeschmettert, so dass die Pressekonferenz gegen 15.40 Uhr beendet werden konnte.

Montag, 14. Mai 2018, 15.45 Uhr

„Meine Herren, folgen Sie mir bitte in mein Büro, wir sollten kurz die weitere Vorgehensweise besprechen. Herr Harbauer und Herr Thoms, Sie können selbstverständlich ebenfalls mitkommen," ließ sich Oliver Scholz vernehmen, nachdem endlich auch die letzten Journalisten den Raum verlassen hatten.

Mit einem kurzen Kopfschütteln deuteten beide an, dass sie ihre Teilnahme für entbehrlich hielten. Timo Thoms ließ sich sogar zu der Aussage herab: „Ich denke, wir haben jetzt den aktuellen Stand, der tägliche Bericht ist aus meiner Sicht für heute nicht erforderlich."

„Auch gut," murmelte Oliver Scholz, nachdem die beiden sich verabschiedet hatten.

An der wie immer missmutigen Schreiner vorbei gingen alle vier in das Büro von Oliver Scholz und nahmen in der Sitzgruppe Platz. „Frau Schreiner, bringen Sie uns doch bitte noch ein paar Gläser und zwei oder drei Flaschen Mineralwasser. Sie können dann für heute Feierabend machen." Nachdem die Schreiner leicht säuerlich blickend das Gewünschte gebracht und die Tür hinter sich geschlossen hatte, ergriff Oliver Scholz erneut das Wort: „Das ist ja einigermaßen glimpflich ausgegangen, mal sehen, ob unsere Bitte um Hilfe durch die Bevölkerung veröffentlicht wird und ob dabei etwas herauskommt. Herr Kablow und Herr Reichel, wenn die Anrufe überhand nehmen, geben Sie mir bitte Bescheid, ich organisiere dann für ein oder zwei Tage Unterstützung. Aber erst einmal möchte ich von Ihnen, Herrn Kleinert, ein kurzes Statement zu Ihrem ‚Angriff' auf die ‚Bild' haben. Nicht, dass Sie mich falsch verstehen, inhaltlich fand ich das absolut gut und richtig, aber doch etwas ungewöhnlich."

„Das kann ich nachvollziehen. Soweit ich mich erinnern kann, hat keiner meiner Vorgänger jemals so eine Medienschelte vorgenommen und ehrlich gesagt bin ich mir im Nachhinein auch alles andere als sicher, ob das nun hilfreich war oder nicht. Abgestimmt innerhalb des Stabes war es jedenfalls nicht und ich bin gespannt, wie die Presse das verarbeitet und wie dann unsere neue Polizeipräsidentin darauf reagieren wird. Dass die ‚Bild' ziemlich häufig ziemlichen Schwachsinn verzapft, ist ja nichts Neues, aber das hier ging aus meiner Sicht eindeutig zu weit. Mir ist bekannt, dass dieser Herr Weber bei seinen Kollegen ausgesprochen unbeliebt ist. Ich kann mir daher vorstellen – und eigentlich hoffe ich auch darauf – dass die anderen Zeitungen die Gelegenheit nutzen, der ‚Bild' eins auszuwischen. Der Weber weiß das bestimmt auch und wird sich daher hoffentlich ein wenig zurückhalten. Mal sehen, ob heute schon etwas online gebracht wird, ansonsten sehen wir morgen früh die gedruckten Ergebnisse."

„Gut, dann haben wir das ja geklärt. Sie können davon ausgehen, dass die Pressestelle und natürlich auch Sie in Persona in der Hochachtung aller Kollegen hier im LKA deutlich steigen werden. Ich persönlich fand das jedenfalls richtig gut. Dann sehen wir jetzt mal, wie wir weiter vorgehen. Herr Reichel, Herr Kablow, Ihr Part."

Abbo Reichel übernahm jetzt das Wort: „Wenn ich davon ausgehe, dass zumindest einige der Zeitungen unserer Bitte um Unterstützung nachkommen und den Aufruf nach Hinweisgebern veröffentlichen, werden wir unser Team morgen aufteilen. Zwei werden die Anrufe aufnehmen, zwei werden nach Frohnau fahren und sämtliche Bauarbeiter befragen und deren Alibis überprüfen und zwei werden die von Caerlaverock beauftragten Firmen aufsuchen und die Korruptionsspur verfolgen. Ich hoffe mal, dass wir morgen Abend, spätestens aber übermorgen schlauer sind. Mehr habe ich eigentlich derzeit nicht. Wir würden jetzt gerne im Team besprechen, wer welche Aufgabe übernimmt."

Von Seiten Oliver Scholz und Jonas Kleinert kam kein Widerspruch und Abbo Reichel und Thomas Kablow verließen das Büro, das Vorzimmer war tatsächlich schon verwaist. Wunder gibt es immer wieder, dachte Abbo Reichel noch, bevor Thomas Kablow ihn auf dem Weg zu ihren eigenen Büros zuraunte: „Wunder gibt es immer wieder." Abbo Reichel konnte sich ein lautes Lachen nicht verkneifen und meinte: „Genau das habe ich auch gerade gedacht, jetzt ist bloß die Frage, wer was damit gemeint hat. Mein Wunder war bezogen auf die Schreiner, und deins?"

„Ich meinte eher die Pressekonferenz und die Ansagen zur ‚Bild' und eigentlich alles. Irgendwie bin ich ein bisschen verwirrt. Ich bin ja mal gespannt, was da noch kommt."

Montag, 14. Mai 2018, 16.16 Uhr

Die anderen vier saßen bereits im mittleren Büro zusammen und erwarteten sie. Bevor einer der beiden zu Wort kommen konnte, legte Aylin Cantürk los: „Wir haben für euch beide für morgen und übermorgen mehrere Termine vereinbart, hier ist die Liste mit allen Adressen, Ansprechpartnern und den Uhrzeiten. Wir haben alle Firmen abtelefoniert, die direkt oder indirekt mit der Caerlaverock in Geschäftsbeziehung stehen und ihren Sitz in Berlin oder in unmittelbarer Nähe haben. Um die Bremer Firmen, das sind tatsächlich nur drei, kümmert sich der Kollege Thiem, der war sehr entgegenkommend und hat sich schon zurückgemeldet. Er hat mit den Firmen gleich für morgen Termine abgemacht, die Protokolle bekommen wir dann schnellstmöglich. Ansonsten enthält die Liste von Frau Berger zwar noch einige andere Firmen, die dürften aber eher uninteressant sein, da das Auftragsvolumen ziemlich gering ist, so jedenfalls die Angaben in der Liste. Steffen hat mit der Zentrale der Holtmann Bau AG telefoniert, dazu kann er aber auch selbst berichten."

„Ich konnte mir kaum vorstellen, dass jemand von der Holtmann Bau AG als Mörder in Betracht kommt. Nach meinen Recherchen ist das eine börsennotierte Aktiengesellschaft, die keinen Mehrheitseigner hat, ein relativ großer Anteil der Aktien liegt bei mehreren Investmentfonds und viele Kleinanleger sind beteiligt. Was aber sehr interessant ist, ist die Tatsache, dass die Caerlaverock in Person des Herrn von Zander der Holtmann Bau AG sehr genau vorgegeben hat, welche Subunternehmen sie für das Bauvorhaben in Frohnau beauftragen sollen. Angabegemäß ist das wohl ziemlich ungewöhnlich, man hat sich aber in Anbetracht der Höhe des Auftragsvolumens diesem ‚Wunsch' nicht verweigern können und wollen. Eine Liste dieser Subunternehmen inklusive Angabe der Beträge habe ich erhalten, die Termine sind, wie Aylin eben sagte, bereits vereinbart. Wenn man unterstellt, dass die Bestechungssumme 10 % des jeweiligen Auftragsvolumens betragen könnte, dann lohnt sich das. Damit kann man dann wirklich auf großem Fuß leben."

200

„Jedenfalls haben wir in allen Fällen die Herren Reichel und Kablow angekündigt. Wir waren uns einig, dass ihr die richtigen dafür seid. Die Überprüfung der Bauarbeiter werden Julia und Isabelle übernehmen, wir haben schon mit Frau Eichhorn vereinbart, dass die beiden dort morgen früh auftauchen und alle befragen. Frau Eichhorn hat uns zugesagt, dass sie dafür sorgt, dass tatsächlich alle da sind und ein separates Kabuff, so ihre Aussage, zur Verfügung steht. Laut Ihrer Liste sind es genau 20 Personen, einige kennen wir ja schon. Steffen und ich würden recherchieren, ob wir etwas zu den Mietern und den Demonstrationen ermitteln können. Das natürlich nur, wenn uns die zu erwartenden Anrufe Zeit dafür lassen."

Von Thomas Kablow kam die Antwort: „Damit habt ihr ja schon die Arbeit von Abbo und mir vorweggenommen, aber fast genauso haben wir beide uns das auch vorgestellt. Nur zwei Ergänzungen noch: Um bei den Bauarbeitern Eindruck zu schinden und ein wenig Drohkulisse aufzubauen, sollte Julia morgen in Uniform inklusive Dienstwaffe erscheinen. Seht bitte zu, dass ihr einen vernünftigen Streifenwagen bekommt, so ein popeliger Corsa wäre da wohl fehl am Platze." Mit Blick auf Julia Rochow ergänzte er noch: „Mit Musik und Lightshow müsst ihr aber trotzdem nicht vorfahren." Anschließend berichtete er ausführlich über die Pressekonferenz und das Gespräch bei Oliver Scholz. Das Einnorden der ,Bild' wurde mit Erstaunen und großer Befriedigung aufgenommen. „Wenn wir davon ausgehen, dass einige Zeitungen unsere Bitte um Unterstützung veröffentlichen, dürften reichlich Anrufe auflaufen, da wird wohl wie üblich auch viel Mist dabei sein. Eure Ohren werden bestimmt glühen," meinte er mit einem Grinsen in Richtung von Aylin Cantürk und Steffen Tietz. „Der große Meister hat Unterstützung angeboten, also solltet ihr ihn anrufen, falls es notwendig wird. Genügend Telefone und Schreibtische haben wir ja. Bis auf euch beide sind morgen alle unterwegs. Für einige Polizeischüler könnte es doch mal ganz spannend sein, wenn sie uns unterstützen dürfen. Also keine falsche Scham, dann könnt ihr euch auf eure Recherchen stürzen, vor allem der Ansatz mit den Demos ist gar nicht so schlecht."

Damit war die Teambesprechung beendet und Steffen Tietz konnte noch zwei Fahrzeuge für den morgigen Tag im Fuhrpark reservieren, einen Streifenwagen für Julia Rochow und Isabelle Berntsen und ein Zivilfahrzeug für Abbo Reichel und Thomas Kablow. Ansonsten waren alle noch eine ganze Weile damit beschäftigt, den bürokratischen Anforderungen der Polizeiarbeit gerecht zu werden und alle möglichen und unmöglichen Protokolle und Dateien zu erstellen.

Dienstag, 15. Mai 2018, 6.47 Uhr

Es klingelte Sturm, und das vor 7.00 Uhr.

„Gut, dass wir keine Bauarbeiter sind und immer mitten in der Nacht raus müssen," meinte Isabelle Berntsen leicht missmutig.

„Und noch besser, dass mich Thomas erst gegen 8.30 Uhr abholen will, unser erster Termin ist um 9.00 Uhr in Birkenwerder. Aylin meinte gestern ja, dass die Bauarbeiter sehr früh anfangen und es sinnvoll ist, wenn ihr um 7.00 Uhr vor Ort seid, so hat sie es auch mit Frau Eichhorn vereinbart."

„Wehe, du legt dich noch wieder hin, das wäre unfair."

„Keine Sorge, würde ich zwar gerne, aber alleine im Bett ist es langweilig und außerdem will ich noch die ganzen Informationen zu den einzelnen Firmen durchlesen."

Julia Rochow stand mit ihrem Streifenwagen in zweiter Reihe vor dem Haus, trotz der frühen Stunde sichtlich gut gelaunt und auftragsgemäß in voller Montur. „Steffen hat bei mir einen ganz großen Pluspunkt," war ihre Begrüßung, „so ein 5er BMW als Streifenwagen ist schon eine andere Hausnummer als die üblichen Kisten. Einsteigen und anschnallen bitte und los geht die wilde Fahrt. Schade, dass wir nicht mit Sirene und Blaulicht fahren dürfen. Auf jeden Fall schnell weg hier, bevor sich noch weitere Hermsdorfer Bürger darüber aufregen können, dass ausgerechnet die Polizei in zweiter Reihe vor dem Bäcker hält."

Mit dem bei Julia Rochow üblichen flotten Fahrstil waren sie mehr als pünktlich vor dem Bürocontainer in der Welfenallee.

„Neben dir in deiner Uniform mit allem drum und dran komme ich mir ein bisschen mickrig vor. Du machst damit bei den Bauarbeitern bestimmt Eindruck, hoffentlich haben die nicht zu viel Schiss vor dir."

„Glaube ich nicht, aber ich kann ja im Bedarfsfall den Part ‚böse Bullin' übernehmen und du machst die ‚gute Bullin'.

Svenja Eichhorn erwartete sie bereits in ihrem kleinen Großraumbüro: „Die Bauarbeiter fangen immer früh an, schön, dass Sie auch so früh kommen konnten. Damit Sie die Befragungen ungestört durchführen können, habe ich Ihnen den kleinen

Raum hier hinten in der Ecke freiräumen lassen. Das ist eigentlich unser Kopierraum und Archiv, also eher Rumpelkammer. Ich habe Ihnen einen Schreibtisch und vier Stühle hineinstellen lassen. Die Männer lasse ich dann in der Reihenfolge laut der Liste kommen, bei einigen kommt dann jeweils Liviu als Dolmetscher dazu, deswegen vier Stühle. Ist zwar ziemlich eng, aber wird schon gehen. Getränke stehen schon auf dem Schreibtisch, wenn Sie mehr benötigen, bitte einfach Bescheid geben. Übrigens hat sich Herr Lürsen gestern bei mir gemeldet, er will noch in dieser Woche nach Berlin kommen und verkünden, wie es weitergehen soll, er will sich vorher nur noch mit der Zentrale in Dumfries abstimmen. Ach so, es sind heute alle Männer anwesend, nur Jörg Schnitzler hat sich gestern krank gemeldet, mit dem hatten Sie aber ja schon letzte Woche gesprochen, außerdem wohnt er gleich nebenan."

Erwartungsgemäß war die Befragung aufwändig, mühselig und letztendlich auch wenig erfolgreich. Aufwendig, weil insgesamt 19 Gespräche. Mühselig, weil immer in Anwesenheit von Liviu Gheorgiu als Dolmetscher; fast alle der Bauarbeiter waren Rumänen und sprachen kaum oder gar kein Deutsch. Wenig erfolgreich, weil alle Bauarbeiter, ohne jegliche Ausnahme, über ein Alibi verfügten. Es stellte sich schnell heraus, dass alle unter ein und derselben Adresse wohnten. Ein nach ihren Angaben heruntergekommener Hauskomplex in der Wittenauer Straße am Rande des Märkischen Viertels, das jetzt als Unterkunft für ausschließlich rumänische Bauarbeiter diente. Dank der Übersetzungen von Liviu Gheorgiu erfuhren Julia Rochow und Isabelle Berntsen einiges über die mehr oder weniger mafiösen Strukturen in der Baubranche. Aber auch, dass sich die Bauarbeiter alle gegenseitig ein Alibi gaben. Nach einhelliger Aussage trauten sie sich an den freien Tagen wegen einiger bereits vorgekommener fremdenfeindlicher Attacken und auch um Geld für die Überweisungen an die Familien in der Heimat zu sparen, kaum aus dem Haus. Sie hausten dort jeweils zu zweit in einem Zimmer,. Für immer 16 Bewohner gab es Gemeinschaftsklos und –duschen sowie eine Küche und einen als Wohnzimmer bezeichneten Aufenthaltsraum mit Möbeln vom Sperrmüll, alles in einem erbärmlichen Zustand. Zu ihren jeweiligen Arbeitsstellen wurden sie mit VW-Bussen transportiert und abends auch wieder zurückgebracht. Dabei war es offenbar unerheblich, für welches Subunternehmen sie tätig waren. Julia Rochow und Isabelle Berntsen hatten keine Zweifel, dass die Schilderungen und die gegenseitigen Alibis den Tatsachen entsprachen, zumal alle rumänischen Bauarbeiter bestätigten, dass Herr von Zander sie zwar oft sehr rüde behandelt und häufig lautstark angeschnauzt hätte, sie das aber als mehr oder weniger normal empfunden und seine Ausbrüche sowieso nicht verstanden hätten. Martin de Vries als letzter der zu Vernehmenden bestätigte die Aussagen mit der Bemerkung „Ich habe immer den Eindruck, die hocken Tag und Nacht zusammen, aber was sollen die armen Schweine sonst auch machen." Als sein Alibi gab er an, dass er an den freien Tagen immer ausschlafen würde und das auch am 1. Mai gemacht hätte. Seine Frau würde das sicherlich bestätigen können.

Um kurz nach 11.00 Uhr waren sie mit allen Befragungen fertig, nicht wirklich weiter in ihren Ermittlungen und beide ein wenig genervt und frustriert.

„Einziger Erfolg war jetzt, dass wir die Tatverdächtigengruppe Bauarbeiter wohl von der Liste streichen können. Ich brauche jetzt erst einmal ein wenig Nervennahrung, was meinst du? In das Kaffeehaus Zeltinger? Ich lade dich ein, eine Pause haben wir uns redlich verdient. Auf dem Rückweg können wir uns dann immer noch die Unterkunft in der Wittenauer Straße ansehen."

Gegen diesen Vorschlag von Isabelle Berntsen hatte Julia Rochow nichts einzuwenden und fünf Minuten später saßen sie im Cafè.

„Ah, die Polizei, dein Freund und Helfer, willkommen im Epizentrum des Verbrechens, in Frohnau," so wurden sie von der patenten Bedienung mit einem breiten Grinsen begrüßt. Und an Isabelle gewandt: „Eine Immobilie für Sie habe ich noch nicht, aber ich bin dran. Für Sie bestimmt wieder Blaubeer-Sahne," und in Richtung Julia Rochow: „Für Sie dann Käsesahnetorte oder täuscht mich mein Gedächtnis?" Wie schon üblich war sie damit verschwunden, ohne eine Antwort abzuwarten.

„Was war das denn jetzt, ich verstehe nur Bahnhof."

„Abbo und ich sind am Sonntag mehrere Stunden mit dem Hund seiner Eltern kreuz und quer durch Frohnau gelaufen. Abbo stammt ja aus Frohnau und mir gefällt es hier auf den ersten Blick auch sehr gut, wir wollten einfach mal sehen, ob wir uns hier ein Haus kaufen können. Zum Schluss sind wir wieder hier im Café gelandet und die Bedienung, da fällt mir ein, dass ich ihren Namen gar nicht weiß, meinte, dass sie so viele alte Stammkunden hat, von denen vielleicht jemand aus Altersgründen sein Haus verkaufen wolle. Jedenfalls will sie uns Bescheid geben, wenn sie etwas hört."

Julia Rochow stöhnte auf: „So einen Mann wie deinen hätte ich auch gerne. Und dann noch dazu ein Haus in Frohnau und irgendwann ein oder zwei oder auch drei Kinder, das wär's. Aber mein Freund will ja noch nicht einmal mit mir zusammenziehen, auch wenn ich an dem Thema arbeite." Grinsend fügte sie noch hinzu: „Oder ich muss mir einen folgsameren suchen."

„Erst einmal hier Ihr Kuchen, der Kaffee kommt gleich," damit war die Bedienung schon wieder weg.

„Vor genau zwei Wochen wäre ich im Traum nicht darauf gekommen, dass ich hier heute als Ehefrau sitze, irgendwie schon ein bisschen skurril, wenn ich ehrlich sein soll. Aber auch toll und obwohl es so schnell ging, fühlt sich alles absolut richtig an. Eigentlich muss ich unserem Herrn von Zander dankbar sein, dass er sich hat ermorden lassen, sonst wären Abbo und ich uns womöglich nie oder erst viel später begegnet. Purer Zufall. Wenn ich so sehe, was meine Kolleginnen am Institut und in der Charité teilweise so anstellen um jemand kennenzulernen – ich weiß nicht so recht. Diese ganzen Dating-Apps und was es da alles so gibt, das ist nicht mein Ding. Erzwingen kann man das sowieso nicht. Auweia, das klang jetzt ziemlich altmütterlich, aber ich bin ja auch tatsächlich etwas älter als du."

Mit einem zustimmenden „hm" schaufelte Julia Rochow ihre Käsesahnetorte in sich hinein, „allzu oft sollten wir aber nicht hierher kommen, sonst werde ich noch dick und fett und kugelrund. Meine Selbstbeherrschung bei Käsesahnetorte ist überschaubar und die hier ist verdammt gut."

Isabelle Berntsen musste lachen: „Meine bei Blaubeer-Sahne aber auch. Wir können ja ein Abkommen schließen, dass wir den Laden hier meiden."

„Nee nee nee, meine Damen. Das kommt überhaupt nicht in Frage, das würde ich Ihnen sehr übel nehmen." Damit wurde vor jeder von ihnen ein Cappuccino abgestellt. „Ab und zu ein Stück Torte ist gut für das Seelenheil und wenn's sein muss, bekommen Sie bei uns auch Salat, ist aber eigentlich nur für Notfälle." Damit lachte sie laut auf und war auch schon wieder verschwunden.

„Man kann sich hier ganz wohl fühlen, ich glaube, wir sollten doch kein Abkommen schließen," meinte Isabelle Berntsen. „Aber dafür müssen wir jetzt wohl so langsam aber sicher wieder zurück in die Keithstraße fahren und die Protokolle schreiben. Mal sehen, ob Abbo und Thomas mehr Erfolg als wir hatten oder vielleicht ist auch bei dem Zeugenaufruf etwas herausgekommen. Einen Abstecher in die Wittenauer Straße sollten wir auf jeden Fall machen, kann bestimmt nicht schaden, mal einen Blick auf die Unterkunft der Bauarbeiter zu werfen."

Gesagt, getan und 15 Minuten später parkte Julia Rochow den Streifenwagen vor dem Gebäudekomplex Wittenauer Str. 104 bis 104 B. Eine merkwürdige Gegend. Auf der rechten Seite erst ein großer Kaufland und ein ALDI, dann heruntergekommene Gewerbegelände und einzelne Wohnhäuser und Kleingartenanlagen, das Ganze garniert mit einigen Bunkern aus dem zweiten Weltkrieg. Auf der linken Straßenseite das genaue Gegenteil, größtenteils sehr gepflegt wirkende Einfamilienhäuser und kleinere Mehrfamilienhäuser. Der Komplex Nummer 104 bis 104 B entsprach den Beschreibungen der Bauarbeiter, unansehnlich, abgeranzt und von einem hohen Bauzaun umgeben, insgesamt fast abbruchreif wirkend. Der Garten ebenfalls sehr ungepflegt, lediglich ein offenbar als Pförtnerloge dienender kleiner Bürocontainer direkt hinter dem Bauzaun wirkte neu und gepflegt. Die nebenan liegenden Häuser, offenbar baugleich, waren demgegenüber recht gepflegt und wurden scheinbar normal bewohnt. Das Wetter passte zum trüben Gesamteindruck, es regne-

207

te zwar nicht mehr wie schon den ganzen Vormittag, aber sonderlich schön war es trotzdem nicht.

Gerade als sie das Grundstück betreten wollten, stürmte ein nicht gerade intelligent wirkender und ziemlich muskulöser Wachschutzmann mit einem angeleinten Schäferhund aus dem Container auf sie zu und blaffte sie an: „Das ist hier Privatgelände. Was wollen Sie überhaupt? Haben die Rumänen, Bulgaren oder was weiß ich was für welche das sind etwas ausgefressen oder die Nachbarn haben sich wieder mal beschwert? Egal, die sind eh nicht da."

Julia Rochow zog ganz ruhig ihren Dienstausweis hervor, hielt ihn dem Wachschutzmann so dicht vor die Nase, dass der garantiert nichts erkennen konnte und blaffte zurück: „Wenn Ihnen meine Uniform nicht ausreicht, hier noch mein Dienstausweis. Und wenn Sie hier und jetzt eine polizeiliche Ermittlung behindern wollen, können wir auch ganz anders. Dann sitzen Sie gleich mit Handschellen versehen bei uns im Wagen und wir fahren Sie auf Staatskosten zur Vernehmung ins Landeskriminalamt. Das wird dann dauern, das können wir Ihnen versichern. Gemütlich sind die Haftzellen dort nicht, das kann ich Ihnen auch versichern. Ihren Hund müssen wir dann ins Tierheim bringen, im LKA und in den Haftzellen sind Tiere nicht erlaubt, nicht einmal Kakerlaken." Dann in wesentlich ruhigeren Ton: „Wie gesagt, wir nehmen hier eine polizeiliche Ermittlung vor, Einzelheiten können wir Ihnen aus ermittlungstaktischen Gründen nicht nennen, aber seien Sie doch bitte so freundlich und zeigen Sie uns die Räumlichkeiten der hier wohnenden Bauarbeiter. Wir brauchen nur 10 Minuten, Sie können uns dabei gerne begleiten. Na, ist das ein Angebot? Geht auf jeden Fall viel schneller als die Alternative und erregt bestimmt auch kein Aufsehen bei Ihrem Arbeitgeber."

Man sah dem Wachschutzmitarbeiter jetzt noch deutlicher an, dass er nicht einer der Hellsten war und nach gefühlt einigen Minuten brummelte er: „Aber Sie sagen es nicht im Büro und den Hund nehmen Sie mir auch nicht weg, oder?" Ohne weiteren Kommentar ging er vor ihnen her zum ersten Eingang des Gebäudes. Die Räumlichkeiten entsprachen den Beschreibungen der Bauarbeiter zu 100 %, alles schäbig, heruntergekommen, fast schon menschenunwürdig. Im Erdgeschoss eine Küche, eine Gästetoilette und ein relativ geräumiges Wohnzimmer mit einer uralten und hässlichen Schrankwand sowie diversen, nicht zueinander passenden, willkürlich im Raum verteilten Sesseln. In der ersten Etage ein kleines Bad und vier jeweils gleichgroße oder eher gleichkleine Räume mit jeweils einem Etagenbett, einem wackelig wirkenden Schrank und zwei Stühlen. ‚Schöner Wohnen' war das wirklich nicht. Die massiv vergitterten Fenster im Erdgeschoss ließen das ganze Ambiente noch bedrückender wirken. In den beiden Nebeneingängen 104 A und 104 B war alles mehr oder weniger identisch, die Sessel in 104 B vielleicht noch etwas schäbiger als nebenan; insgesamt Schlafgelegenheiten für 24 Menschen. Isabelle Berntsen und Julia Rochow nahmen alles kommentarlos zur Kenntnis, Julia Rochow machte eine ganze Reihe von Fotos mit ihrem Handy, bevor sie sich wieder an den Wachschutzmann wandte: „Vielen Dank für Ihre Unterstützung, Sie haben uns sehr geholfen. Eine Frage noch. Kommen und gehen die Bauarbeiter immer gemeinsam und wie sieht es an deren freien Tagen aus, verlassen die dann auch das Gebäude oder halten sie sich weitgehend hier auf?"

„Die werden immer alle zusammen abgeholt und wieder gebracht, da kommen immer mehrere VW-Busse, die die mitnehmen. Keine Ahnung, wohin die fahren. Sonst sind die eigentlich immer hier. Ab und zu gehen mal welche zu ALDI, aber immer mindestens zu dritt oder viert, nie alleine. Das hat hier schon mehrfach Ärger gegeben mit irgendwelchen Rechten, deswegen bin ich auch hier und auch der hohe Zaun. Soll die Rechten abschrecken, haha. Obwohl die ja eigentlich recht haben, was haben die Rumänen oder Bulgaren oder was weiß ich wo die herkommen hier in Deutschland überhaupt zu suchen." Damit endete sein Redefluss abrupt.

„Wenn Sie uns jetzt noch Ihren Namen, Adresse, Geburtsdatum und Telefonnummer für eventuelle Rückfragen nennen, sind Sie uns schon los – und wie gesagt, wir werden niemanden über unseren Besuch und das Gespräch informieren."

„Schmitt. Schmitt mit zwei t"

„So, Schmitt, und weiter? Vorname, Adresse etc.?"

„Ja, also Schmitt, Elvis."

Julia Rochow prustete los: „Das ist jetzt aber ein typisch altgermanischer Vorname, oder? In Ihren Kreisen bestimmt einmalig."

„Ich bin der einzige Elvis, aber die anderen finden den Namen nicht so toll."

„Gut, und wie weiter?"

„Geboren bin ich hier in Berlin am 10. Mai 1996, ich bin ein echter Deutscher. Ich wohne gleich um die Ecke im Senftenberger Ring 64, in der 7. Etage, toller Ausblick. Telefon 0154-287034767. Und bitte niemandem etwas sagen."

„Und künftig tragen Sie bitte langärmelige T-Shirts oder Hemden, sonst bekommen Sie ganz schnell eine Anzeige wegen des Zeigens von Zeichen verfassungsfeindlicher Organisationen, SS-Runen und der Spruch ‚Meine Ehre heißt Treue' als Tätowierung sind verboten."

Damit verließen Isabelle Berntsen und Julia Rochow ohne Gruß oder weitere Worte die ungastliche Stätte und den völlig verwirrt wirkenden Neonazi und Wachschutzmann.

„Mit einem Nazi Ausländer vor Nazis schützen zu wollen ist ja wohl auch eine tolle Idee. Der Typ war wohl eindeutig grenzdebil. Frage dürfte aber sein, auf welcher Grenze der Debilität er ist," echauffierte sich Julia Rochow. „Bloß weg hier und wieder unter normale Menschen."

„Wir versuchen es mit normalen Menschen mal gleich gegenüber. Vielleicht ist in den Einfamilienhäusern ja jemand zu Hause und kann uns etwas zu den Bauarbeitern sagen, schaden kann es nicht."

Und tatsächlich erwischten sie in drei der mehr oder weniger gegenüber liegenden Häuser die Bewohner, allesamt Rentner, die dabei waren, ihre Gärten noch gepflegter werden zu lassen, als diese ohnehin schon waren. In jedem Fall ein massiver Kontrast zum Grundstück gegenüber. Alle drei bestätigten die Aussagen der Bauarbeiter und von Elvis Schmitt. Die Bauarbeiter wurden morgens abgeholt und abends wieder zurückgebracht. Verlassen würden sie ansonsten die Häuser nur zum Einkaufen bei ALDI und immer nur mehrere gemeinsam. Krach oder sonstigen Ärger würde es mit denen nie geben, Krawall hätten bis vor ein paar Wochen nur mehrfach irgendwelche Rechten gemacht, aber seit der Bauzaun und der Container mit dem Wachschutz da ständen, sei es ruhig geblieben. Aber, so die einhellige Aussage, unsere Straßenseite hat mit der anderen Straßenseite nichts zu tun, das gilt die ganze Straße entlang.

„Merkwürdige Gegend hier. Jetzt aber ab ins LKA. Als böse Bullin hast du dich vorhin bei dem Wachschutzmenschen echt gut gemacht. Der Elvis, der war echt beeindruckt" ergänzte Isabelle Berntsen noch lachend.

„Das war auch echt echt und nicht gespielt. Ich kann solche Typen nicht ausstehen, die nehmen uns als Polizei nicht ernst, da musst du von Anfang an zeigen, wo der Hammer hängt. Streifendienst brüht dich da ab. Diskutieren kannst du mit denen sowieso nicht. ,Wer mit Idioten diskutiert, macht sich selbst zum Idioten.' Das war immer der Spruch meines ersten Partners im Streifendienst, einer von den echten und ziemlich alten Bullen. Der ist damit immer gut zurechtgekommen und wurde von fast allen respektiert, war dabei auch sehr menschlich. Dem war auch völlig egal, was das für Leute waren. Er hat immer gesagt, ,Arsch ist Arsch, egal welche Religion, Herkunft, Hautfarbe oder sonstwas er oder sie hat und Mensch ist Mensch, ebenfalls völlig egal, welche Religion, Herkunft, Hautfarbe oder sonstwas er oder sie hat.' Das hat mich schon ziemlich geprägt. Wie heißt es so schön, das war die Schule des Lebens. Neukölln halt, dagegen ist das LKA wie eine Waldorf-Schule."

Damit saßen sie im Streifenwagen und waren auf dem Rückweg in die Waldorf-Schule, auch LKA genannt.

Dienstag, 15. Mai 2018, 8.32 Uhr

Es klingelte wieder Sturm, Thomas Kablow war offensichtlich genau so ungeduldig wie Julia Rochow.

Kaum hatte Abbo Reichel den Hörer der Gegensprechanlage abgenommen, tönte es aus dem Lautsprecher: „Nun aber hopp hopp, ich stehe hier in der zweiten Reihe und wir haben gleich unseren ersten Termin in Birkenwerder."

„Keine Hektik, ich bin gleich unten. Zur Not musst du halt das Blaulicht auf das Autodach setzen."

Als Abbo Reichel unten angekommen war, brubbelte Thomas Kablow: „Hier bekommst du ja nicht einmal in der zweiten Reihe problemlos einen Parkplatz. Vielleicht sollte ich mal das Ordnungsamt in die Spur schicken, das würde sich bestimmt lohnen. Habt ihr hier in Reinickendorf nicht diesen AfD-Stadtrat für Ordnungsangelegenheiten? Der müsste sich doch freuen, wenn er mal ein wenig für Ordnung sorgen kann. Der Tipp mit dem Blaulicht war ja nicht schlecht, aber irgendein Idiot hat das Ding gut versteckt, ich habe es jedenfalls nicht gefunden. Jetzt aber auf nach Birkenwerder. Da haben wir als erste Firma auf unserer Liste die Burebista Service GmbH, einen dieser Personaldienstleister, oder eher vielleicht Sklavenhalter, auf jeden Fall Subunternehmer der Holtmann Bau AG."

25 Minuten später erreichten sie den Firmensitz in der Bergfelder Str. 1 in Birkenwerder, direkt am S-Bahnhof. Sogar ein Parkplatz fand sich gleich um die Ecke in der Leistikowstraße.

Der Geschäftsführer, und wie sich schnell herausstellte auch Alleineigentümer und einzige Mitarbeiter der Firma, ein gewisser Dorian Ziegler, schien bereits auf sie gewartet zu haben.

Die gesamten Firmenräumlichkeiten bestanden offensichtlich nur aus dem relativ großen, aber ziemlich einfaltslos eingerichteten Büroraum, einer winzigen Teeküche und einem Toilettenraum. Auffällig in dem Büroraum war lediglich ein etwas überdimensioniert wirkender Tresor, der zwischen den beiden Fenstern mit Blick auf die Bahngleise stand. Aus den Fenstern war auch der mausgraue Skoda Octavia Kombi zu sehen, den ihnen Steffen Tietz verschafft hatte.

212

„Guten Morgen, meine Herren. Eine Kollegin von Ihnen hat Sie gestern telefonisch angekündigt, aber mir keinen Hinweis gegeben, um was es eigentlich geht. Ich vermute aber mal ganz stark, dass Sie wegen des Bauvorhabens in Frohnau bzw. wohl eher wegen des Mordes an Herrn von Zander hier sind, stand ja alles ausführlich in der Zeitung, außerdem haben mir meine Leute davon berichtet. Und bevor Sie weiter fragen, nein, ich habe kein Alibi für den 1. Mai und ja, Herr von Zander hat von mir jeden Monat 10 % des Auftragsvolumens bar und außerhalb der Buchführung bekommen. Ich nehme mal an, dass das die beiden Fragen sind, die Sie mir stellen wollten."

Abbo Reichel und Thomas Kablow sahen sich irritiert und ein wenig fassungslos an, bevor Abbo Reichel als erster die Fassung wieder erlangte: „Herr Ziegler, das sind in der Tat die beiden Fragen, die wir Ihnen stellen wollten. Damit ist das ja schon einmal in der Kurzversion geklärt. Wir hätten jetzt aber gerne noch die Langversion mit allen relevanten Einzelheiten. Uns interessiert dabei nicht, wie das Ganze buchführungs- und steuermäßig abgelaufen ist, das ist für unsere Ermittlungen unwichtig und wird von uns weder an die Kollegen aus der Abteilung für Wirtschaftskriminalität noch an das Finanzamt weitergegeben. Vorausgesetzt natürlich, Sie kooperieren vollständig und ehrlich mit uns, ansonsten würden wir das überdenken."

„An Ärger mit der Steuer oder sonstigen Behörden habe ich kein Interesse, zu verbergen habe ich auch nichts. Es dürfte Ihnen bekannt sein, dass es in der Baubranche nicht unüblich ist, dass irgendjemand die Hand aufhält und einen gewissen Anteil vor einer Auftragserteilung haben will. Solange sich das im Rahmen hält und ich im Gegenzug die Möglichkeit habe, diese ‚Sonderausgaben' auf die Rechnungsbeträge aufzuschlagen, ist mir das ehrlich gesagt ziemlich egal, auch wenn es natürlich gerade hinsichtlich der Steuer und der praktischen Abwicklung mit einem Mehraufwand für mich verbunden ist. Wie Sie sehen, habe ich hier keine Angestellten und muss mich um alles selbst kümmern. Auf diversen Baustellen in und um Berlin arbeiten derzeit rund 50 rumänische Bauarbeiter für mich, davon aktuell aber nur fünf für die Holtmann Bau AG in Frohnau. Die anderen

213

kommen auf Vermittlung der GBT Personalmanagement GmbH und der DRP GmbH. Man kennt sich natürlich untereinander und die Firmen sind Ihnen sicherlich bereits bekannt. Es gibt in Berlin und Umgebung nur eine Handvoll Firmen, die sich mit diesem Geschäft beschäftigen. Sie können mir glauben, dass das alles gar nicht so einfach ist; andererseits ist es sehr hilfreich, wenn man selbst aus Rumänien stammt und die Sprache beherrscht. Übrigens fallen derartige ‚Sonderzahlungen' bei ungefähr 50 % aller Aufträge an; Herr von Zander und sein Bauvorhaben ist da keinesfalls besonders exotisch."

„Um welche Größenordnung geht es denn bei den ‚Sonderzahlungen'".

„Klingt vielleicht etwas merkwürdig, aber egal, um welche Firma oder welches Bauvorhaben es sich handelt, es sind eigentlich immer 10 % des jeweiligen Auftragsvolumens. Das hat sich irgendwie so eingependelt und ist auch für andere Gewerke so üblich."

„Wie dürfen wir uns dann die Abwicklung vorstellen und um welche Beträge handelte es sich hier konkret?"

„Wie gesagt, 10 % des Auftragsvolumens, ohne dass das ganz genau errechnet wurde. Also eher nach der Methode pi mal Daumen. Herr von Zander hat von mir in den letzten Monaten jeweils € 1.000,-- pro Monat bekommen. Er ist eigentlich fast immer am letzten Freitag eines Monats gekommen und hat sich das Geld abgeholt. Vorher hat er immer kurz angerufen und sein Kommen angekündigt. Ging immer ganz schnell, hat nur den verschlossenen Umschlag genommen und ist wieder gegangen. Nachgezählt hat er nie und auch nie einen Kommentar zur Summe abgegeben. Bei den anderen ‚Sonderzahlungen' wird fast immer nachgezählt und manchmal auch wegen der Höhe herumdiskutiert. Sie können mir glauben, das nervt! Da war die Abwicklung mit Herrn von Zander schon deutlich angenehmer, Umschlag aus dem Tresor nehmen, überreichen und fertig. Warum hätte ich ihn also umbringen sollen? Vor allem, für € 1.000,-- pro Monat? Wenn ich Ihnen einen Tipp geben darf, suchen Sie die Firmen mit erheblich höheren Auftragsvolumina und dann

214

diejenigen, die diese ‚Sonderzahlungen' vielleicht nicht auf ihre Rechnungen aufschlagen können."

Thomas Kablow warf jetzt ein: „Wie können wir das denn verstehen?"

„Nehmen Sie die Branchen, in denen der Konkurrenzkampf größer ist und man nicht mal eben so die Rechnungen um 10 oder mehr Prozent erhöhen kann. Oder diejenigen, bei denen das gar nicht geht, weil die Preise festgelegt sind, wie zum Beispiel Steuerberater oder Rechtsanwälte. Da tun die 10 % dann mehr weh als zum Beispiel bei mir. Wenn es dann noch um hohe Beträge geht, wäre das doch ein Motiv. Oder auch nicht, wenn der Nachfolger auch wieder die 10 % verlangt, dann hätte man mit Zitronen gehandelt. Aber das werden Sie wahrscheinlich besser wissen als ich. Ich für meinen Teil bin jedenfalls froh, wenn alles glatt und kontinuierlich läuft."

Mit einem breiten Grinsen sagte Abbo Reichel: „Sie haben ja gemerkt, dass mein Kollege und ich etwas irritiert waren. Ihre Auskünfte waren auf jeden Fall für uns erhellend und ich kann Ihnen sagen, dass Sie auf der Liste unserer Tatverdächtigen ganz weit hinten stehen." Damit standen Thomas Kablow und er auf und verließen mit einem freundlichen Gruß das Büro.

Auf dem Weg zum Auto meine Abbo Reichel: „Das ging ja schneller als gedacht und das ist auch gut so. Die Besucherstühle waren ja ausgesprochen unbequem. Das ist aber auch schon das einzig unangenehme, was mir aufgefallen ist. Bist du damit einverstanden, wenn wir einen Zwischenstopp in Tegel in der Konditorei Röttgen einlegen? Unser nächster Termin ist ja erst um 11.30 Uhr und nach Tegel müssen wir sowieso."

Ein Kopfnicken von Thomas Kablow signalisierte Zustimmung und nur 30 Minuten stumme Autofahrt später fanden sie erstaunlicherweise einen freien Parkplatz direkt vor der Konditorei in der Berliner Straße.

„Sag mal, denkst du das gleiche wie ich?" fragte Thomas Kablow, nachdem sie die Konditorei betreten und an einem freien Tisch direkt am Fenster Platz genommen hatten.

„Ehrlich gesagt habe ich die letzte halbe Stunde ziemlich viel gedacht, aber irgendwie ist nichts Sinnvolles dabei herausge-

215

kommen. Außer, dass ich inzwischen denke, dass wir auf dem Holzweg sein könnten."

„Genau das befürchte ich auch. Nach dem Gespräch eben habe ich den Eindruck, dass die in der Bau- und Immobilienbranche zwar fast alle Dreck am Stecken haben, aber andererseits sich ihre Schwarzgeldzahlungen auf anderem Weg wieder hereinholen und damit im Endergebnis selbst keine Verluste haben. Also deswegen dann jemand umbringen. Nein, ergibt irgendwie absolut keinen Sinn."

„Wie sieht es denn bei Steuerberatern und Rechtsanwälten aus? Die haben meines Wissens fest vorgegebene Tarife, von denen sie nicht abweichen dürfen. Da würden dann ‚Sonderzahlungen‘ zu ihren eigenen Lasten gehen. Na, wir werden sehen, was die weiteren Gespräche ergeben. Eine Rechtsanwaltskanzlei steht ja für morgen auch auf unserer Liste und der Kollege Thiem in Bremen hat sowohl einen Rechtsanwalt als auch einen Steuerberater auf seiner. Ansonsten wäre es nicht schlecht, wenn jetzt endlich mal eine Bedienung kommen würde."

Mit der Bestellung klappte es dann doch noch und gestärkt durch jeweils ein belegtes Brötchen und einen Cappuccino waren sie um 11.20 Uhr auf dem Gelände des Businessparks Top Tegel. „Ganz schön hässlich hier," meinte Thomas Kablow, nachdem er endlich einen freien Besucherparkplatz entdeckt hatte. „Wo müssen wir eigentlich genau hin?"

„Laut unserer Liste ist die ‚Wohnen in Berlin GmbH‘ in Gebäude G, 5 Etage. Angemeldet sind wir bei einer gewissen Barbara Urban, das ist die Geschäftsführerin und auch alleinige Gesellschafterin. Laut Steffens Recherchen ist das übrigens eine der größten unabhängigen Hausverwaltungen in Berlin und die Caerlaverock einer der größeren Kunden. Insgesamt haben die fast 50 Mitarbeiter, sind also wirklich nicht gerade klein. Wird bestimmt nicht so einfach wie vorhin in Birkenwerder."

216

Dienstag, 15. Mai 2018, 11.25 Uhr

Um 11.25 Uhr betraten sie die Räumlichkeiten der ‚Wohnen in Berlin GmbH', der Empfangsbereich erinnerte an eine Arztpraxis, ein Tresen mit einer Sekretärin und eine ganze Reihe von ziemlich unbequem aussehenden Stühlen, die allesamt unbesetzt waren. Begrüßt wurden sie mit „Sie sind bestimmt die angekündigten Kripobeamten und mit Frau Urban verabredet. Bitte einen kleinen Moment, Frau Urban hat noch ein Telefonat." Damit deutete die Empfangsdame auf die unbequem aussehenden Besucherstühle.

Thomas Kablow flüsterte Abbo Reichel zu: „Mal sehen, das sieht mir ganz nach dem üblichen Machtspielchen aus, wir lassen die Herren von der Polizei mal warten, bis die verabredete Zeit gekommen ist oder auch gegebenenfalls noch ein bisschen länger. Wenn es so sein sollte und die Dame blockiert, sollten wir ihr zeigen, wo der Hammer hängt. Einverstanden?"

Mit einem kurzen Kopfnicken bestätigte Abbo Reichel diesen Vorschlag. Auch er hatte insgeheim schon irgendwie damit gerechnet, dass es hier nicht so glatt wie in Birkenwerder laufen würde. Die Befürchtungen beider wurden bestätigt. Erst um 11.41 Uhr, nur Sekunden, bevor sich ihre Geduld dem Ende neigte und die Stühle ausgiebig bewiesen hatten, dass sie nicht nur unbequem aussahen sondern auch tatsächlich sehr unbequem waren, wurden sie in das Büro von Frau Urban geleitet.

Begleitet von einem ausgesprochen falsch und aufgesetzt wirkenden Lächeln wurden sie mit den Worten „Guten Tag meine Herren, wie kann ich Ihnen dienlich sein?" begrüßt.

„Kein schlechter Beginn wäre schon einmal eine Entschuldigung Ihrerseits für die Nichteinhaltung der verabredeten Uhrzeit. Ansonsten steht unser Gespräch von Anfang an unter keinem sonderlich guten Stern," war die Antwort von Thomas Kablow, begleitet von einem mindestens ebenso falsch wirkenden Lächeln und dem Vorzeigen seines roten Dienstausweises.

Die Reaktion war eindeutig, Frau Urban war es offensichtlich nicht gewohnt, dass man ihr Contra gab und sich erst gar nicht auf kleinliche Machtspielchen einließ. Sie wirkte jedenfalls sofort verunsichert und hatte offensichtlich leichte Mühe, ihre Gesichtszüge unter Kontrolle zu behalten. Ihre Antwort war nichtsdestotrotz leicht schnippisch: „Selbstverständlich kann ich mich bei Ihnen dafür entschuldigen, dass Sie warten mussten, aber ich habe hier eine nicht gerade kleine Firma zu führen, und dazu gehören nun einmal auch wichtige und nicht aufzuschiebende Telefonate. Allzu viel Zeit habe ich nicht, die Geschäfte rufen, maximal 30 Minuten kann ich Ihnen widmen."

Thomas Kablow war jetzt so richtig ungehalten: „Wie lange wir hier reden, entscheiden nicht Sie, sondern einzig und alleine wir. Wenn Ihnen das nicht gefällt, laden wir Sie zur Vernehmung zu uns in das Landeskriminalamt ein, das wird dann mit Sicherheit selbst ohne Berücksichtigung Ihres Zeitaufwandes für die An- und Abfahrt deutlich länger dauern. Die Entscheidung liegt bei Ihnen, Sie haben dafür exakt 10 Sekunden."

„OK, OK, ich beuge mich der Staatsmacht."

Jetzt schaltete sich Abbo Reichel ein, ebenfalls leicht genervt: „Frau Urban, es dürfte Ihnen doch wohl klar sein, dass die Ermittlungen in einem Mordfall wichtig und eilig sind und keinen Aufschub dulden. Wichtiger in jedem Fall als die Verwaltung von Wohnungen. Ich bin mir sehr sicher, dass Ihre Tätigkeit zwar wichtig ist, aber jede Ihrer Entscheidungen auch absolut problemlos eine, zwei oder auch drei oder vier Stunden später getroffen werden kann. Vorschlag meinerseits: Wir gehen zurück auf Start, tun so, als ob wir erst jetzt beginnen. Herr Kablow und ich vergessen unseren Unmut über den Fehlstart unseres Gesprächs. Sie erzählen uns alles über Ihre Firma und die Geschäftsbeziehung zur Caerlaverock Castle Real Estate Ltd. und insbesondere zu Herrn von Zander. Und sagen Sie bitte Ihrer Sekretärin, dass wir bis auf weiteres keinesfalls, und ich meine ausdrücklich keinesfalls, gestört werden möchten."

Offensichtlich war bei ihr jetzt endlich angekommen, dass sie hinsichtlich des weiteren Gesprächsverlaufs keine großartigen Handlungsoptionen hatte. Sie wies mit einem ziemlich verkniffenen Gesichtsausdruck ihre Sekretärin telefonisch an, dass keine Störungen des Gesprächs zu erfolgen haben und ihre Folgetermine zu verschieben seien. Das Ganze erfolgte in einem Tonfall, der nicht unbedingt auf ein gutes Betriebsklima schließen ließ.

„Warum nicht gleich so?" bemerkte Thomas Kablow spitz. „Dann können Sie bitte gleich loslegen, auch wir haben heute noch anderes zu tun. Wie Herr Reichel schon sagte, uns interessiert alles zur Geschäftsbeziehung."

„Die ‚Wohnen in Berlin GmbH' ist eine der größten unabhängigen Wohnungsverwaltungen in Berlin und verwaltet mehrere 10.000 Wohnungen in der Stadt und im Umland. Unsere Kunden sind viele große Firmen mit einem umfangreichen Wohnungsbestand, aber auch eine Vielzahl von kleineren Hauseigentümern, die nur über ein oder zwei Miethäuser verfügen. Was wir nicht verwalten, sind Eigentumswohnungen. Die nicht gerade seltenen Streitigkeiten zwischen den einzelnen Eigentümern sind zu aufwändig; das haben wir in der Anfangsphase nach der Firmengründung gemacht, aber inzwischen sämtliche derartigen Verträge mühevoll ausgesteuert. Die Caerlaverock ist mit etwas mehr als 4.000 von uns verwalteten Wohnungen zwar ein großer Kunde, aber nicht der größte. In dieser Größenordnung haben wir inzwischen mehr als eine Handvoll an Kunden. In den rund 20 Jahren seit Firmengründung haben wir uns ein durchaus gutes Renommee erarbeiten können. Hinzu kommt, dass wir aufgrund unserer Größenordnung und sehr effizienter Arbeitsabläufe unseren Kunden sehr gute Preise bieten können."

„Seit wann ist die Caerlaverock Ihr Kunde und wie ist die Geschäftsbeziehung zustande gekommen?"

„Zum genauen Datum müsste ich in die Unterlagen einsteigen, aber das müssen jetzt ungefähr 5 Jahre her sein. Die Caerlaverock hatte ursprünglich für alle ihre Wohnungen im gesamten Bundesgebiet eine einzige Hausverwaltung mit Sitz in Bremen. Mit dem Kauf eines ziemlich großen Wohnungsbestandes hier in Berlin wollte man das regionalisieren und hat eine Ausschreibung vorgenommen, damals ging es um ungefähr 2.500 Wohnungen, aktuell sind es schon mehr als 4.000. Laut Herrn von Zander und auch seines Co-Geschäftsführers Lürsen will man wohl gerade in Berlin noch weiter wachsen und zukaufen. Für meine Firma und mich also die besten Aussichten."

219

„Diese erwähnte Ausschreibung haben Sie also gewonnen, alleine aufgrund Ihrer günstigen Preise?", warf Abbo Reichel ein.

„Wie denn sonst? Was glauben Sie denn?" antwortete Barbara Urban leicht ungehalten. „Denken Sie etwa, dass so etwas mit unlauteren Methoden abläuft?"

„Nach unseren Informationen ist das in der Bau- und Immobilienbranche durchaus nicht selten, der Verdacht liegt also nahe."

Barbara Urban verfiel jetzt wieder in ihren ursprünglichen Modus und blaffte: „Was unterstellen Sie mir eigentlich. Jetzt sagen Sie bloß nicht, dass ich Herrn von Zander ermordet haben soll. Wenn das so weitergeht, breche ich das Gespräch ab und rede mit Ihnen nur noch im Beisein meines Rechtsanwaltes."

Thomas Kablow übernahm die Antwort: „Selbstverständlich können Sie jederzeit einen Rechtsanwalt Ihres Vertrauens hinzuziehen, gerne auch zu einer offiziellen Vernehmung in unseren Räumen im Landeskriminalamt. Da Sie schon das passende Stichwort gegeben haben – wo waren Sie eigentlich am 1. Mai gegen 6.00 Uhr?" Abbo Reichel sah seinem Kollegen an, dass dieser durchaus seinen Spaß am bisherigen Verlauf des Gesprächs hatte.

„Das ist jetzt wohl nicht Ihr Ernst," blaffte Barbara Urban. „Verdächtigen Sie mich tatsächlich? Ich rufe sofort meinen Rechtsanwalt an" und griff zeitgleich zum Telefonhörer.

„Sie sollten sich das genau überlegen Frau Urban. Das, was wir hier gerade machen, ist keine Vernehmung, sondern schlicht und ergreifend eine Befragung. Wenn Sie es darauf anlegen, können wir daraus auch gerne eine Vernehmung im LKA machen, das hatten wir Ihnen ja eingangs unseres Gesprächs erklärt. Wir können auch noch unsere Kollegen der Abteilung Wirtschaftskriminalität informieren, die dann Ihre komplette Buchführung auseinandernehmen werden. Fündig werden die dabei eigentlich immer und seien Sie sicher, den erforderlichen Durchsuchungsbeschluss haben wir in kürzester Zeit, ein Anruf genügt. Und die Kollegen von der Steuer sind auch immer für einen entsprechenden Tipp von uns dankbar; auch die werden fast immer fündig." Dabei wedelte Thomas Kablow mit seinem Handy. „Ehrlich gesagt, interessiert uns das meiste nicht, was die

220

Kollegen finden werden, wir sind nur an der Caerlaverock und Herrn von Zander interessiert."

Barbara Urban ließ den Hörer lautstark fallen und schnaubte: „Das ist eine Unverschämtheit, das ist Erpressung!"

„Nennen Sie es, wie Sie wollen. Sie kennen jetzt eindeutig die Alternativen. Sagen Sie mir einfach, wo ich bei Ihnen eine Toilette finde, die benötige ich dringend. Und wenn ich zurück bin, haben Sie sich entschieden. Der Kollege Reichel bleibt so lange bei Ihnen." Ohne eine Antwort abzuwarten, verließ Thomas Kablow das Büro und tauchte nach exakt vier Minuten wieder auf. „Haben Sie sich entschieden?"

Abbo Reichel hatte während der Abwesenheit von Thomas Kablow kein einziges Wort gesagt, lediglich Barbara Urban genau beobachtet. Die Vorgehensweise von Thomas Kablow war schon fast dreist zu nennen, als Pokerspieler war er bestimmt gut. Es war Barbara Urban eindeutig anzumerken, dass ihr die aktuelle Situation überhaupt nicht passte und sie hin und her überlegte, welcher Strategie sie folgen sollte. Zur Erleichterung von Abbo Reichel und Thomas Kablow wirkte der Bluff mit der Abteilung Wirtschaftskriminalität und der Steuer, jedenfalls entschied sie sich für die Variante Kooperation.

„Das ist zwar Erpressung, aber wenn Sie mir zusichern, dass alle Informationen nur im Rahmen Ihrer Mordermittlung genutzt werden, will ich gezwungenermaßen kooperieren."

„Das sichern wir Ihnen ausdrücklich zu und im Übrigen ist die Leistung von ‚Sonderzahlungen' nicht automatisch strafbar."

„Ein Alibi für den 1. Mai kann ich Ihnen nicht liefern, ich lebe alleine und werde um 6.00 Uhr mit Sicherheit noch geschlafen haben. Da ich von Montag bis Sonnabend mehr oder weniger rund um die Uhr für meine Firma arbeite, schlafe ich an Sonn- und Feiertagen eigentlich immer aus und gönne mir dann ein ausgiebiges Frühstück. Beweisen kann ich Ihnen das naturgemäß aber nicht. ‚Sonderzahlungen' ist ein toller Begriff, so kann man es natürlich auch nennen. Praktisch ist es so, dass ich den Auftrag ohne diese ‚Sonderzahlungen' nicht bekommen hätte, obwohl unser Angebot das beste und günstigste war. Ein paar Tage nach Ende der Angebotsfrist erschien Herr von Zander bei mir im Büro, ohne Termin oder vorherige Anmeldung ist er hier einfach hereingeplatzt. Er hat mir sofort und unmissverständlich klargemacht, dass er der ‚Wohnen in Berlin GmbH‘ ja gerne den Auftrag erteilen würde aber leider leider ginge das nicht so ohne weiteres. Er hat klipp und klar gesagt, dass er 10 % des Auftragsvolumens als regelmäßige Zahlung in bar erwartet, ansonsten würde es nichts mit dem Auftrag werden. Gleichzeitig hat er auch durchblicken lassen, dass er kein Problem damit hätte, wenn ich diese 10 % auf die Rechnungen aufschlagen würde. Wie ich das organisatorisch und steuerlich hinbekomme, sei ihm vollkommen egal, Hauptsache, er bekomme das Geld regelmäßig und in bar, selbstverständlich ohne Quittung. Als Bedenkzeit hat er mir 24 Stunden gegeben und wollte am nächsten Tag um die gleiche Uhrzeit wiederkommen. Er hat auch klar gemacht, dass sich steigende Wohnungszahlen und steigende Mieten selbstverständlich nicht nur auf die Höhe der Zahlungen der Caerlaverock an die ‚Wohnen in Berlin‘ sondern auch auf seine Provision, so nannte er das, auswirken würden. Die Steigerung der Mieten für die der Caerlaverock gehörenden Wohnungen war ihm sowieso sehr wichtig, die Einhaltung der dafür geltenden rechtlichen Rahmenbedingungen eher nicht. Sein Originalton dazu war: ‚Die wenigsten Mieter überprüfen das und wenn sich einer mokiert, kann man dem ja das Leben durchaus etwas schwerer machen. Das ist dann Ihre Aufgabe. Und im schlimmsten Fall wird die Mieterhöhung eben zurückgenommen.‘ Diese Erwartungshaltung ist zwar bei weitem kein Einzelfall, aber so offen ausgesprochen fand ich das schon ziemlich schockierend. Andererseits war die Größenordnung selbst für eine Firma wie meine schon nicht ganz unerheblich. Die Art und Weise seines Auftretens war dermaßen dreist und unverschämt, dass mir die Worte fehlten. Nach weniger als 10 Minuten war er wieder verschwunden. Am nächsten Tag war er tatsächlich auf die Minute genau nach 24 Stunden, das weiß ich noch ganz genau, wieder hier im Büro und wir haben das ‚Geschäft‘ per Handschlag besiegelt. Für die Hausverwaltung gibt es natürlich noch einen ordnungsgemäßen und ziemlich umfangreichen Vertrag. Seitdem wir die

Verwaltung machen, kommt er jeden ersten Dienstag im Monat um 10.00 Uhr und holt sich das Geld ab."

„Von welcher Größenordnung reden wir jetzt?"

„Am Anfang lag der Jahresumsatz bei rund € 600.000,--, also € 5.000 pro Monat. Das hat sich aber ganz schnell gesteigert auf inzwischen mehr als € 1.000.000, die letzte Zahlung war € 9.500,-- . Außer der Caerlaverock habe ich derzeit nur noch zwei kleinere Fälle, beides gemeinnützige Stiftungen, bei denen ich derartige Zahlungen leisten muss. Sie können mir glauben, dass das für mich nicht ganz einfach ist. Im Gegensatz z.B. zu Handwerkern habe ich keinerlei Bareinnahmen und muss deshalb diese Provisionen aus meinen versteuerten Einkünften leisten und dann auch noch zusehen, wie ich das in den Büchern darstelle."

Abbo Reichel konnte per leichtem Tritt auf den Fuß gerade noch verhindern, dass Thomas Kablow eine womöglich unpassende, in jedem Fall aber den Redefluss von Barbara Urban unterbrechende Bemerkung machte. Barbara Urban nahm dies aber genausowenig wahr wie den Blickkontakt der beiden, mit denen Abbo Reichel Thomas Kablow seine Meinung kundtat, dafür aber die Zwischenfrage von Abbo Reichel: „Ihre Marge ist aber schon so, dass Sie trotz dieser Provisionen Interesse an diesen Geschäftsbeziehungen haben und Gewinne damit machen?"

Etwas irritiert für sie fort: „Ja sicher, Aufträge ohne Gewinnaussicht nehme ich generell nicht an, das habe ich nicht nötig. Ärgerlich ist das Ganze aber schon, es geht natürlich zu Lasten meiner Gewinne. Auf der anderen Seite ist die Größenordnung der Geschäftsbeziehung zur Caerlaverock für ein Unternehmen wie meines nicht unerheblich, ich würde nur ungern darauf verzichten. Ich hoffe natürlich, dass der Nachfolger von Herrn von Zander sowohl die Geschäftsbeziehung fortsetzt als auch keine Provisionen fordert."

„Und Sie lassen es dann bei 10 % Aufschlag auf die Rechnungen?" Mit dieser Zwischenfrage brachte Thomas Kablow Barbara Urban sichtlich aus dem Konzept. Ihre Mimik schwankte Sekundenbruchteile zwischen Empörung und Schuldbewusstsein.

„Gute Frage, so einen Fall hatte ich bisher noch nicht. Spontan und ganz ehrlich sage ich jetzt, dass ich alles so lassen würde.

Sozusagen als Ausgleich für die Zahlungen der letzten Jahre. Irgendwie kann ich ja auch nicht so einfach mal eben die Rechnungen um 10 % reduzieren, das würde schon etwas merkwürdig wirken. Außerdem könnte ich es auch quasi als Entschädigung für die nicht ganz einfache Abwicklung sehen. Aufgrund der Anforderungen der Caerlaverock hinsichtlich regelmäßig vorzunehmender Mieterhöhungen ist die Quote der Mieterbeschwerden und des daraus resultierenden Mehraufwands für uns nicht gerade gering. Außerdem können wir nur in den wenigsten Fällen die von uns sonst beauftragten Firmen zum Beispiel für Heizungswartung, Öllieferungen und so weiter und so fort einsetzen. Herr von Zander hat uns für wirklich alles genau vorgegeben, welche Firmen wir zu beauftragen haben. Ich vermute mal, dass er auch da jeweils abkassiert hat, warum sonst sollte er solche Vorgaben machen? Üblicherweise ist es den Eigentümern völlig egal. Denen ist wichtig, dass wir die Arbeit erledigen und sie ihre Ruhe haben. Haben Sie die Angaben zu diesen Firmen oder soll ich Ihnen eine Übersicht zur Verfügung stellen lassen?"

„Eine Übersicht wäre ganz hilfreich, die können Sie uns bitte per E-Mail zusenden. Wir haben zwar eine Liste, aber dann können wir beide Listen abgleichen, vielleicht ergeben sich daraus für uns neue Erkenntnisse. Außerdem müssen wir jeder, aber auch wirklich jeder Spur nachgehen."

„Die Liste bekommen Sie noch heute. Ich gehe mal davon aus, dass Sie neben den Angaben zur Firma auch die jeweiligen Umsätze für die letzten Jahre benötigen."

Jetzt war das Erstaunen auf der Seite von Abbo Reichel und Thomas Kablow. Mit soviel Entgegenkommen hatten sie nach dem etwas schwierigen Gesprächsauftakt und –verlauf nicht gerechnet. Ein synchrones Kopfnicken von beiden reichte als Bestätigung.

„Ich denke, mehr Informationen kann ich Ihnen jetzt auch nicht liefern."

Abbo Reichel bestätigte dies mehr oder weniger. „Wenn Ihnen noch etwas einfällt, unsere Kontaktdaten haben Sie ja. Eine letzte Frage habe ich aber noch. Es gibt doch immer wieder mal einzelne Mietverhältnisse, bei denen aus welchen Gründen auch immer das Verhältnis zwischen Mieter und Vermieter beziehungsweise Hausverwaltung extrem schlecht ist und das Ganze dann womöglich auch mal eskaliert. Haben Sie solche Fälle in den Beständen der Caerlaverock?"

„Da muss ich jetzt erst einmal passen. Mit dem operativen Geschäft beschäftige ich mich im Regelfall nicht. Mir ist da aber nichts zu Ohren gekommen. Aktuell sind mir nur zwei Fälle extremer Art bekannt, die betreffen aber beide nicht die Caerlaverock. Ich frage aber bei den zuständigen Sachbearbeitern nach und lasse Ihnen die Informationen gemeinsam mit der Firmenliste zukommen."

Damit verließen Abbo Reichel und Thomas Kablow die Geschäftsräume der ‚Wohnen in Berlin GmbH'.

Auf dem Weg zum Auto meinte Abbo Reichel: „Ich glaube nicht, dass wir auch nur ansatzweise einen Durchsuchungsbeschluss bekommen hätten."

„Ich auch nicht, nie im Leben. Die Drohung damit funktioniert aber eigentlich immer, hat mir schon mein Mentor in den Anfangsjahren meines Polizeidienstes beigebracht. Ist zwar nicht ganz fair, aber das ist die Gegenseite auch nicht immer."

„Ist auch egal, hat ja gut funktioniert. Hut ab vor deinem Pokergesicht" und grinste dazu. „Gebracht hat das Ganze aber trotzdem nichts, außer, dass wir jetzt hochrechnen können, dass der verehrte Herr von Zander mit seinen Erpressungen deutlich mehr kassiert als er an Gehalt bekommen hat. Steuer- und Sozialabgabenfrei. Seinen Lebensstandard dürfte er auf diese Art und Weise problemlos finanziert haben. Aber ob das ein Grund für seine Ermordung war? Ich habe da immer mehr so meine Zweifel. Außerdem frage ich mich gerade mal wieder – wer wusste denn eigentlich von seiner Marotte, mehr oder weniger regelmäßig bei Sonnenaufgang auf dem Casinoturm zu stehen?"

„Meine Güte, stimmt. Darüber haben wir noch gar nicht großartig nachgedacht. Ist schon fast peinlich, aber das sollten wir trotzdem nachher in der Teambesprechung thematisieren. Bis auf die Bauarbeiter haben wir eigentlich niemanden, der das

225

gewusst haben könnte. Wann und wo haben wir eigentlich unseren nächsten Termin?"

„Laut unserer Liste um 14.30 Uhr die Rechtsanwaltskanzlei Großmann & Partner am Savignyplatz 9/10, das ist wohl direkt an der Ecke Kantstraße. Mittagspause ist also nicht, du wirst auf die Tube drücken müssen, damit wir es rechtzeitig schaffen."

„Scheiße, dann gehen wir aber anschließend eine Kleinigkeit essen, da ist gleich um die Ecke ein guter Vietnamese. Mein Magen knurrt jetzt schon wieder und dann habe ich immer schlechte Laune."

„Die können wir bei Rechtsanwälten ganz bestimmt nicht gebrauchen, da benötigen wir einen kühlen Kopf und mit Drohungen kommen wir wohl auch kaum weiter. Aber jetzt erst einmal los."

Dienstag, 15. Mai 2018, 14.30 Uhr

Unter Missachtung von Geschwindigkeitsbegrenzungen und auch einiger anderer Verkehrsregeln erreichten sie gerade noch rechtzeitig den Savignyplatz, ein legaler Parkplatz war natürlich weit und breit nicht zu finden.

„Ist jetzt auch egal," meinte Abbo Reichel, „bei deinem Verkehrssündenregister in der letzten halben Stunde kommt es darauf auch nicht mehr an. Du fährst ja fast noch chaotischer als Julia. Ich bin gespannt, wer von euch beiden den Monatsrekord an Knöllchen brechen wird. Bei McDonalds und Konsorten gibt es doch jeweils einen Mitarbeiter des Monats, wir können ja den Wettbewerb Verkehrssünder des Monats einführen. Obwohl, das wäre nur ein Zweikampf zwischen dir und Julia, alle anderen hätten wohl kaum eine Chance auf den Titel. Außerdem ist der bürokratische Aufwand für das Abwehren der ganzen Strafzettel zu aufwändig, also Storno, war eine blöde Idee." Widerspruch kam dazu von Thomas Kablow nicht.

Um Punkt 14.30 Uhr betraten sie die Räume der Rechtsanwaltskanzlei. Abbo Reichel war erst einmal perplex und sprachlos. Und zwar nicht in Anbetracht der im Gegensatz zum eher einfach gehaltenen Treppenhaus sehr gediegen wirkenden Einrichtung schon des Empfangsraumes. Eine nobel wirkende Theke, diverse ebenso nobel wirkende Regale und mehrere noch nobler wirkende Ledersessel und diverse sehr farbenfrohe abstrakte Ölgemälde sollten ganz offensichtlich bei den Mandanten Eindruck schinden. Die Irritationen wurden hervorgerufen von der Empfangsdame, sehr blond, sehr kurzhaarig, sehr schlank, sehr geschminkt und mit einem schwarzen Hosenanzug bekleidet. Quasi die etwas jüngere Ausgabe von Miriam von Zander oder anders herum, die etwas ältere Ausgabe von Lina Berger. Bevor die Empfangsdame etwas sagen konnte, flüsterte Abbo Reichel Thomas Kablow zu, dass er ihm ein paar Erläuterungen geben müsste.

„Guten Tag, meine Herren, Sie sind bestimmt die angekündigten Kripobeamten. Mein Name ist Cara Grigoleit. Herr Großmann hat noch einen Mandanten bei sich. Er bittet Sie, sich kurz zu gedulden. Nehmen Sie doch bitte Platz" und zeigte auf die Ledersessel. „Kann ich Ihnen etwas zu trinken anbieten?"

„Ja gerne, jeweils ein Mineralwasser bitte." Damit entschwand Cara Grigoleit in einem der vom Empfangsraum abzweigenden Flure.

„Die Dame sieht genauso aus wie die Witwe und die Sekretärin der Caerlaverock in Bremen, die gleichzeitig eine der Geliebten des Herrn von Zander war. Wir sollten bei der hier nachher auch mal auf den Busch klopfen, das würde irgendwie passen, ist auf jeden Fall sein Beuteschema."

„Echt jetzt?" Weiter kam Thomas Kablow nicht, da Cara Grigoleit mit zwei Gläsern, zwei kleinen Flaschen eines ziemlich exklusiv wirkenden Mineralwassers, dessen Marke beiden allerdings nichts sagte, und einem angenehm großen Keksteller zurückkam. Nachdem sie sich wieder hinter ihren Empfangstresen zurückgezogen hatte, meinte Thomas Kablow kauend und grinsend; „Von mir aus kann es jetzt durchaus ein paar Minuten dauern, ich habe jetzt etwas mehr Geduld als bei der ‚Wohnen in Berlin'."

Sechs Minuten und einen leeren Keksteller später stand ein recht junger, sehr selbstbewusst und erfolgreich wirkender und in einem maßgeschneidert aussehenden Anzug steckender Mann vor ihnen, immerhin krawattenlos, wahrscheinlich sollte das legerer wirken. „Guten Tag, meine Herren. Entschuldigen Sie bitte, dass Sie warten mussten, aber das Gespräch eben hat etwas länger gedauert als geplant. Ich sehe, Sie konnten die Zeit gut überbrücken. Ich vermute mal, unsere Kekse sind besser als die bei Ihnen, in meinem Büro habe ich Nachschub." Dazu grinste er recht freundlich.

„Sie haben recht, die bei uns sind eindeutig nicht so gut. Und Ihre waren für uns schon fast so etwas wie eine Rettung. Unsere heutigen Vernehmungen haben länger als geplant gedauert, eine Mittagspause war daher nicht möglich."

„Na dann folgen Sie mir mal in mein Büro." Hier waren die noblen Möbel und Ledersessel ergänzt durch einen perfekt aufgearbeiteten Biedermeierschreibtisch mit einem vollen Teller

228

Kekse, einem sehr modern und edel wirkenden Lederschreib-tischstuhl und zwei dazu passenden Besucherstühlen.

„Ich sehe, als Rechtsanwalt scheint man nicht schlecht zu ver-dienen," meinte Abbo Reichel.

„Und ich sehe, dass Sie sich offenbar auskennen. Und ja, Sie liegen nicht ganz falsch. Wenn man die richtigen Mandanten hat und gut im Geschäft ist, verdient man nicht schlecht. Mit Sicher-heit besser als ein Beamtet des Landes Berlin. Aber reden wollen Sie doch wahrscheinlich über die Caerlaverock und den Herrn von Zander. Sie werden sicherlich wissen, dass ich Ihnen offiziell keine Auskünfte über unsere Mandanten geben kann, jedenfalls nicht ohne richterliche Anordnung. Nicht gerade wenig werden Sie sicherlich über die Unterlagen der Caerlaverock oder auch der ‚Wohnen in Berlin' erfahren haben. Aber mich hat heute früh Ihr zuständiger Staatsanwalt, Herr Bodo Harbauer, angerufen, ein ehemaliger Kommilitone meines Vaters und Gründers dieser Kanzlei. Er hat mich gebeten, Ihnen sozusagen inoffiziell alle erforderlichen Informationen zu geben und mir versichert, dass diese Informationen nur intern für Ihre Mordermittlungen ver-wendet werden. Falls etwas gerichtsrelevant werden sollte, müsste das Ganze nach einer richterlichen Anordnung wieder-holt werden – sehen Sie das auch so?"

Jetzt waren beide Kommissare perplex. Thomas Kablow fasste sich als erster wieder: „Dass Herr Harbauer Sie angerufen hat, ist uns neu, aber natürlich sehr erfreulich. Und inoffiziell geht selbstverständlich in Ordnung."

„Gut, dann sind wir uns ja einig. Eines noch vorab, das habe ich Herrn Harbauer vorhin auch schon auf seine ausdrückliche Nachfrage mitgeteilt: Die Kanzlei Großmann & Partner hat kei-nerlei wie auch immer geartete Provisionen oder Sonderzahlun-gen an Herrn von Zander geleistet. Er hat das Thema zu Beginn der Geschäftsbeziehung gegenüber meinem Vater angesprochen, ist aber auf den sprichwörtlichen Granit gestoßen. Wir haben beide damals vermutet, dass ihm schon im Vorfeld klar gewesen ist, dass er bei Rechtsanwälten und Steuerberatern diesbezüglich keine Chance hat, aber nichtsdestotrotz mal einen Versuchsbal-lon startet. Das Thema wurde jedenfalls nie wieder angesprochen. Wir vermuten, dass Herr von Zander aufgrund einer Empfehlung bei uns gelandet ist und wir haben ja auch tatsächlich eine ziemlich große Expertise bei der Vertretung von Eigentümern gegenüber Ihren Mietern." Lachend fügte er hinzu: „Fragen Sie mal Reiner Wild vom Berliner Mieterverein. Offiziell sind wir sein ‚Lieblingsfeind'. Aber Spaß beiseite. Ja, wir vertreten die Caerlaverock, meistens beauftragt über die ‚Wohnen in Berlin' in einer Vielzahl von Prozessen, die sind ausgesprochen klagefreudig und schrecken ehrlich gesagt vor kaum einer Sauerei zurück. Für uns natürlich gut, wir kassieren immer, der Umsatz mit der Caerlaverock erreicht jährlich hohe sechsstellige Beträge. Für die Caerlaverock lohnt es sich aber auch, die meisten Prozesse gewinnen wir, sehr zum Leidwesen zum Beispiel des Herrn Wild. Ob das Ganze immer moralisch einwandfrei ist, darüber kann man sicherlich streiten, aber so läuft das nun einmal. Wenn man alles nur schwarz/weiß sieht, könnte man durchaus sagen, dass wir die ‚Bösen' sind."

„Gut, dass wir die Guten sind. Aber können Sie uns als ‚Böser' auch sagen, ob es bei den ‚Guten', also den Mietern, eventuell welche gibt, denen Sie persönliche Maßnahmen gegen Herrn von Zander zutrauen würden?"

„Mit ‚persönliche Maßnahmen' meinen Sie dann wohl einen Mord. Eigentlich traue ich einen Mord so ziemlich jedem der Gattung Mensch zu, ausgenommen nur diejenigen, die dazu körperlich oder geistig nicht in der Lage sind. Also traue ich vielleicht 80 oder 90 % der Menschheit grundsätzlich einen Mord zu. Wir hatten auch einige Fälle, in denen Mieter oder andere Prozessgegner mal mit Mord gedroht haben, ein- oder zweimal sogar in der Gerichtsverhandlung. Aber das würde ich in allen Fällen als so dahergesagt klassifizieren, de facto also nicht ernst nehmen. Von einer Ausnahme vielleicht abgesehen. Es gibt in Friedrichshain eine Wohngemeinschaft, die in engem Zusammenhang mit dem besetzten Haus Rigaer Str. 94 steht. Mit dieser WG haben wir schon mehrere Prozesse geführt und führen aktuell auch noch einige. Eigentlich geht es bis auf einen, das ist eine Räumungsklage, nur um Kleinigkeiten wie die Abrechnung der Nebenkosten, nicht zulässige Untervermietung und ähnliches. Die dort wohnende Gruppe nennt sich ‚Linke Gruppe Friedrichshain' und ist mit Sicherheit polizeibekannt, bekommt auf jeden Fall ab und zu mal Besuch Ihrer uniformierten Kollegen. Wenn überhaupt, dann kann ich mir bei denen so etwas vorstellen, aber das ist alles reine Spekulation."

„Immerhin, besser als nichts. Dann wollen wir Ihre Zeit nicht länger beanspruchen. Vielen Dank für die Kekse. Wir finden alleine heraus." Auch der Keksteller auf dem Schreibtisch war restlos geleert, Thomas Kablow hatte es aber trotzdem geschafft, sich reichlich Notizen zu machen. Auf dem Rückweg zum Empfangsraum sagte er: „Ganz praktisch, diese Juristenconnections, sonst hätten wir hier echt ein Problem gehabt. Und ein ausdrückliches Lob an unseren Staatsanwalt, der liest nicht nur die Vermerke, er handelt auch. Leckere Kekse übrigens, hast du eigentlich auch welche abbekommen?" Lachend: „Wohl eher nicht, ich glaube, ich war einfach schneller. Vorne übernimmst du doch jetzt, oder?"

„Kekse nein, du warst eindeutig verfressener, vorne ja und anschließend zum Vietnamesen. Und denk bitte mal daran, dass wir von da aus die anderen anrufen und ihnen sagen, dass wir etwas später kommen."

„Hallo Frau Grigoleit, auch an Sie haben wir noch eine Frage. Was können Sie uns zu Herrn von Zander sagen?"

„Was soll ich Ihnen sagen? Er war einer unserer Mandanten, einer der größeren Mandanten, und ab und zu deswegen zu Besprechungen hier bei uns im Haus. Die Besprechungen waren meistens mit Herrn Großmann direkt, seltener mit einem der anderen Rechtsanwälte. Wenn Herr Großmann zustimmt, kann ich Ihnen gerne die Termine heraussuchen."

„Das wird nicht nötig sein. Uns interessiert eher, wie Ihr persönlicher Eindruck oder besser vielleicht Ihr persönliches Verhältnis zu Herrn von Zander war."

„Ach so, darauf läuft es also hinaus. Woher haben Sie das denn? Hat er sich auf Facebook oder so mit seinen Eroberungen gebrüstet oder hat er etwa Tagebuch geführt und Sie haben es gefunden? Alt genug für ein Tagebuch wäre er ja gewesen. Aber egal, was er irgendwo geschrieben hat – alles gelogen. Er hat immer wieder versucht, bei mir zu landen, aber ich stehe nicht auf alte Säcke." In Richtung Thomas Kablow meinte sie ergänzend: „Nehmen Sie es bitte nicht persönlich, aber geschätzt fünfzehn bis zwanzig Jahre Altersunterschied sind mir einfach zu viel. Sugar Daddys sind nicht mein Fall und das habe ich auch nicht nötig. Ich war wohl einfach sein Geschmack, aber er definitiv nicht meiner. Erst bei den letzten drei oder vier Besuchen hat er es aufgegeben, mich anzubaggern. Uncharmant war er ja nicht, aber halt auch ziemlich nervig. Andererseits aber auch nicht so nervig, dass ich Herrn Großmann hätte einschalten müssen. Da gab es hier schon ganz andere Mandanten. Reicht Ihnen das so?"

„Das reicht vollkommen aus. Sie sehen übrigens sowohl seiner Witwe als auch seiner Geliebten extrem ähnlich, da wundert es uns nicht, dass er Sie angebaggert hat. Offensichtlich haben Sie genau in sein Beuteschema gepasst."

„Ha, Beuteschema! Als ob wir jagdbares Wild wären. Ist das die Ansicht der Kripo?"

Thomas Kablow schaltete sich ein: „Ich glaube nicht, dass mein Kollege das persönlich so sieht, aber der Herr von Zander scheint das nach unseren bisherigen Erkenntnissen etwas anders gesehen zu haben, da passt die Formulierung durchaus" und fügte mit einem extrem breiten Grinsen hinzu: „Außerdem ist mein Kollege vor kurzem erst selbst erlegt worden und seit gerade einmal einer Woche verheiratet."

Damit schob er Abbo Reichel aus den Räumlichkeiten der Kanzlei ins Treppenhaus. Unten angekommen mussten sie feststellen, dass es in Strömen regnete. „Scheiße, da ist es wochenlang warm und trocken und ausgerechnet jetzt muss es so schütten. Hilft aber nichts, der Vietnamese ist gleich um die Ecke. Los, mir hinterher."

Trotz der nicht einmal 50 Meter Entfernung kamen sie ziemlich durchnässt im Lokal an und wurden gleich überschwänglich begrüßt. „Hallo Herr Kommissar. Sie waren ja schon lange nicht mehr da, mindestens eine Woche. Und heute mit einem Kollegen? Hier vorne ist ein Tisch frei. Das übliche, oder zur Abwech-

232

slung mal etwas anderes? Also das übliche. Und Ihr Kollege das gleiche?" Damit war der Kellner auch schon verschwunden.

„Du scheinst ja hier häufiger zu sein. Was bekomme ich jetzt zu essen?"

„Ich wohne hier gleich um die Ecke, in der Grolmanstraße. Irgendwann bin ich mal in diesem Laden gelandet, das Essen ist gut, es geht schnell, es ist günstig. Einziges Manko ist, dass es häufig ziemlich voll und dann recht laut ist. Frag mich bitte nicht, wie das Gericht heißt, konnte ich mir noch nie merken. Schmeckt aber gut, ist schön scharf und auf jeden Fall mit Huhn."

„Na mal sehen. Ich wusste gar nicht, dass du hier wohnst. Aber wir wissen sowieso alle wenig voneinander. Ist ja auch kein Wunder, so schnell, wie wir zusammengewürfelt wurden. Das sollen wir aber lieber nicht an die große Glocke hängen, sonst werden wir noch alle zu einem Teambuildingseminar verdonnert. Darauf habe ich nun wirklich keine Lust, mir liegt das vom letzten Jahr mit dem ‚hochverehrten' Kollegen Rückert noch schwer im Magen. Da treffen wir uns dann lieber alle mal im privaten Rahmen, das lässt sich bestimmt bald einrichten. So, jetzt werde ich mal eben Steffen anrufen."

„Hallo Steffen, hier Abbo. Thomas und ich machen gerade eine etwas verspätete Mittagspause, auch wenn Thomas gerade bei dem Rechtsanwalt mindestens ein Kilo Kekse gefuttert hat. Ich denke, wir werden gegen 17.00 Uhr zurück sein. Dann nur eine kurze Besprechung. Eine ausführliche Besprechung morgen um 9.00 Uhr. Kannst du bitte die anderen informieren? War, glaube ich, aber sowieso so eingeplant. Gib dem großen Meister auch Bescheid, wäre vielleicht nicht so schlecht, wenn er mit dabei ist. Wenn ich es recht in Erinnerung habe, haben Thomas und ich die weiteren Termine auch erst ab irgendwann mittags, würde also passen. Wie sieht's ansonsten bei euch aus, glühen schon die Ohren?"

„Hör bloß auf. Jeder Berliner Idiot, und die Quote der Idioten ist in Berlin bekanntermaßen besonders hoch, hat hier angerufen. Du kannst von Glück sagen, dass du durchgekommen bist. Aylin und ich haben schon um 10.00 Uhr die weiße Fahne gehisst und den Scholz um Unterstützung gebeten. Man kann es kaum glauben, aber schon15 Minuten später hatten wir zwei Praktikanten hier, denen aber auch bald die Ohren abfallen dürften. Isabelle und Julia hängen seit ihrer Rückkehr aus Frohnau auch ununterbrochen am Telefon. Ist schon krass, was so ein Aufruf in den Zeitungen bringt, jedenfalls was die Quantität betrifft. Die Qualität lässt bisher zu wünschen übrig, aber das werden wir noch konkret auswerten müssen. Ich wollte jetzt gleich auch noch einmal mit Scholz sprechen und zusehen, dass wir für heute Abend noch Unterstützung bekommen, im Bedarfsfall auch für morgen. Ich gehe jedenfalls davon aus, dass es zumindest heute Abend noch eine ganze Reihe an Anrufen geben wird, zumal in der Abendschau ein neuer Bericht gebracht werden soll. Die Art und Weise des Mordes war ja auch etwas spektakulärer als das Übliche, kommt uns durchaus zu Gute. Bis nachher." Damit hatte er schon aufgelegt, bevor Abbo Reichel reagieren konnte, zumal gerade das Essen serviert wurde.

„Ein Verdauungsschläfchen wäre jetzt nicht schlecht, aber dann bekommen wir mit den anderen Ärger. Ich denke noch mehr als heute früh, dass wir aktuell auf dem Holzweg sind. Wir sollten das nachher nur kurz ansprechen und für morgen früh ein Brainstorming ankündigen. Stand jetzt, also exakt 16.37 Uhr, sollten wir uns darauf konzentrieren, wer davon wusste, dass unsere Leiche zu Lebzeiten häufig oben auf dem Turm war und ob diese ,Linke Gruppe Friedrichshain' tatsächlich existiert. Aber das wird sich problemlos ermitteln lassen. Jetzt sollten wir endlich los, zu spät kommen wollte ich nicht."

Dienstag, 15. Mai 2018, 16.57 Uhr

Gerade noch rechtzeitig erreichten sie den Parkplatz im Hof des LKA in der Keithstraße.

„Die Wagenschlüssel und Papiere liefere ich nachher ab, wir sollten zusehen, dass wir nach oben kommen," meinte Thomas Kablow.

Mit „Schauen wir mal, was ihr habt," wurden sie von Steffen Tietz begrüßt, „Vielleicht ist es ja mehr als das, was wir haben. Das hier sind übrigens Anne Möhlmann und Patrick Stoll, unsere beiden Praktikanten mit den roten Ohren. Seit heute früh um kurz nach 10.00 Uhr sind sie im Dauereinsatz und für morgen ab 8.00 Uhr wieder bei uns. Für 18.00 Uhr ist die Ablösung avisiert, die dann die Nachtschicht übernimmt, mal sehen, wie lange das erforderlich ist."

„Ja, danke erst einmal an Sie beide für die Unterstützung. Ich wollte jetzt nicht in die Details zu den Ergebnissen der Befragungen gehen, weder in die von Thomas und mir noch die von Isabelle und Julia. Die Ergebnisse der Anrufe müssen wir auch noch auswerten, aber das kann alles bis morgen früh warten. Wenn ich es richtig sehe, habt weder ihr noch wir irgendetwas konkretes, geschweige denn einen Tatverdächtigen. Thomas und ich haben immer mehr den Eindruck, dass wir uns auf dem Holzweg befinden und deswegen morgen in unserer Teamrunde virtuell wieder zurück auf Start gehen sollten. Wir sind der Überzeugung, dass es sich aufgrund der Tatumstände kaum um einen Zufallsmord oder einen eskalierten Streit gehandelt haben dürfte. Wer könnte gewusst haben, dass Herr von Zander mehr oder weniger regelmäßig bei Sonnenaufgang oben auf dem Casinoturm ist, so eine Marotte kennt mit Sicherheit nicht jeder von denen, die ihn lieber tot als lebendig gesehen haben. Darüber sollten wir morgen als erstes diskutieren. Auch Sie, Frau Möhlmann und Herr Stoll, sollten dabei sein, die Anrufe müssen dann eben für diese Zeit von der Telefonzentrale abgefangen werden. Außerdem haben wir ein paar Informationen zu einer ‚Linken Gruppe Friedrichshain' bekommen. Steffen, da kannst du bitte mal recherchieren, du bist doch bestimmt sowieso vor 9.00 Uhr

235

hier. Diese Gruppe könnte auch ein Ansatzpunkt sein. Ansonsten bitte ich euch, die Protokolle noch zu schreiben und bis morgen früh abzuspeichern."

Zustimmendes Nicken war die Reaktion und damit wurde die kurze Runde beendet. Weitere mehr oder weniger sinnlose Anrufe wurden entgegengenommen und die Protokolle der Vernehmungen geschrieben. Gegen 18.00 Uhr erschienen zwei andere Polizeischüler, die nach kurzer Einweisung durch Steffen Tietz und Anne Möhlmann den weiteren Telefondienst übernahmen. Steffen Tietz gab ihnen dabei den ausdrücklichen Auftrag, die Protokolle zu den Anrufen sofort zu schreiben, abzuspeichern und die Protokolle zu relevanten Anrufen parallel an alle Teammitglieder per E-Mail zu senden. Zum Ende ihrer Arbeitszeit wurde festgelegt, dass sie aufhören konnten, wenn seit mindestens 30 Minuten kein Anruf mehr gekommen war, Einzelfälle könnte schließlich die Telefonzentrale abfangen, so jedenfalls die Meinung von Steffen Tietz.

Dienstag, 15. Mai 2018, 19.30 Uhr

„Noch so ein Arbeitstag und ich bin urlaubsreif," meinte Isabelle Berntsen zu Abbo Reichel beim Aufschließen ihrer Wohnungstür.

„Da kannst du mal sehen, wie ruhig ihr es offensichtlich in eurer Rechtsmedizin habt. Und eure Klienten laufen euch auch nicht weg."

„Haha, aber dafür sitzen uns nicht nur unsere Vorgesetzen im Nacken, die immer auf sofortige Untersuchungen und schnelle Ergebnisse drängen, es sind auch gewisse Damen und Herren der Berliner Polizei, die ihre Ergebnisse immer möglichst gestern haben wollen. Aber wahrscheinlich ist bei uns die Arbeit tatsächlich etwas gleichmäßiger verteilt. Bei euch schwankt es bestimmt zwischen totaler Hektik und totaler Langeweile, so war es jedenfalls bei der Kopenhagener Polizei."

„Das ist in Berlin nicht anders. Aber jetzt Schluss damit. Ich will von dir auch nichts zu euren Befragungsergebnissen hören, erst morgen in der Teamrunde. Jetzt nur noch Privates."

„Was ist dir denn privat genug?"

„Ehelicher Sex wäre nicht schlecht, außerehelicher geht ja nicht mehr."

„Aha, ich habe also einen Lustmolch oder wie das heißt geheiratet."

„Na ja, wenn ich schon meine Freiheit eingebüßt habe, will ich schon ein bisschen Spaß haben."

„Blödmann."

„Das hatten wir schon. Aber zwischen dem Sex sollten wir überlegen, welche Wohnung wir als gemeinsame nehmen und die andere dann kündigen. Zwei Wohnungen müssen ja nun wirklich nicht sein. Meine ist zwar sicherlich deutlich günstiger als deine und auch zentraler gelegen, aber deine ist schon schicker und vielleicht auch unter dem Aspekt praktischer, dass wir uns doch ein Haus hier im Norden suchen wollen. Klären müssen wir auch, was wir uns überhaupt leisten können. Ich denke aber, dass uns meine Eltern ganz gut beraten können und als

Beamter dürfte es für mich ja kein Problem sein, einen Kredit zu bekommen."

„Sehe ich auch so. Dann lass uns den Fall mal möglichst schnell klären, dann kümmern wir uns um deinen Umzug und alles weitere. Wegen einer Hausfinanzierung brauchst du dir deinen Kopf nicht zu zerbrechen, du hast mit mir eine ausgesprochen gute Partie gemacht. Wenn es nicht gerade ein Millionenobjekt wird, alles kein Problem. Aber wolltest du nicht deinen Spaß haben? Ich möchte jetzt auf jeden Fall welchen. Außerdem regnet es schon wieder, reinstes Bettwetter."

Mittwoch, 16. Mai 2018, 9.00 Uhr

Oliver Scholz war schon 15 Minuten vor der Zeit aufgetaucht und hatte sich von Steffen Tietz kurz über den Stand der Ermittlungen informieren lassen, wobei dessen Wissen weitgehend auf den ordnungsgemäß hinterlegten Protokollen basierte. Nach und nach trudelten alle Teammitglieder ein, im mittleren Büroraum waren damit nicht nur sämtliche Stühle sondern auch einige Schreibtischkanten besetzt. Als letzte tauchten zur Überraschung der meisten noch Staatsanwalt Bodo Harbauer, Jonas Kleinert und Timo Thoms auf. Sie mussten mit einer Schreibtischkante vorlieb nehmen, jedenfalls rührte sich niemand, um ihnen einen Schreibtisch- oder Besucherstuhl anzubieten.

Oliver Scholz ergriff als erster das Wort: „Liebe Kollegen, Sie sehen, heute zumindest am Anfang eine große Runde. Es wissen vermutlich noch nicht alle, aber möglicherweise erreicht Ihr Fall eine politische Dimension, die besondere Maßnahmen erfordert. Herr Staatsanwalt Harbauer wurde von Rechtsanwalt Großmann nach dem Besuch der Herren Reichel und Kablow darüber informiert, dass es eventuell Verbindungen zur ‚Linken Gruppe Friedrichshain' geben könnte. Die wiederum, wie wir genau wissen, sehr intensive Verbindungen zur Rigaer Straße 94 unterhält. Wenn Sie in diesem Umfeld Befragungen vornehmen, brauchen Sie wahrscheinlich nicht nur eine Hundertschaft zur Unterstützung."

An dieser Stelle mischte sich Jonas Kleinert ein: „Ihnen allen dürfte bekannt sein, dass es dort wenig friedlich zugeht, wenn unsere Kollegen auftauchen. Die Presse arbeitet sich daran regelmäßig ab und bezeichnet die Rigaer Str. 94 als mehr oder weniger rechtsfreien Raum, nach meiner persönlichen Meinung noch nicht einmal gänzlich unbegründet." Für diese Aussage zog er sich einen bösen Blick von Timo Thoms zu, den er allerdings ignorierte. „Wie dem auch sei, sowohl unsere neue Polizeipräsidentin als auch Innensenator Geisel wären nicht sonderlich beglückt, wenn es aufgrund Ihrer Ermittlungen erneut zu Krawallen kommen würde. Ich ehrlich gesagt auch nicht, wenn ich deswegen der Presse wieder Rede und Antwort stehen muss."

Der nächste böse Blick von Timo Thoms war ihm damit sicher. „Das heißt aber ausdrücklich nicht, dass die fragliche Wohngemeinschaft ein rechtsfreier Raum ist und Sie dort nicht ermitteln sollen. Aber eben höchst sensibel und mit Fingerspitzengefühl. Das hat mir jedenfalls die Chefin heute früh als telefonischen Auftrag übermittelt und ich denke, die Herren Scholz und Thoms werden dies bestätigen können. Wie auch immer, der schwarze Peter liegt jetzt bei Ihnen."

Damit stand er auf, zeigte Timo Thoms per Handzeichen, dass er ihm folgen solle und beide verließen den Raum. Gleichzeitig deutete Bodo Harbauer an, dass er jetzt etwas sagen wollte und räusperte sich laut und vernehmlich. „Meine Damen, meine Herren, einen Augenblick noch. Ich möchte mich nur versichern, dass die beiden Herren, insbesondere Herr Thoms, außer Hörweite sind. Sie haben es eben gehört und Sie können fast alles Gesagte getrost vergessen. Das alles ist zwar eine große Scheiße, sogar eine ganz große, aber von irgendwelchen politisch motivierten Rücksichtnahmen lasse ich mich nicht beeindrucken, nicht mehr jedenfalls. Wenn eine Befragung in der Wohngemeinschaft oder von mir aus auch in der Rigaer Straße 94 erforderlich sein sollte und Sie dafür eine Hundertschaft oder meinetwegen auch zwei oder drei benötigen, dann ist das halt so, jedenfalls haben Sie dafür meine volle Rückendeckung. Wenn Sie die nicht benötigen und das auf normalem Weg schaffen sollten, wäre mir das natürlich eindeutig lieber, aber wie gesagt, volle Rückendeckung. Merkwürdig übrigens, dass die Ansage nicht von Thoms kam, sondern von Kleinert, das wundert mich ein wenig. Wie gesagt, im Bedarfsfall volle Rückendeckung." Damit war auch Bodo Harbauer entschwunden.

Mit einem ziemlich maliziös wirkenden Grinsen übernahm jetzt wieder Oliver Scholz das Wort: „Meine Damen und Herren, Sie haben es gehört, volle Rückendeckung und auf eine oder auch zwei oder drei Hundertschaften kommt es nicht an. Aber im Ernst, das sollte vermieden werden, also das mit dem Einsatz von Hundertschaften. Herr Tietz hat mich kurz über den aktuellen Stand, also Ihre mehr oder weniger leeren Hände, informiert. Ich will jetzt Ihren Tatendrang und Ihre Diskussionen nicht be-

240

hindern. Herr Kablow und Herr Reichel, ich erwarte, dass Sie mir spätestens morgen früh den aktuellen Stand persönlich berichten." Damit war auch er entschwunden.

„Dann lasst uns jetzt mal mit der Arbeit beginnen," ließ sich Abbo Reichel vernehmen. „Es fangen bitte mal Anne Möhlmann und Patrick Stoll mit den Anrufen an. Steffen, du kannst anschließend ergänzen, ob es in der Nachtschicht noch etwas Wichtiges gab. Wie ich dich kenne, hast du die Protokolle doch bestimmt schon überflogen. Ach so, Sie beide bleiben bitte bis zum Ende der Besprechung hier. Für unsere Diskussion ist ein unvoreingenommener Blick bestimmt hilfreich."

Anne Möhlmann und Patrick Stoll blickten sich kurz an, bevor Anne Möhlmann loslegte: „Wir, also wir alle, hatten bis 18.00 Uhr insgesamt 116 Anrufe. Patrick und ich hatten den Eindruck, dass das alles irgendwie Wichtigtuer, Vollidioten oder sonstwie Gestörte waren. Jedenfalls war nach unserem Eindruck nichts dabei, was man irgendwie gebrauchen könnte. Andererseits haben wir beide natürlich null Erfahrung mit solchen großen Ermittlungen und wir bitten beide darum, dass jemand mit Erfahrung unsere Protokolle noch einmal durchsieht. Unser Fazit: viel Aufwand, kein Ergebnis."

Thomas Kablow übernahm: „Das ist völlig normal, bei derartigen Presseaufrufen kommt selten etwas raus, manchmal aber eben doch. Wenn man es genau nimmt, ist ein Großteil unserer Arbeit sowieso eher für die Tonne, aber das ist eben so. Die Ergebnisse von Abbo und mir sind auch nicht sonderlich vielversprechend. Wir haben zwar die Bestätigung, dass der Herr von Zander abkassiert hat, und das reichlich, aber als Mordmotiv sehen wir das eher nicht. Unser Eindruck ist, dass wir uns auf dem Holzweg befinden, aber dazu später. Die Details unserer Befragungen will ich euch hier ersparen, schaut euch dazu bitte die Protokolle an."

Anschließend berichteten Isabelle Berntsen und Julia Rochow über ihre Befragung der Bauarbeiter und den anschließenden Zwischenstopp in der Wittenauer Straße. Isabelle Berntsen ließ dabei die Details zum Vornamen des Wachschutzmannes und zum Zeigen von Symbolen verfassungsfeindlicher Organisationen nicht aus. Mehrere hochgereckte Daumen signalisierten eindeutige Zustimmung zur Abkanzelung des Wachschutzmanns. Das Fazit war aber ebenso frustrierend wie das von Abbo Reichel und Thomas Kablow.

„Bevor wir jetzt alle in eine tiefe Depression verfallen, sollten wir mal genau überlegen, wer konnte denn wissen, dass der von Zander mehr oder weniger regelmäßig bei Sonnenaufgang auf dem Turm war. Ich denke, dass wir uns einig sind, dass der Mord kein Zufall gewesen sein kann. Zwar womöglich im Affekt, aber der Mörder muss gewusst haben, dass er sein Opfer zu diesem Zeitpunkt dort oben findet oder finden kann. Lasst uns mal gemeinsam überlegen, auch auf den ersten Blick abstruse Ideen sollten wir aufschreiben, streichen können wir dann immer noch. Und nein, Steffen, du wirst nicht den Flipchart vollschmieren. Wir wollen das Ganze schließlich auch später entziffern können."

„Meine Schrift ist ganz passabel," und schon stand Patrick Stoll am Flipchart.

„Alle Bauarbeiter," kam von Julia Rochow.

„Die Mitarbeiter im Bürocontainer am Casinoturm," kam von Aylin Cantürk.

„Zumindest einige seiner Gespielinnen dürften es auch gewusst haben," ergänzte Isabelle Berntsen.

„Der Begriff Gespielinnen klingt aber ganz schön politisch inkorrekt," meinte Abbo Reichel. „Ich ergänze mal um die Nachbarn seiner Wohnung in der Welfenallee."

„Seine Witwe," meinte Anne Möhlmann.

„Der andere Geschäftsführer."

„Die ‚Linke Gruppe Friedrichshain'," das kam von Patrick Stoll.

„Eigentlich sämtliche ‚Geschäftspartner', sofern sie sich die Mühe gemacht hätten, ihm für eine Weile nachzuspionieren. Unter dieser Voraussetzung hätte es theoretisch jeder wissen können," sagte Thomas Kablow.

„Eine Gruppe, von der ihr noch nichts wisst, Erklärung kommt gleich. Das Stichwort ist Neonazi WG in Bremen." Das kam von Steffen Tietz. „Dazu hat mich der Kollege Thiem aus

Bremen angerufen. Bei seinem Gespräch mit der dortigen Hausverwaltung hat er den Hinweis bekommen, dass die Caerlaverock vor einiger Zeit ein Gebäude gekauft hat, in dem nicht nur ein stadtbekannter Neonaziladen ansässig ist, zusätzlich wohnt in den darüber liegenden Wohnungen eine ganze Horde von Neonazis, so jedenfalls seine Aussage. Die Hausverwaltung liegt mit denen in ständigem Streit, auch diverse Prozesse, unter anderem Räumungsklagen, sind anhängig. Diese Idioten – O-Ton Thiem – haben sogar in den Räumen der Caerlaverock randaliert, und das direkt neben seiner Polizeiwache. Er meinte, dass die nicht blöd, sondern saublöd seien, aber zuzutrauen ist denen so ziemlich alles, was ohne Hirn, aber dafür mit Muskelkraft möglich ist."

Abbo Reichel übernahm jetzt wieder die Moderation: „So, dann haben wir ja eine ganze Reihe an möglichen Gruppen und Personen. Ergänzungen sind natürlich jederzeit möglich, wir sollten uns jetzt der Frage widmen, wie realistisch ist das Ganze. Weiterkommen werden wir nur, wenn wir die Gruppen und Personen immer weiter einschränken. Weitere Vorbemerkungen?"

„Ja," kam es jetzt leicht schüchtern von Anne Möhlmann. „Ihr habt natürlich alle viel mehr Erfahrung, aber ich kann mir nicht vorstellen, dass der Mord dort oben geplant war. Viel zu umständlich, zu unsicher und auch zu auffällig. Das sieht für mich irgendwie nach einem Streitgespräch aus, das völlig aus dem Ruder gelaufen ist."

„Und zu dem Streitgespräch nehme ich ein 36 cm langes finnisches Fischfiletiermesser mit?" Der Einwurf kam passenderweise von Patrick Stoll.

„Das ist genau der Punkt, den ich auch sehr merkwürdig finde und der meiner These widerspricht. Noch unwahrscheinlicher ist doch aber, dass jemand gezielt auf den Turm steigt, um ihn dort umzubringen. Da hätte es doch bestimmt viele andere und bessere Gelegenheiten gegeben. Andererseits: Beim Turm konnte sich der Mörder sicher sein, dass es klappt, woanders nicht unbedingt."

„Wie meinst du das?" hakte Abbo Reichel nach und verfiel dabei ohne darüber nachzudenken in das im Team übliche Du. „Sorry für das Du, das sollte ab jetzt für alle und in alle Richtungen gelten – einverstanden?"

Freudestrahlend kam sofort die Antwort: „Na klar, gerne. Wie ist es denn, wenn jemand erstochen wird? Klappt das immer sofort oder gibt das nicht auch mal eine ziemliche Schweinerei? Oben auf dem Turm hat doch ein Stich gereicht, der Mörder hat ihn damit handlungsunfähig gemacht und dann noch heruntergestoßen. Die Wahrscheinlichkeit, dass es da mit dem Mord klappt, war damit doch wohl 100 %."

„Interessanter Ansatz, absolut nicht dumm. Du solltest nach dem Studium zur Kripo gehen und nicht zu den Uniformierten," meinte jetzt Steffen Tietz. „Gehen wir eigentlich immer noch von einem Mann als Mörder aus?"

„Zur Erhöhung der Frauenquote wäre das eigentlich nicht schlecht, aber rein nach der Statistik muss es ein Mann gewesen sein, fast 90 % aller Mörder sind männlich, und Frauen morden laut Statistik fast immer per Gift, so gut wie nie so brutal," warf jetzt Abbo Reichel ein. „Ich werde nach unserer Besprechung noch mit Ellen telefonieren, ob sie noch einmal ihre Leute unter diesem Aspekt auf den Turm schicken kann. Vielleicht gibt es ja neue oder andere Erkenntnisse. Außerdem sprechen die Schuhabdrücke mit Größe 45 für einen Mann. Gibt es Frauen mit so großen Füßen? Isabelle, du als Rechtsmedizinerin, was meinst du dazu?" Leicht stammelnd ergänzte er: „Also nicht die Schuhgröße, sondern die Frage, ob eine Frau so viel Kraft hat, jemanden wie den von Zander mit diesem Filetiermesser zu erstechen, du hast ja schließlich die Obduktion mit vorgenommen."

Verwundert kam von Patrick Stoll die Frage: „Wie, du bist Rechtsmedizinerin. Ich dachte, an den Ermittlungen nehmen nur Polizeibeamte teil?"

„Eigentlich schon, aber ich bin bis Ende des Monats an das LKA ausgeliehen. Und ich bin auch ausgebildete Polizistin, allerdings in Kopenhagen. Deine Frage, Abbo, kann ich ganz klar und eindeutig beantworten. Mit diesem Messer brauchst du nicht viel Kraft, das geht ganz leicht durch den Körper. Vorausgesetzt, du triffst keine Rippe, das wäre dann blöd. Aber in unserem Fall wurde keine Rippe auch nur ansatzweise getroffen. Also hat der Mörder entweder viel Glück gehabt und keine getroffen oder er kannte sich mit der menschlichen Anatomie gut aus und hat sehr gezielt zugestochen. Oder eben sie. Der Aspekt Messer spricht also nicht ausdrücklich gegen eine Frau. Und was die Schuhgröße betrifft: Wenn es eine Frau war, könnten nicht ein paar der Sicherheitsschuhe im Turm gelegen haben und eine mögliche Mörderin hat sie der Einfachheit halber angezogen, um sich ihre eigenen nicht einzusauen?"

„Auch eine interessante Idee, aber warum nicht. Frauen und ihr Schuhfetischismus, interessanter Aspekt. Dann bliebe nur noch das Thema Betonplatte. Wenn ich mich recht erinnere, wiegt so ein Teil ungefähr 60 Kilogramm. Mal abwarten, was die Spurensicherung dazu meint. Gehen wir in der weiteren Diskussion erst einmal neutral von Mann oder Frau aus. Also jetzt weiter im Programm, einfach der Reihe nach."

Etwas mehr als eine Stunde später sahen die Flipcharts so aus:

die Bauarbeiter:

Mögliches Motiv: Wut, vielleicht sogar Hass, persönliche Beleidigungen durch den von Zander. Also alles auf der menschlichen Ebene.

Kenntnis über die Turmmarotte: Mit ziemlicher Sicherheit ja.

Praktische Durchführung: Problemlos möglich, Zutritt zum Turm, Kraft, Schuhgröße, aber: Woher so ein teures und auffälliges Messer. Und: Hätten die nicht auch die Uhr geklaut und vertickt?

die Mitarbeiter im Baucontainer:

Mögliches Motiv: Wie bei den Bauarbeitern

Kenntnis über die Turmmarotte: Mit ziemlicher Sicherheit ja.

Praktische Durchführung: Grundsätzlich wie bei den Bauarbeitern, bei den Frauen noch mit ???

die Gespielinnen:

Mögliches Motiv: Ebenfalls Wut oder Hass, aber mit sexuellem Hintergrund. Also ebenfalls auf der menschlichen Ebene.

Kenntnis über die Turmmarotte: Fraglich, aber nicht gänzlich auszuschließen

245

Praktische Durchführung: Wenn Kenntnis über die Turmmarotte, dann ja. Probleme: Messer, Schuhgröße, Kraftaufwand
Ehemänner oder Freunde der Gespielinnen
Mögliches Motiv: Auch Wut oder Hass. Also ebenfalls auf der menschlichen Ebene.

Kenntnis über die Turmmarotte: Fraglich, aber nicht gänzlich auszuschließen
Praktische Durchführung: Wenn Kenntnis über die Turmmarotte, dann ja. Probleme: eher keine
die Nachbarn Welfenallee:
Mögliches Motiv: Fraglich, aber nicht völlig auszuschließen. Wenn ja, dann tendenziell ebenfalls wegen Beleidigungen oder ähnlichem, also menschliche Ebene.

Kenntnis über die Turmmarotte: Wahrscheinlichkeit zwischen den Bauarbeitern und den Gespielinnen.

Praktische Durchführung: Denkbar
die Witwe:
Mögliches Motiv: Wut wegen der Gespielinnen, finanzielle Motive eher nicht, auch wenn wohl keine Kenntnis zur finanziellen Lage. Also ebenfalls auf der menschlichen Ebene.

Kenntnis über die Turmmarotte: Nicht unwahrscheinlich.

Praktische Durchführung: Sehr unwahrscheinlich, da Alibi bis nach Mitternacht. Wie hätte sie nach Berlin kommen sollen? Bahn nicht möglich, kein Führerschein. Außerdem noch die ???
Frau
der Mitgeschäftsführer:
Mögliches Motiv: Kein ersichtliches
Kenntnis über die Turmmarotte: Eher nein, woher?

Praktische Durchführung: Kein Alibi, grundsätzlich denkbar, aber in Bremen wäre praktischer gewesen
die ‚Linke Gruppe Friedrichshain':
Mögliche Motive:
Räumungsklagen – noch zu klären
Sonstige Rechtsstreitigkeiten – noch zu klären
Hass auf Kapitalisten, Ausbeuter etc.
Politisches Zeichen setzen – mit ???, Bekennerbrief fehlt
Also völlig andere Motive

246

Kenntnis über die Turmmarotte: Wäre ermittelbar gewesen
Praktische Durchführung: Problemlos möglich
die ‚Geschäftspartner':
Mögliches Motiv: Geld!!!
Kenntnis über die Turmmarotte: Wäre ermittelbar gewesen
Praktische Durchführung: Bei den meisten denkbar
Neonazi WG Bremen:
Mögliches Motiv: Wie ‚Linke Gruppe Friedrichshain'
Kenntnis über die Turmmarotte: Wäre ermittelbar gewesen,
aber: sind die nicht zu blöd???
Praktische Durchführung: Theoretisch denkbar. Aber: warum
in Berlin und nicht in Bremen?

„So, wir haben es jetzt gleich 12.00 Uhr und außer dem Ansatz, dass es auch eventuell eine Frau gewesen sein könnte, sind
wir nicht viel schlauer. Wir beenden das jetzt für heute, jeder
nimmt die Ergebnisse für sich mit und denkt bis morgen darüber
nach. Nächster Termin morgen um 9.00 Uhr, bis dahin machen
wir weiter wie bisher. Anne und Patrick, ihr kommt bitte morgen
früh auch. Wenn man euch nicht gehen lassen will, Rückmeldung an Steffen, Thomas oder mich, wir klären das dann. Also
ab in die Kantine, ich komme nach."

„Hallo Ellen, hier Abbo. Der Fall Casinoturm, welcher auch
sonst. Wir stochern immer noch im Nebel, nichts konkretes, absolut nichts. Wir sind uns aber nicht mehr ganz sicher, ob es
wirklich nur ein Mann gewesen sein kann. Die Frage ist, könnte
auch eine Frau die schwere Platte über die Brüstung bekommen
haben? Meine Bitte daher, kannst du das von deinen Leuten mal
überprüfen lassen?"

„Du willst also, dass ich eines oder zwei von meinen Mädels
in den hohen Norden nach Frohnau schicke und eine Betonplatte
vom Turm werfen lasse. Die Jungs kann ich ja wohl ausschließen. Das Ganze natürlich jetzt und sofort."

„Genau."

„Na wenigstens bist du ehrlich. Wann habt ihr eure nächste
Besprechung?"

„Morgen früh um 9.00 Uhr – und danke!" Weitere Worte war-
en erfahrungsgemäß nicht erforderlich und Abbo Reichel machte

sich auf den Weg in die Kantine. Alle seine Teammitglieder saßen an zwei zusammengeschobenen Tischen, waren bereits am essen und vor allem am reden. Die Stimmung schien gar nicht mehr so schlecht zu sein. Am Essen konnte es aber nicht liegen, alle hatten die jeden Tag erhältliche Notnahrung auf dem Teller, das Tagesangebot musste also wieder mal ziemlich übel sein. An der Theke konnte er sich davon überzeugen, Labskaus und Blutwurst mit Kartoffelpampe, beides optisch ziemlich abschreckend. Also auch für ihn Currywurst mit Pommes, ein Hoch auf die gesunde Ernährung des deutschen Beamten war sein erster Gedanke bei der Bestellung. Und der zweite, dass man eigentlich mal den Personalrat wegen des Angebots in der Kantine in die Spur schicken müsste, das wäre doch eine echte Wahrnehmung der Interessen der Mitarbeiter.

Mittwoch, 16. Mai 2018, 14.00 Uhr

Thomas Kablow parkte den Dienstwagen, wieder der mausgraue Skoda Octavia Kombi vom Vortag, direkt vor dem Gebäude Badensche Str. 23 in Wilmersdorf ein, ging zum Parkscheinautomaten und kam mit einem Ticket zurück.

„Was ist denn mit dir los, hast du den Anspruch auf die Auszeichnung des Verkehrssünders des Monats aufgegeben?" frotzelte Abbo Reichel.

„Gegen Julia habe ich da eh keine Chance. Aber wenn schon mal ein legaler Parkplatz frei ist, kann man ihn ja auch nutzen. Und das Parkticket zahlt sowieso die Staatskasse. Zwei Stunden, das muss für die drei Termine reichen, sind ja erstaunlicherweise alle im gleichen Gebäude. Reihenfolge ist egal, Steffen hat uns bei allen dreien ab 14.00 Uhr angekündigt. Vorschlag: wir arbeiten uns von oben nach unten."

„Also 4. Etage, jedenfalls laut Steffens Liste. Die Voigt & Vogt Facility Management GmbH. Ich bin übrigens dafür, dass wir nach den gestrigen Erfahrungen gleich mit der Tür ins Haus fallen und alle sofort auf die ‚Sonderzahlungen' ansprechen. Mal sehen, ob wir mit Herrn Voigt oder mit Herrn Vogt sprechen dürfen."

In der 4. Etage angekommen, stellte sich die Frage nicht, laut der etwas unwirsch wirkenden Empfangsdame, die offensichtlich für alle hier ansässigen Firmen arbeitete, warteten die Herren Voigt und Vogt schon seit geraumer Zeit auf sie. Abbo Reichel und Thomas Kablow ignorierten den Vorwurf und begaben sich ohne weiteren Kommentar in den ihnen genannten Besprechungsraum. Bevor sie Platz nehmen konnten, ging die Tür wieder auf und zwei Herren kamen herein. „Offenbar sind Sie unbeschadet an unserem Vorzimmerdrachen vorbeigekommen. Das dürfen Sie nicht persönlich nehmen, die ist halt so, hat manchmal auch durchaus seine Vorteile. Und sei es nur, dass niemand die unserem Vermieter abwerben wird. Mein Name ist übrigens Voigt und das hier ist Herr Vogt. Und Sie sind sicher die angekündigten Herren Kablow und Reichel. Was können wir für Sie tun?"

Offenbar waren die beiden Herren nicht so schnell aus der Fassung zu bringen, weder durch ihren Vorzimmerdrachen noch durch die Tatsache, dass das LKA bei ihnen auftauchte.

„Wir wollen Sie nicht lange aufhalten, unser Herr Tietz hat Ihnen ja bereits am Telefon mitgeteilt, dass wir den Mordfall von Zander untersuchen und Ihre Firma ist nach unseren Erkenntnissen ein größerer Auftragnehmer der Caerlaverock Castle Real Estate Ltd., die ja bisher von Herrn von Zander vertreten wurde. Wir benötigen erst einmal nur Auskünfte über die Art und Weise der Aufträge, die Sie für die Caerlaverock ausführen und über die Höhe der entsprechenden Umsätze."

Einer der beiden Voigts oder Vogts, weder Abbo Reichel noch Thomas Kabow hatte sich gemerkt, wer nun der mit i und wer der ohne i war, ergriff erneut das Wort: „Wie unser Firmenname schon sagt, sind wir ein Hauswartdienstleister und übernehmen für viele, auch viele große, Hauseigentümer, Hausverwaltungen und Wohnungsbaugesellschaften die gesamte praktische Abwicklung rund um deren Immobilien. Wir stellen, je nach dem abgeschlossenen Vertrag, die Hausmeister, übernehmen die Pflege der Grünanlagen, die Treppenhausreinigung, Schneebeseitigung, Notdienste bei den Aufzugsanlagen, Rohrverstopfungen und und und. Also alles, was man sich so vorstellen kann. Und mit der Caerlaverock beziehungsweise mit der von denen beauftragten Hausverwaltung ‚Wohnen in Berlin GmbH' haben wir einen Rundum-Sorglos-Vertrag, der alles außer Heizungsnotdienst und elektrische Störungen einschließlich der Aufzugsanlagen umfasst. Das machen die Firmen Heizungsbau Bergmann GmbH bzw. Elektro Krüger GmbH. Die sitzen ja auch hier im Haus, beide in der zweiten Etage. Wir haben mit beiden Herren, also Herrn Bergmann und Herrn Krüger über Ihren Besuch gesprochen und vereinbart, dass wir sie informieren, wenn wir hier fertig sind. Sie brauchen also den Besprechungsraum nicht zu verlassen. Wir haben hier im Gebäude alle nur die Büroräume einschließlich Empfang, Teeküchen etc. gemietet. Die Firmen, die noch Werkstätten und ähnliches benötigen, haben die irgendwo separat. Unsere sind über die gesamte Stadt verteilt, damit unsere Hausmeister und sonstigen Mitarbeiter möglichst kurze Wege haben. Sie wissen ja, Zeit ist Geld."

„Genau das richtige Stichwort. Wie viel Umsatz machen Sie pro Jahr mit der Caerlaverock?"

„Mir ist zwar nicht klar, was das mit einer Mordermittlung zu tun haben soll, aber wir haben auch nichts zu verbergen. Aktuell liegt unser Umsatz mit denen bei etwas mehr als einer Million pro Jahr."

„Dann haben Sie also rund 100.000 Euro im Jahr bar an Herrn von Zander gezahlt."

Nach einer schlecht geschauspielerten Schrecksekunde kam jetzt empört vom anderen Voigt/Vogt: „Was unterstellen Sie uns? Schwarzgelder oder Steuerhinterziehung? Wir sind ein seriöses Unternehmen. Derartige Unterstellungen brauchen wir uns nicht gefallen zu lassen."

„Wir unterstellen nicht, wir wissen." Nach einer Kunstpause fügte Abbo Reichel hinzu: „Uns interessiert nicht, ob Sie das steuerehrlich machen oder nicht, wir wollen nur wissen, ob ja oder nein. Bisher wurden solche ‚Sonderzahlungen' von jeder Firma geleistet, die für die Caerlaverock arbeitet. Sie würden es sich selbst und natürlich auch uns deutlich einfacher machen, wenn Sie uns die Zahlungen bestätigen. Ansonsten müssen wir die Kollegen vom Wirtschaftsressort und die Steuerfahndung beauftragen, die rücken dann in Windeseile hier an. Das wäre unschön, aber notwendig. Also?"

Aufgebracht kam jetzt vom ersten Voigt/Vogt: „Einen Moment, wir müssen uns kurz beraten. Wir sind gleich wieder zurück."

Abbo Reichel und Thomas Kablow konnten sich beide ein Grinsen nicht verkneifen, ebenso, als die beiden Herren nur zwei Minuten später wieder im Raum erschienen.

„Wir haben uns abgestimmt. Ja, wir haben diesem unerfreulichen Ansinnen des Herrn von Zander nachgegeben. Er hat uns von Anfang an auch signalisiert, dass es nicht unser Schaden sein soll, dass wir die Rechnungen an die Caerlaverock entsprechend anpassen könnten. Ein Schaden ist uns also nicht entstanden, außer, dass wir bei der Buchführung ziemlich kreativ sein müs-

251

sen, um das irgendwie hinzubekommen. Aber von Kollegen befreundeter Firmen haben wir dafür passende Tipps bekommen."

„Gut, das passt also. Eine letzte Frage, reine Routine. Wo waren Sie beide am 1. Mai gegen 6.00 Uhr?"

Von beiden kam es gleichzeitig und empört: „Verdächtigen Sie uns etwa des Mordes?"

„Wie gesagt, reine Routine. Wo also?"

„Am 1. Mai sagten Sie, am Feiertag? Mit ziemlicher Sicherheit im Bett, so früh am Tag. Wir leben seit mehr als 10 Jahren zusammen und sind seit zwei Jahren verheiratet."

„Und weil Ihre Namen so schön sind, haben Sie die bei Ihrer Hochzeit behalten? Nein, darauf brauchen Sie nicht zu antworten. Die anderen Auskünfte reichen uns. Das gegenseitige Alibi ist natürlich etwas dürftig, das wird Ihnen auch klar sein, aber auf unserer Liste der Tatverdächtigen stehen Sie trotzdem ziemlich weit am Ende. Wenn Ihnen noch etwas einfallen sollte, unsere Telefonnummer haben Sie ja. Sie können jetzt die Herren Bergmann und Krüger informieren, dass wir sie sprechen möchten. Die beiden können auch gerne gemeinsam kommen, Sie scheinen ja hier so oder so eine gute Kommunikation untereinander zu haben."

Thomas Kablow fing gerade an, nervös mit den Knöcheln auf der Tischplatte zu trommeln, als sich nach 10 Minuten die Tür erneut öffnete.

„Franz Bergmann" und „Thomas Krüger" stellten sich die beiden Herren vor. „Entschuldigen Sie bitte, dass es etwas länger gedauert hat, aber die Herren Voigt und Vogt haben uns ziemlich ausführlich über das Gespräch mit Ihnen informiert. Dafür wird's jetzt bestimmt bei uns schneller gehen. Auch bei uns beiden hat der Verstorbene abgegriffen, ist leider in unserer Branche nicht ganz unüblich um nicht zu sagen, es ist eher üblich. Bei mir, also der Firma Heizungsbau Bergmann GmbH, war der Umsatz mit der Caerlaverock für Heizungswartungen und Reparaturen im letzten Jahr etwas mehr als 120.000,-- Euro. Dieses Arschloch war dann kurz vor Weihnachten bei mir hier im Büro und hat genau 12.000,-- als ,Weihnachtsgratifikation', so hat er

252

sich ausgedrückt, abgeholt. Ein echtes Arschloch, aber wenigstens zahlt seine Firma ohne mit der Wimper zu zucken und das auch noch ziemlich schnell. Da ist man bei manchen Hausverwaltungen und Eigentümern einiges andere gewohnt. Im Jahr davor war es übrigens deutlich weniger, da hat es kaum Reparaturen gegeben, das waren weitgehend die Kosten für Wartungen. Ich glaube, das waren so um die 80.000,--. Wenn Sie das ganz genau wissen wollen, muss ich in die Unterlagen einsteigen."

„Bei mir waren es im letzten Jahr auch etwas mehr als 100.000,-- Euro, ungefähr die Hälfte war für Wartungen an den Aufzugsanlagen und die andere Hälfte für Erneuerungen der Elektroanlage im Zuge von mehreren Haussanierungen. Dieser Typ war am gleichen Tag wie bei Herrn Bergmann bei mir, wie er schon sagte, ein echtes Arschloch, aber immerhin ein pünktlicher Zahler, das kann ich ausdrücklich bestätigen."

„Das waren ja mal prompte und präzise Auskünfte, so hätten wir das gerne immer, stimmt's, Thomas? Dann hätten wir gerne noch eine kurze Antwort auf unsere übliche Routinefrage. Wo waren Sie am 1. Mai, so gegen 6.00 Uhr?"

„Wie die Herren Voigt und Vogt haben wir uns da in unseren Betten herumgetrieben. Haha. Aber Scherz beiseite, nicht gemeinsam, sondern ganz konventionell mit unseren jeweiligen Ehefrauen. Damit das Ganze für Sie auch schön überprüfbar ist, wir waren da auf dem Rückweg mit der Fähre der Color Line von Oslo nach Kiel. Unsere Frauen hatten uns beide breitgeschlagen, doch mal eine Kreuzfahrt auszuprobieren. Wir beide hatten dazu keine Lust und die Damen haben sich dann auf eine Kurzversion eingelassen. Am Sonnabend von Kiel nach Oslo, dort eine Nacht im Hotel und von Montag auf Dienstag wieder zurück. Jeweils 24 Stunden auf der Fähre, echt ein Horror, auch wenn es durch die diversen Läden und Restaurants ganz gute Abwechslung gibt. Wenn ich mir so etwas für zwei oder drei Wochen vorstelle, nee, muss echt nicht sein."

„Damit können wir Sie von unserer Liste der Tatverdächtigen streichen, vielen Dank. Wenn Sie uns dann bitte zur Vervollständigung unserer Unterlagen noch Ihre Buchungsbestätigungen,

Tickets oder was auch immer man da hat, zusenden können? Geht übrigens auch per E-Mail. Falls Ihnen sonst noch etwas einfallen sollte, unsere Telefonnummer haben Sie ja."

Mittwoch, 16. Mai 2018, 15.06 Uhr

„Hättest du gedacht, dass wir so schnell fertig sind?" fragte Thomas Kablow.

„Nee, absolut nicht. Dann müssen wir ja wohl wieder zurück ins LKA und noch Protokolle schreiben. Außerdem sollten wir uns kurz abstimmen, wer morgen was macht. Ein bisschen Abwechslung kann, glaube ich jedenfalls, allen nicht schaden. Trotzdem werde ich früh Feierabend machen, dann können Isabelle und ich noch ein paar Sachen aus meiner in ihre Wohnung bringen. Ich rufe gleich mal meinen Vater an, ob der mit seinem Auto kommen kann."

„Quatsch, das machen wir beide jetzt mit dem Dienstwagen, in die Karre hier passt doch eine ganze Menge rein. Übrigens habe ich das Blaulicht gefunden, irgendein Idiot hat das unter dem Laderaumboden beim Reserverad deponiert. Man muss sich schon manchmal wundern, was bei uns so für Spezialisten arbeiten. Damit das Ganze im Fahrtenbuch auch als Dienstfahrt eingetragen werden kann, fahren wir ganz einfach auch mal kurz in Frohnau vorbei und erfragen die Alibis der Leute im Baucontainer. Und wenn keiner mehr da ist, ist es halt so, Pech gehabt."

„Stimmt, die Alibis müssen wir überprüfen, passt also. Denk aber daran, meine Wohnung ist in der vierten Etage, ohne Fahrstuhl, ist also eine ziemliche Schlepperei. Dürfte eigentlich trotzdem nicht allzu lange dauern, Isabelle und ich hatten schon einige Umzugskartons gepackt, die stehen also bereit."

30 Minuten später standen sie direkt vor dem Haus Reichsstraße 28 A, zu beider Erstaunen auf einem legalen Parkplatz direkt vor der Haustür. Weitere 30 Minuten später, allerdings verbunden mit nicht gerade wenigen Schweißtropfen, war der Laderaum des Dienst-Skoda voll mit insgesamt 12 Umzugskartons.

„Puh, das reicht jetzt auch. Das gleicht das geschwänzte Training der letzten drei Wochen aber locker aus. Ich hoffe mal, dass es bei Isabelle einen Fahrstuhl gibt. Bis auf den fehlenden Fahrstuhl ist deine Wohnung ja nicht schlecht. Wann willst du die denn kündigen?"

„Suchst du eine Wohnung?"

„Nee, meine ist gut und recht günstig und ganz ehrlich, ohne Fahrstuhl wäre es mir auf Dauer zu anstrengend. Aber Aylin und ihr Freund suchen doch schon lange eine Wohnung. Vorher können die nicht heiraten und bei ihren Eltern ausziehen. Ist wohl mit türkischem Migrationshintergrund gar nicht so einfach, eine Wohnung zu bekommen. Hat sie mir jedenfalls letztens erzählt."

„Heute ist wohl der Tag der freien Parkplätze," meinte Abbo Reichel, nachdem Thomas Kablow ebenfalls direkt vor der Haustür von Isabelle Berntsens Wohnung eingeparkt hatte."

„Das nennt man dann verdientes Glück und wir brauchen deine Klamotten nicht so weit schleppen. Also los, bevor es wieder dienstlich wird." Und dann beim Betreten der Wohnung: „Wow, nicht von schlechten Eltern und zumindest möbelmäßig scheint ihr ja hervorragend zusammen zu passen, gleicher Stil, gleicher Geschmack. War das etwa der Grund für eure schnelle Hochzeit?"

Abbo Reichel druckste ein wenig herum: „Nee, eigentlich nicht, da gibt es schon ein paar andere. Eigentlich weiß ich den genauen Grund auch nicht, war eben so, hat sich irgendwie so ergeben. Komisch, aber wahr. Die Kartons lassen wir hier im Wohnzimmer an der Seite stehen und dann ab zum Casinoturm. Wollen mal hoffen, dass noch jemand da ist."

„Ah, guten Tag die Herren, mal wieder bei uns zu Besuch, und das unangemeldet," wurden sie von Svenja Eichhorn fast ein wenig schnippisch im Bürocontainer begrüßt. Ein kurzer Blick von Abbo Reichel und Thomas Kablow zeigte ihnen, dass zumindest alle ihnen bereits bekannten Mitarbeiter noch an ihren Plätzen saßen.

„Gestern waren unsere beiden Kolleginnen hier und haben die Bauarbeiter befragt, unter anderem auch nach deren Alibis für den 1. Mai. Nur der Vollständigkeit halber müssen wir noch kurz zusätzlich alle Mitarbeiter hier im Büro befragen, außerdem würden wir gerne auch noch einmal auf den Turm," sagte Abbo Reichel.

„Wie, bin ich jetzt etwa verdächtig? Oder meine Kollegen?" und blinzelte dabei auffällig/unauffällig Thomas Kablow zu. „Aber wenn Sie meinen. Sie können wieder gerne den Nebenraum nutzen. Soll ich Ihnen die Kollegen nacheinander hereinschicken?"

„Wie gesagt, nur der Vollständigkeit halber. Rein theoretisch könnte es jeder von Ihnen gewesen sein: Die Möglichkeit, auf den Turm zu kommen, wird wohl jeder gehabt haben und eine gewisse Aversion gegen Herrn von Zander kann ich mir auch vorstellen."

„Das war jetzt sehr diplomatisch ausgedrückt, das sind wir hier eigentlich nicht gewohnt, aber wenn die Herren von der Kripo das so sehen. Vorhin waren übrigens noch zwei andere Ihrer Kolleginnen da, die oben auf dem Turm noch nach irgendetwas gesucht haben, nach was auch immer. Die beiden waren ziemlich wortkarg. Da sind Sie beide als Besucher mir wesentlich lieber. Schmeißen Sie bitte aber nicht noch eine dritte von den Betonplatten herunter, wir brauchen die noch, und zwar heile." Wieder verbunden mit einem auffälligen/unauffälligen Blinzeln in Richtung von Thomas Kablow, der bisher ungewohnt stumm geblieben war.

Wieder 30 Minuten später waren Abbo Reichel und Thomas Kablow zu der Erkenntnis gekommen, dass die ganze Aktion lediglich als Alibi für den Teilumzug von Neu-Westend nach Hermsdorf taugte, die Ermittlungen aber um keinen Zentimeter weitergebracht hatte. Keiner der Büromitarbeiter verfügte über ein belastbares Alibi, was für einen Feiertag morgens um 6.00 Uhr auch nicht weiter verwunderlich, aber eben auch nicht sonderlich hilfreich war.

Die Schlüssel für den Casinoturm bekamen sie von Svenja Eichhorn mit dem Kommentar überreicht: „Wenn Sie länger brauchen, können Sie die Schlüssel auch einfach außen am Container in den Briefkasten einwerfen, ich will jetzt Feierabend machen und meine Kollegen gehen bestimmt auch gleich."

„Morgen habe ich vom vielen Treppensteigen bestimmt Muskelkater," meinte Thomas Kablow, als sie beide schnaufend vor der Tür zur Aussichtsplattform angekommen waren. Seit dem 1. Mai hatte sich hier ganz offensichtlich nichts getan, der Eingangsbereich und das Treppenhaus waren unverändert schmutzig und mit viel Baustaub verziert. Die Vergitterung der Aussichtsplattform lag ordentlich aufgestapelt links von der Tür, nach Abbo Reichelts Erinnerung ohne Veränderung seit dem Mordtag. Tätigkeiten irgendwelcher Art schienen hier seither nicht stattgefunden zu haben.

„Dann waren wohl die beiden Mitarbeiterinnen von Ellen vorhin hier, um zu überprüfen, ob Frauen die Betonplatten über die Brüstung bekommen würden. Mal sehen, wie wir das sehen oder was meinst du, Thomas?"

„Ich meine gar nichts, ich finde die Brüstung ganz schön niedrig und den Turm ganz schön hoch. Sonderlich wohl fühle ich mich hier oben nicht, obwohl der Ausblick schon ganz schön ist."

In der Reihe der aufgestellten Betonplatten fehlte tatsächlich eine zweite und ein Blick von Abbo Reichel über die Brüstung zeigte ihm, dass die fehlende Platte unten am Fuß des Turms lag, allerdings in diverse Einzelteile zerbrochen. „Scheiße," entfuhr es ihm, „das hat die Eichhorn also gemeint. Die haben ja wirklich eine der Platten nach unten geworfen. Man kann es auch übertreiben! Aber wenigstens brauchen wir uns nicht mehr damit abzumühen. Ellen wird es uns schon berichten. Wir können also runter und dann Feierabend machen. Wirklich ein schöner Ausblick. Setzt du mich bei Isabelle oder besser gesagt zu Hause ab?"

Der Bürocontainer war erwartungsgemäß verlassen und verschlossen, obwohl sie nur wenige Minuten auf dem Casinoturm zugebracht hatten. Ebenso leer waren die Büroräume im LKA, nachdem Thomas Kablow sich durch den stadteinwärts führenden Stau auf der Stadtautobahn und dem Kurfürstendamm gequält hatte, deutlich mehr als eine Stunde von Frohnau bis Schöneberg, der Berliner Berufsverkehr ließ grüßen. Dafür hatte er Zeit genug, sich über den Fall Gedanken zu machen und auch über das augenfällige Zwinkern von Svenja Eichhorn, beides aber ohne Ergebnis.

Mittwoch, 16. Mai 2018, 18.15 Uhr

„Willst du hier einziehen?"

„Was ist denn das für eine Begrüßung für den geliebten Ehemann?"

„Die einzig richtige, wenn man meine Wohnung mit diversen Umzugskartons vollstellt."

„Ich hatte gedacht, dass das jetzt erst einmal unsere gemeinsame Wohnung……"

Weiter kam Abbo Reichel nicht, da Isabelle Berntsen ihm mit einem Satz sozusagen auf den Arm sprang und mit einem ausgiebigen Kuss den Atem nahm.

„Na, was denkst du?"

„Das du jetzt Platz in deinen Kleiderschränken für meine Klamotten machen musst."

„Blödmann."

„Gibt es dafür eigentlich auch eine Genderversion, Blödfrau oder so? Die bräuchte man bestimmt viel öfter."

„Blödmann! Woher soll ich als Dänin das denn wissen. Mein Deutsch ist zwar ganz gut, aber Germanistin bin ich nicht. Du kannst ja mal die Kartons ins Schlafzimmer räumen, wegen Platz in den Schränken müssen wir noch sehen, wird schon irgendwie klappen. Ich mache inzwischen unser Abendessen fertig, es gibt eine mediterrane Pfanne mit Kartoffeln, Gemüse, Eiern, Schweinefilet und Cabanossi."

„Riecht auf jeden Fall gut."

Kurz danach saßen sie am Esstisch und Abbo Reichel stellte zufrieden fest, dass seine ihm frisch angetraute Ehefrau gut kochen konnte.

„Lecker, wirklich lecker. Jetzt noch ein kuscheliger Abend auf dem Sofa und ich bin vollkommen glücklich. Und keine Kommentare zu unserem Fall, das würde derzeit eher unglücklich machen. Und auch sonst bitte keine tiefschürfenden Gespräche oder Entscheidungen. Hochzeitsreise, meine Wohnung, Hauskauf und so weiter und so fort, können wir alles später klären. Am Wochenende oder wenn der Fall geklärt ist, je nachdem, was früher kommt. Jetzt nur noch ein Glas Wein, Musik und dich im Arm."

Donnerstag, 17. Mai 2018, 9.00 Uhr

„So, nächste Runde der Teambesprechung. Als erste wird Ellen berichten, was die Tests mit den Betonplatten ergeben haben. Schön, dass du persönlich kommen konntest."

„Danke Abbo, ich habe um 9.30 Uhr einen Termin bei eurem Chef, da hat sich das einfach angeboten. Zur Sache, zwei meiner Mitarbeiterinnen, und zwar ganz bewusst zwei von eher zierlicher Statur, waren gestern auf dem Casinoturm und haben ausprobiert, ob auch eine Frau die recht schweren Betonplatten über die Brüstung bekommen kann. Ihr hattet ja anhand verschiedener Indizien mehr oder weniger ausgeschlossen, dass eine Frau als Mörderin in Betracht kommt und Abbo hatte gebeten, quasi den Gegenbeweis anzutreten. Ich kann euch eindeutig mitteilen, dass das kein Problem ist."

An dieser Stelle unterbrach Thomas Kablow mit einem ziemlich süffisanten Grinsen: „Das erklärt auch, warum gestern eine weitere Betonplatte vom Turm geworfen wurde. Die im Büro der Bauleitung waren nicht sonderlich amüsiert darüber, dass ihr eine Platte damit zerstört habt."

Ellen Nessmer hob entschuldigend die Arme: „Stimmt, meine Damen haben sich auch gleich entschuldigt und angekündigt, für eventuelle Mehraufwände deswegen aufzukommen. Ansonsten war das wohl mehr oder weniger das Gegenstück zu Abbos Glanzleistung, durch die Blutlache am Tatort zu latschen. Steht damit jetzt eins zu eins und dabei sollten wir es auch belassen. Aber ihr seht, auch wir können Glanzleistungen. Aber noch einmal zur eigentlichen Glanzleistung, die euch hoffentlich weiterhilft. Meine beiden Mitarbeiterinnen haben eindeutig und ohne jeglichen Zweifel festgestellt, dass es überhaupt kein Problem ist, die Betonplatten über die Brüstung zu bekommen. Die Brüstung ist so niedrig und die Platten stehen so an die Brüstung gelehnt, dass kein allzu hoher Kraftaufwand erforderlich ist und im zweiten Versuch hat es ja auch geklappt, wumms, die Platte lag unten. Der endgültige Beweis liegt am Fuße des Turms, könnte ich jetzt noch zur Entschuldigung sagen. Auf einen zweiten Versuch durch die andere Kollegin haben die beiden Damen dann ganz

262

bewusst verzichtet. Ein entsprechendes Protokoll für eure Akte bekommt ihr noch. Ach ja, noch eine Ergänzung. Wenn ihr einen Tatverdächtigen oder eine Tatverdächtige habt, schaut euch deren Unterarme genauer an. Die Betonplatten sind ziemlich scharfkantig und haben bei meinen Damen trotz langärmeliger Bekleidung ziemliche Kratzer hinterlassen. Und erfahrungsgemäß sind die kleinen Wunden auch noch drei oder vier Wochen später nachweisbar. Isabelle müsste euch das bestätigen können. Wenn ihr keine weiteren Fragen habt, gehe ich jetzt zu Kriminalrat Scholz und nichts für ungut für das Herunterwerfen der Platte, das wird dann auch so im Protokoll stehen. Man weiß ja nie, ob das vielleicht im Endergebnis noch hilfreich ist."

„Danke, auch für die Erhöhung der Anzahl an Tatverdächtigen. Dann werden wir mal weitermachen. Wenn ich auf unsere Flipcharts von gestern schaue, sehe ich unverändert keinen großen Fortschritt. Lasst uns doch noch einmal alles durchgehen und dann die weitere Vorgehensweise priorisieren. Falls ihr mit meinen Schlussfolgerungen und Vorschlägen nicht einverstanden seid, bitte gleich dazwischenfunken. Thomas und ich haben übrigens besprochen, dass wir die Zweierteams heute anders zusammensetzen, dann haben wir mal wieder einen anderen Blickwinkel auf die einzelnen Aufgaben und es ist vielleicht für jeden von uns mit etwas Abwechslung verbunden.

Zu 1, die Bauarbeiter. Können wir m.E. bis auf weiteres vernachlässigen, die Alibis klingen für mich plausibel und einen echten Anlass für einen Mord sehe ich auch nicht. Prio C.

Zu 2, die Mitarbeiter im Baucontainer. Ein Alibi hat zwar keiner, aber auch keinen echten Anlass, m.E. Prio B, wenn nicht sogar auch C."

Alle waren hier der Meinung, dass Prio C die richtige Einstufung sei, dies wurde von Aylin Cantürk auch auf dem Flipchart notiert.

„3, die Gespielinnen. Nach den Ausführungen von Ellen zur Betonplatte und von Isabelle zum Messer würde ich die mit Prio A versehen wollen, sehe aber erhebliche Schwierigkeiten, die überhaupt vollständig zu ermitteln und dann zu überprüfen. Unser Opfer scheint ja in dieser Hinsicht höchst aktiv gewesen zu sein und Tagebuch oder ähnliches hat er ja wohl nicht geführt. Steffen, du kannst dir ja noch einmal seine Handydaten, Facebook und ähnliches ansehen. Im Zweifelsfall musst du dich mit Harbauer in Verbindung setzen, der wird schon dafür sorgen, dass wir einen entsprechenden Beschluss zur Datenherausgabe bekommen. Und wir müssen uns die Anrufprotokolle genauer ansehen, da waren wohl auch einige dieser Damen mit dabei. Ist zwar eher unwahrscheinlich, dass ausgerechnet die angerufen haben soll, die ihn ermordet hat, aber ….

4, die Ehemänner oder Freunde der Gespielinnen, sehe ich genau wie die Gespielinnen selbst, kaum vollständig zu ermitteln, aber vielleicht eher Prio B, da wir nicht unbedingt unterstellen können, dass die von den Abwegen ihrer Ehefrauen oder Freundinnen wussten

5, die Nachbarn: Müssen wir uns noch einmal vorknöpfen, aber Prio B.

6, die Witwe. Hat ein belastbares Alibi, können wir meines Erachtens außen vor lassen.

7, der Mitgeschäftsführer. Kein Alibi, aber auch kein echtes Motiv, erst einmal Prio C.

8, ‚Linke Gruppe Friedrichshain'. Auch wenn wir da wahrscheinlich in ein Wespennest stechen, die müssen wir uns vorknöpfen, vorher muss Steffen mal detailliert recherchieren, was es genau mit denen auf sich hat. Prio B.

9, die Geschäftspartner. Motiv ja, Alibis teilweise, trotzdem m.E. eher unwahrscheinlich, ist aber ehrlich gesagt eher ein Bauchgefühl, deswegen nur Prio B.

10, die Neonazi WG in Bremen. Sehe ich wie bei der „Linken Gruppe Friedrichshain, auch Prio B."

„Wegen denen sollst du dich bitte möglichst beim Kollegen Thiem in Bremen melden, der wollte sich mit dir zur weiteren Vorgehensweise abstimmen und braucht da wohl deine Unterstützung. Außerdem wollte er dir noch ein paar Infos zu den Geschäftspartnern mit auf den Weg geben, die Protokolle dazu hat er für heute Nachmittag angekündigt," warf jetzt Steffen Tietz ein.

„Gut, ihr scheint ja mit meinen Vorschlägen einverstanden zu sein, dann machen wir das so. Steffen wird die Recherchen zu den Verbindungsdaten vornehmen und mal sehen, was sich zur ‚Linken Gruppe Friedrichshain' und zu dieser Nazi WG ermitteln lässt. Julia, du unterstützt ihn dabei. Ihr könnt euch auch bitte mal überlegen, wie wir bei diesen beiden Gruppen weiter vorgehen können, möglichst ohne Hundertschaften. Vielleicht ergibt sich ja aus euren Recherchen irgendein Anhaltspunkt. Thomas und Isabelle, ihr nehmt euch mal die Nachbarn des Herrn von Zander vor. Wenn das erledigt ist, knöpft ihr euch mal die bis dahin ermittelten Gespielinnen vor. Die spannendste Aufgabe übernehmen Aylin und ich, nämlich die Sichtung der ganzen Telefonprotokolle. Also los, an die Arbeit."

„Als ob das bisher keine Arbeit gewesen sei," brubbelte Steffen Tietz. „Und du rufst erst einmal in Bremen an."

Donnerstag, 17. Mai 2018, 10.15 Uhr

Bevor Abbo Reichel auch nur seinen Namen am Telefon nennen konnte, dröhnte es aus dem Hörer: „Moin, auf Ihren Anruf habe ich gewartet. Ich hätte gerne Ihre Unterstützung, auch, wenn ich selbst Ihnen zu Ihrem Fall nichts bieten kann. Mit den Geschäftspartnern habe ich wie vereinbart gesprochen, die haben auch alle nach anfänglichem Zögern zugegeben, dass sie außerhalb der Bücher und natürlich steuerfrei Handzahlungen an Herrn von Zander geleistet haben, da sind schon ansehnliche Sümmchen zusammengekommen. Ein belastbares Alibi konnte keiner liefern, aber ich bin mir ziemlich sicher, dass es keiner von denen war. Ein echter Schaden ist denen ja nicht entstanden und wenn sie ihn hätten umbringen wollen, wäre das auch deutlich einfacher gegangen und wir hätten hier in Bremen einen Mordfall gehabt. Also eindeutig nichts, habe ich auch so in die Protokolle geschrieben, die kommen nachher noch per E-Mail. Damit dann zu der Neonazi WG. Ich hatte es schon Ihrem Kollegen kurz gesagt. Denen wäre das eigentlich durchaus zuzutrauen, zumal die mit ihrem Vermieter, der Caerlaverock, im Dauerclinch liegen und auch mehrfach sowohl die Mitarbeiter der beauftragten Hausverwaltung als auch die Mitarbeiter der Caerlaverock selbst und – man höre und staune – Herrn von Zander persönlich bedroht haben. Es liegen jedenfalls bei uns diverse Strafanzeigen vor, die Akte ist schon ganz schön dick, aber zu einer Verurteilung ist es bis jetzt deswegen noch nicht gekommen. Ich selbst hatte mit den Jungs und Mädels schon mehrfach zu tun, ein echt widerliches Pack. Die terrorisieren ihre direkte Nachbarschaft heftig, aber wie gesagt, bisher hat es dafür nur wenige Bewährungsstrafen gegeben. Ein Motiv hätten die auf jeden Fall gehabt, so oft, wie die mit der Caerlaverock im Clinch lagen. Die sind aber für einen Mord nach meiner Einschätzung viel zu dämlich. Das ist auch das einzig Gute an diesem ganzen Nazipack, dass die meist zu blöd zu allem sind. Ich würde die aber ganz gerne mal so richtig aufmischen, und dafür brauche ich Ihre Hilfe in Form eines Durchsuchungsbeschlusses. Zum Mordfall finden wir da wahrscheinlich nichts, da bin ich mir sicher, aber dafür jede Menge Nazidevotionalien. Vielleicht ausreichend für eine Verurteilung. Aber zumindest können wir dieser Truppe mal einen gehörigen Schreck einjagen, wenn wir mit einem SEK die Bude stürmen. Das würde dann vielleicht für eine ganze Weile etwas Ruhe in deren Nachbarschaft bringen. Für meinen Teil habe ich mir jedenfalls viel Mühe gegeben, einen Durchsuchungsbeschluss im Hinblick auf den Mordfall zu begründen, als Polizist verfügt man ja über reichlich Phantasie. Ihr Staatsanwalt müsste es eigentlich schaffen, den Richter damit zu überzeugen. Die Aktennotiz dazu habe ich vorhin abgeschickt. Unser SEK freut sich auch immer über solche Einsätze."

„Ich bin jetzt zwar etwas irritiert, aber warum soll die Berliner Polizei der Bremer Polizei nicht einen vergnüglichen Tag verschaffen. Ich kümmere mich gleich darum. Zu den Geschäftspartnern sind wir zum gleichen Ergebnis wie Sie gekommen. Aus unserer Sicht aktuell nur noch Prio B. Ach so, für Sie noch zur Kenntnis, laut unserer Spurensicherung und unserer Rechtsmedizinerin könnte der Mord entgegen unserer anfänglichen Vermutung auch von einer Frau begangen worden sein. Ich melde mich nachher noch einmal bei Ihnen, danke erst einmal und Tschüß."

Abbo Reichel öffnete auf seinem Rechner die Aktennotiz des Bremer Kollegen und konnte sich, je weiter er im Text kam, ein fröhliches Grinsen nicht verkneifen. PHK Thiem konnte Neonazis eindeutig nicht leiden. Abbo Reichel ebenfalls nicht.

„Aylin, Planänderung," rief er ins Nebenbüro, „wir fahren mal kurz zur Staatsanwaltschaft. Ruf bitte mal den Harbauer an, dass wir in einer halben Stunde bei ihm sind. Geht um einen Durchsuchungsbeschluss in Sachen von Zander, näheres dann vor Ort. Ich organisiere inzwischen einen Dienstwagen."

Donnerstag, 17. Mai 2018, 11.10 Uhr

Auf dem Weg zur Staatsanwaltschaft in Moabit hatte Abbo Reichel Aylin Cantürk detailliert über das Telefonat mit dem Bremer PHK Thiem informiert.

„Sorgen wir also dafür, dass die Bremer Kollegen ein wenig Spaß haben und hoffentlich belastendes Material gegen diese Nazis finden. Und bitte gegenüber Staatsanwalt Harbauer keine entsprechenden Kommentare oder ähnliches, das Gespräch übernehme ich."

Wie üblich war im weiteren Umkreis des Kammergerichtsgebäudes in der Turmstraße 91 kein legaler Parkplatz zu bekommen. Abbo Reichel konnte den Dienst-Golf aber immerhin so parken, dass weder Fußgänger noch Radfahrer behindert oder gefährdet wurden und legte das halbamtliche und mit einem hübschen Dienstsiegel versehene Schild ‚Polizei im Einsatz' hinter die Frontscheibe. „Nicht ganz in Ordnung, aber manchmal hilfreich," meinte er noch zu Aylin Cantürk, die bei Betreten des Gebäudes ehrfurchtsvoll erstarrte. In Anbetracht der wilhelminischen Protz- und Prunkarchitektur war das auch nicht weiter verwunderlich. Selbst Abbo Reichel war immer wieder aufs Neue beeindruckt, wie viel an Steuergeldern man hier im Kaiserreich investiert hatte, um die Bevölkerung und vor allem die Delinquenten zu beeindrucken und regelrecht einzuschüchtern.

Auf den Boden der Tatsachen wurden sie bei der Einlasskontrolle geholt, beider Dienstausweise wurden ausführlich kontrolliert, bevor der türkischstämmig wirkende Justizbeamte sie durchließ und dabei meinte: „Staatsanwalt Harbauer erwartet Sie bereits, Zimmer 2.183." Bevor sie das Drehkreuz hinter sich gelassen hatten, folgte noch ein wahrer Schwall an Worten in Richtung von Aylin Cantürk, offensichtlich auf türkisch. Ein weiterer und eindeutig noch längerer Wortschwall folgte in die Gegenrichtung.

„Was war das denn?" fragte Abbo Reichel auf dem Weg zum Fahrstuhl.

Bevor Aylin Cantürk antworten konnte, öffnete sich die Fahrstuhltür und sie fuhren in die zweite Etage. Das Büro lag direkt neben dem Fahrstuhl, die Tür stand offen. Bevor sie anklopfen konnten, erschien Bodo Harbauer von hinten und deutete ihnen an, einzutreten und auf den Besucherstühlen Platz zu nehmen.

Ohne weitere Begrüßung meinte er: „Wenn ich es richtig verstanden habe, brauchen Sie für Bremen einen Durchsuchungsbeschluss, und das möglichst sofort. Also, was liegt an?"

Abbo Reichel erläuterte es ihm kurz und sandte gleichzeitig die Bremer Aktennotiz von seinem Handy aus an die E-Mail-Adresse von Bodo Harbauer. Rückfragen gab es keine. Mit einem Pling meldete sich sein Rechner. Bodo Harbauer druckte sich gleich die Notiz aus und vertiefte sich in sie, mit einem Textmarker hob er diverse Passagen hervor, welche, konnten Aylin Cantürk und Abbo Reichel nicht erkennen.

„Hm, das wird sich machen lassen. Warten Sie bitte hier, ich bin in spätestens 10 oder 15 Minuten zurück" und war verschwunden.

„Dann kannst du mir ja mal erklären, was das eben am Eingang war, klang ja ziemlich erregt von euch beiden."

„Der Typ ist ein Cousin vierten oder fünften Grades meines Freundes und fragte, was ich hier mit so einem schnieken Bullen machen würde. Ich solle bloß nicht meinen Freund, also seinen Cousin, mit dir betrügen sondern lieber schnellstmöglich Türel heiraten. Ich habe ihm geantwortet, dass er ja nicht alle Tassen im Schrank hätte und außerdem Türel und ich lieber heute als morgen heiraten würden, aber eben keine Wohnung finden. Ohne Wohnung halt auch keine Hochzeit. Du kannst dir gar nicht vorstellen, wie schwer das ist, wenn man einen türkischen Namen hat, dabei sind wir beide deutsche Staatsbürger, ich bin Beamtin und Türel demnächst Richter, jedenfalls dann, wenn alles wie geplant klappt. Bloß eine vernünftige Wohnung finden wir nicht."

Weiter kam sie nicht, weil Bodo Harbauer mit einem Papier wild wedelnd wieder in sein Büro stürmte. „Manchmal ist es ganz gut, wenn man seine Pappenheimer seit langem kennt und auch mal einen Gefallen einfordern kann. Dann geht einiges leichter und vor allem schneller. Hier ist der Durchsuchungsbeschluss im Original, das pdf ist auch schon unterwegs, können

Sie also gleich an den PHK Thiem weiterleiten. Wenn Sie mich dann bitte weiterarbeiten lassen. Es ist ja jetzt dafür gesorgt, dass Ihre Bremer Kollegen sinnvoll beschäftigt sind."

Aylin Cantürk und Abbo Reichel sahen sich nur irritiert an, bevor sie das Büro auf ein eindeutiges Handzeichen von Bodo Harbauer verließen.

Erst als sie wieder in ihrem Dienst-Golf saßen, fand Abbo Reichel seine Stimme wieder: „Wunder über Wunder. Dass das so schnell geht und dann noch so unproblematisch. Dabei wusste der Harbauer offenbar ganz genau, dass es kaum um den Mordfall von Zander geht. Aber was soll's, Ziel erreicht. Dann können die Bremer Kollegen aktiv werden und sich ein wenig an ihrem Arbeitsalltag erfreuen, ist doch auch nicht schlecht. Ist bestimmt interessanter als die Aufgabe, die auf uns wartet."

Donnerstag, 17. Mai 2018, 12.15 Uhr

„Moin, Kollege Thiem. Der Durchsuchungsbeschluss liegt vor, kommt gleich als pdf, das Original dann auf dem Postweg, kann also dauern."

„Watt'n, wie haben Sie das denn so schnell hinbekommen? Ich dachte immer, die Behörden in Berlin sind noch lahmer als unsere hier." Und ergänzte lachend: „Mein Weltbild ist völlig zerstört. Aber egal, dann will ich mal gleich den Einsatz in die Wege leiten. Was man erledigt hat, hat man erledigt. Vielen Dank, ich werde anschließend berichten." Damit hatte er schon aufgelegt und Abbo Reichel überlegte, ob es sich noch lohnen würde, mit dem Durchforsten der Protokolle zu beginnen. Steffen Tietz und Julia Rochow wirkten auch nicht so, als ob sie etwas gegen eine Pause haben würden und von Isabelle Berntsen und Thomas Kablow gab es keine Information, wo sie gerade steckten, also konnte man auch genauso gut in die Kantine gehen.

Einen freien Vierertisch fanden sie noch in der hintersten Ecke, es war ausgesprochen voll, trotz des wieder gruseligen Angebotes. Ergebnis war, dass auf allen vier Tellern wieder die übliche und ausgesprochen gesunde Notnahrung landete. Ein verstohlener Blick von Abbo Reichel auf Aylin Cantürks Teller war nicht verstohlen genug.

„Du brauchst gar nicht so zu gucken, wir Cantürks sind schon in dritter Generation in Berlin heimisch und nicht nur integriert, sondern vollständig assimiliert, bis auf die Wohnungsfrage halt. Aber im Ernst, ich glaube an nichts, nur an das Gute im Menschen und in einer Moschee, Kirche, Synagoge oder ähnlichem war ich noch nie in meinem Leben, außer zur Besichtigung. Ein Döner ab und zu ist zwar auch nicht schlecht, aber das gibt es hier ja nicht. Sollte man mal bei der Kantinenkommission als Eingabe machen. Döner ist wahrscheinlich aber auch nicht gesünder als eine anständige Currywurst aus Schweinefleisch, also esse ich halt die." Damit machte sie sich über ihren Teller her, war als erste fertig und klaute noch ein paar Pommes von Julia Rochows Teller.

Wieder zurück in ihren Büros widmeten sich alle vier den Recherchen beziehungsweise dem Lesen der Protokolle. Wie nicht anders zu erwarten, waren die Protokolle der Anrufe wenig ergiebig. Die üblichen Anrufe von Spinnern, Wichtigtuern und den allgegenwärtigen Berliner Idioten. Immerhin hatten Aylin Cantürk und Abbo Reichel nach mehr als zwei Stunden ermüdender Arbeit insgesamt fünf Anrufe von ehemaligen Gespielinnen des Opfers ermittelt und die entsprechenden Kontaktdaten in einer separaten Datei notiert. Beide waren zwar der Auffassung, dass es unwahrscheinlich war, dass eine Mörderin auf den Aufruf in der Presse hin anruft, aber was sein musste, musste eben sein, ein Nachhaken erschien erforderlich.

Steffen Tietz und Julia Rochow waren bei ihren Recherchen deutlich erfolgreicher. Die Auswertung der Verbindungsdaten war vielversprechend, auch hier hatte Staatsanwalt Harbauer sehr schnell die entsprechenden richterlichen Beschlüsse erwirken können und die Serviceprovider, Facebook, WhatsApp, Tinder und Konsorten hatten sich erstaunlicherweise als sehr kooperationsbereit und schnell erwiesen. Die Datei der Gespielinnen war damit auf insgesamt 17 Damen angewachsen, alle mit Adressen im Norden von Berlin.

„Einen sonderlich großen Radius hatte der Herr von Zander ja nicht gehabt und sein Beuteschema war auch ziemlich einseitig," meinte Steffen Tietz, „jedenfalls dann, wenn ich mir die Fotos in den sozialen Netzwerken so ansehe. Die sehen seiner Witwe alle ziemlich ähnlich. Und eine ganz schön hohe Anzahl für den kurzen Zeitraum, den er in Berlin wohnt. Man könnte es auch unter dem Motto ‚viele offenbar oberflächliche Beziehungen zu äußerst attraktiven Frauen' zusammenfassen. Das ‚äußerst attraktiv' gilt jedenfalls dann, wenn man auf blond steht, aber sie sehen schon gut aus. Ist auf jeden Fall ganz schön viel Arbeit, die alle abzuklappern."

Julia Rochow warf jetzt ein: „Ich würde denken, es ist sinnvoll, wenn Aylin, Isabelle oder ich die Damen aufsuchen, so von Frau zu Frau ist das bestimmt einfacher, als wenn einer von euch bei denen auftaucht" und blickte in Richtung von Steffen Tietz und Abbo Reichel.

272

„Einverstanden," meinte Abbo Reichel, „dann geht ihr morgen zu zweit auf Tour. Aylin, fährst du mit? Aber pass auf, Julia fährt ziemlich rasant."

„Steffen und ich haben auch einiges zur ‚Linken Gruppe Friedrichshain' und zu der Nazi WG in Bremen ermittelt. Beides ziemlich merkwürdig und auf der anderen Seite beides recht ähnlich. In beiden Fällen ist die Caerlaverock Eigentümerin der Häuser und in beiden Fällen seit mehreren Jahren, genauer gesagt seit 2013. Gekauft wurden beide Häuser jeweils im Rahmen von größeren Transaktionen, also ziemlich sicher nicht gezielt, war für die Caerlaverock wohl eher Pech, dass sie sich solche Mieter an Land gezogen haben. Auf jeden Fall gab es seither in beiden Fällen eine Vielzahl von Prozessen, ausgehend sowohl von der Caerlaverock als auch von Seiten der Mieter. Es ging um nicht ausgeführte Reparaturen an den Heizungen, um Belästigung anderer Mieter und Nachbarn, nicht oder nur unvollständig gezahlte Mieten, daraufhin erfolgte Kündigungen und Räumungsklagen und und und. Jedenfalls das volle Programm und wirklich in beiden Fällen sehr ähnlich. Mal hat übrigens die Caerlaverock gewonnen, mal die Mieter. Und auch in beiden Fällen gab es ziemlichen Ärger mit den jeweiligen Hausverwaltungen und der Caerlaverock. Sowohl von den Nazis als auch von der ‚Linken Gruppe Friedrichshain sind welche in den Räumen der Hausverwaltungen als auch in den Räumen der Caerlaverock aufgetaucht und haben dort Stress gemacht. Da sind einige Polizeieinsätze dokumentiert, leider aber ohne Personalien, die Vögel waren immer schon ausgeflogen, selbst bei der Caerlaverock, obwohl die Polizeiwache direkt nebenan liegt, die Kollegen waren wohl nicht sonderlich schnell. Im Falle der ‚Linken Gruppe Friedrichshain' ging man nach den Aussagen der Mitarbeiter der Caerlaverock davon aus, dass die quasi einen Betriebsausflug nach Bremen gemacht haben, gesichert ist das mangels Personalien aber nicht. Apropos Personalien, Hauptmieterin ist eine gewisse Mandy Wöllner und das schon seit 2010. Bei der Wohnung handelt es sich eigentlich um zwei Wohnungen, die schon zu DDR-Zeiten zusammengelegt wurden, laut dem Grundriss der Hausverwaltung mit zwei Küchen, zwei Gästetoiletten, zwei großen Wohnzimmern, jeweils mit Balkon, und insgesamt acht weiteren Zimmern, alle in etwa gleich groß. Die Wohnfläche beträgt laut Mietvertrag genau 284,7 m² für eine lächerlich niedrige Kaltmiete von gerade einmal etwas mehr als 1.000,-- Euro. Kein Mensch weiß allerdings, wer da tatsächlich wohnt. Weder die Hausverwaltung hat Informationen darüber noch gibt das Melderegister etwas Sinnvolles her. Gesichert ist nur, dass die sich selbst in den sozialen Netzwerken als ‚Linke Gruppe Friedrichshain' bezeichnen und als Unterstützer der Rigaer Straße 94 gelten. Das haben wir einigen Protokollen zu Einsätzen in der Rigaer entnehmen können. Die Wöllner ist in diesen Zusammenhängen mehrfach kurzzeitig festgenommen worden, aber das hat nie etwas gebracht. Ebenso wenig bei einigen anderen Personen, die auch als Adresse die WG angegeben haben. Lange Rede, kurzer Sinn, etwas Konkretes haben wir nicht, aber ein Hass auf die Caerlaverock dürfte vorhanden sein, zumal die Räumungsklage noch läuft und zumindest laut Auskunft der Hausverwaltung auch beste Erfolgsaussichten hat. Die gehen jedenfalls davon aus, dass sie die Räumung noch in diesem Jahr durchgesetzt bekommen; der zuständige Sachbearbeiter bei der ‚Wohnen in Berlin GmbH' war sowieso sehr auskunftsfreudig. Jetzt zu der Nazi WG in Bremen. Da handelt es sich um ein kleineres Mehrfamilienhaus in der Faulenstr. 9, im Erdgeschoss ist ein Ladengeschäft und darüber mehrere Wohnungen. Ob und inwieweit die zusammengelegt sind oder Zugänge untereinander haben, ist unklar, aktuelle Grundrisse haben wir nicht ermitteln können. Mieter des gesamten Hauses ist schon seit Anfang der 2000er-Jahre ein gewisser Matthias Ostermann, ein stadtbekannter Nazi, der auch den Laden im Erdgeschoss betreibt und dort die allseits bekannten und in Nazikreisen beliebten Klamottenmarken vertreibt. Der Laden und scheinbar auch die Wohnungen sind Treffpunkte der Bremer Naziszene und immer mal wieder Ziel der Antifa und auch von Einsätzen unserer Bremer Kollegen, teilweise mit großem Aufgebot. Zwischen Linken und Rechten gibt es da dauernd Stunk. Ansonsten genau das gleiche wie in Friedrichshain. Viele Prozesse, keiner weiß, wer da wohnt und auch in diesem Fall ist die Hausverwaltung

274

optimistisch, dass das Thema in absehbarer Zeit durch eine Zwangsräumung erledigt werden kann."

„Rechts und links ist wohl doch das gleiche fiese Pack," meinte Aylin Cantürk, „wenigstens die Nazis in Bremen werden durch die Bremer Kollegen aufgemischt werden, aber für unseren Fall dürfte das wohl nichts bringen. Bloß, was machen wir mit der ‚Linken Gruppe Friedrichshain'?"

„Besuchen gehen, aber ohne großes Aufgebot," murmelte Julia Rochow vor sich hin.

„Warum eigentlich nicht," kam jetzt von Isabelle Berntsen, die sich gemeinsam mit Thomas Kablow unbemerkt in den Raum geschlichen hatte. „Einen Versuch wäre es doch wert, oder?"

Spöttisch setzte Abbo Reichel hinzu: „Und die mehr oder weniger genehmigten Hundertschaften haben wir in den Nebenstraßen in Bereitschaft und die retten euch dann oder wie stellst du dir das vor? Nee, das ist mir viel zu riskant, nach dem, was wir über die wissen. Und dann noch in unmittelbarer Nachbarschaft zur Rigaer Straße 94. Da muss uns noch irgendetwas anderes einfallen, Ideen habe ich aber im Augenblick nicht. Einen kleinen Bürgerkrieg will ich da jedenfalls nicht riskieren. Außerdem hatten wir uns auch auf Prio B geeinigt. Ich meine daher, dass wir das erst einmal auf nächste Woche vertagen. Wir warten mal ab, was die anderen Ansätze bringen und wollen mal sehen, ob und was die Bremer Kollegen bei den Nazis finden. Wieso kommt ihr eigentlich erst jetzt, ihr hattet doch nur die paar Nachbarn?"

„Sogar nur drei Nachbarn, den Bauleiter hatten wir ja schon. War nicht sonderlich erfolgreich. Die direkte Nachbarin, Jana Bothmer, hatten wir ja schon besucht, die hatte doch ohne jegliches Zögern ausgesagt, dass der Herr von Zander ein Arschloch sei, ein Alibi hat sie aber nicht und Thomas und ich glauben nicht, dass sie es war. Das ist aber reine weibliche beziehungsweise männliche, ja, auch die soll es geben, lacht gefälligst nicht, Intuition. Die Mieter in den Wohnungen neben der Bothmer und dem Bauleiter Schnitzler kannten den von Zander nicht einmal, nicht mal vom Sehen, weitere Befragungen von Mietern haben wir uns damit dann erspart, erschien uns beiden sinnvoll.

Dafür haben wir noch die letzten Adressen von der Geschäftspartnerliste aufgesucht. War aber auch nicht erfolgreich, außer, dass wir jetzt in allen Fällen wissen, dass er abkassiert hat."

„Gut, oder auch nicht gut. Es ist jetzt gleich 17.00 Uhr und wir sind kein bisschen weiter, also Feierabend. Mir reicht es für heute. Morgen früh um 9.00 Uhr geht's weiter. Die weitere Aufgabenverteilung machen wir dann auch erst morgen früh." Mit dieser Ansage von Abbo Reichel war der Arbeitstag beendet.

Freitag, 18. Mai 2018, 5.20 Uhr

„Scheiße, habt ihr keine größere Schutzweste?

„Mensch Harro, XXL ist schon unsere größte. Bauch einziehen, Luft anhalten, dann geht das schon. Und künftig weniger naschen, dafür mehr Sport. Du kannst gerne an unserem Training teilnehmen, habe ich dir ja schon des Öfteren angeboten. Außerdem wolltest du ja unbedingt selbst dabei sein, ohne Weste geht das nicht. Wer seinen Spaß haben will, muss eben auch ein wenig leiden. Davon mal abgesehen höre ich gerade, dass meine komplette Mannschaft jetzt vor Ort ist und ihre Startpositionen einnehmen kann."

Der Leiter des SEK, Michael Janßen, und PHK Harro Thiem kannten sich schon seit Jahrzehnten und waren ebenso lange eng befreundet. Zumindest optisch waren sie die absoluten Gegensätze, groß und ziemlich umfangreich, eher schon dick, der PHK Harro Thiem. Dafür Michael Janßen eher klein und ausgesprochen sportlich und asketisch wirkend, fast schon dürr.

„Du willst ja bloß, dass deine Kollegen beim Training was zum Lachen haben. Als Torwart wäre ich vielleicht gut, an mir passt kein Ball vorbei. Uff, jetzt ist das Scheißding wenigstens zu, kann also losgehen."

Per Funk gab jetzt Michael Janßen die letzten Befehle vor dem Einsatz: „Codewort Wotan, alle auf ihre Positionen, um Punkt 5.30 Uhr ist wecken angesagt." An Harro Thiem gewandt: „Es gibt nur einen Hinterausgang, da sind drei Kollegen positioniert für den Fall, dass einer abhauen will. Im Laden dürfte noch niemand sein, da gehen nur vier Kollegen rein, für die beiden Wohnetagen habe ich jeweils zehn Leute vorgesehen und dann natürlich wir beide. Das wird wohl ausreichen, um die aufzumischen. Fünf Leute bleiben als Reserve vor dem Haus und warten auf einen eventuellen Einsatzbefehl. Die Haustür ist übrigens nicht verschlossen, das haben wir vorhin schon überprüft, wir gehen also direkt vor die Wohnungstüren."

Um Punkt 5.30 Uhr klopfte er ganz leise, fast ein wenig verschämt an die Wohnungstür in der ersten Etage und flüsterte: „Polizei, bitte öffnen Sie sofort die Tür." Erwartungsgemäß gab es keine Reaktion. „Leute, ihr habt gehört, dass meiner Aufforderung zur Öffnung der Tür nicht Folge geleistet wurde. Wir müssen also den Nachschlüssel einsetzen."

Im gleichen Moment zückten zwei Mitarbeiter des SEK den Rammbock und hatten Bruchteile von Sekunden später die Tür zerstört. Den Geräuschen aus der zweiten Etage nach zu urteilen, war auch dort die Tür nicht mehr funktionsfähig, dafür aber geöffnet. Mit voller Montur, die Maschinenpistolen im Anschlag und mit lautem Gebrüll: „Polizei, Waffen runter, alle auf den Boden und Hände auf den Rücken" waren Sekunden später mehrere Zimmertüren eingetreten und das SEK hatte zumindest in der ersten Etage alles im Griff. Insgesamt zehn Personen waren mit Handschellen versehen und hatten überhaupt noch nicht realisiert, was hier passiert war. Aus der zweiten Etage kam per Funk die Meldung, dass dort ebenfalls zehn Personen festgesetzt worden waren, allerdings mit einem kleinen Schaden, so dass ein Arzt angefordert werden musste. Einer der Neonazis meinte, sich mit einer leeren Bierflasche gegen die Festnahme wehren zu müssen. Der betroffene SEK-Beamte hatte reflexartig zur Eigensicherung seine Maschinenpistole hochgerissen und dabei den Neonazi damit an der Schläfe getroffen. Leider recht blutig das Ganze, aber vermutlich ohne bleibende Schäden, selbst die Bierflasche hatte die Aktion überstanden. Michael Janßen beorderte die bereits vor dem Haus wartende Spurensicherung per Funk in den Laden und die Wohnungen. Die Kollegen der Spurensicherung mussten sich dabei an der versammelten Bremer Presse und mehreren Radio- und Fernsehteams vorbeikämpfen.

„Guten Morgen Herr Ostermann, entschuldigen Sie bitte die frühe Störung, wir wollten Sie und Ihre Mitbewohner eigentlich nur zu einer Vernehmung in einer Mordsache einladen, aber auf unser Klopfen hat niemand geantwortet. Außerdem haben wir einen Durchsuchungsbeschluss für die Wohnungen und den Laden. Auf den ersten Blick sehe ich schon so einige Dinge, die Ihnen und den anderen zumindest kurzzeitig Vollpension bei uns verschaffen. Hakenkreuzflaggen sind verboten, das müssten sogar Sie wissen, die Hitlerbüste dahinten kommt auch nicht so gut und oben in der Wohnung gab es Widerstand gegen unseren

278

Einsatz, das kommt überhaupt nicht gut. Wir werden dann mal schauen, was wir sonst noch finden. Beim Verlassen des Hauses bitte lächeln, Presse, Funk und Fernsehen erwarten Sie unten. Woher auch immer die den Tipp zu unserem Einsatz hatten, jedenfalls waren die früher auf als Sie."

Mit vor Wut bebenden Lippen und entgleisten Gesichtszügen knurrte Matthias Ostermann: „Das werden Sie mir büßen. Sie werden schon noch sehen, was Sie davon haben. Das gilt auch für den Fettsack hinter Ihnen. Ihre Gesichter merke ich mir."

„Sie und Ihre Mitbewohner sind vorläufig festgenommen. Ich mache Sie alle darauf aufmerksam, dass alles, was Sie ab jetzt sagen, gegen Sie verwendet werden kann. Aber Sie haben das Recht zu schweigen, was ich in Ihrem Fall ausgesprochen begrüßen würde." An seine Kollegen des SEK gewandt: „Bitte für die Protokolle vermerken, dass der Herr Ostermann Drohungen gegen den Kollegen Thiem und mich ausgesprochen hat, ein Punkt mehr für die Anklage. Abführen!" An Matthias Ostermann gewandt: „Denken Sie an das Lächeln. Unsere Gefangenentransporter konnten leider nicht direkt vor dem Haus parken, keine freien Parkplätze, selbst zu so früher Stunde. Die stehen fast 100 Meter entfernt. Sie haben also ein schönes Schaulaufen für die Presse, aber so sind nun einmal die Sachzwänge. Jetzt raus, Sie stören die Spurensicherung bei der Arbeit."

Michael Janßen und Harro Thiel folgten den SEK-Beamten und den verhafteten Neonazis und Nazibräuten und genossen das Schaupiel der Prozession zu den weit entfernt parkenden Gefangenentransportern. Erstaunlicherweise gab es jetzt direkt vor dem Haus freie Parkplätze, aber wozu das Procedere ändern. Außerdem hatte so die Presse ausgiebig Gelegenheit, das Schauspiel zu verfolgen. 20 in einem Rutsch verhaftete Neonazis und Ihre Nazibräute, teilweise nur rudimentär angezogen mit vollem Blick auf vielfältige und geschmacklose Tätowierungen, das Ganze begleitet vom martialisch auftretenden SEK, das waren Bilder, die für Bremen nicht alltäglich waren und sicherlich auch ihren Weg in die bundesweiten Nachrichten und Zeitungen finden würden.

Noch zufriedener wirkten Michael Janßen und Harro Thiel, als sie ein Gespräch zwischen zwei Journalisten mithören konnten: „Meine Güte, ist das ein widerliches Pack. Und so etwas will hier die neue Herrenrasse züchten, einfach lächerlich!"

„Das wird wohl mal eine eher positive Presse für uns geben," meinte Harro Thiel zu Michael Janßen, „kann aber auch nicht schaden. Ich hoffe mal, dass die Kollegen von der Spurensicherung in dieser Müllhalde ausreichend Material finden um dem Pack etwas länger Vollpension zu verschaffen, wäre mir jedenfalls sehr recht. Schade nur, dass wir mit ziemlicher Sicherheit den Berlinern nicht weiterhelfen können. Ich werde trotzdem gleich mal anrufen und sie auf den aktuellen Stand bringen." Mit einem Blick auf die Uhr: „Wohl eher etwas später, ich glaube nicht, dass die über einen Anruf um 6.30 Uhr beglückt sind. Was hältst du denn davon, wenn wir erst einmal frühstücken gehen. Irgendwo hier in der Nähe gibt es doch bestimmt ein Café."

Breit grinsend meinte Michael Janßen: „Maßnahmen zur Erhaltung des Übergewichts, oder wie? Aber akzeptiert, ich lege nur meine Montur ab und packe sie in unseren Einsatzwagen. Wäre für ein Café doch etwas overdressed."

Freitag, 18. Mai 2018, 9.00 Uhr

Das gesamte Team war rechtzeitig vor Ort und um Punkt 9.00 Uhr rollerten alle mit ihren Schreibtischstühlen in das mittlere Büro, als ‚Sweet Lucy' ertönte.

Bevor Abbo Reichel auch nur die geringste Chance hatte, sich formvollendet zu melden, dröhnte es aus dem Hörer: „Hier Polizeihauptkommissar Thiem aus Bremen. Stellen Sie mal auf laut, Sie sitzen doch bestimmt bei Ihrer Teambesprechung zusammen, dann wissen gleich alle Bescheid. Ich will Sie kurz über unseren Einsatz bei den Jungs und Mädels mit der braunen Gesinnung informieren. Also ehrlich, wir hatten durchaus unseren Spaß, auch wenn's ziemlich früh war. Die aber eher nicht. Auf den Internetseiten von Radio Bremen und dem NDR gibt es schon schöne Videos dazu, eine richtig gute Presse haben wir. Wir haben gehört, dass über unseren Einsatz sogar in Heute und der Tagesschau berichtet werden soll. Ob's sonst was bringt, müssen wir noch abwarten, unsere Spurensicherung meinte, dass sie wohl noch ein paar Stunden brauchen, scheint sich also zu lohnen, zumindest für uns. Liegt aber auch daran, dass die Wohnungen eher Müllhalden gleichen als dass sie ordentlich aufgeräumt sind, wie man das bei ‚anständigen Deutschen' eigentlich erwarten sollte. Wenn es bei meinen Kindern so ausgesehen hätte, hätte das mindestens drei Wochen Stubenarrest gegeben, wobei ich nicht weiß, ob die drei Wochen zum Aufräumen gereicht hätten. Für euren Fall gibt es wohl eher nichts, aber warten wir mal ab, was die Durchsuchungen bringen. Ich melde mich später wieder. Tschüß." Damit hatte er wieder aufgelegt.

Als erste fand Isabelle Berntsen ihre Stimme wieder: „Meine Güte, der war ja aufgekratzt. Lasst uns doch mal das Video ansehen."

Aylin Cantürk hatte schon die Internetseite des NDR geöffnet, den entsprechenden Bericht gefunden und geöffnet. Das gesamte Team stand um ihren Schreibtisch und sah sich gerade das Video an, als sich die Tür zum Flur öffnete und Staatsanwalt Bodo Harbauer im Raum erschien.

„Was ist denn hier los?"

Isabelle Berntsen anwortete: „Wir sehen uns gerade den NDR-Bericht über die Hausdurchsuchung bei der Neonazi-WG in Bremen an."

„Deswegen bin ich hier, eine Kollegin von der Bremer Staatsanwaltschaft hat mich vor einer halben Stunde angerufen und mir den Link geschickt. Laut ihren Informationen wird die Spurensicherung wohl noch Stunden brauchen. Sie ist guter Hoffnung, dass es ausreichend Material für eine hieb- und stichfeste Anklage gegen diese Gruppe geben wird und hat sich ausdrücklich bei uns bedankt, auch wenn der Hintergrund ja eigentlich ein anderer war. Aber was soll's. Und wenn ich den NDR-Bericht korrekt einschätze, hatte die Bremer Polizei viel Erfolg mit ihrem Einsatz und dazu noch eine positive Presse. Halten Sie mich bitte auf dem Laufenden." Damit war er schon wieder aus dem Raum und gab die Klinke Oliver Scholz in die Hand.

„Meine Damen und Herren, wenn auch nicht unbedingt zu Ihrem Fall, aber trotzdem herzlichen Glückwunsch zu dieser offensichtlich sehr geglückten Kooperation zwischen der Bremer Polizei und uns. Der Bremer Polizeipräsident hat mich eben angerufen, wir haben uns das Video des NDR parallel angesehen und er hat sich ausdrücklich und vielmals bei uns bedankt. Gute Arbeit. Lassen Sie sich aber bei der eigentlichen Arbeit nicht stören," damit war auch er wieder verschwunden.

„Äh, was war denn das jetzt alles?" fragte Steffen Tietz, aber wohl eher rein rhetorisch. „Betrifft uns ja eigentlich nur indirekt, aber wir haben scheinbar eine ganze Reihe Leute glücklich gemacht."

„Die Nazibande aber eher nicht, aber das ist auch gut so," ergänzten Aylin Cantürk und Julia Rochow einstimmig.

„Ehrlich, auf den Bericht aus Bremen bin ich mal gespannt. Klingt auch so, als ob die guter Hoffnung sind, dass sie genügend für eine Anklage finden, wenn auch wohl leider nichts für uns Relevantes. Dann widmen wir uns mal unserer eigentlichen Arbeit, wie der große Meister so schön meinte. Einige Punkte haben wir ja noch offen. Die Liste der Gespielinnen ist doch recht umfangreich geworden. Ich denke, da sind Gespräche von Frau zu Frau wohl sinnvoller, als wenn Abbo oder ich da aufkreuzen.

Aylin, Isabelle und Julia, ihr könnt euch doch die Liste mal vorknöpfen und abarbeiten. Entscheidet selbst, ob ihr jeweils alleine, zu zweit oder auch zu dritt auftaucht. Wir Männer machen dann die Haus- und Scheißarbeit. Steffen darf noch diverse Protokolle und Aktennotizen schreiben und vor allem mal die finanziellen Verhältnisse zusammenfassen. Abbo und ich werden uns dann mit den Anrufprotokollen vergnügen und mal sehen, wie wir bei der ‚Linken Gruppe Friedrichshain' vorgehen. Im Bedarfsfall stimmen wir uns mit dem großen Meister und mit Harbauer ab, die scheinen ja beide ausgesprochen gute Laune zu haben, das sollten wir vielleicht ausnutzen, ich weiß nur noch nicht, wie."

Freitag, 18. Mai 2018, 9.45 Uhr

„Julia, du fährst doch bestimmt. Besorgst du uns einen Dienstwagen? Isabelle und ich gehen mal die Liste durch und schauen, in welcher Reihenfolge wir vorgehen."

Julia Rochow ließ sich das nicht zweimal sagen und war sofort unterwegs zum Fuhrpark in der Hoffnung, einen möglichst schnellen Wagen zu bekommen. Das klappte nicht so richtig, es war nur ein Ford Focus Kombi verfügbar, dementsprechend kam sie leicht missgelaunt nach 10 Minuten wieder zurück ins Büro: „Warum haben wir eigentlich keine vernünftigen Autos, nur so lahme Scheißkarren."

„Reg dich mal ab, auch damit kannst du Knöllchen sammeln. Außerdem müssen die Gelder der Berliner Steuerzahler sinnvoll verwendet werden und der Fuhrpark muss schließlich auch unauffällige Wagen umfassen. Hauptsache, du hast einen Wagen mit mindestens drei Sitzen bekommen, haha. Dafür haben Isabelle und ich eine Reihenfolge festgelegt, in der wir die Damen abklappern. Und als Höhepunkt des Tages hat Isabelle einen Besuch im Kaffeehaus Zeltinger angeordnet. Der Käsesahnekuchen und Blaubeer-Sahne sollen geradezu legendär sein. Da wir zu dritt sind, werden wir einige der Damen zu zweit und einige alleine aufsuchen, Isabelle und ich haben das einfach willkürlich festgelegt. Der Radius der Adresse ist wirklich eng begrenzt, nur Frohnau mit einigen wenigen Adressen im Randbereich von Hermsdorf und praktischerweise fast immer zwei oder mehr Adressen dicht beieinander, da kommen wir mit einem Auto problemlos klar. Auf los geht's los."

Nur 10 Minuten später standen sie im ersten Stau, auf dem Kurfürstendamm quälten sie sich von Ampel zu Ampel und auch auf der Stadtautobahn Richtung Norden ging es nicht wesentlich schneller voran. Die Laune von Julia Rochow wurde nicht besser, als Aylin Cantürk von der Rücksitzbank aus meinte: „Siehst du, mit einem schnelleren Auto würden wir genauso im Stau stehen, bringt alles nichts."

Erst um 11.10 Uhr bogen sie vom Hermsdorfer Damm an der Shell-Tankstelle in die Frohnauer Straße ab, die ersten beiden

Adressen waren Frohnauer Straße/Friedrichthaler Weg und gleich um die Ecke im Klaushager Weg. Beide Damen waren zu Hause und beide stritten zuerst die Bekanntschaft zu Herrn von Zander ab, aber nach Konfrontation mit den Verbindungsdaten und ziemlich eindeutigen WhatsApp-Nachrichten gaben sie kurzzeitige, sehr kurzzeitige, wie sie ausdrücklich betonten, Affären zu. Weder die eine noch die andere hatte ein Alibi für den 1. Mai, dafür hatten beide die Befürchtung, dass ihre Ehemänner von ihren Fehltritten erfahren könnten. Sowohl Aylin Cantürk und Isabelle Berntsen im Klaushager Weg als auch Julia Rochow im Friedrichsthaler Weg hatten aber den Eindruck, dass keine der beiden Damen als Mörderin in Betracht kam, beide trauerten scheinbar ihren Affären und damit dem Herrn von Zander immer noch nach.

Die nächste Adresse war eine der relativ neuen Doppelhaushälften in der Straße Am Dominikusteich, an der Aylin Cantürk abgesetzt wurde. Julia Rochow und Isabelle Berntsen fuhren mit dem Versprechen, sie in 30 Minuten wieder abzuholen weiter in die Kreuzritterstraße, waren dort aber im Gegensatz zu Aylin Cantürk nicht erfolgreich und standen dementsprechend schon 10 Minuten später wieder vor dem Haus Am Dominikusteich. „Irgendwie wirken die Dinger auf mich wie vermurkste Römervillen, ich kann mir kaum vorstellen, dass Abbo und ich so ein Haus kaufen würden, auch wenn sie für Doppelhaushälften recht groß wirken und die Lage eigentlich gar nicht so schlecht ist, aber gefallen tun sie mir nicht."

„Nee, mir auch nicht," meinte Aylin Cantürk, die sich unbemerkt angeschlichen hatte und den letzten Halbsatz mitbekommen hatte. „Und innen noch scheußlicher. Die Bewohner sind zwar Biodeutsche, klar, der von Zander stand ja auf Blondinen, aber das Haus hier würde innen und außen als Klischeebehausung für neureiche Deutschtürken durchgehen, total kitschig, echt gruselig. Aber ansonsten erfolglos, die Dame war eine von denen, die angerufen hatte. Sogar ein Alibi konnte sie vorweisen. Sie war mit ihrem Mann über den Feiertag bei den Schwiegereltern im Schwabenländle. Sie hat nicht einmal etwas dagegen, wenn wir uns das von denen bestätigen lassen, sie hat ihrem

Mann die Affäre längst gebeichtet. Der von Zander scheint im Bett ein echtes Highlight gewesen zu sein, hat sie jedenfalls durchblicken lassen. Kein Vergleich zu ihrem Schwabenmännle, wie sie meinte. War schon ein Gespräch der Kategorie ausgesprochen witzig. Das Klischee von der dummen Blondine passte auch überhaupt nicht, sowohl die Dame als auch ihr Schwabenmännle haben einen Doktortitel und arbeiten beide irgendwie als Lobbyisten. Wohin jetzt?"

Freitag, 18. Mai 2018, 15.00 Uhr

Fast vier Stunden später saßen die drei leicht frustriert im Kaffeehaus Zeltinger.

„Oh, heute zu dritt," meinte die sofort erscheinende namenlose Bedienung. „Ich nehme an, einmal Käsesahne, einmal Blaubeer-Sahne und Sie sehen mir nach Schwarzwälder Kirsch aus," fügte sie grinsend in Richtung Aylin Cantürk hinzu und war schon wieder weg, bevor es Widerspruch oder Zustimmung geben konnte.

Völlig irritiert kam von Aylin Cantürk: „Woher weiß die denn, dass ich Schwarzwälder Kirsch liebe? Meine künftige Schwiegermutter kann die übrigens hervorragend, mal sehen, ob die hier mithalten kann. Schwiegermutter ist in der Hinsicht voll integriert. Außer der Tatsache, dass sie für Türel und mich eine richtig große Türkenhochzeit mit hunderten von Gästen will, wollen wir aber beide nicht. Aber ohne Wohnung sowieso auch keine Hochzeit."

„Die weiß alles, woher auch immer. Aber Stichwort Wohnung. Abbos wird doch frei, er wollte mal seine Vermieterin ansprechen. Er meinte, dass die sowieso keinerlei Vorurteile hat und es bestimmt auch gut fände, wenn wieder ein Bulle oder eine Bullin einzieht. Und ein künftiger Richter ist bestimmt auch nicht schlecht. Ist allerdings in der vierten Etage ohne Fahrstuhl, drei Zimmer mit Balkon und ziemlich günstig. Wäre doch vielleicht etwas für euch. Neu-Westend ist auch nicht die schlechteste Lage."

„Sofort würden wir die nehmen, unbesehen. Wann will Abbo denn mit seiner Vermieterin sprechen?"

„Ich denke, in der nächsten Woche, die Wohnung soll ja möglichst bald gekündigt werden. Wir haben ja erst mal meine und außerdem wollen wir ein Haus hier in Frohnau suchen."

„Genau, Haus in Frohnau, da habe ich was für Sie." Damit lud die Bedienung die drei Tortenstücke auf dem Tisch ab und war schon wieder weg um zwei Minuten später mit jeweils einem Cappuccino für die drei und einem handgeschriebenen Zettel für Isabelle Berntsen wieder zu erscheinen. „Zwei Adressen mit zwei Telefonnummern, einmal ein Reihenendhaus und einmal eine Doppelhaushälfte, das Reihenendhaus steht schon leer. Bei dem Reihenendhaus ist es die Telefonnummer des Sohnes, die alte Dame ist dement und lebt schon seit mehr als einem Jahr in einem Pflegeheim. Der Sohn hat jetzt erst nach vielem Hickhack die Betreuung übernehmen können und die Genehmigung des Gerichtes, das Haus zu verkaufen. Das Geld brauchen die auch für die Pflegekosten. Selbst einziehen will der Sohn nicht, er und seine Frau wollen lieber in Charlottenburg bleiben. Er meinte, dass mehr als 20 Jahre Frohnau ihm reichen würden. Manchen Leuten ist halt nicht zu helfen. Und das andere ist die Besitzerin, eine auch schon ältere Dame, deren Mann vor zwei Jahren verstorben ist. Ihr ist das Haus jetzt alleine zu groß und sie will sich eine kleinere Wohnung mit Balkon oder Terrasse kaufen, natürlich hier in Frohnau. Beide wissen Bescheid, Sie können also anrufen und Besichtigungstermine vereinbaren. Und jetzt guten Appetit. Unsere Schwarzwälder Kirsch ist übrigens bestimmt besser als die Ihrer Schwiegermutter." Damit war sie schon wieder verschwunden.

Lachend meinte Aylin Cantürk: „Die weiß nicht nur alles, die hat auch ihre Ohren überall. Die wäre bei uns gut aufgehoben, oder auch beim BND oder so." Nach dem ersten Bissen der Torte ergänzte sie mit vollem Mund: „Hm, kann tatsächlich mithalten."

Fünf Minuten später mit leerem Mund und leerem Teller: „Fassen wir doch mal zusammen, 13 haben wir erreicht, erstaunlich viele. Das waren also meistens gelangweilte Hausfrauen, die dem Charme unseres Herrn von Zander erlegen sind. Ein bisschen flexibel war er wohl doch in seinem Beuteschema, zwar alle blond, aber auch welche mit langen blonden Haaren, immerhin! Wenn ich das hier richtig in unseren Notizen sehe, hatten wir sechs mal ein Alibi, sieben mal keines. In dieser Gegend werden wohl die verlängerten Wochenenden häufig für Verwandtenbesuche in der schwäbischen oder sonstigen Heimat genutzt. Die Überprüfung der Alibis hat für mich keine hohe Priorität, wir sind uns doch einig, dass es kaum eine von denen war, oder seht ihr das anders? Und was machen wir mit den letzten vier?"

„Wer nicht da ist, muss halt leiden und bekommt eine Einladung zu uns ins LKA," meinte Julia Rochow. Ich will so schnell nicht mehr nach Frohnau, das mit der Käsesahnetorte hier ist mir zu gefährlich. Rufen wir die nachher vom Büro aus an und bestellen sie für Anfang nächster Woche zu uns."

„Unsere Käsesahne ist nicht gefährlich, die Blaubeer-Sahne und der Schwarzwälder Kirsch auch nicht. Aber zugegebenermaßen nicht ganz kalorienfrei, macht dafür aber glücklich." Damit lag die Rechnung auf dem Tisch, die Isabelle Berntsen übernahm.

Ohne Stau, dafür aber mit einigen Verstößen gegen die Straßenverkehrsordnung, waren sie um 16.45 Uhr wieder zurück im LKA.

Julia Rochow hängte sich gleich ans Telefon und hatte 15 Minuten später die restlichen vier Damen erreicht und davon überzeugt, dass es auch in ihrem eigenen Interesse war, am kommenden Dienstag im LKA zu erscheinen. Zeitgleich erschienen Thomas Kablow und Abbo Reichel, die von Oliver Scholz zurückkamen.

„Scholz ist informiert, dass wir uns die ‚Linke Gruppe Friedrichshain' vorknöpfen wollen. Er besorgt uns bis Dienstag Informationen der Staatsschutzabteilung und spricht mit Harbauer, dass der uns prophylaktisch einen Durchsuchungsbeschluss verschafft. Mal sehen, ob die Staatsschützer nicht blockieren. Wenn nicht, finden wir vielleicht einen Ansatz, wie wir an die Gruppe ohne einen Riesenaufwand herankommen. Die Anrufprotokolle waren natürlich ergebnislos, das ist echt nicht vergnügungssteuerpflichtig, sich diesen Mist durchzulesen. Wir haben nur eine Anruferin gefunden, die ein großes schwarzes Auto zur fraglichen Zeit vor dem Turm gesehen haben will, das kam ihr ziemlich verdächtig vor. Dem Namen nach wird das wohl eine etwas ältere Dame sein, wir haben sie aber noch nicht erreicht. Versuchen wir dann am Dienstag noch einmal, klingt aber auch nicht sonderlich erfolgversprechend. Der Kollege Thiem hat sich vorhin auch kurz gemeldet, die Durchsuchung des Gebäudes war eben erst abgeschlossen, aus deren Sicht sehr erfolgreich. Für unseren Fall ist aber auf den ersten Blick nichts Relevantes dabei, wird aber alles über Pfingsten im Detail überprüft. Er möchte uns dann am Dienstag früh um 9.00 Uhr alle telefonisch über die Ergebnisse informieren. Und damit verkünde ich jetzt den Beginn des langen Wochenendes."

Freitag, 18. Mai 2018, 19.00 Uhr

„Die Bedienung aus dem Kaffeehaus Zeltinger hat übrigens zwei Häuser für uns gefunden. Ich habe für morgen Besichtigungsterme vereinbart, aber erst nachmittags. Morgen früh haben wir um 11.00 Uhr einen Termin in Tegel bei Opel, wir brauchen dringend ein Auto, schon alleine für deinen Umzug hierher und auch sonst. Die haben da mehrere Kombis als Vorführwagen."

„Da wird mir das Heft völlig aus der Hand genommen, aber zum Thema Auto waren wir uns ja einig, das sehe ich auch so. Finanziell bekomme ich das hin, das müsste passen. Aber Haus?"

„Lass mich mal machen beziehungsweise ich habe schon etwas gemacht. Aus dem gemeinsamen Erbe mit meinen Schwestern ist einiges an frei verfügbarem Geld vorhanden. Ich habe mit Karine telefoniert und sie wird mir in den nächsten Tagen einen Anteil von wahrscheinlich 3.000.000,-- dänischen Kronen überweisen, das müssten rund 400.000,-- Euro sein. Wird ja wohl für eine Anzahlung reichen. Arbeitet deine Mutter nicht bei der Sparkasse, die kann uns doch bestimmt bei der Finanzierung helfen. Aber jetzt kein Wort mehr zu Geld, Thema ist erledigt. Es gibt wichtigeres. Du weißt doch bestimmt noch, was man hier auf dem Sofa so alles machen kann."

Sonnabend, 19. Mai 2018, 9.30 Uhr

„Mann, Mann, Mann. Was habe ich mir mit dir bloß angelacht. Nichts zu melden habe ich, das komplette Programm für heute ist von dir. Dafür lege ich jetzt mal den Plan für Sonntag fest."

„Lass mich raten, wir gehen paddeln."

„Genau, der Wetterbericht sieht gut aus. Außerdem können wir dann gleich mal klären, ob wir im Bootshaus unsere Hochzeit nachfeiern können und vor allem wann."

„Stimmt, da war noch was. Für die Hochzeitsreise müssen wir uns auch noch etwas überlegen. Ich hätte da mal drei Vorschläge."

„Aha, ich darf also mitentscheiden? Dann mal los."

„Also, Karine, Morana, Merle und mir gehört ja gemeinsam ein Ferienhaus auf Seeland, in Smidstrup Strand. Das könnten wir auf jeden Fall jederzeit nutzen, da haben meine Schwestern mit Sicherheit kein Problem mit. Dann haben deine Eltern doch einen Klappwohnwagen, wenn wir ein Auto haben und sie uns das Teil leihen würden, könnten wir doch damit irgendwohin fahren. Wäre auf jeden Fall für mich etwas Neues. Und der dritte Vorschlag ist auch noch etwas Neues für dich. Ich habe mütterlicherseits einen italienischen Opa, der ist 1960 als Gastarbeiter aus dem Veneto nach Dänemark gekommen, hat Oma kennengelernt und naja, ist dann halt im kalten Dänemark geblieben. Opa meint immer, dass es in Dänemark kalt ist, ist natürlich Quatsch. Jedenfalls hat Opa vor ungefähr 15 Jahren von einer Tante, von der er gar nichts so richtig wusste, ein Haus in Venedig geerbt. Die Wohnung dieser fraglichen Tante ist seitdem die Ferienwohnung der Berntsens und der Mardinis, Opa heißt Ettore Mardini. Die anderen beiden Wohnungen sind vermietet und die Mieter kümmern sich auch um Opas Wohnung. Wenn ich ihn frage, überlässt er uns die Wohnung bestimmt. Venedig wäre doch ganz romantisch und mit dem Vaporetto kommt man auch ganz schnell an den Lido, könnte also auch baden gehen. Das Haus ist im Stadtteil Cannareggio, sowohl vom Bahnhof als auch vom Flughafen aus gut zu erreichen."

„Und viertens machen wir etwas ganz anderes."

„Blödmann."

„Ich wusste, was ich vermisst habe. Klingt alles gut, da kann ich mich gar nicht entscheiden. Vorschlag, wir machen einfach Lose und nehmen dann das, was wir ziehen."

„Das mit dem Blödmann nehme ich dann zumindest für jetzt zurück. Gute Idee, das vereinfacht die Sache. Und was das Thema Auto betrifft, Hauptsache ein Kombi, die Farbe ist mir ziemlich egal und kein Diesel, soll ja wenigstens so halbwegs ökologisch vertretbar sein. Bezahlen werde ich, dass ist hiermit beschlossen und verkündet."

Zwei Stunden später hatten sie einen Kaufvertrag unterschrieben und waren damit Eigentümer eines langweiligen dunkelsilberfarbenen Opel Astra Kombi, der als Vorführwagen mit nur 3.000 Kilometern extrem günstig zu bekommen war. Am kommenden Donnerstag sollte er mit einer Anhängerkupplung versehen und zugelassen zur Abholung bereit stehen. Bis dahin hatten sie als eine Art Zugabe noch einen Opel Corsa kostenfrei zur Nutzung bekommen.

„Gut, ein Auto haben wir jetzt. Dann kaufen wir als nächstes ein Haus, mal sehen, was mir noch so einfällt, was du mir kaufen kannst. Wie war das noch, wie viele Wünsche hat ein Prinz frei? Drei oder noch mehr?"

„Waren das nicht eher die Prinzessinnen, die die Wünsche freihaben? Und außerdem nicht übertreiben, unendlich viel Geld habe ich auch nicht. Für die Anzahlung für ein Haus wird's schon reichen und dann bist du gefragt, als deutscher Beamter bist du doch wohl hoffentlich kreditwürdig. Das wird bei mir eher schlecht aussehen, mein Vertrag ist noch befristet, soll aber mit der Promotion in einen unbefristeten umgewandelt werden, also noch in diesem Jahr. So, jetzt meine Vorstellungen zum Haus. Eigentlich ein bisschen in der Art wie das von deinen Eltern, vielleicht noch ein Zimmer mehr, keinen allzu großen Garten, Gartenarbeit ist überhaupt nicht mein Ding, es sollte aber für eine Buddelkiste und eine Schaukel reichen. Ein Reihenhaus oder eine Doppelhaushälfte würde mir ausreichen. Außerdem habe ich gesehen, dass die Grundstückspreise in Frohnau ganz schön hoch sind, ein Riesengrundstück können wir uns damit

293

nicht unbedingt leisten Und von außen sollte das Haus eher unauffällig sein. Innen können wir uns dann ja nach unseren Vorstellungen austoben. Dein Bruder ist doch Bauingenieur, der kann doch bestimmt checken, ob technisch alles in Ordnung ist und was zu erneuern wäre und was das kosten könnte. Auf jeden Fall wären sechs Zimmer nicht schlecht."

„Sechs Zimmer?"

„Na klar, Wohnzimmer, Schlafzimmer, drei Kinderzimmer und ein Arbeits- und Gästezimmer. Schlafzimmer ist besonders wichtig, schließlich müssen die Kinderzimmer nach und nach gefüllt werden. Und du musst schon damit rechnen, dass meine Schwestern auch mal in Berlin auftauchen, nacheinander natürlich. Ein Arbeitszimmer hätte ich auch gerne, darfst du natürlich mit benutzen."

„Drei Kinder also, na, warum nicht. Ich habe es ja auch mit zwei Brüdern überlebt. Die Übungsphase ist schon einmal ganz nett."

„Sexist."

„Gefällt mir besser als Blödmann, obwohl ich mich langsam daran gewöhnt habe."

„Ab ins Auto. Ich fahre. Wir müssen uns beeilen, sonst kommen wir zu spät."

Zwanzig Minuten später standen sie vor dem Haus Forstweg 99, einem Reihenendhaus aus den späten 1970er- oder frühen 1980er-Jahren. Von außen wirkte es ganz ordentlich, aber dem Garten war eindeutig anzusehen, dass hier schon seit längerem niemand mehr wohnte.

„Man sieht dem Haus und dem Garten an, dass meine Mutter seit mehr als einem Jahr hier nicht mehr wohnt und auch davor hat sie sich schon länger nicht mehr so richtig um alles kümmern können. Demenz ist schon Scheiße und wenn man sich dann noch mit den diversen Behörden wegen Unterbringung, Pflegestufen, Betreuung und allem möglichen herumschlagen muss, dann ist das schon ziemlich nervenaufreibend. Aber jetzt ist alles geklärt und ich habe auch die Zustimmung des Gerichts zum Verkauf des Hauses. Mein Name ist übrigens Tim Frehse. Meine Frau und ich haben auch lange überlegt, ob wir nicht selbst einziehen wollen, uns dann aber entschieden, lieber in Charlottenburg zu bleiben. Unsere Kinder haben da alle ihre Freunde, wir fühlen uns dort wohl, haben eine große und recht günstige Wohnung und vor allem könnten wir es uns nicht leisten, meine beiden Schwestern auszuzahlen und dann noch das Haus auf den neuesten Stand zu bringen. Sie werden es gleich selbst sehen, es ist zwar alles in Ordnung und auch gepflegt, entspricht aber nicht mehr den heutigen Anforderungen. Man wird wohl eine ganze Menge investieren müssen, neue Fenster, Heizung, Bäder, Küche. Die Möbel sind übrigens schon alle weg, einige wenige sind bei Mutter im Pflegeheim und den Rest habe ich entsorgt. Hierher wird sie nie wieder kommen."

Isabelle Berntsen und Abbo Reichel sahen es ihm deutlich an, dass es ihm ziemlich schwer fiel, so über das Haus und seine Familienverhältnisse zu reden. Immerhin hatte er hier offensichtlich seine gesamte Kindheit und Jugend verbracht.

„Sehen Sie sich einfach überall um, falls Fragen sind, ich setze mich auf die Terrasse, bietet sich bei dem schönen Wetter förmlich an."

Schweigend nahm Isabelle Berntsen Abbo Reichel an die Hand und ging mit ihm durch alle Räume. Im Erdgeschoss eine ziemlich kleine Küche, dafür ein großzügiges Wohnzimmer mit einem tollen Ausblick in den total verwilderten Garten und den direkt angrenzenden Tegeler Forst und eine Gästetoilette, sogar mit Dusche. In der ersten Etage das obligatorische Badezimmer, ziemlich klein, dafür sowohl mit Badewanne als auch Dusche und vier Zimmer, alle mehr oder weniger gleich groß oder eher gleich klein. Im Dachgeschoss gab es ein weiteres, dafür recht großes Zimmer, das offensichtlich schon seit langem nicht mehr genutzt wurde, jedenfalls wirkte es im Gegensatz zum restlichen Haus ziemlich verstaubt. Im Keller gab es neben mehreren völlig leeren Räumen nur noch die aus der Bauzeit des Hauses stammende und altertümlich wirkende Ölheizung zu sehen. Auf der Terrasse mit viel Laub des Vorjahres saß Tim Frehse in der Sonne auf einem alten Gartenstuhl, der wohl beim Entrümpeln des Hauses vergessen worden war. „Die erste Garage gehört zu diesem Haus, ein Eingang vom Garten aus ist vorhanden. Die anderen Garagen dahinter gehören zu den Nebenhäusern. Das Grundstück hier ist zwar nicht sonderlich groß, aber trotzdem von allen Häusern das größte. Dafür aber auch ganz schön verwildert. Und, was sagen Sie?"

Abbo Reichel und Isabelle Berntsen hatten seit dem Betreten des Hauses kein einziges Wort gewechselt, sagten jetzt aber gleichzeitig: „Wir nehmen es." Abbo Reichel ergänzte nach einer Schrecksekunde noch: „Klar, wir müssen uns über den Preis einigen und wir möchten einen Gutachter mit der Prüfung beauftragen, außerdem müssen wir die Finanzierung klären und noch so einiges andere. Aber wenn wir uns einigen und soweit alles in Ordnung ist, nehmen wir es."

„Preis, eigentlich ein schwieriges Thema, aber im Endergebnis auch ganz einfach. Das Geld soll möglichst lange für Mutters Pflege reichen und danach ist es mir egal, auch wenn meine Schwestern schon wie die Geier.... Das Gericht hat im Rahmen der Betreuung festgelegt, dass ein amtlich bestellter und vereidigter Sachverständiger den Preis festlegen muss, ich denke also, dass das damit ziemlich einfach und auch fair ist. Wenn Sie wollen, kann ich Ihnen gleich den Schlüssel geben, ich habe noch einen zweiten. Dann können Sie jederzeit mit ihrem Gutachter in das Haus und es sich auch so noch einmal in Ruhe ansehen. Und wenn Sie es sich anders überlegen sollten, kann ich damit auch leben, obwohl ich mich natürlich freuen würde, wenn hier wieder Leben mit einer jungen Familie einzieht. Ich schicke Ihnen dann noch Grundriss, Bauzeichnungen und alle anderen Bauunterlagen in Kopie zu, die habe ich vorhin in der Aufregung zu Hause liegengelassen. Ihre Adresse hatten Sie mir ja bei unserem Telefonat genannt. Wenn Sie einverstanden sind, verlasse ich Sie jetzt, schließen Sie bitte nachher alles ab."

„Puh," meinte Isabelle Berntsen, „haben wir allen Ernstes eben ein Haus so gut wie gekauft? Ich fasse es nicht. Die Verbindung Reichel/Berntsen ist gut für Rekorde aller Art, im Heiraten, im Auto kaufen und jetzt auch noch im Haus kaufen. Aber bitte noch einen zweiten Rundgang durchs Haus und dann müssen wir los zur zweiten Besichtigung."

„Ich bin immer noch der Meinung, dass es das ist," meinte Abbo Reichel 30 Minuten später. Wenn wir nachher fertig sind, fahren wir bei meinen Eltern vorbei und erzählen ihnen von dem Haus, Papa und Mama können es sich dann auch ansehen, vielleicht sehen die irgendetwas, was wir übersehen haben und dann rufen wir Hilko und Tabea an. Mal sehen, was unsere familieneigenen Experten in Sachen Haus beitragen können."

Die zweite Hausbesichtigung des Tages war zügig erledigt, es stellte sich schnell heraus, dass die Doppelhaushälfte Im Amseltal 55 zwar in einem deutlich besseren Zustand war als das Haus im Forstweg, aber es war eindeutig zu klein, nur vier Zimmer. Dafür wurden sie von der netten älteren Dame, die ihr Haus aus Altersgründen verkaufen wollte, sehr nett und umfangreich mit Kaffee und selbst gebackenem Kuchen verwöhnt. Grundsätzlich hätte man bei dem Haus durch Aufstockung auf dem vorhandenen Flachdach mit Sicherheit noch ein oder sogar zwei zusätzliche Räume schaffen können, aber die Hausbesitzerin meinte gleich, dass das nicht realistisch sei, da die Eigentümer der anderen Haushälfte kaum mitziehen würden.

„Irgendwie hatte ich den Eindruck, dass sie ihr Haus noch gar nicht verkaufen will, vielleicht wurde ihr das auch nur von ihren Kindern eingeredet. So nach dem Motto ,Du bist doch viel zu alt für die Gartenarbeit und das Haus ist für dich alleine zu groß und und und'. Aber jetzt ab zu meinen Eltern, mal sehen, was die dazu sagen."

Sonnabend, 19. Mai 2018, 17.35 Uhr

„Junge, hättest du nicht vorher anrufen können, wir haben jetzt nichts vorbereitet, aber kommt erst einmal herein."

Abbo Reichel meinte gleich zu Isabelle Berntsen: „An solche Ansagen deiner Schwiegermutter oder besser gesagt solche Begrüßungen wirst du dich gewöhnen müssen. Die Gute ist manchmal nicht sonderlich flexibel."

Ein bitterböser Blick seiner Mutter war ihm gewiss und an Isabelle Berntsen gewandt: „Einfach ignorieren, das ist das Beste, was man machen kann, wenn Männer Blödsinn reden. Du wirst noch sehen, Abbo ist in der Hinsicht ganz wie sein Vater; Blödsinn reden können beide sehr gut. Hilko und Tammo sind aber auch nicht besser."

Bevor seine Mutter weiterreden konnte und womöglich noch echte Wichtigkeiten oder Familiengeheimnisse von sich geben konnte, meinte Abbo Reichel: „Wir haben ein paar Neuigkeiten für euch und ein paar Fragen. Papa kann ja mal die Espressomaschine anwerfen, der Kaffee eben war nicht so prickelnd. Der Kuchen aber schon. Mama, du brauchst dir also keine Sorgen machen, wir hatten schon Kaffee und Kuchen. Und zum Abendbrot wollten wir wieder zu Hause sein."

Bertram Reichel hatte derweil ohne ein Wort zu sagen die Espressomaschine angeschaltet, den Siebträger ausgeklopft und lautstark die Kaffeebohnen gemahlen. Seine ersten Worte waren: „Espresso oder Cappuccino?"

Isabelle Berntsen meinte daraufhin spontan: „Mein Opa behauptet immer, dass ein echter Italiener Cappuccino nur bis 12.00 Uhr trinkt, aber ich bin ja nur zu einem Viertel Italienerin. Und meine restlichen Dreiviertel sagen jetzt Cappuccino."

„Vernünftig, Konventionen sind dazu da, gebrochen zu werden. Aber jetzt mal heraus mit der Sprache, ihr habt doch irgendetwas auf dem Herzen und nicht nur die Info für uns, dass Isabelle auch italienische Vorfahren hat."

„Oho, Papa und seine Menschenkenntnis. Das mit dem italienischen Opa weiß ich übrigens auch erst seit vorhin. Aber ansonsten der Reihe nach. Können wir morgen euren Zweierkajak benutzen? Das Wetter soll angeblich gut werden und Isabelle fand den ersten Versuch gar nicht so schlecht."

„Ja, und weiter?"

„Gut, danke. Wir können dann auch gleich mal grundsätzlich klären, ob wir im Bootshaus unsere Hochzeit nachfeiern können."

Jetzt schaltete sich Petra Reichel ein: „Um die Organisation kümmern wir uns dann, ihr habt doch mit eurem Mordfall bestimmt genug um die Ohren. Oder ist der inzwischen aufgeklärt?"

„Gerne, aber die Bezahlung bleibt auf jeden Fall bei uns," sagte Isabelle Berntsen. „Der Fall ist übrigens noch völlig offen."

„Finde ich gut, dass wir nichts dafür bezahlen müssen, dass wir unseren Sohn losgeworden sind." Dafür fing sich Bertram Reichel einen Ellbogencheck seiner Ehefrau ein. „Pass bloß auf Abbo, dass du nicht auch so unter der Ehefrauenknute landest wie ich."

„Was hatte ich eben gesagt, Männer reden nur Blödsinn," ließ sich wieder Petra Reichel vernehmen. „Isabelle, mach du doch weiter, was steht noch an?"

„Wir sind auch am überlegen, was wir hinsichtlich unserer Hochzeitsreise machen. Sicher sind wir uns noch nicht, aber eine der Optionen wäre, dass wir eine Campingreise machen und Abbo meinte, dass ihr einen Klappcaravan habt, den ihr uns eventuell leihen könntet. Ein Auto haben wir heute früh gekauft, da wird noch eine Anhängerkupplung angebaut und nächste Woche Donnerstag können wir es abholen."

„Klar, könnt ihr haben. Passt auch gut zu dir, ist nämlich ein dänisches Fabrikat, aber älter als du, ein Camp-let Safir von 1989. Was für einen Wagen habt ihr euch denn gekauft? Wann wollt ihr denn fahren? Wir haben nämlich geplant, ab Dienstag für eine gute Woche in Richtung Spreewald zu fahren, aber danach ist es kein Problem."

„Einen Opel Astra Kombi als Vorführwagen, die Dinger sind viel günstiger als die meisten anderen Modelle. Die Hochzeitsreise steht auch noch nicht fest, weder der Termin noch die Frage, was wir machen. Es gibt noch zwei oder drei andere Optionen und Abbo meinte schon, dass wir einfach auslosen was wir machen. Mit ziemlicher Sicherheit aber erst dann, wenn der Fall geklärt ist."

„Dann muss sich der Herr Sohn mit der Klärung eben etwas beeilen," ließ sich wieder Bertram Reichel vernehmen. „Und seine Mitarbeiter und Mitarbeiterinnen ein wenig antreiben."

„Auch wenn ich mich wiederhole, Männer reden nur Blödsinn. Das gilt für euch beide. Wie soll sich Abbo denn mit der Aufklärung beeilen? Vielleicht Kommissar Zufall zu Hilfe rufen oder wie? Und Hochzeitsreise auslosen, wo gibt es denn so etwas? Blödsinn! Und was sind die anderen Alternativen?"

„Die Idee mit den Losen finde ich gar nicht so schlecht. Eine Option ist das Ferienhaus, das meinen Schwestern und mir auf Seeland gehört. Die andere ist Venedig, da gehört meinem Opa mütterlicherseits ein Haus mit einer Ferienwohnung. Abbo meinte als letzte Alternative noch etwas völlig anderes, ohne sich dabei irgendwie näher zu äußern."

Petra Reichel begeisterte sich gleich: „Venedig, wie romantisch, das ist doch wohl gesetzt. Camping ist für eine Hochzeitsreise vielleicht ein wenig primitiv. Obwohl, wenn ich mich Jahrzehnte zurückerinnere, bei unserer Hochzeitsreise nach Schweden hatten wir nur ein ganz einfaches Ferienhaus mit fließend Wasser vor dem Haus und einem Plumpsklo fünfzig Meter entfernt in einer Scheune. War trotzdem schön."

„Jetzt noch das Wichtigste. Wir haben vorhin auch noch ein Haus gekauft, na ja, fast jedenfalls. Gar nicht so weit weg von hier."

Nach dieser letzten Aussage von Isabelle Berntsen waren die Eltern von Abbo erst einmal sprachlos. Als erster fand Bertram Reichel seine Stimme wieder: „Irgendwie war mir das schon in Kopenhagen klar, dass ihr nicht ganz normal seid, das gilt ausdrücklich für euch beide. Ihr kennt euch nicht einmal eine Woche und heiratet und weitere zwei Wochen später kauft ihr ein Haus oder fast oder wie auch immer. Und neun Monate später seid ihr Eltern und wir Oma und Opa oder wie? Na, das würde uns jetzt echt noch fehlen! Ihr müsst doch zugeben, dass das nicht ganz normal ist. Aber was soll's, ihr seid mein Sohn und meine

Schwiegertochter und ich erkläre das jetzt einfach mal alles für völlig normal. Außerdem, was ist schon normal, das wird sowieso alles überbewertet."

Nach dieser für Bertram Reichels Verhältnisse langen Rede von fast philosophischem Ausmaß wurden noch dutzende Fragen zum Haus und zum weiteren Vorgehen geklärt und für Pfingstmontag um 10.00 Uhr ein großes Familienfrühstück mit anschließender gemeinsamer Besichtigung des Hauses vereinbart, nachdem geklärt werden konnte, dass auch Hilko Reichel und Tabea Raschke als familieneigene Experten Zeit hatten.

Sonntag, 20. Mai 2018, 10.30 Uhr

„Ah, Abbo mit seiner niedlichen Ehefrau," so wurden sie von Erika auf dem Vereinsgelände des KCNB begrüßt. „Klar könnt ihr hier eure Hochzeit nachfeiern, der Vorstand hat das eben schon auf einer inoffiziellen Pfingstsonntag-Vormittags-Sondersitzung abgesegnet. Hat nicht einmal irgendwelche wilden Diskussionen gegeben, die haben das einfach so beschlossen. Erstaunlich!"

„Du siehst es selbst, die Familie, in die du leichtsinnigerweise hineingeheiratet hast, ist leicht irre. Mama hat offenbar gestern gleich herumtelefoniert."

Erika ging darauf gar nicht ein: „Ihr müsst nur noch den Termin festlegen, um alles andere kümmern wir uns. Jetzt aber los mit euch aufs Wasser, ihr stört uns nur bei der Planung. Wir brauchen von euch nur eine Zahl der geplanten Gäste und wann das Ganze stattfinden soll, wir müssen schließlich wissen, um wie viele Pavillons und Bierzeltgarnituren wir uns für wann kümmern müssen."

„Geht mal von ungefähr 100 aus, Termin, keine Ahnung. Wann soll denn das Wetter schön werden?"

„Ich würde ja den 9. Juni nehmen, da habt ihr noch drei Wochen Zeit, das reicht für die Einladungen und auch sonst für alle Vorbereitungen. Jede Wette, dass das Wetter dann hervorragend ist."

„Gut, also am 9. Juni," und zu Isabelle Berntsen: „Wir sollten schnellstmöglich aufs Wasser, bevor die hier noch merkwürdiger werden. Da haben wir jetzt sowieso nichts mehr zu melden."

„Beschwer du dich noch mal bei mir, dass du nichts entscheiden darfst. Immerhin ist damit vieles geklärt, ohne dass wir uns den Kopf zerbrechen mussten. Der Rest reicht schon, Gästeliste, Einladung und so weiter und so fort."

Sechs Stunden später erreichten Abbo Reichel und Isabelle Berntsen wieder das Vereinsgelände nach einer ziemlich langen Paddeltour auf der Oberhavel und rund um den Tegeler See, immerhin aber mit einer längeren Pause an der Badestelle gegenüber der Insel Scharfenberg. Beim Aussteigen am Steg merkte man Isabelle Berntsen kaum an, dass sie erst zum zweiten Mal in ihrem Leben in einem Kajak gesessen hatte.

Erika kam auch gleich auf sie zu: „Alles geklärt, die Pavillons und Bierzeltgarnituren werden am Freitag vorher geliefert und aufgebaut, ihr könnt also die Einladungen verteilen. Mit deiner Mutter habe ich eben auch telefoniert, sie kümmert sich um das Büffet und die Getränke. Vielleicht solltet ihr mit ihr klären, wie denn eure Vorstellungen zum Büffet sind. Das ist der einzige Punkt, bei dem ihr mitreden dürft. Meine Beziehungen nach ganz oben habe ich auch aktiviert, das Wetter am 9. Juni wird definitiv hervorragend, da braucht ihr euch überhaupt keinen Kopf machen."

Abbo Reichel schüttelte nur seinen Kopf und flüsterte Isabelle Berntsen zu: „Irre, ich sag's dir, die sind alle irre. Meine Familie sowieso, aber auch die hier im Verein. Du wirst dich daran gewöhnen müssen."

Sonntag, 20. Mai 2018, 17.45 Uhr

Isabelle Berntsen hatte gerade die Tür ihrer Wohnung geöffnet, als vom Couchtisch ‚Sweet Lucy' erklang.

„Mensch, Kollege, Sie können doch das Handy nicht einfach irgendwo liegen lassen," dröhnte es aus dem Hörer, bevor Abbo Reichel sich melden konnte. „Ich habe es schon mindestens zehnmal versucht, Sie zu erreichen. Aber na ja, ihr habt euch bestimmt ein freies Pfingstwochenende verdient. Ich ja eigentlich auch, aber unsere braunen Freunde haben für reichlich Arbeit gesorgt. Alle Details dann wie besprochen am Dienstag, nur schon einmal so viel vorab: für Ihren Fall haben wir nichts Verwertbares gefunden, aber dafür so viel anderes, dass es für Haftbefehle für alle gelangt hat. Wie gesagt, alle Details dann am Dienstag. Die sind wirklich dümmer, als die Polizei erlaubt, kaum zu glauben, ist aber so. Tschüss."

Damit war das Gespräch auch schon beendet, was Abbo Reichel nur mit einem Schulterzucken quittierte.

Isabelle Berntsen hatte die Ansage von PHK Thiem in Anbetracht von dessen dröhnender Stimme mitbekommen und meinte nur lakonisch: „Dann müssen wir uns am Dienstag wohl mit der Option ‚Linke Gruppe Friedrichshain' befassen. Aber bevor wir den Einsatz der Polizeihundertschaften planen, sollten wir lieber die Hundertschaft der Gäste besprechen und eine Einladung entwerfen. Zumindest meine Verwandtschaft sollten wir so schnell wie möglich einladen, die müssen sich ja um Anreise und Unterkunft kümmern."

Spät am Abend war die Einladung entworfen und die Bestellung veranlasst, nach alter Väter Sitte sollte die Einladung in Papierform verteilt werden. Lediglich die Schwestern von Isabelle Berntsen hatten sie schon vorab per E-Mail bekommen und sollten auch die Großeltern informieren. Auch die Gästeliste war weitgehend fertig, wenn auch mit einigen Unsicherheiten behaftet.

Montag, 21. Mai 2018, 10.00 Uhr

Strahlender Sonnenschein, wenn auch noch keine sommerlichen Temperaturen, hatten Petra und Bertram Reichel dazu verleitet, die Terrasse für das Familienfrühstück vorzusehen. Mit immerhin sieben Personen eine nicht gerade kleine Runde um den großen runden Terrassentisch, den sich Abbo Reichels Eltern erst vor wenigen Tagen gekauft hatten.

Mit „Zwei weitere Stühle passen noch an den Tisch, dann wird es zu eng und wir müssen die kleinen Bierzeltgarnituren dazustellen," begrüßte Bertram Reichel alle.

„Keine Sorge Papa, so schnell geht das mit den Enkeln nicht und bevor Tammo mit einer Freundin aufwarten kann, wird es wohl noch dauern. Die muss erst erfunden werden, die den Muffel akzeptiert."

Dieser Kommentar wurde zur allgemeinen Verwunderung kommentarlos hingenommen. Dafür kam von ihm die Frage: „Ihr habt hier ein Haus gekauft, in Spießerhausen? Echt jetzt, oder? Wie kann man nur!"

„Tja, Brüderchen, man kann, jedenfalls fast. Gekauft haben wir es noch nicht, aber nach dem Frühstück gehen wir alle zusammen hin und sehen es uns an. Vor allem mal sehen, was Hilko und Tabea dazu sagen. Du kannst natürlich auch deine Kommentare abgeben."

Isabelle Berntsen schaltete sich ein: „Wenn wir schon beim Thema spießig sind, unsere Hochzeitsfeier findet am 9. Juni statt, einige wissen das schon und haben uns das Heft ein wenig aus der Hand genommen. Ist Abbo und mir aber ganz recht, wir sind auch so gut ausgelastet."

Tammo Reichel unterbrach sie: „Habt ihr denn euren Mörder immer noch nicht? Wieso dauert das bei euch so lange? Und dann sitzt ihr hier ganz ruhig beim Frühstück – unglaublich."

„Lieber kleiner Bruder, du musst einfach zur Kenntnis nehmen, dass wir im wahren Leben immer deutlich mehr als 90 Minuten brauchen, um einen Mord aufzuklären, manchmal geht es zwar schnell, kann aber auch Wochen oder Monate dauern. Aber wir finden fast alle. Und den hier finden wir auf jeden Fall, schließlich sind dein genialer Bruder und deine noch genialere Schwägerin auf der Jagd."

„Die geniale Schwägerin hat aber ihr freies Wochenende und ist nicht auf der Jagd, jedenfalls nicht nach einem Mörder. Nur auf der Suche, der Suche nach einem Haus. Das, was wir gefunden haben, passt, wie ich finde, sehr gut. Ist fast schon dänisch vom Grundriss her. Das Wohnzimmer ziemlich groß und total gut geeignet für das Familienleben und die anderen Zimmer dafür ziemlich klein, aber auch ziemlich viele. Wird auf jeden Fall Abbos und mein Hygge-Hauptquartier."

„Heißt Spießigkeit auf dänisch hygge?"

Laut lachend meinte Isabelle Berntsen: „Nein, ganz bestimmt nicht, du kannst ja mal googeln." Damit war Tammo Reichel für einige Minuten verstummt und widmete sich ganz seinem Handy und zwischendurch den Brötchen, natürlich mit Nutella.

„Ah, ich verstehe, Brötchen mit Nutella sind auch hygge, gar nicht so schlecht, gar nicht so dumm, die Dänen. Abbo, da hast du echt Glück gehabt, dass dir eine Dänin über den Weg läuft und dich dann auch noch heiratet. Hygge, muss ich mir merken. Vielleicht sollte ich mir auch eine Dänin suchen."

„Hm, ja, echt Glück gehabt," brummelte Abbo Reichel.

„So, wenn ihr jetzt endlich fertig seid, können wir uns auf den Weg machen," ließ sich nach mehr als einer Stunde Bertram Reichel vernehmen. „Ich glaube, ich weiß, welches Haus das ist. Da gehen wir ab und zu mit Bruno auf dem Weg zum Hundeauslaufgebiet entlang. Los, alle Mann abräumen und dann auf in den Forstweg."

„Genau, alle Mann. Isabelle, Tabea und ich bleiben dann noch sitzen."

Um Punkt 12.00 Uhr standen sie zu siebent mit Bruno an der Leine vor der Tür des Hauses Forstweg 99. Fachmännisch meinte Tammo Reichel: „Aus dem Garten kann man echt was machen, man braucht nur erst einmal eine Kettensäge."

Abbo Reichels Antwort war nur: „Spinner."

In Windeseile hatte sich die Familie Reichel nebst Anhang im gesamten Haus verteilt, lediglich Hilko Reichel und Tabea Raschke blieben zusammen, machten Dutzende von Fotos und seitenlang Notizen und beratschlagten sich ausführlich an diversen Stellen des Hauses.

„Ich hoffe mal, dass die Umbau- und Sanierungsarbeiten im überschaubaren Rahmen bleiben," meinte Isabelle Berntsen zu Abbo Reichel. „Dein Bruder und seine Freundin werden wohl einschätzen können, was da auf uns zukommen würde. Ich möchte auf jeden Fall die Wand zwischen Küche und Wohnzimmer weg haben und ein Kaminofen ist auch Pflicht. Aus dem Dachgeschossraum könnte man vielleicht zwei kleine Arbeits- und Gästezimmer machen, das wäre doch ganz praktisch."

Nach zwei Stunden fragte Bertram Reichel: „Weiß eigentlich jemand, wo Bruno abgeblieben ist? Wir sollten uns allmählich auf den Rückweg machen, es steht schließlich noch der Geburtstagskuchen an."

Sekundenlanges betretenes Schweigen war die Folge, bis als erste Tabea Raschke die Fassung wiedergewann und Petra Reichel zum Geburtstag gratulierte. Die drei Söhne fluchten unisono, hatten sie in der Aufregung doch tatsächlich den Geburtstag ihrer Mutter vergessen. Die nahm das allerdings nicht sonderlich tragisch und sagte nur: „Wiederholt sich sowieso jedes Jahr und ein runder ist es auch nicht. Außerdem sind Jungs in dieser Hinsicht ziemlich trottelig. Der Kuchen steht bereit, also ab nach Hause, dann können wir bei Kaffee und Kuchen alles Weitere besprechen. Der Hauskauf ist wichtiger."

Bruno wurde auch schnell gefunden, er lag leise schnarchend in einem der kleinen Zimmer in der ersten Etage, offensichtlich fühlte er sich hier heimisch.

Den Beginn des Geburtstagskaffees nutzte Isabelle Berntsen, ihrer Schwiegermutter ein schön verpacktes Geschenk zu überreichen. Wie sich beim Auspacken herausstellte, eine dänische Vase von Lyngby Porzellan, die bei Petra Reichel auf helle Begeisterung stieß. Mit einem leisen Lächeln sagte Isabelle Berntsen dann zu Abbo Reichel: „Du glaubst doch nicht, dass ich in diese Familie einheirate und dann gleich die erste Geburtstagsfeier vergeige."

„Dürfen wir jetzt auch mal etwas sagen," ließ sich Hilko Reichel vernehmen. „Wie Mama schon sagte, Geburtstage wiederholen sich jedes Jahr, ein Haus werdet ihr kaum so oft kaufen. Also, auf den ersten Blick haben wir nichts gefunden, was gegen den Kauf spricht, aber wir sind keine Experten für die Bauzustandsbeurteilung. Das Büro, in dem Tabea jobbt, hat aber einen. Den will sie gleich morgen ansprechen, es müsste eigentlich klappen, dass der noch in dieser Woche eine Besichtigung vornimmt und dann ein Gutachten abgibt. Dafür bräuchten wir dann den Schlüssel. Ansonsten das übliche, die Heizung ist veraltet, Küche und Bäder auch, die Fenster sollte man erneuern und auch die Isolierung verbessern. Wenn man das alles konsequent durchzieht, gibt es Zuschüsse und zinsgünstige Darlehen. Tabea und ich haben schon besprochen, dass wir das im Detail checken, inklusive der Kosten mit allem drum und dran. Wird aber bestimmt mindestens zwei Wochen dauern, eher länger, wenn das Ganze Hand und Fuß haben soll. Wir haben auch besprochen, dass wir dann die Planung und auch die Bauleitung für euch machen, ist ja schließlich unser Metier. Außerdem bräuchten wir uns dann keinen Kopf wegen eines Hochzeitsgeschenkes zu zerbrechen."

„Super, passt alles. Der Sohn der Besitzerin muss auch einen Sachverständigen wegen der Preisfestsetzung beauftragen und das Ergebnis dann mit dem Gericht abstimmen. Das wird mit Sicherheit auch seine Zeit dauern. Außerdem müssen Isabelle und ich nebenbei noch einen Mörder jagen."

„Und, noch viel wichtiger, eine Hochzeitsfeier organisieren, die findet am 9. Juni statt, das haben aber nicht wir festgelegt," ergänzte Isabelle Berntsen.

„Quatsch," kam jetzt von Petra Reichel, „also nicht der 9. Juni, der steht natürlich, aber es ist Quatsch, dass ihr das organisiert. Ihr kümmert euch gefälligst um eure Arbeit, schließlich wollen wir hier in Frohnau wieder ruhig schlafen können. Um eure Hochzeitsfeier kümmern wir uns. Ihr dürft höchstens Wünsche zum Büffet anmelden, aber mehr auch nicht."

„Blödsinn, Mama. Ruhig schlafen könnt ihr auf jeden Fall. Das war mit Sicherheit kein Serienmörder, da besteht für niemand in Frohnau auch nur die geringste Gefahr. Wenn wir sonst noch nicht viel wissen, das aber mit Bestimmtheit. Was die Hochzeits-

308

feier betrifft, haben Isabelle und ich uns in unser Schicksal ergeben. Bitte bloß keine blöden Spielchen für Braut und Bräutigam,
sonst habe zumindest ich keine großen Wünsche. Ich hoffe mal,
dass Isabelle mir nicht widerspricht."

Dienstag, 22. Mai 2018, 9.00 Uhr

Schon seit fünf Minuten waren alle Teammitglieder im mittleren Büro versammelt und warteten gespannt auf den Anruf aus Bremen, als Oliver Scholz mit Bodo Harbauer im Schlepp hereinstürmte. Eine Begrüßung entfiel, weil in diesem Moment das Telefon klingelte und Steffen Tietz das Gespräch sofort annahm und die Lautsprecheranlage anschaltete.

„Moin, hier Thiem aus Bremen," dröhnte es sofort durch den gesamten Raum. „Alle da und alle bereit für gute Nachrichten? Also gute Nachrichten zumindest für uns, für Sie eher nicht so. Aber egal, wir waren erfolgreich, ausgesprochen erfolgreich. Na ja, wohl eher die Kollegen von der Spurensicherung, die mussten sich den ganzen Tag durch die braune Scheiße wühlen. War wohl nicht so schön, aber immerhin erfolgreich. Aber ansonsten der Reihe nach. Den von Zander kannten die offenbar überhaupt nicht richtig, jedenfalls scheinen die nicht gewusst zu haben, wo der wohnt. Sein Name taucht nur in den diversen Prozessakten zu Mietstreitigkeiten und der noch laufenden Räumungsklage auf, ebenso in den Unterlagen zu diversen Strafanzeigen, die gegen die braunen Brüder und Schwestern liefen. Aber immer nur als Vertretungsberechtigter der Caerlaverock, genau wie der Herr Lürsen als zweiter Geschäftsführer. Wir sind uns hier einig, dass die zwar einen ziemlichen Hass gegen die Caerlaverock haben, aber nicht gegen von Zander oder Lürsen. Wahrscheinlich haben die auch gar nicht kapiert, dass sie auch gegen die beiden persönlich hätten Drohungen aussprechen können. Sämtliche Unterlagen haben wir völlig unsortiert und chaotisch in zwei Kartons unter dem Bett von Matthias Ostermann gefunden. Deutet auch nicht gerade darauf hin, dass die sich mit den beiden beschäftigt haben. Aber jetzt kommt's, bitte festhalten. Unter dem besagten Bett haben wir noch drei weitere Kartons gefunden, In den waren insgesamt 84, ich buchstabiere mal: vierundachtzig Handgranaten. Alle scharf und mit ziemlicher Sicherheit aus den Beständen der Bundeswehr, die Überprüfung dazu läuft noch. Mir ist völlig unbegreiflich, wie dort so viel verschwinden kann. Mit den Dingern hätten die nicht nur ihre eigene Hütte sondern gleich noch die gesamte Nachbarschaft in Schutt und Asche legen können. Unser Sprengmeister hat beim Abtransport ganz schön geschwitzt. Es kommt noch besser. In der Küche der Wohnung in der zweiten Etage haben wir einen dicken Schlüsselbund gefunden, einen der Schlüssel konnten die Kollegen von der Spurensicherung sofort einem Bankschließfach bei der Volksbank zuordnen. Den Zugang zu dem Fach haben wir noch am Sonnabend bekommen und – bitte wieder festhalten, das war ein ziemlich großes Fach, jedenfalls eines der größten Kategorie in dieser Volksbankfiliale, und in dem Schließfach haben wir 18 Pistolen und zwei Uzi gefunden. Wie ist eigentlich die Mehrzahl von Uzi? Ach, ist auch egal, jedenfalls zwei von den Dingern. Die passende Munition, insgesamt mehrere tausend Schuss, die genaue Zahl habe ich jetzt gerade nicht, lagen bei der Saubande im Keller. Die hätten mit dem ganzen Zeug echt einen Bürgerkrieg anfangen können und hatten das auch vor. Verteilt auf beide Wohnungen, den Laden und den Keller haben wir jede Menge Unterlagen gefunden, nach denen die diverse Asylbewerberheime, als links verrufene Treffpunkte, Moscheen und auch Adressen von Politikern aller Parteien außer der AfD ausgekundschaftet hatten. Den Umständen nach zu urteilen ganz eindeutig, um hier Attentate zu verüben, auch wenn die Planungen scheinbar noch nicht abgeschlossen waren. Auf jeden Fall hat das Ganze problemlos ausgereicht, um für alle Damen und Herren Haftbefehle zu bekommen, die waren nämlich allesamt so nett, überall ihre Fingerabdrücke zu hinterlassen. Das wird alles in allem nach Einschätzung unserer Staatsanwaltschaft nicht nur für die Anklage sondern mit ziemlicher Sicherheit auch für alle für eine Haftstrafe ausreichen, und das nicht nur auf Bewährung. Jede Menge Kleinkram, wie Hitlerbüsten, Mein Kampf, Hakenkreuzfahnen und ähnliche Wohnungsdeko haben wir natürlich auch noch gefunden. Die scheinen sich ziemlich sicher gewesen zu sein, dass wir nicht bei Ihnen auftauchen oder die sind wirklich noch dämlicher als die Polizei erlaubt. Obwohl, so dämlich scheinen die doch nicht zu sein. Wenn ich mir alleine die Planungsunterlagen für mögliche Attentate ansehe, da kann einem schon ganz schlecht werden. Und ich habe

311

bisher gedacht, dass diese Neonazis dämlich sind. Wieder was fürs Leben gelernt. In Zukunft werde ich die mit Sicherheit nicht mehr unterschätzen. Das Thema Neonazi-WG dürfte in Bremen auf jeden Fall für die nächsten Jahre erledigt sein, ein schöner Erfolg. Wenn Sie keine weiteren Fragen haben, würde ich mich jetzt gerne wieder an die Arbeit, also die Auswertung des Einsatzes, machen. Die Protokolle und sonstigen Unterlagen stelle ich Ihnen natürlich zur Verfügung, bitte aber um Verständnis, dass das aufgrund der Fülle des Materials wohl bis Ende der Woche dauern kann. Bei Herrn Reichel melde ich mich nachher noch einmal kurz." Ein lautes Knacken und anschließendes Tuten zeigte an, dass der Kollege Thiem aufgelegt hatte, aber Fragen seitens des Berliner LKA gab es auch nicht.

„Schade, für uns also nichts greifbares," ließ sich Oliver Scholz vernehmen. „Also werden Sie wohl nicht umhinkommen, sich um die ‚Linke Gruppe Friedrichshain' zu kümmern."

Von Bodo Harbauer kam nur ein leicht verzweifeltes: „Aber bitte ohne Hundertschaften. Wir können wohl kaum so agieren wie die Polizei in Bremen. Aber für den Fall der Fälle haben Sie hier schon einmal den Durchsuchungsbeschluss" und überreichte dem neben ihm sitzenden Thomas Kablow das entsprechende Papier. „Die zugesagten Informationen des Staatsschutzes haben Sie alle schon per E-Mail zugestellt bekommen, aber ehrlich gesagt, sind die ziemliches Blabla, aber das ist bei denen auch nichts wirklich Neues."

Thomas Kablow nahm den Durchsuchungsbeschluss entgegen und meinte nur lakonisch: „Mal sehen, was sich machen lässt. Wir hatten eh vor, jetzt zu diskutieren, wie wir weiter vorgehen" und deutete leicht an, dass das Team jetzt lieber alleine weiterarbeiten wollte.

„Viel Erfolg und viel Fingerspitzengefühl," mit diesen Worten von Bodo Harbauer verließen er und Oliver Scholz das Büro.

„Und nun?" fragte Thomas Kablow. „Irgendwie fehlt mir im Augenblick die Phantasie."

„Warum gehen wir nicht einfach zu zweit mal hin und sprechen ganz normal mit denen?" fragte jetzt Isabelle Berntsen. „Ich würde es gerne machen, mit Aylin oder Julia, ist doch einen Ver-

312

such wert. Aber bitte erst morgen," und an Abbo Reichel gewandt: „Chef, ich hätte gerne den restlichen Tag frei wegen privater Termine."

Fünf Personen im Raum grinsten ziemlich, eine davon schon fast unverschämt.

Abbo Reichel meinte nur: „Äh, ja, ich bin ja augenblicklich dein Chef. Geht in Ordnung." Und dann deutlich leiser: „Ich werde ja wohl heute Abend erfahren, um was es geht."

Bevor die Situation unangenehm wurde, kam von Aylin Cantürk die Zustimmung: „Die Idee von Isabelle finde ich gar nicht so schlecht, was können wir damit schon verderben. Einen Versuch ist es meines Erachtens wert, aber ohne den Durchsuchungsbeschluss, nur so als Gesprächsversuch. Ich kann mir auch kaum vorstellen, dass wir wie bei den Nazis in Bremen bei einer offiziellen Durchsuchung Belastendes finden. Ich würde das gerne mit Isabelle morgen machen. Dann kann ich mir heute zur Vorbereitung noch das Material des Staatsschutzes vornehmen. Und für euch ist auch noch genug Arbeit vorhanden, die letzten Gespielinnen müssten ab 11.00 Uhr hier auftauchen, die könnten Julia und Thomas übernehmen, Abbo hat ja wohl noch einige Telefonate offen und Steffen meinte doch vorhin, dass die Dokumentation auch noch nicht vollständig sei. Also los?"

„Gut, dass du das Letzte als Frage formuliert hast, sonst könnte ich mich nicht mehr als Chef fühlen, auch wenn Isabelle das eben erstmalig so gesagt hat. Aber alles in Ordnung so."

Dienstag, 22. Mai 2018, 10.50 Uhr, LKA Berlin, Büro Reichel/Tietz

Thomas Kablow und Julia Rochow waren schon in Richtung Vernehmungsraum 1 entschwunden, die erste der Blondinen war überpünktlich im LKA erschienen und wartete am Empfang. Steffen Tietz hackte manisch auf seiner Tastatur herum und Aylin Cantürk starrte gebannt auf ihren Bildschirm, wie ihm ein Blick durch die Glaswand ins Nebenbüro verriet. Nur Abbo Reichel wusste nicht so recht, was er jetzt eigentlich machen sollte. Der Anruf bei der alten Dame aus dem Protokoll der Zeugenaufrufaktion war noch offen. Bevor er aber das Protokoll mit den Kontaktdaten aufrufen konnte, erklang ‚Sweet Lucy'.

„Ja, Herr Thiem, was gibt es," damit nahm Abbo Reichel dem Kollegen Thiem offensichtlich ein wenig den Wind aus den Segeln. Jedenfalls gab es eine Art Schrecksekunde, bevor es aus dem Handy dröhnte: „Es ruft Sie wohl kaum einer an, wenn Sie wissen, wer dran ist oder wie? Egal, jetzt haben Sie ja mich in der Leitung. Ich wollte mich noch einmal persönlich bei Ihnen bedanken für den Durchsuchungsbeschluss, Ihren Staatsanwalt werde ich gleich auch noch anrufen. Das war für uns echt hilfreich, ich hätte nie gedacht, dass wir so viel belastendes Material finden, sonst hätten wir selbstverständlich schon lange selbst einen Durchsuchungsbeschluss beantragt, aber ohne Verdachtsmomente läuft da nicht viel und die hatten wir eben nicht. Sagen Sie mal, wo stand denn der protzige Range Rover, als Sie mit der von Zander gesprochen haben? Ich habe in meinem eigenen Protokoll vom 9. Mai noch einmal nachgesehen, das war, als ich der von Zander die Todesnachricht überbracht habe. Blöderweise habe ich dazu nichts notiert, bin mir aber ziemlich sicher, dass der Wagen auf dem Parkplatz hinter dem Haus stand und zwar auf dem Platz ganz links, also direkt am Haus. Wo stand er denn, als Sie am nächsten Tag da waren?"

„Auf jeden Fall hinter dem Haus, aber auf welchem Platz genau, keine Ahnung. Wir haben uns den Wagen innen und außen genauer angesehen und auch diverse Fotos gemacht. Mal sehen, ich suche gerade die entsprechenden Dateien. Ha, gefunden, es geht doch nichts über eine vernünftige Archivierung. Der Wagen stand am 10. Mai definitiv und unwiderlegbar auf dem Parkplatz hinter dem Haus und zwar auf dem linken von insgesamt drei Parkplätzen. Warum ist das wichtig?"

„Schon merkwürdig," kam es jetzt aus dem Hörer. „Ich bin am Sonntagabend am Haus Contrescarpe 28 vorbeigelaufen, ich brauchte nach den anstrengenden Tagen ein wenig Frischluft und die Wallanlagen hier sind da halt ganz nett. Mir ist es erst nicht aufgefallen, aber irgendetwas stimmte nicht, ich bin aber nicht darauf gekommen, was. Erst am Montag irgendwann am Nachmittag hat es bei mir geklingelt, ich bin gleich noch einmal vorbeigelaufen. Da stand der Wagen hinter dem Haus, auf dem linken Parkplatz. Ich bin mir ziemlich sicher, dass diese Protzkarre am Sonntagabend vor dem Haus stand, habe aber leider nicht auf das Nummernschild geachtet. Andererseits gibt es von diesen Teilen hier in der Gegend nicht gerade wenige, wer's halt für sein Ego oder die Nachbarn braucht. Also garantieren kann ich das nicht." Damit war das Gespräch auch schon wieder beendet.

Grübelnd saß Abbo Reichel vor seinem Bildschirm und kam zu keinem Ergebnis. Mehr oder weniger vor lauter Langweile öffnete er die Protokolldatei des Anrufs der alten Dame, einer gewissen Gerda Tichanowski. Er rief sie gleich an, um Details zu ihrer Beobachtung zu erfragen, aber das Telefonat war nicht sonderlich erfolgreich. Abbo Reichel verstand nur, dass sie ihre Hörgeräte verlegt hatte und ihn kaum verstand. Er solle doch bitte um 16.00 Uhr zu ihr kommen, bis dahin hätte sie ihre Hörgeräte sicher wieder gefunden und Kaffee und Kuchen würde er auch bekommen. Persönlich ließen sich die Dinge sowieso besser klären.

315

Dienstag, 22. Mai 2018, 10.50 Uhr, Vernehmungsraum 1

„Wie schon eingespielt, du guter Bulle, ich böse Bullin? Nur für den Fall, dass es erforderlich ist."

„Wenn's sein muss, beim nächsten Mal will ich aber den bösen Bullen spielen."

Die erste der geladenen Blondinen, dieses Mal in der langhaarigen und zumindest auf den ersten Blick echten Version, eine gewisse Julia Knoll, wurde von einem Wachtmeister in den Vernehmungsraum gebracht. Sie wirkte ziemlich verschüchtert und blickte sich aufgeregt um. „Sitzen da hinter der Scheibe noch weitere Beamte und beobachten uns?" fragte sie.

Julia Rochow übernahm die Antwort: „Nein, das ist nur in den Fernsehkrimis so. Bei Zeugenbefragungen sowieso nie und auch bei Vernehmungen eher selten, zumindest bei uns. Der Raum hinter der Scheibe ist ein echtes Kabuff und die Klimaanlage dort funktioniert eigentlich nie, das tut sich keiner gerne an. Außerdem wird jedes Gespräch hier in Bild und Ton aufgenommen."

Bei dieser Aussage warf Julia Knoll ihre lange Mähne mit einer schwungvollen aber affektiert wirkenden Geste nach hinten. Viel fehlte wohl nicht und sie hätte ihren Lippenstift aus der Handtasche gezogen und sich nachgeschminkt.

Thomas Kablow dachte noch ‚aufgebrezelte Tussi', als Julia Rochow wieder das Wort übernahm: „Dann bitte erst einmal die Formalitäten, bitte nennen Sie Ihren Namen, Geburtsdatum und Adresse und dann hätten wir gerne alles über Herrn von Zander gewusst."

Julia Knoll ratterte wie bestellt die Daten herunter: „Julia Knoll, geboren am 12. Januar 1990 in Neubrandenburg, seit ungefähr 4 Jahren wohne ich in Berlin, ich bin gerade zu meinem Freund gezogen, in die Treskowstr. 12 in Tegel. Das mit Roland, also mit Herrn von Zander, ist auch schon lange vorbei. Der Martin, also mein Freund, passt viel besser zu mir, der ist viel jünger als der Roland und er will mich so schnell wie möglich heiraten, der meint das total ernst."

„Gut, dann erzählen Sie uns doch bitte mal etwas zu Herrn von Zander."

„Ja, über Tote soll man ja eigentlich nicht schlecht reden, wurde er denn tatsächlich ermordet? Das ist doch echt schrecklich, oder? Wie soll ich es sagen? Er war ja echt nett, so charmant und hat mich echt umworben, als wir uns kennengelernt haben. Das war so etwa vor etwa einem Jahr, da ist er gerade nach Berlin gezogen, er hat mir erzählt, dass er sich von seiner Frau getrennt hätte, die sich als echte Tussi entpuppt hätte. Jedenfalls war es die große Liebe, auch wenn er ganz schön alt war, aber gut erhalten, wenn Sie wissen, was ich meine. Wie sind Sie überhaupt auf mich gekommen?"

„Sie glauben gar nicht, was auf Facebook, WhatsApp, Tinder und Co. alles gespeichert und für uns problemlos zu ermitteln ist."

„Ups, haben Sie da etwa auch die Strandfotos von Mallorca gesehen?"

Von Thomas Kablow kam jetzt völlig trocken: „Ja, netter Anblick."

„Das ist ja peinlich."

„Peinlich eigentlich nicht und wie der Kollege eben sagte, durchaus ein netter Anblick, muss ich zugeben. Aber darum geht es uns nicht. Erzählen Sie bitte weiter."

„Zwei oder drei Wochen, nachdem wir uns kennengelernt haben, hat er mich für eine Woche nach Mallorca eingeladen, das war ein richtiger Liebesurlaub, wir sind kaum aus dem Bett gekommen. Na ja, manchmal doch, dann waren wir an einem ganz kleinen romantischen Strand mit vielen Felsen. Kein Mensch war außer uns da und dann hat Roland die Fotos gemacht. Eigentlich sind die ja auch nicht schlecht, Roland hat mir die auch alle kopiert. Nach Mallorca haben wir uns noch bestimmt vier oder fünf Wochen lang regelmäßig getroffen und dann habe ich Schluss mit ihm gemacht. Ich hatte den Eindruck, dass ich nur ein Betthäschen für ihn war und außerdem war er doch viel zu alt für mich. Das muss ihn ziemlich getroffen haben, jedenfalls hat er mich noch mehrere Wochen lang immer wieder angerufen und mir Nachrichten über WhatsApp geschickt, die habe ich aber nicht beantwortet."

317

„Eine letzte Frage noch, die wir immer stellen müssen, was haben Sie am 1. Mai gemacht, so gegen 6.00 Uhr?"

„Das kann ich Ihnen genau sagen, da war ich mit Martin über das verlängerte Wochenende bei seinen Eltern im Remstal, in so einem ganz kleinen Kaff. Der meint es nämlich wirklich ernst mit mir."

„Gut, das war es dann erst einmal. Für unser Protokoll hätten wir gerne noch den Namen Ihres Martin und Namen und Adresse seiner Eltern."

Nachdem auch diese Formalitäten geklärt waren und Julia Knoll erleichtert den Vernehmungsraum und das LKA verlassen hatte meinte Thomas Kablow: „Es gibt ja durchaus Vorurteile, und die hat mal wieder eines bestätigt: blond gleich blöd."

Lachend sagte Julia Rochow: „Eigentlich müsste ich dir jetzt vorwerfen, dass das zutiefst frauenverachtend und sexistisch und politisch unkorrekt und was weiß ich noch alles ist, aber du hast leider recht, die war wirklich mal ziemlich dämlich. Wir hatten aber auch schon welche, die die Vorurteile durchaus widerlegt haben. Mal sehen, was jetzt noch kommt."

Es wurde deutlich besser, die anderen drei Blondinen, zwei kurzhaarig und eine mit einem extrem langen blonden Zopf, wirkten völlig normal und waren ebenfalls sehr auskunftsfreudig. Der Erkenntniswert der Befragungen tendierte aber gegen Null und nicht gerade glücklich erschienen Julia Rochow und Thomas Kablow gegen 14.30 Uhr im Büro von Abbo Reichel und Steffen Tietz.

Missmutig meinte Julia Rochow: „Hat lange gedauert, dafür nichts gebracht, außer, dass wir jetzt noch die blöden Protokolle schreiben müssen und die Kantine schon geschlossen hat. Wie sieht's mit euch aus, habt ihr schon etwas gegessen oder kommt ihr mit in die Pizzeria um die Ecke?"

Steffen Tietz reckte und streckte sich und meinte: „Warum eigentlich nicht, die Mittagspause habe ich echt verpennt, aber dafür bin ich jetzt mit der ganzen Dokumentation auf dem Laufenden. Selbst das Protokoll für die Herren Harbauer, Thoms und Kleinert ist schon fertig. Aylin kommt bestimmt auch mit. Abbo aber nicht, der will gleich los, hat noch ein Date mit einer

318

Dame, aber wohl eher grau als blond, wenn ich das richtig verstanden habe."

„Ja, ja, lästert mal bloß und genießt eure Pizza. Ich werde mir unterwegs einen Döner gönnen. Ich komme nachher auch nicht mehr rein, ich fahre dann anschließend von Frohnau gleich zu Isabelle, äh, also nach Hause."

„Und klärst, was sie für private Termine hatte," meinte grinsend Aylin Cantürk, die unbemerkt den Raum betreten hatte. „Überleg dir bitte auch, ob Isabelle und ich dann morgen mal die ‚Linke Gruppe Friedrichshain' besuchen sollen. Das Material des Staatsschutzes ist zwar echt umfangreich, dafür aber extrem inhaltsleer. Schon erstaunlich, wie man aus so viel Nichts so viel Papier produzieren kann."

Dienstag, 22. Mai 2018, 16.00 Uhr

Nach der Anfahrt mit U- und S-Bahn und einem Zwischenstopp an der Dönerbude direkt am Tatort stand Abbo Reichel vor dem Haus Maximiliankorso 70, einem recht neu und ausgesprochen gepflegt wirkenden Mehrfamilienhaus mit insgesamt sechs Wohnungen, und drückte auf den Klingelknopf mit dem Namen Tichanowski. Der Türöffner summte und Abbo Reichel stand im Hausflur, die Tür zur linken Wohnung im Erdgeschoss stand schon offen.

„Kommen Sie herein, kommen Sie herein. Pünktlich auf die Minute, man sieht, dass bei der Polizei noch die preußischen Tugenden gelten. Aber nicht immer, wie ich feststellen musste."

Eine erstaunlich feste und vor allem tiefe Stimme für eine so kleine, zierliche und offensichtlich schon ziemlich alte Dame, jedenfalls noch kleiner und zierlicher als Isabelle und geschätzt mindestens 80 Jahre alt.

„Guten Tag Frau Tichanowski, Abbo Reichel mein Name, vom Landeskriminalamt Berlin," und hielt ihr seinen roten Dienstausweis vor die Nase.

„Sie brauchen nicht so laut zu reden, ich habe meine Hörgeräte gefunden. Meistens brauche ich sie ja nicht. Ihr Dienstausweis sieht ja aus wie ein Spielzeug, wer soll denn so ein rotes Ding für ernst nehmen? Aber das ist ja kaum Ihre Schuld. Gehen Sie bitte gleich durch ins Wohnzimmer, Kaffee und Kuchen stehen bereit, ich bin davon ausgegangen, dass Sie pünktlich kommen. Erdbeerkuchen ist doch in Ordnung?"

Damit fand sich Abbo Reichel in einem großen und extrem modern mit USM-Haller-Möbeln in einem ihm unbekannten Beigeton und Le Corbusier-Ledersofas eingerichteten Wohnzimmer wieder. Ein offen stehender Biedermeiersekretär mit reichlich Papieren auf der Schreibklappe, viele Orientteppiche auf dem Parkett aber vor allem diverse extrem farbenfrohe Ölbilder an den freien Wänden lockerten das Ganze auf. In den Vitrinen sah er eine große Sammlung an Wendt- und Kühn-Figuren aus dem Erzgebirge, wie er sie auch von seiner Großmutter und seinen Eltern kannte.

„Ich sehe, Sie staunen, aber auch mit 89 Jahren muss man nicht mit Plüsch und Samt leben. Davon mal abgesehen haben mein Mann, Gott habe ihn selig, und ich die Möbel schon vor mehr als 50 Jahren gekauft, der Sekretär ist allerdings ein Erbstück. Etwas anderes will ich gar nicht haben, auch wenn meine Freundinnen immer meckern, dass ich viel zu modern eingerichtet bin, das machen sie aber auch schon seit Jahrzehnten, kann und muss man nicht ernst nehmen. Deren Einrichtung ist meistens viel neuer als meine, dafür aber eben plüschig. Die Möbel standen schon gegenüber im Haus, passten aber gut in diese Wohnung hinein, als ich vor heute genau 8 Jahren hier eingezogen bin. War spannend, die Möbelpacker brauchten keinen Wagen, nur die Möbel einmal über die Straße tragen. Von der Hausnummer 9 in die Hausnummer 70, obwohl genau gegenüber. Das habe ich noch nie verstanden, warum hier in Berlin die Hausnummerierung so komisch ist. Mal wie sonst überall auch auf der einen Seite die geraden und auf der anderen Seite die ungeraden Nummern und mal wie hier im Maximiliankorso auf der einen Seite durchgehend hinauf und auf der anderen Seite durchgehend hinunter. Daran habe ich mich nie gewöhnt, obwohl ich schon seit 65 Jahren in Berlin lebe. Junger Mann, deswegen sind Sie aber bestimmt nicht gekommen. Sie wollten mich doch wegen meines Anrufs am 15. Mai sprechen. Wird ja auch Zeit, nach einer Woche!"

Der letzte Satz klang leicht empört und war verbunden mit einem leichten Luftholen, so dass Abbo Reichel die Gelegenheit hatte, zu Wort zu kommen, wenn auch nur kurz: „Genau, laut dem Anrufprotokoll haben Sie angegeben, dass Sie am 1. Mai gegen 5.45 Uhr vor dem Casinoturm ein großes schwarzes Auto gesehen hätten und Ihnen das irgendwie verdächtig vorkam."

„So ein Quatsch. Junger Mann, da muss ich Sie korrigieren. Ihr Kollege am Telefon, den Namen habe ich mir leider nicht gemerkt, hat mich nicht für Ernst genommen. Der hat wohl gedacht, da ruft so eine alte Schachtel an und macht sich wichtig und Ahnung hat sie auch nicht, schreibe ich mal das auf, was ich für richtig halte. Schmeckt Ihnen eigentlich der Kuchen? Die Erdbeeren sind noch nicht so toll, die heimischen sind besser, aber bei Edeka gibt es im Augenblick nur welche aus Spanien. So, jetzt für Sie zum Mitschreiben, und bitte richtig und vollständig. Ich habe am 15. Mai um Punkt 20.00 Uhr angerufen, die Abendschau war gerade mit dem Wetterbericht für Berlin zu Ende und man hatte in der Sendung einen Aufruf gebracht sich zu melden, wenn man im Zusammenhang mit dem Mord hier in Frohnau etwas beobachtet hätte. Da war mir das Auto vor dem Casinoturm wieder eingefallen und ich habe mir gedacht, vielleicht ist das ja wichtig. Elsbeth, also meine Dackeldame, hat mich so kurz vor 5.30 Uhr geweckt, sie musste pullern. Die Gute ist schon 16 Jahre alt und wie das bei alten Damen halt so ist, da muss man auch mal nachts oder ganz früh pullern. Wo ist sie eigentlich – ach so, da auf dem anderen Sofa. Na, ich habe mich jedenfalls angezogen und bin mit ihr die übliche Runde um den Ludolfinger Platz gegangen, mal gehen wir rechts herum, mal links herum. Ob wir am 1. Mai rechts oder links herum gegangen sind, weiß ich nicht mehr so genau, wird aber eher rechts herum gewesen sein, da ich ja die Modellbezeichnung des Wagens gesehen habe. Jedenfalls stand direkt vor dem Casinoturm quer auf den Parkplätzen und noch halb auf dem Zebrastreifen diese Protzkarre, ein Range Rover mit langem Radstand, ein 5 Liter V 8 mit mehr als 500 PS, so ein Angeberschlitten für mehr als € 200.000,--, den kein Mensch braucht und dann noch so dämlich geparkt, dass der Zebrastreifen halb blockiert war. Ist um die Zeit zwar egal, aber trotzdem, das macht man einfach nicht. Diese Rücksichtslosigkeit gegenüber uns Fußgängern!"

„Entschuldigen Sie bitte, wenn ich Sie unterbreche, aber woher wissen Sie so genau, was das für ein Wagen war? Kennen Sie sich damit aus?"

„Junger Mann, erst kauen, dann reden. Entschuldigen Sie bitte, ich versuche immer noch, alle um mich herum zu erziehen, klappt bloß meistens nicht. Der Kuchen scheint Ihnen ja zu schmecken, auch wenn es nur spanische Erdbeeren sind. Selbstverständlich kenne ich mich mit Autos aus und gerade mit der Marke, da macht mir so leicht keiner etwas vor. Mein Mann, Gott habe ihn selig, war Geschäftsführer der Niederlassung von Land Rover am Kurfürstendamm, da hat man schon eine gewisse Ver-

322

bundenheit zur Marke und kennt sich immer noch aus. Aber ihr Kollege am Telefon hat das nicht für ernst genommen. Unter uns, das ist ein Modell für echte Spinner, braucht kein Mensch. Wir hatten immer einen echten Land Rover, einen Defender, nicht so eine weichgespülte Angeberkarre. Mit einem der ersten Land Rover aus der Serie I haben mein Mann und ich 1953 unsere Hochzeitsreise durch Island gemacht, mit einem selbst gebauten Autodachzelt oben drauf. Die Anreise war auch ziemlich abenteuerlich. Da musste man noch mit Frachtschiffen fahren und das Auto wurde per Kran verladen. Kein Vergleich mit den heutigen Fähren. Der letzte Defender war dann übrigens wie einige davor auch einer mit Hubdach und Wohnmobilausbau. Den habe ich erst im letzten Jahr verkauft, weil er langsam aber sicher doch zu unpraktisch für mich wurde, vor allem mit Elsbeth, die musste ich immer hineinheben, das wurde dann zu anstrengend. Der letzte Campingurlaub damit kreuz und quer durch Norwegen ist auch schon immerhin fünf Jahre her, auch das ist in meinem Alter leider zu anstrengend geworden. Jetzt habe ich einen VW Polo, der hat zwar keinen Stil, ist aber praktisch. Ich kann Ihnen versichern, das Auto vor dem Casinoturm war ein Range Rover 5 Liter V 8 mit langem Radstand und es wirkte nicht verdächtig, es war verdächtig. Hätte ich bloß gleich etwas gesagt, vielleicht hätten Sie dann schon längst Ihren Mörder. Später am Vormittag war alles mit Polizeiautos vollgeparkt, der Range Rover war weg. Wenn ich Sie mir so richtig anschaue, bin ich mir ziemlich sicher, Sie dort auch gesehen zu haben."

„Meine Güte, Frau Tichanowski, das ist ja wirklich präzise, Sie haben nicht auch noch das Kennzeichen?"

„Leider nicht, das hätte ich Ihrem Kollegen dann schon gesagt und das hätte der dann hoffentlich auch notiert. Junger Mann, es ist schön, dass Sie mich offensichtlich ernst nehmen, bringen Sie das bitte auch Ihren Kollegen bei. Ich will Sie jetzt nicht unbedingt hinauswerfen, aber Elsbeth scheint wieder pullern zu müssen."

„Wenn es Ihnen recht ist, begleite ich Sie beide um den Ludolfinger Platz, egal ob rechts oder links herum. Ich muss sowieso zum S-Bahnhof. Vielen Dank noch einmal für Kaffee und Kuchen und Ihre Aussage, die könnte uns wirklich weiterbringen."

Dienstag, 22. Mai 2018, 17.52 Uhr

Abbo Reichel schloss die Tür zur jetzt gemeinsamen Wohnung auf und musste feststellen, dass er seine Fragen zu den privaten Terminen noch nicht loswerden konnte. Zum Glück fand er im Kühlschrank ein einzelnes Bier, befreite es aus seiner Einsamkeit und ging auf die Dachterrasse. Die noch angenehmen Temperaturen und der Sonnenschein ließen ihn sogar fast die unbequemen Stühle vergessen, aber eben nur fast. Sein erster Gedanke nach der Öffnung der Bierflasche war, dass Isabelle und er nach dem Hauskauf als erste Neuanschaffung vernünftige Terrassenmöbel würden kaufen müssen, die hier waren einfach unbequem und außerdem hässlich. Seine eigenen waren zwar deutlich besser als die von Isabelle, aber zu wenig und auch zu klein für eine große Terrasse. Und eine große Terrasse stand auf seiner Prioritätenliste für den Hauskauf ziemlich weit oben.

Seine nächsten Gedanken gingen in Richtung der neuen Erkenntnisse zu seinem Fall und nach wenigen Minuten sah er Licht am Ende des Tunnels und die höchstwahrscheinliche Lösung. Weiter kam er allerdings nicht, da er einschlief und erst nach rund einer Stunde durch einen Kuss geweckt wurde.

„Ich hätte nicht gedacht, dass man auf diesen Stühlen einschlafen kann, scheint aber zu funktionieren. War dein Besuch bei der alten Dame so anstrengend?"

„Eigentlich nicht, aber die Sonne und drei Schlucke Bier haben anscheinend ausgereicht. Unbequem sind die Dinger aber wirklich, da brauchen wir für unser Haus auf jeden Fall etwas Neues."

„Das war das richtige Stichwort. Ich war bis eben bei insgesamt vier Maklern, die einige Hausangebote in Frohnau haben. Ganz ehrlich, Makler sind irgendwie nicht so die mir liebsten Personen. Ich hatte vor Pfingsten mit allen telefoniert, Termine abgemacht und ihnen vor allem sehr klar und deutlich zu verstehen gegeben, was wir suchen. Bis auf einen haben die aber erst einmal versucht, mir deutlich größere und vor allem deutlich teurere Objekte aufzuschwatzen. Bei einer Ärztin und einem Polizeibeamten erscheinen bei denen gleich die Eurozeichen in den Pupillen. Das Schärfste war einer, der gleich mit mehreren Objekten in der Größenordnung um eine Million Euro ankam, bei den aktuell niedrigen Zinsen könne man sich das doch locker leisten und so weiter und so fort. Ein echt unangenehmer Typ. Im Endergebnis habe ich mir Unterlagen zu insgesamt 10 Reihen- und Doppelhäusern ansehen können, aber ich bin zu dem Ergebnis gekommen, dass in allen Fällen eine Besichtigung reine Zeitverschwendung wäre. Die meisten waren mit vier Zimmern viel zu klein, bei einigen die Grundstücke noch kleiner als bei deinen Eltern oder sie hatten andere Macken. Einzig und alleine ein Reihenmittelhaus an der Ecke Donnersmarckallee und Karmeliterweg würde von der Größe her passen, jedenfalls sieben Zimmer, aber auch da können wir uns eigentlich eine Besichtigung schenken."

„Aha, und warum?"

„Ganz schön teuer mit 585.000,-- Euro. Das würde ja noch gehen, zumal das Haus offenbar in einem sehr guten Zustand ist, Bäder und Küche sind fast neu, aber dafür echt geschmacklos. Die sind so grässlich, dass wir sie wieder rausreißen müssten, da ist mir schon bei den Fotos fast schlecht geworden. Wenn man das berücksichtigt, wird es einfach zu teuer. Das muss sich eben jemand kaufen, der einen schlechteren Geschmack als wir hat. Als Vorteil gegenüber dem Forstweg bleibt dann nur noch, dass der Weg zur S-Bahn kürzer ist. Ich habe dafür ja meine Vespa und du kannst Fahrrad fahren."

„So so, du motorisiert und ich soll Fahrrad fahren."

„Komm schon, das schaffst du, das sind nur anderthalb Kilometer, habe ich mal gegoogelt."

„Und wenn ich mir wie du eine Vespa kaufe? Die haben schließlich auch einen schönen Hintern."

„Blödmann, da gehe ich jetzt gar nicht drauf ein. Als ob eine Vespa mit meinem Hintern mithalten könnte. Jedenfalls bin ich immer noch oder besser gesagt noch mehr davon überzeugt, dass das Haus Forstweg unseres wird. Ich habe aber trotzdem bei allen Maklern einen Suchauftrag mit unseren Anforderungen hinterlegt, ist ja unverbindlich und noch haben wir nicht alles geklärt. Und was ist beim Besuch der alten Dame herausgekommen?"

„Ich bin mir noch nicht ganz sicher, aber es könnte einen Ansatz geben oder besser gesagt, wir könnten damit den Mörder oder noch besser gesagt die Mörderin haben. Wir müssen morgen noch einmal einige Unterlagen im LKA checken und einiges an Unterlagen anfordern. Oder weißt du noch, was für ein Modell von Range Rover das war, dass bei den von Zanders auf dem Parkplatz stand?"

Nee, keine Ahnung, mit Autos habe ich es nicht so sonderlich, Hauptsache, die Dinger fahren. Groß, protzig und schwarz war der Wagen und Steffen hatte doch ermittelt, dass das Teil extrem teuer war, aber mehr fällt mir dazu im Augenblick nicht ein."

Damit erläuterte Abbo Reichel Isabelle Berntsen seinen Verdacht und die Möglichkeiten, diesen zu überprüfen.

„Unglaublich, das wäre ja wirklich unglaublich. Auch wenn ich nicht verstehe, was das Motiv gewesen sein soll," war Isabelle Berntsens Reaktion.

Mittwoch, 23. Mai 2018, 8.15 Uhr

Isabelle Berntsen und Abbo Reichel waren tatsächlich die ersten im Büro, gähnende Leere in allen drei Räumen.

Schnell war klar, dass die Angaben von Gerda Tichanowski mit dem des Range Rovers von Roland Edler von Zander übereinstimmten, das Kennzeichen war ebenso schnell ermittelt, HB VZ 565.

„War ja klar, VZ wie von Zander und 565 bestimmt für die PS-Zahl, das braucht man halt fürs Ego, genau wie überhaupt so ein Protzauto. Wenn ich mir überlege, dass wir für den Preis dieses Autos wahrscheinlich mehr als die Hälfte des Hauses im Forstweg bezahlen können, nee, also ehrlich, so etwas verstehe ich nicht," kam von Isabelle Berntsen, als gerade die anderen vier Teammitglieder auftauchten.

„Was verstehst du denn nicht," fragte Thomas Kablow.

„Ach, so einiges. Aber egal, Abbo hat gestern einige Informationen bekommen und wir beide glauben, dass wir auf den Einsatz bei der ‚Linken Gruppe Friedrichshain' verzichten können.

„Ewiger Dank des großen Meisters, der Polizeipräsidentin und des Innensenators und wahrscheinlich noch einiger anderer wird euch gewiss sein. Und wieso können wir darauf verzichten?" Das kam leicht irritiert wieder von Thomas Kablow, während Aylin Cantürk leicht muffelig einwarf; „Aber nicht von mir, ich musste mir schließlich den ganzen Unfug des Staatsschutzes zu Gemüte führen, und das völlig umsonst? Scheiße."

„Schlechte Laune?" fragte Abbo Reichel. „Keine Sorge, die wird bestimmt gleich besser," und berichtete über die gestrigen Erkenntnisse. „Der Kollege Thiem hat erzählt, dass der Range Rover des Herrn von Zander womöglich am Pfingstsonntag vor dem Haus in der Contrescarpe gestanden hat. Beschwören kann er es allerdings nicht. So richtig realisiert hat er das auch erst am Montag, ist dann noch einmal vorbeigegangen, da stand der Wagen allerdings hinter dem Haus, genau wie am 10. Mai, als Isabelle und ich die Witwe aufgesucht haben. Da stand der Wagen jedenfalls definitiv hinter dem Haus auf dem Parkplatz, das können wir auch anhand der von uns gemachten Fotos beweisen. Und jetzt haltet euch fest, genau so ein Modell, und das ist zu 100 % sicher und bestätigt, stand am 1. Mai gegen 5.45 Uhr vor dem Casinoturm. Leider hat unsere sehr zuverlässige Zeugin nicht auf das Kennzeichen geachtet. Aber das wäre doch schon ein ziemlicher Zufall, oder wie seht ihr das?" Bevor es irgendwelche Einwände oder Rückfragen geben konnte, fuhr Abbo Reichel fort: „Noch etwas anderes und auch nicht ganz unwichtiges. Bevor Isabelle und ich es wieder in der Aufregung vergessen. Notiert euch mal den 9. Juni, da habt ihr alle einen Termin. Isabelle und ich feiern da unsere Hochzeit und ihr seid natürlich alle eingeladen. Die formelle Einladung kommt noch. Absagen werden übrigens nicht akzeptiert."

Auch hierzu gab es komischerweise keine Rückfragen oder Anmerkungen, so dass Abbo Reichel fortfahren konnte: „Laut eigener Aussage von Miriam von Zander und halbwegs bestätigt von ihrer Freundin Silvia Strunk hat sie am 1. Mai gegen ein Uhr die Wohnung dieser Freundin verlassen, mit dem Auto wäre es zeitlich zu schaffen gewesen, rechtzeitig in Berlin zu sein, mit 565 PS erst recht."

„Aber die hat doch keinen Führerschein," warf jetzt Aylin Cantürk ein.

„Mensch, du glaubst auch noch an das Gute im Menschen. Was glaubst du, wie viele Leute wir bei Verkehrskontrollen ohne Führerschein erwischen? In der Direktion 1 war ich mehrfach dabei und jedes Mal hatten wir nicht nur einen Fall des Fahrens ohne Führerschein. Noch häufiger waren nur noch die Fälle des Fahrens ohne Versicherung." In Richtung Abbo Reichel ergänzte Julia Rochow noch: „Du meinst also, wir sollten für die Nacht auf den 1. Mai die Ergebnisse aller Geschwindigkeitskontrollen überprüfen und hoffen, dass die Dame nicht nur ohne Führerschein sondern auch verkehrswidrig gefahren ist?"

„Genau, das ist meine Hoffnung. Sie kann über Hamburg oder über Hannover gefahren sein, die Streckenlänge ist einmal 381 Kilometer und die andere 403 Kilometer, in beiden Fällen braucht man laut Routenplaner knapp vier Stunden, im Augenblick wegen der vielen Baustellen wohl eher etwas mehr. Würde auf jeden Fall zeitlich passen, vor allem dann, wenn man die

Leistung des Wagens ausnutzt. Sechs Bundesländer unterwegs, also für jeden von uns eine Bußgeldstelle, die anzurufen ist. Mal sehen, wer zuerst Ergebnisse hat."

Erstaunlicherweise kam als erste Rückmeldung die der Berliner Bußgeldstelle, der relativ neue Blitzer kurz vor der Autobahnabfahrt Schulzendorfer Straße hatte den Range Rover HB VZ 565 um exakt 5.31 Uhr und 14 Sekunden mit einer Geschwindigkeit von 96 Stundenkilometern erfasst, erlaubt waren hier nur 60 Stundenkilometer. Das Foto dazu war von bester Qualität und zeigte nicht nur das Kennzeichen, es zeigte auch eindeutig Miriam Edle von Zander am Lenkrad. Bis um 13.05 Uhr lagen die Rückmeldungen sämtlicher angefragten Bußgeldstellen vor. Außer von der in Bremen alle mit positivem Ergebnis. Miriam Edle von Zander hatte eindeutig und ohne jeden Zweifel die Strecke über Hamburg genommen und keinen einzigen der auf der Strecke vorhandenen Blitzer ausgelassen. Und auf allen Fotos war Miriam Edle von Zander eindeutig zu erkennen, nur die Fotos aus Mecklenburg-Vorpommern waren von relativ schlechter Qualität, aber auch die würden in einem Prozess als Beweismittel ausreichen.

„Hui, wenn die einen Führerschein hätte, wäre sie den für ziemlich lange Zeit los. Eine einzige Fahrt, neun Mal geblitzt und mehr als reichlich Punkte, das ist echt eine Leistung. Bei Neuruppin 216 Stundenkilometer zu fahren bei erlaubten 130 ist schon heftig. Die Dame hatte es wohl etwas eiliger. Das wird doch wohl für einen Haftbefehl reichen," fasste Julia Rochow die Ergebnisse kurz und knapp zusammen.

Thomas Kablow meinte nur trocken: „Die fährt echt schlimmer als du. Ich rufe mal den Harbauer an, der soll uns den Haftbefehl besorgen, das reicht eindeutig. Geht ihr schon mal in die Kantine, heute soll es laut Plan etwas Vernünftiges geben. Stichwort IKEA. Ich komme dann nach."

Mittwoch, 23. Mai 2018, 13.15 Uhr

„Stichwort IKEA, also Köttbullar mit Kartoffeln und Preiselbeeren," meinte Steffen Tietz an der Essenausgabe der Kantine,
„nicht schlecht, mal eine Abwechslung zu Curry mit Pommes."

„Aber bestimmt nicht so viel gesünder," ergänzte Julia Rochow. „Wir nehmen aber gleich auch eine Portion für Thomas
mit, der kommt bestimmt jeden Moment."

Fünf Minuten später erschien Thomas Kablow, setzte sich
wortlos an den noch freien Platz und schaufelte die ersten Köttbullar mit reichlich Preiselbeeren in den Mund. „Gar nicht so
schlecht, die dänische Küche," meinte er in Richtung Isabelle
Berntsen.

„Experte in skandinavischen Themen bist du aber nicht, Köttbullar und IKEA sind genauso schwedisch wie Pippi
Langstrumpf, aber ganz bestimmt nicht dänisch. Erzähl lieber,
was der Harbauer meinte, aber besser mit leerem Mund, dann
verstehen wir dich wenigstens." Und an Abbo Reichel gerichtet:
„Wir können für die Hochzeitsfeier ja ein skandinavisches Büffet
bestellen, wäre doch gar nicht so schlecht, oder?"

Bei dieser Aussage zum Sprechen mit leerem oder eher vollem
Mund fühlte sich Abbo Reichel gleich zurückversetzt an sein
gestriges Gespräch mit Gerda Tichanowski. Thomas Kablow
antwortete aber völlig ungerührt: „Erziehungsversuche sind
zwecklos, sagt jedenfalls meine Mutter dauernd. Dänemark oder
Schweden ist doch wurscht, jedenfalls irgendwo da oben im
Norden. Der Harbauer meinte übrigens, dass das klar gehen
müsste. Er wollte gleich selbst zum Richter gehen und meldet
sich dann. Wir sollen in Ruhe die Kantine genießen. Er war doch
tatsächlich der Meinung, dass unsere hier besser sei als die bei
ihm in der Turmstraße. Na, wenn er meint."

Als sie wieder zurück in ihren Büros waren, kam gleich ein
aufgeregter Ausruf von Steffen Tietz: „Ihr glaubt es kaum, aber
auf meine diversen E-Mails wegen des Messers ist gerade eben
noch eine Rückmeldung eingegangen. Die Anfrage war vom 4.
Mai und jetzt antworten die, echt schnell. Das ist der Laden in
Bremen, wo der von Zander Stammkunde ist, schreibt der Typ

331

hier jedenfalls. Der Inhaber schreibt auch, dass er den Laden wegen Krankheit länger geschlossen hatte und deswegen erst jetzt hätte antworten können. Aber dafür konnte er sich ganz genau erinnern, dass er zwei Filetiermesser von Martiini an Herrn von Zander verkauft hat, eines davon mit dieser langen Klinge. Wartet mal eine Sekunde, genau, hier ist es. Auf einem eurer Fotos ist das mit der kürzeren Klinge zu sehen und noch ein paar andere Messer anderer Marken, aber nicht das lange."

,Sweet Lucy' erklang, schlagartig wurde es mucksmäuschenstill im Raum. „Hier Abbo Reichel, LKA Berlin."

„Weiß ich doch, deswegen habe ich diese Nummer gewählt. Hier Bodo Harbauer. Den Haftbefehl für die von Zander bekommen wir, kann aber noch etwas dauern, der zuständige Richter ist irgendwo unterwegs, jedenfalls nicht in seinem Büro. Telefonisch habe ich mit ihm alles geklärt. Ich komme bei Ihnen vorbei, sobald ich ihn habe, wahrscheinlich so gegen 16.30 Uhr oder 17.00 Uhr. Die weitere Vorgehensweise würde ich gerne mit Ihnen allen besprechen. Vorher bitte keine weiteren Aktionen, außer vielleicht, dass Sie die Bremer Kollegen schon einmal vorwarnen."

„So, ihr habt es ja gehört, wir warten dann mal ab. Die ,Linke Gruppe Friedrichshain' ist damit erst einmal auf Eis gelegt. Aylin weiß aber jetzt auf jeden Fall, für welche Abteilung Sie sich wohl nie bewerben wird, oder sehe ich das falsch?"

Immer noch ein wenig muffelnd kam von ihr nur: „Nee, wirklich nicht, Staatsschutz muss echt nicht sein, da kann ich mich besser für die Truppe hier bewerben."

Gerade als sich alle wieder an ihre Schreibtische verziehen wollten, erschien Oliver Scholz mit der Schreiner im Schlepp. „Staatsanwalt Harbauer hat mich angerufen, sehr gut, meine Damen und Herren, auch wenn es womöglich noch etwas dauern wird, bis Sie den Haftbefehl bekommen. Zur Überbrückung der Wartezeit hat die verehrte Frau Schreiner für Sie schnell mal ein bisschen Kuchen organisiert. Mit leicht verkniffenem Gesichtsausdruck legte die Schreiner ein ziemlich großes Paket auf dem Schreibtisch von Steffen Tietz ab und war auch schon wieder verschwunden. „So verehrt dann auch nicht, aber ändern können wir die nicht mehr, trotzdem guten Appetit," mit diesen Worten folgte ihr Oliver Scholz eine Minute später.

Mittwoch, 23. Mai 2018, 16.05 Uhr

Etwas früher als angekündigt erschien Bodo Harbauer mit dem erwarteten Haftbefehl in der Hand. „Scannen Sie das Ding gleich ein und schicken es nach Bremen. Ich möchte die Dame so schnell wie möglich hier zur Vernehmung haben. Ich bin gespannt, was sie uns zu erzählen hat, Aufklärungsbedarf gibt es auf jeden Fall. Ziemlich dreist belogen hat sie uns definitiv. Weiß der Kollege Thiem schon Bescheid?"

„Das ist alles geklärt," antwortete Abbo Reichel, „der Kollege steht sozusagen Gewehr bei Fuß. Spätestens morgen haben wir die Frau von Zander hier in Berlin, er hat die Überstellung bereits organisiert."

„Gut, sehr gut. Bei der Vernehmung möchte ich dabei sein, bin gespannt, was sie zu erzählen hat. Halten Sie mich auf dem Laufenden. Und alle anderen Spuren werden bitte erst einmal nicht weiter verfolgt. Gesteigerten Wert auf eine Auseinandersetzung mit Ihrer Polizeipräsidentin, meinen Vorgesetzen oder sogar dem Innensenator lege ich nun wirklich nicht. Nur dann, wenn es sich nicht vermeiden lässt. Meine Rückendeckung hätten Sie jedenfalls gehabt, aber das ist ja zum Glück jetzt überflüssig."

„Moin Herr Thiem. Hier Abbo Reichel, LKA Berlin. Der Haftbefehl ist eben an Sie per E-Mail heraus, das Original kommt auf dem Postweg. Wie besprochen, bitte die Dame festnehmen und dann morgen zu uns."

„Ja ja, spart euch einmal Übernachtung mit Frühstück für die Gute. Alles klar, zwei meiner Kollegen stehen schon bereit, wir gehen gleich hin, ich melde mich wieder."

Mittwoch, 23. Mai 2018, 17.18 Uhr

Wieder einmal erklang ‚Sweet Lucy'. „Die hatte uns schon erwartet. Komische Frau. Als wir geklingelt haben, hat sie die Wohnungstür mit einem Ruck aufgerissen, uns ihre Hände entgegengestreckt und gemeint ‚das hat ja gedauert'. Auf Handschellen haben wir aber zu ihrer offensichtlichen Überraschung verzichtet, das erschien mir zu theatralisch und war auch absolut nicht erforderlich. Sie ist uns ganz brav zum Revier gefolgt. Auf meine beiden Kollegen hätte ich auch verzichten können. Jedenfalls sitzt sie jetzt bei uns in einer gemütlichen Zelle. Die hatte doch tatsächlich schon ihr Köfferchen gepackt, so einen edlen Trolley aus Aluminium, stand gleich hinter der Wohnungstür bereit. Leute gibt's, die gibt's gar nicht. Morgen gegen 9.00 Uhr fahren wir dann hier los, ich komme mit, ich würde mir gerne die Vernehmung mit anhören. Ach ja, sie hat noch gesagt, dass sie ausschließlich mit Kommissar Reichel und seiner hübschen rothaarigen Kollegin reden würde, mit niemandem sonst. Und Sie sollen sich Zeit nehmen, sie hätte viel zu erzählen. Können Sie mir bitte irgendwo bei Ihnen in der Nähe des LKA ein Zimmer organisieren, ich bleibe dann für ein oder zwei Nächte in Berlin. Mal sehen, wann ich wieder zurückfahre, Berlin soll ja eine Reise wert sein. Mein Kollege, der den Wagen fährt, will auf jeden Fall morgen wieder zurück, der kann Berlin nicht ausstehen. Ich nehme dann halt für die Rückfahrt die Bahn."

Alle im Raum hatten mitgehört, da Abbo Reichel sein Handy auf laut gestellt hatte. Als erster ergriff Bodo Harbauer das Wort: „Vielen Dank für Ihren Einsatz, Herr Thiem. Die Staatsanwaltschaft Berlin wird sich erkenntlich zeigen." Ob der Kollege Thiem das überhaupt noch mitbekommen hatte, war nicht klar, er hatte jedenfalls wieder mal schnell aufgelegt.

„Das klang ja schon nach einem Geständnis, wollen wir mal hoffen, dass sie dabei bleibt. Wir stellen dann für die Vernehmung morgen alle offenen Fragen zusammen, aber soweit ich Herrn Thiem verstanden habe, wird Frau von Zander wohl auskunftsfreudig sein. Herr Harbauer, ist es überhaupt zulässig, wenn meine Frau mit mir gemeinsam das Verhör vornimmt?"

Abbo Reichel wollte mit der letzten Frage sicherstellen, dass es nicht zu rechtlichen Problemen bei der Verwendung der Verhörprotokolle kommt.

„Die Tatsache, dass sie Ihre Frau ist, ist kein Problem. Eher schon, dass Frau Berntsen nur zum LKA abgeordnet ist, ich sehe mir die Abordnungsvereinbarung aber noch einmal genau an." Und an Isabelle Berntsen gerichtet: „Vorsichtshalber sollten Sie die Gesprächsführung lieber Ihrem Mann überlassen, den habe ich bisher sowieso schon einige Male als ausgewiesenen Verhörexperten wahrgenommen, da konnte ich eindeutig die gute Schule von Frau Neumann erkennen. Außerdem wird sowieso alles aufgenommen und ich werde das Verhör genau wie Herr Thiem verfolgen." In Richtung Abbo Reichel gewandt ergänzte er noch: „Sorgen Sie bitte dafür, dass wir einen anderen Vernehmungsraum als die Nummer eins bekommen. Und informieren Sie bitte unverzüglich die Herren Scholz, Thoms und Kleinert, die werden alle mit Sicherheit froh sein, wenn Sie keine Hundertschaften benötigen. Und rufen Sie mich rechtzeitig an, bevor das Verhör losgeht." Damit verließ er mit einem fröhlichen Pfeifen das Büro.

Thomas Kablow ließ sich jetzt vernehmen: „Lasst uns Feierabend machen, die sind morgen frühestens gegen Mittag hier, das reicht dicke für die Vorbereitungen. Ich habe jetzt auch noch einen privaten Termin, da möchte ich nicht zu spät kommen." Für die anderen kaum hörbar ergänzte er noch: „Ist jetzt hoffentlich unproblematisch," aber das wurde nicht mehr wahrgenommen.

Donnerstag, 24. Mai 2018, 8.55 Uhr

Abbo Reichel hatte gerade ab 13.00 Uhr Vernehmungsraum 2 und ein Zimmer im gleich um die Ecke liegenden Hotel Hamburg Golden Tulip Berlin für PHK Thiem reserviert, als Julia Rochow wild mit einem Zettel wedelnd in sein Büro stürmte: „Wehe, einer meckert noch einmal herum, dass ich zu schnell fahre. Ich bin im Vergleich ein echtes Waisenmädchen. Neun mal auf gerade einmal 400 Kilometern geblitzt zu werden, ist ja schon eine Leistung, aber dabei insgesamt 13 Punkte zu sammeln und auf ein Bußgeld von mindestens Euro 1.950,-- zu kommen, Hochachtung. Wenn sie denn einen Führerschein hätte, den wäre sie jetzt auf jeden Fall los."

Bevor sie sich weiter echauffieren konnte, erklang wieder ‚Sweet Lucy'. „Moin," klang es aus dem Hörer, „wenn nichts dazwischenkommt, sind wir so gegen 13.30 bei euch, wir sind gerade mit unserem Gast losgefahren. Bis nachher."

„Kannst dich beruhigen Julia, die scheinen keinen Geschwindigkeitsrekord aufstellen zu wollen," meinte Abbo Reichel. Da inzwischen auch alle anderen Teammitglieder aufgetaucht waren, konnten die noch anstehenden Vorbereitungsarbeiten für das Verhör verteilt werden. „Bitte alle noch einmal die entsprechenden Protokolle, vor allem auch die der Spurensicherung; sichten und Fragen notieren. Wir setzen uns dann um 12.00 Uhr zusammen und besprechen die Verhörstrategie."

Donnerstag, 24. Mai 2018, 12.05 Uhr

Thomas Kablow wollte gerade mit seinen Ideen loslegen, als Abbo Reichels Handy sich wieder lautstark mit ‚Sweet Lucy' meldete.

„Ihr könnt ausgiebig Mittagspause machen, 13.30 Uhr schaffen wir auf keinen Fall. Schöne Scheiße, aber hier hat es gekracht, zwei LKW und einige PKW, so jedenfalls laut der Kollegen, die uns über Funk informiert haben. Die Autobahn ist voll gesperrt und für die Verletzten haben sie Hubschrauber angefordert. Mitten in der Pampa stehen wir hier, irgendwo hinter Neuruppin, wo auch immer das genau ist. Viel Gegend hier ringsum, sonst aber auch nichts. Wir können nur abwarten, wird aber wohl länger dauern. Schöne Scheiße, wie gesagt, und mein Magen knurrt schon jetzt. Dafür ist Frau von Zander ganz ruhig, kein Wort zu uns beiden hier an Bord. Ziemlich langweilig, das Ganze. Ich melde mich wieder, wenn es weitergeht."

„Planänderung, erst Kantine, dann Besprechung," meinte Thomas Kabow, „mal sehen, womit die heute versuchen, das Personal der Berliner Polizei zu reduzieren."

Da kein Widerspruch kam, wanderten alle schweigend in die Kantine und waren aufs angenehmste überrascht. Der Geruch nach Fisch war schon vor der Kantinentür zu riechen. „Fischstäbchen," war der Tipp von Aylin Cantürk. „Da hatten wir schon Schlimmeres," meinte Steffen Tietz, „Spezialität des Hauses ist Fischstäbchen hochkant gebraten," fügte er noch schmunzelnd hinzu.

Die Fischstäbchen entpuppten sich als Scholle, auf den Punkt genau gebraten, mit erstaunlicherweise genießbaren Kartoffeln und zerlassener Butter. Es musste sich per Flurfunk im gesamten LKA herumgesprochen haben, dass es heute etwas Vernünftiges gab, jedenfalls war die Kantine wenige Minuten nach ihrer Ankunft bis auf den letzten Platz besetzt und an den Nebentischen kreiste das Gerücht herum, dass ein neuer Koch seine Kelle schwingen würde.

„Tut mir ja aufrichtig leid für die Bremer Kollegen, aber ohne den Stau hätten wir von dem leckeren Fisch kaum noch etwas abbekommen," meinte Julia Rochow ganz trocken und zerlegte weiter ihre Scholle.

„Muss wirklich ein neuer Koch sein, kann gar nicht anders sein" kam jetzt noch von Steffen Tietz.

„Wie heißt es so schön, erst mal abwarten, was es in den nächsten Tagen gibt, nicht zu früh freuen. Wir freuen uns lieber, dass wir offenbar unseren Fall geklärt haben. Und das nur zu siebent," ließ sich Abbo Reichel vernehmen, worauf Steffen Tietz sofort einwarf: „Jetzt fang nicht wieder an, vom allseits beliebten Kommissar Zufall zu reden, sonst glauben unsere Damen wirklich noch an den. Davon mal abgesehen, sollten wir nicht den großen Meister informieren?"

„Ups, den habe ich vergessen," und Abbo Reichel griff gleich zu seinem Handy. Nach dem kurzen Telefonat meinte er nur: "Wir sollen die Schreiner gleich anrufen, wenn wir Näheres wissen, die soll dann ihn, den Harbauer, den Thoms und den Kleinert informieren. Ihm hätte das sowieso zeitlich nicht sonderlich gut gepasst."

Donnerstag, 24. Mai 2018, 16.15 Uhr

Wieder einmal ‚Sweet Lucy'. „Moin, die Sperrung wurde gerade aufgehoben, wir fahren wieder, wenn auch ausgesprochen langsam. Für ein Knöllchen wird's kaum reichen. Laut unserem Fahrer oder besser gesagt laut seinem Navi müssten wir in knapp einer Stunde da sein, jedenfalls ohne weiteren Stau, und wenn ich bis dahin nicht verhungert bin. Stellt euch vor, Frau von Zander hat sich eben auch geräuspert, ihre ersten Worte des Tages. Sie würde das Verhör gerne auf morgen verschieben, echt spaßig, die Gute. Mir wär's aber auch recht, eine anständige Pizza oder ähnliches wäre mir erst einmal lieber."

„Dann werde ich mal für 18.00 Uhr einen Tisch für uns alle bei Evin in der Kurfürstenstraße reservieren und irgendjemand muss es mal kurz mit der Schreiner aufnehmen. Das Verhör beginnen wir dann eben morgen um 10.00 Uhr, dann sind wenigstens alle Beteiligten ausgeruht."

Mit wenig Begeisterung nahm Abbo Reichel den Hörer in die Hand und rief die Schreiner an. Wie nicht anders zu erwarten, keifte sie gleich herum, dass sie für so etwas keine Zeit hätte und die Information nur deswegen weitergeben würde, weil der Herr Kriminalrat Scholz sie ausdrücklich damit beauftragt hätte. „Meine Güte, was für eine blöde Kuh," murmelte Abbo Reichel, „die jeden Tag live und in Farbe ertragen zu müssen, ist bestimmt nicht ganz einfach."

„Dann lieber mich jeden Tag live und in Farbe ertragen?" fragte Isabelle Berntsen.

„Hm, jedenfalls nach heutigem Stand." Auf diese Bemerkung erntete er immerhin nicht das eigentlich zu erwartende ‚Blödmann' und widmete sich der Änderung der Reservierung des Vernehmungsraums 2 auf morgen 10.00 Uhr.

Um 17.20 Uhr klingelte endlich das Telefon von Steffen Tietz und POM Müller vom Empfang kündigte an: „Ihr habt einen Übernachtungsgast und PHK Thiem aus Bremen zu Besuch, ich schicke ihn euch direkt rauf, die Dame lasse ich gleich in ihre Zelle bringen. Der andere Kollege aus Bremen wollte nur schnell aufs Klo und dann gleich wieder zurück nach Bremen. Ich habe ihm zwar ausdrücklich angeboten, dass wir ihm ein Zimmer organisieren, aber er will auf jeden Fall sofort zurück."

Mit einem: „Dem Kollegen Breiwer ist nicht zu helfen, der mag Berlin überhaupt nicht," erschien PHK Thiem kurz darauf in der Tür. „Der hatte während seiner Zeit in einer unserer Hundertschaften mehrere Einsätze in Berlin und jedes Mal wohl Blessuren davongetragen. Als ob ihm das in Bremen nicht auch hätte passieren können. Scheiß Fahrt, Scheiß Stau und Scheiß Hunger. Können wir jetzt endlich essen gehen? Meine Tasche kann ich doch hier stehen lassen, wird ja wohl keiner klauen, oder?"

Lautes Gelächter war die Folge und sie setzten sich alle in Bewegung.

Der reservierte Tisch in der Pizzeria Evin stand schon zur Verfügung und nach der Pizza Mista meinte PHK Thiem: „Nicht schlecht, die Vorspeisen hier." Und bevor sich Irritationen ausbreiten konnten: „Das war ein Witz, liebe Kollegen, ein Witz. Eine Pizza reicht selbst mir. Ich heiße übrigens Harro, seid ihr einverstanden mit dem Du? Dann erzähle ich mal, was los war. Obwohl, zu erzählen ist eigentlich nichts. Es war ja nichts los. Die von Zander hat tatsächlich die ganze Zeit geschwiegen und der Breiwer ist auch eher eine Spaßbremse. Mehr als acht Stunden mit den beiden im Auto ist echt kein Vergnügen. Vom Fall will ich heute nichts mehr hören, ich bin lieber morgen beim Verhör dabei."

Freitag, 25. Mai 2018, 9.45 Uhr

Als Isabelle Berntsen und Abbo Reichel das mittlere Büro betraten, war schon eine rege Diskussion am Laufen. Nicht nur die anderen Teammitglieder, auch Oliver Scholz, Staatsanwalt Bodo Harbauer und Timo Thoms beteiligten sich, lediglich Harro Thiem hielt sich ein wenig abseits. Vielleicht lag es auch daran, dass er als einziger in Uniform erschienen war, jedenfalls sah es so aus, als ob er sich ein wenig unwohl fühlen würde. Jonas Kleinert war nicht erschienen, aber das fiel keinem auf.

„Frau von Zander wird um Punkt 10.00 Uhr in den Vernehmungsraum 2 gebracht, Getränke und ein paar Kekse stehen bereit, auch hinten im Kabuff, die Technik habe ich vorhin gecheckt, funktioniert alles einwandfrei," hieß es jetzt von Steffen Tietz. Wir anderen hocken alle hinter der Glasscheibe und beobachten das Ganze. Wird ganz schön eng, aber Thomas und ich haben den Tisch aus dem Beobachtungsraum entfernt und dafür vier weitere Stühle hineingestellt. Immerhin besser als das Kabuff hinter Vernehmungsraum 1, da hätten wir ganz schnell Probleme mit der Sauerstoffversorgung bekommen."

„Frau Berntsen, Sie haben hiermit die offizielle Freigabe zur Begleitung des Verhörs. Ihre Abordnung zum LKA gibt das her und rechtliche Probleme sehe ich damit nicht. Sie sollten aber trotzdem Herrn Reichel die Federführung überlassen." Diese Aussage von Bodo Harbauer wurde von Oliver Scholz mit einem: „Ja, er ist einer unserer Verhörexperten" bestätigt, ergänzt um: „Jetzt bitte jeder auf seinen zugewiesenen Platz."

Um Punkt 10.00 Uhr wurde Miriam Edle von Zander von einem Polizeibeamten in den Vernehmungsraum gebracht, sie war dezent geschminkt, geschmackvoll mit einem schwarzen Hosenanzug und einer hellen Bluse gekleidet, jedenfalls in bester Verfassung und mehr als ansehnlich, eine schöne schwarze Witwe.

Nachdem alle drei ihre Plätze im Vernehmungsraum eingenommen hatten und Abbo Reichel die Ton- und Bildaufnahme gestartet hatte, ergriff er das Wort: „Guten Morgen Frau von Zander, zuerst die Formalien, nennen Sie uns bitte Namen, Geburtsdatum und Adresse."

342

„Miriam Edle von Zander, geboren am 25. März 1983, Geburtsname Tischner, wohnhaft in der Contrescarpe 32, 28203 Bremen, demnächst aber wohl mit einem anderen Wohnsitz."

Gut, Sie wissen, dass Sie des Mordes an Ihrem Mann, Roland Edler von Zander beschuldigt werden. Dieses Verhör wird von mir, Abbo Reichel, kommissarischer Leiter der Mordkommission LKA 117 am Landeskriminalamt Berlin geleitet. Zu meiner Unterstützung nimmt Frau Isabelle Berntsen, Ärztin und Rechtsmedizinerin am Landesinstitut für gerichtliche und soziale Medizin Berlin und der Charité, derzeit speziell für diesen Fall abgeordnet an das Landeskriminalamt Berlin, teil. Das gesamte Verhör wird in Bild und Ton aufzeichnet und wie Sie sich sicher denken können, sitzen hinter der Glasscheibe dort einige Kollegen, die das Verhör verfolgen werden. Sie haben als Beschuldigte das Recht, die Aussage zu verweigern, alles, was Sie sagen, kann gegen Sie verwendet werden. Im Vorfeld haben Sie angegeben, dass Sie auf einen Rechtsbeistand verzichten wollen, wenn Sie Ihre Meinung dazu ändern, können Sie das selbstverständlich jederzeit tun. Wenn Sie eine Pause benötigen, lassen Sie es uns bitte wissen. Ansonsten bitte ich Sie, zeigen Sie uns Ihre Unterarme."

„Was soll das denn?" Diese Frage kam nicht empört, eher irritiert.

„Zeigen Sie uns bitte Ihre Unterarme."

Miriam von Zander legte Ihre Unterarme auf den Tisch und beugte sich dabei vor.

„Bitte die Ärmel hochschieben und die Arme so drehen, dass wir die Innenseite Ihrer Unterarme sehen können."

Miriam von Zander folgte der Aufforderung, ein leichtes Aufblitzen in ihren Augen ließ durchaus den Schluss zu, dass sie jetzt den Sinn und Zweck dieser Übung erkannte.

„Isabelle, mach bitte ein paar Fotos von beiden Unterarmen und gib als Ärztin eine Einschätzung zu dem ab, was du siehst."

Isabelle Berntsen stand auf, machte einige Fotos mit ihrem Handy und betrachtete beide Unterarme sehr genau, ließ dabei Miriam von Zander die Arme ein wenig drehen, bevor sie ihre Einschätzung abgab: „Beide Unterarme weisen weitgehend ver-

343

heilte Schürfwunden auf, vier beziehungsweise fünf. Die Länge der Wunden beträgt jeweils ca. 15 bis 20 Zentimeter. Der Heilungsprozess ist soweit fortgeschritten, dass sich Frau von Zander nach meiner Einschätzung die Wunden vor mindestens drei, vielleicht sogar vor vier Wochen zugezogen hat. Eine detaillierte Untersuchung sollte durch einen Facharzt erfolgen. Narben werden nicht verbleiben, in weiteren drei bis vier Wochen wird man voraussichtlich nichts mehr sehen."

„Frau von Zander, woher stammen diese Narben?"

„Das wissen Sie doch ganz genau."

„Ich möchte es von Ihnen hören."

„Betonplatten sind nicht nur schwer, sie sind auch verdammt scharfkantig. Meine schöne Bluse ist dabei auch eingerissen."

„Wobei ist sie eingerissen?"

„Beim Hochwuchten der Platte."

„Gut, und wann und wo war das?"

„Am 1. Mai, oben auf diesem blöden Turm."

„Und weiter?"

Keine Antwort von Miriam von Zander, Abbo Reichel wartete ab, bevor er erst nach mehreren Minuten nachhakte: „Das hätten wir also schon einmal, fangen wir jetzt aber noch einmal ganz von vorne an. Schildern Sie uns doch bitte, wie es zu allem kam."

Jetzt war Miriam von Zander mit dem Schweigen dran, aber nur für wenige Sekunden. Sie blickte erst intensiv Isabelle Berntsen und dann Abbo Reichel an, bevor sie antwortete: „Ja, fangen wir am Anfang an. Der Anfang, also der Anfang vom Ende, war dieser Brief, dieser Brief aus Berlin." Damit verfiel sie wieder in ein Schweigen, dass Abbo Reichel nach zwei Minuten unterbrach: „Also ein Brief, ein Brief aus Berlin. Wer hat Ihnen diesen Brief geschrieben und was stand in dem Brief?"

Offensichtlich war jetzt der Bann gebrochen, Miriam von Zander redete los, ohne Punkt und Komma: „So richtig altertümlich, mit der Hand geschrieben und mit Briefmarke versehen. Am Montag war der im Briefkasten, also am Montag vor dem Tag, dem Tag der Tage. Der Postbote hat ihn am späten Nachmittag eingeworfen. Abgeschickt worden sein muss er aber mehrere Tage vorher. Es stand auch ein Datum drauf, ich glaube, es war der 25. oder 26. April, so richtig konnte ich das nicht erkennen, Roland hatte eine Sauklaue, gerade bei Zahlen. Ha, Sauklaue und Schwein, das passt, müsste aber doch eher Eberklaue heißen. Ich habe eine ganze Weile gebraucht, bis ich das halbwegs verdaut hatte und bin dann mit einer gut gekühlten Flasche Champagner rüber zu Silvia, das wissen Sie ja schon."

Das wieder einsetzende Schweigen von Miriam von Zander wurde schnell von Abbo Reichel unterbrochen: „Also war der Brief von Ihrem Mann. Was stand in dem Brief und wo ist er?"

Der Redefluss nahm wieder Fahrt auf: „Den habe ich im Kamin verbrannt bevor ich zu Silvia gegangen bin, brannte aber schlecht. Was stand drin, ja, wörtlich kann ich Ihnen das nicht sagen. Aber dass er sich von mir scheiden lassen wolle. Dass er die Liebe seines Lebens getroffen hätte und auf keinen Fall mehr mit mir nach Venedig fliegen wolle. Dann wurde es richtig fies. Er hat geschrieben, dass ich ihm langsam zu alt werden würde, ich schon einige Falten und bestimmt bald einen Hals wie ein Truthahn hätte. Stellen Sie sich das mal vor, so ein Schwein, dabei habe ich ihn geliebt, trotz seiner vielen Fehltritte. Ein Hals wie ein Truthahn. Sehen Sie sich mal meinen Hals an, sieht der etwa aus wie bei einem Truthahn?"

Unisono schüttelten Isabelle Berntsen und Abbo Reichel automatisch den Kopf. Miriam von Zander fuhr fort: „Venedig war damit geplatzt, und ich blöde Kuh habe mir Sorgen ohne Ende gemacht und mich bei Ihren Kollegen mit meiner Vermisstenanzeige wohl mal wieder ziemlich lächerlich gemacht. Silvia habe ich von dem Brief nichts erzählt, nur, dass Roland nicht nach Hause gekommen sei, dabei hätten wir doch nach Venedig gewollt. Sie hat mich ganz toll getröstet und auch alles geglaubt. Warum auch nicht, schauspielern hat schon in der Theatergruppe auf dem Gymnasium gut geklappt, da war ich richtig gut, das können Sie mir glauben. Sich selbst getröstet hat Silvia mit dem Champagner, ich habe kaum etwas davon abbekommen, sie hat ja immer nur Rotkäppchen in ihrem Kühlschrank. Irgendwann bin ich dann nach Hause. Zu Hause habe ich gedacht, dass ich ihn zur Rede stellen muss, dass er das doch nicht so gemeint haben kann, das mit dem Truthahn und so. Dann habe ich mich in sein Allerheiligstes gesetzt, seine blöde Protzkarre, und bin nach Berlin gefahren." Damit war ihr Redefluss wieder unterbrochen, sie stierte ein wenig vor sich hin und wirkte minutenlang nicht ansprechbar.

„Da waren Sie ja ziemlich schnell," sagte Abbo Reichel nach mehreren Minuten. Miriam von Zander zeigte keine Reaktion.

Weitere drei Minuten später schob Abbo Reichel nach: „Unfallfrei nach Berlin, mitten in der Nacht, ohne Führerschein, mit extrem hohem Tempo, diverse Male geblitzt, nach meinen Unterlagen mit 13 Punkten und einem Bußgeld von mindestens Euro 1.950,--, das ist schon eine ziemliche Leistung. Wenn Sie einen Führerschein hätten, wären Sie den allerdings für ziemlich lange los."

„Danke für die Blumen. Auto fahren kann ich, auch ohne Führerschein. Roland hat es bloß nie gemerkt oder er wollte es nicht merken. Aber am 1. Mai hat er es gemerkt, das war, wie soll ich sagen, sehr unschön. Gut, dass er tot ist. In den letzten Tagen sind mehrere Briefe von der Polizei gekommen, das sind dann wohl die Strafmandate. Ich habe die selbstverständlich nicht geöffnet, waren ja an Roland adressiert. Liegen alle in der Diele auf dem kleinen Schränkchen."

„Und weiter? Was hat Ihr Mann gemerkt?"

„Dass ich mit seinem Allerheiligsten gefahren bin," und nach einer erneuten längeren Pause: „Ich war so gegen 5.40 Uhr vor dieser Baustelle und habe den Wagen direkt davor geparkt. Seine Marotte, den Sonnenaufgang von diesem Turm aus zu beobachten, kannte ich ja. Ich habe mir irgendwie vorgestellt, dass ich einfach nach oben gehe und ihn dort zur Rede stelle. Aus welchen Gründen auch immer war er zu solch nachtschlafenden Zeiten immer bester Laune, da konnte man echt mit ihm reden, egal, was vorher war. Das wollte ich ausnutzen, habe aber erst einmal noch minutenlang im Auto gesessen. Fragen Sie mich bitte nicht, warum, aber ich habe dann die Heckklappe geöffnet, dieses lange Messer gesehen und in meine Handtasche gepackt, das hat gerade so eben hineingepasst."

346

„Entschuldigen Sie bitte, wenn ich Sie unterbreche, aber finden Sie es nicht etwas merkwürdig, wenn Sie zu einer Aussprache mit Ihrem Mann eine Waffe mitnehmen?"

„Ich weiß es nicht, ich weiß es wirklich nicht, warum ich das Messer mitgenommen habe. Es lag dann ja auch gut verwahrt in meiner Handtasche. Jedenfalls war es kein Problem, die Baustelle zu betreten, dieser Bauzaun mit den Werbeplanen war ganz leicht zu öffnen, die Tür zum Turm war nicht abgeschlossen und die Tür oben stand sperrangelweit offen. Im Nachhinein betrachtet denke ich, dass er die extra für mich geöffnet hatte. Ich war gerade oben durch die Tür, da kam er mit hochrotem Kopf auf mich zugestürmt und hat mich übel beschimpft. Was ich mir einbilden würde, mit seinem Auto zu fahren, dazu sei ich sowieso zu blöd, das würde man doch schon sehen, wie dämlich ich das Auto geparkt hätte, Kratzer im Auto seien noch schlimmer als Falten im Gesicht und ein Hals wie ein Truthahn. Was ich denn überhaupt von ihm wolle, es sei sowieso unwiderruflich aus, er wolle mich nicht mehr sehen. Dabei hat er mich an den Schultern gepackt und durchgeschüttelt. Ich hatte Angst, dass er mich über die Balustrade stürzen würde. Dann hat er mich plötzlich losgelassen und ist ganz langsam und ohne ein weiteres Wort um den Turm herumgegangen. Es hat eine ganze Weile gedauert, bis ich mich wieder gefangen hatte, ich bin ihm dann gefolgt. Er stand da, mit dem Rücken zu mir, hatte die Hände auf der Brüstung abgestützt und schien schwer zu atmen. Ich wusste nicht, was ich machen sollte, als er sich umgedreht und mich erneut angebrüllt hat, ich solle aus seinem Leben verschwinden, nicht nur aus Berlin, sondern auch aus der Wohnung in Bremen, er wolle ein neues Leben anfangen. Sein Gesicht war hasserfüllt und ich hatte Angst um mein Leben. Als er einen Schritt auf mich zu gemacht hat, hatte ich auf einmal das Messer in der Hand und ohne einen Mucks zu machen, fiel er über die Balustrade. Das war alles völlig lautlos und irgendwie nicht real. Irgendwann habe ich das Messer in meiner Hand bemerkt, das Blut an der Klinge und nach unten gesehen. Erst in dem Augenblick habe ich verstanden, was passiert ist und begriffen, dass ich jetzt Witwe bin. Ich muss dann wohl das Messer wieder in die

347

Scheide und in meine Handtasche gepackt und eine dieser Betonplatten, die da an der Balustrade lehnten, hinübergewuchtet haben. Aber ich weiß es nicht mehr, es ist eine gähnende Leere in mir." Ihr zuletzt ziemlich leer wirkender Gesichtsausdruck wich einem Lächeln: „Ich habe jetzt Hunger, können wir bitte Pause machen?"

Ohne weiteren Kommentar sagte Abbo Reichel für die Tonaufnahme: „Es ist jetzt 12.25 Uhr, wir unterbrechen das Verhör und fahren um 14.00 Uhr fort," und ließ Miriam von Zander in ihre Zelle bringen.

Freitag, 25. Mai 2018, 12.27 Uhr

Kaum war Miriam von Zander abgeführt worden, standen die stillen Beobachter im Vernehmungsraum und waren alles andere als still. Alle redeten so wild durcheinander, dass keine Details zu verstehen waren.

Mit einem lauten Klatschen in seine Hände verschuf sich Bodo Harbauer als erster allgemeines Gehör: „Das sieht zwar nach einem eindeutigen Geständnis aus, ist aber alles andere als befriedigend," ohne dies näher zu erläutern.

Als nächster ergriff Oliver Scholz das Wort: „Wenn Frau von Zander isst, sollten auch wir uns stärken, ich habe vorhin in der Kantine einen Tisch für uns reservieren lassen, die gute Schreiner hat das erledigt."

„Ist doch echt nicht wahr, tatsächlich drei Tage hintereinander genießbare Gerichte in der Kantine, die Pizza war doch wirklich gut, oder?" kam es begeistert von Thomas Kablow.

„Kein Wunder, unser bisheriger Koch hat mit dem aus der Direktion 1 getauscht, habe ich jedenfalls so gehört," antwortete Oliver Scholz.

Von Julia Rochow kam völlig empört: „Das ist doch unfair, unser Koch soll hier gelandet sein? Dann muss ich mich wohl für einen dauerhaften Einsatz bei euch bewerben. Wer hat das denn eingefädelt?"

„Also eingefädelt habe ich da nichts, aber das mit dem dauerhaften Einsatz bei uns sollten Sie sich überlegen. Lassen Sie sich für nächste Woche von der Schreiner mal einen Termin bei mir geben, dann sprechen wir in Ruhe darüber." Weiter kam Oliver Scholz nicht, da Bodo Harbauer wieder laut in die Hände klatschte.

„Mir gefällt das alles nicht, also nicht das mit Ihnen, Frau Rochow, sondern die Aussagen von Frau von Zander. Die scheint mir ganz schön durchtrieben zu sein. Mein Eindruck ist, dass sie es ganz eindeutig auf einen Fall von Notwehr, fahrlässige Tötung oder Totschlag anlegt. Einen Mord werden wir so kaum vor Gericht durchbekommen. Das würde bedeuten, dass sie unter Umständen nur zu wenigen Jahren verurteilt wird. Sehr unbefriedigend. Notwehr, fahrlässige Tötung oder Totschlag wäre da sehr unschön. Aber noch ist ja nicht aller Tage Abend. Mal abwarten, was das weitere Verhör noch bringt. Und in jedem Fall brauchen wir noch handfeste Beweise. Machen Sie schon weiter, ich kümmere mich um einen Durchsuchungsbeschluss für die Wohnung in Bremen und das Auto, da wird sich doch wohl etwas finden lassen. Fangen Sie ruhig an, ich komme nach."

Freitag, 25. Mai 2018, 14.00 Uhr

„Frau von Zander, es ist jetzt genau 14.00 Uhr, wir machen in genau der gleichen Besetzung wie vorhin weiter. Wir waren vorhin bei der Betonplatte stehengeblieben, erzählen Sie bitte, wie es weitergegangen ist."

„Ich weiß es nicht mehr, meine Erinnerung ist völlig weg, ich habe seither jeden Tag und jede Nacht darüber nachgedacht, aber es ist weg. Ich weiß nur noch, dass ich irgendwann wieder unten im Turm war, also durch dieses verdreckte Treppenhaus hinabgestiegen bin, und dann vor dem Turm stand. Da lag er, also Roland lag da, obwohl man das nicht mehr erkennen konnte, dass das Roland war. Das war eine ziemliche Sauerei, die ich da verursacht hatte," ergänzte sie mit leicht hysterisch klingender Stimme. „Mir ist da ganz schön schlecht geworden, das können Sie mir glauben. Ich musste mich dann erst einmal irgendwo festhalten. Dann hat es eine Weile gedauert, bis mir klar wurde, dass das alles so nicht bleiben kann und dass ich mir meine schönen Schuhe nicht einsauen darf. Wenn ich da durch das viele Blut gewatet wäre, hätte ich ja nicht mehr in das Auto einsteigen können, das hätte Roland mir nie verziehen. So habe ich in dem Moment wohl gedacht. Schwachsinn, oder? Direkt neben der Tür standen so ein paar dreckige Schuhe, wohl von den Bauarbeitern, die habe ich mir angezogen, passten zwar überhaupt nicht, aber ging schon für die paar Meter. Ich bin dann zu Roland hin, oder besser zu seinen sterblichen Überresten, so sagt man doch wohl, habe ihm den Ehering abgezogen und das Portemonnaie und sein Handy aus der Hosentasche genommen. Das brauchte er alles ja nicht mehr, den Ehering hatte er sowieso nicht mehr verdient. Und irgendwie habe ich auch gedacht, dass man ihn so nicht identifizieren und damit auch nicht auf mich kommen kann. Meine Güte, war das ein Schock, als dieser dicke Polizist dann vor der Tür stand." Damit verstummte sie erst einmal wieder.

„Wo haben Sie das alles gelassen, also das Messer, die Schuhe, Handy und so weiter?"

351

Nach einer angemessenen Pause wiederholte Abbo Reichel seine Frage, versehen mit einem aufmunternden Blick.

„Ich bin ziellos um die beiden Plätze und ein Stück die Straße entlang der S-Bahn gelaufen. Dann ist mir eingefallen, dass ich das alles irgendwie loswerden muss. Das Messer hatte ich genau wie Ehering, Handy und Portemonnaie in meiner Handtasche. Das Messer habe ich aus der Scheide gezogen und den Griff ganz sorgfältig mit Erfrischungstüchern abgewischt. Man sieht doch immer in den Krimis, dass man das machen soll, also als Täter, und habe es irgendwo in einen Mülleimer geworfen. Dann ist mir eingefallen, dass die Schuhe noch vor der Tür zum Turm stehen und ich bin noch einmal zurück. Die habe ich dann an der Straße entlang der S-Bahn irgendwo ins Gebüsch geworfen. Alles andere habe ich auf der Rückfahrt nach Hamburg in einem Müllcontainer beseitigt. Da ist nicht weit von Berlin entfernt die erste Raststätte, die mit einem McDonald's, da habe ich kurz angehalten. Im Portemonnaie waren 1.810,-- Euro, die habe ich natürlich nicht mit weggeworfen, aber zu Hause musste ich die Scheine abwischen, die waren mit ziemlich viel Blut besudelt, wäre aber sonst schade um das viele Geld gewesen."

„Und weiter? Wann waren Sie wieder zurück? Sind Sie da auch so schnell gefahren?"

„Nein, ich hatte es ja nicht eilig, zu Hause wartete ja niemand und die Putzfrau kommt nur Mittwochs. Also wozu?"

„Noch einmal, wann waren Sie zurück? Und was haben Sie dann gemacht?"

„Ich weiß es nicht, irgendwann nachmittags oder am frühen Abend, es war jedenfalls noch nicht dunkel. Als erstes habe ich die Geldscheine in der Küchenspüle abgewaschen und zum Trocknen in den Backofen gelegt. Das musste ja schnell gehen, da am nächsten Tag die Putzfrau kommen sollte. Die musste ja nicht sehen, dass da irgendwo Geldscheine trocknen, die war sowieso immer so neugierig, furchtbare Person, aber Roland meinte immer, dass sie gut putzen würde. Stimmt auch. Der muss ich noch für nächste Woche absagen. Ach, geht ja nicht, Ihre Kollegen haben mir doch mein Handy abgenommen. Können Sie das bitte erledigen?"

352

Abbo Reichel und Isabelle Berntsen gingen darauf nicht ein, Abbo Reichel fuhr fort: „Frau von Zander, Sie haben uns gegenüber zwar eindeutig zugegeben, dass Sie Ihren Mann getötet haben, aber Notwehr oder auch nur fahrlässige Tötung nehme ich Ihnen nicht ab. Nehmen Sie sich die Zeit und denken Sie noch einmal über alles nach. Wir werden das Verhör erst am Montag fortsetzen. Für die Aufzeichnung: Das Verhör wird um 15.50 Uhr beendet und die Beschuldigte Miriam von Zander in ihre Zelle zurückgebracht."

Freitag, 25. Mai 2018, 15.52 Uhr

Lachend kam Harro Thiem als erster in den Vernehmungsraum, dicht gefolgt von allen anderen: „Ich sage es jetzt mal mit Obelix, meinem alter ego. Ich bin nicht dick! Ich bin nicht dick! Ein bisschen stark vielleicht, aber nicht dick!"

Trocken antwortete Abbo Reichel: „Nee, hätte ich auch nie behauptet. Davon mal abgesehen hat Obelix aber das schickere Outfit, viel kleidsamer als deine Uniform."

Bodo Harbauer schaltete sich ein: „Meine Herren, etwas mehr Ernst bitte. Immerhin führen wir hier eine Mordermittlung."

Von Thomas Kablow kam: „Ich dachte, wir haben es hier eher mit einer Notwehrsituation oder maximal einem Totschlag zu tun und nicht mit einem Mord."

„Das gilt auch für Sie, Herr Kablow. Etwas mehr Ernst wäre der Situation durchaus angemessen. Ich will das Ganze mal auf Ihre Erleichterung zurückführen, dass der Fall geklärt werden konnte. Ob Notwehr, fahrlässige Tötung, Totschlag oder eben Mord, dass lassen wir mal noch offen. Die Anklage wird, wenn es nach mir geht, auf Mord lauten. Wir brauchen dafür aber eine gute Begründung. Sie ist auf jeden Fall nicht dumm, absolut nicht. Sie versucht alles so zu drehen, dass sie mit nur wenigen Jahren Haft aus der Angelegenheit herauskommt. Dass sie nicht gänzlich ungeschoren davonkommt, scheint ihr klar zu sein, alles weitere werden wir sehen. Lassen Sie schnellstmöglich die Wohnung und das Auto durchsuchen und auch nach den Schuhen suchen, je mehr handfeste Beweise wir haben, desto besser. Ansonsten sehen wir uns am Montag, wie gehabt um 9.00 Uhr, Ihnen allen ein schönes Wochenende."

„Meine Damen und Herren, gute Arbeit. Beauftragen Sie noch die Suche nach weiteren Beweisen und dann von mir ebenfalls ein schönes Wochenende. Wäre doch ganz schön, wenn wir Herrn Harbauer noch ein wenig Munition liefern könnten, auch wenn jetzt alles weitere in den Händen der Justiz liegt. Herr Thoms, Sie kommen bitte kurz mit in mein Büro, wir haben ein paar Punkte zu besprechen."

354

Der letzte Satz klang nicht unbedingt nach einer freundlichen Aufforderung, sondern ziemlich eindeutig nach einem Befehl, so jedenfalls der einhellige, wenn auch unausgesprochene Eindruck aller Teammitglieder.

„Könnt ihr euch bitte noch um die Beauftragung der Spurensicherung in Bremen kümmern, die sollen vor allem den Kamin auf die Briefreste untersuchen, die Handtasche suchen und auch den Range Rover noch einmal genau unter die Lupe nehmen. Und ein paar uniformierte Kollegen sollen die Böschung an der S-Bahn zwischen Edeka und der Kreuzritterstraße absuchen, die Schuhe müssten sich doch wohl finden lassen. Isabelle und ich müssen los, wir haben gestern vergessen, unser neues Auto abzuholen, Opel hat mir schon mehrere Nachrichten geschickt, wann wir denn endlich kommen. Wir kaufen dann auch gleich noch für morgen ein, ihr seid nämlich alle zur Feier unseres Erfolges zum Grillen eingeladen. Um 16.00 Uhr im Haus meiner Eltern im Maximiliankorso 32 in Frohnau. Harro, du bist natürlich auch eingeladen, die Kollegen erklären dir bestimmt, wie du hinkommst," sprach Abbo Reichel, schnappte sich die Hand von Isabelle Berntsen und verschwand mit ihr, ohne eine Rückmeldung abzuwarten.

Freitag, 25. Mai 2018, 16.15 Uhr

„Was war das denn jetzt?" fragte Isabelle Berntsen auf dem Weg zum U-Bahnhof Wittenbergplatz.

„Ich musste da jetzt raus. Und zwar, bevor ich noch darüber nachdenken muss, ob wir als Anklagepunkt auch noch in Richtung Geldwäsche ermitteln müssen," fügte Abbo Reichel grinsend hinzu. „Außerdem müssen wir wirklich den Wagen abholen, die haben mir gerade die vierte SMS geschickt. Dann können wir auch gleich für morgen einkaufen und alles nach Frohnau bringen. Ich hatte mit meinen Eltern telefoniert, wir können ihr Haus, die Terrasse und den Grill benutzen, sie kommen erst nächste Woche Mittwoch zurück. Bei dir, also bei uns, sieht es ja gartenmöbelmäßig eher schlecht aus und einen Grill haben wir auch nicht. Und Harro kann dann da gleich im Gästezimmer übernachten, ist auch alles geklärt, er fährt erst am Sonntagabend zurück nach Bremen."

„Puh, jetzt reicht's mir auch," stöhnte Isabelle Berntsen drei Stunden später, nachdem ein Auto abgeholt und ein Großeinkauf bei Edeka in der Hohefeldstraße erledigt waren. „Feierabend. Wann kommen die anderen morgen? 16.00 Uhr? Dann haben wir ja Zeit genug, alles vorzubereiten. Und du kannst mal eben ein Los ziehen," und hielt Abbo Reichel vier mehrfach gefaltete Zettel vor die Nase.

Auf seinen ungläubigen Blick hin ergänzte sie: „Unsere Hochzeitsreise! Ich bin doch sowieso nur bis Ende des Monats zu euch abgeordnet, der Fall ist mehr oder weniger geklärt, da können wir doch...."

Kopfschüttelnd zog Abbo Reichel eines der Lose, entfaltete es extrem umständlich und langsam, bevor er endlich verkündete: „Venedig."

Isabelle Berntsen küsste ihn lange und ausgiebig und ließ dabei unauffällig alle Lose verschwinden, schnappte sich ihr Telefon und legte sofort auf Italienisch los, dabei heftig gestikulierend. Nach ungefähr 10 Minuten verkündete sie atemlos: „Opa hat sich riesig gefreut, Karine hatte ihn schon angerufen, Oma und er kommen auf jeden Fall zu unserer Hochzeitsfeier, was wir uns denn wünschen. Die ganze Sippschaft kommt irgendwie zusammen. Ist auch besser so, wenn Oma und Opa unter der Kontrolle meiner Schwestern stehen, die sind beide immerhin schon 85. Die Wohnung können wir anschließend haben, so lange wie wir wollen, wir sollen ihm nur rechtzeitig Bescheid geben, damit er alles vorbereiten lassen kann."

„Aha, du kannst also Italienisch."

„Was denkst du denn. Könntest du auch, wenn du einen italienischen Opa hättest, der mit seinen Enkelinnen nur Italienisch redet. Meine Mutter hat auch oft Italienisch mit uns geredet oder besser gesagt, sie hat mitten im Satz die Sprache gewechselt, von Dänisch zu Italienisch und umgekehrt." Der letzte Satz wurde von einem tiefen Seufzen begleitet, Abbo Reichel verzichtete lieber auf weitere Nachfragen und legte ihr nur stumm seinen Arm um die Schulter.

Sonnabend, 26. Mai 2018, 16.10 Uhr

„Liebe Kollegen, ich bin bekanntermaßen nicht der größte Redner auf diesem Planeten, aber ein paar Worte müsst ihr schon ertragen. Herzlich willkommen im Haus meiner Eltern, aber bei Isabelle und mir geht es nicht, weder genügend Stühle noch ein Grill," und wurde sofort von Harro Thiem unterbrochen.

„Egal, wem der Grill gehört, das ist mein Revier. Also Finger weg, das Grillen übernehme ich."

„Lasst mich doch wenigstens kurz zu Ende reden. Wo war ich stehengeblieben? Ach ja, also findet unser erstes Freizeittreffen, manche würden es als Teamevent bezeichnen, eben hier statt. Und was das Grillen betrifft, auch gut, weniger Arbeit für mich. Ich bin nämlich auch nicht der größte Grillmeister auf diesem Planeten. Wenn Harro das übernimmt, bleiben euch vielleicht angekohlte Würstchen erspart. Apropos Arbeit, bitte heute kein Wort mehr zu unserem Fall, erst am Montag wieder. Für Harro gilt übrigens ebenfalls die Einladung zu unserer Hochzeitsfeier am 9. Juni. Harro, die schriftliche Einladung kommt noch. Danach werde ich Urlaub nehmen, gestern musste ich per Losziehung entscheiden, wohin es geht. Und bei vier Losen mit wohl viermal Venedig habe ich überraschenderweise Venedig gezogen."

Isabelle Berntsen rollte mit den Augen und meinte ein wenig schuldbewusst: „Hätte ich wohl wissen müssen, dass ein Kripobeamter das merkt. Aber Venedig ist für eine Hochzeitsreise so romantisch."

Aylin Cantürk und Julia Rochow stimmten ihr sofort und lautstark zu.

„Ob Venedig das richtige Ziel ist?" fragte Steffen Tietz, „bei den von Zanders ist das ja nicht so richtig gut gelaufen."

„Was soll bei uns da schon schiefgehen?" fragte Isabelle Berntsen mehr oder weniger rhetorisch, „aber man kann Venedig ja ergänzen", schnappte sich ihr Handy, wischte hektisch auf dem Display herum, redete dann laut und lange auf italienisch, bevor sie verstummte, längere Zeit zuhörte und dann das Handy beiseitelegte.

„Aha," entfuhr es Abbo Reichel nur.

„Tja, Abbo, ihr fahrt also mit eurem neuen Auto über die Alpen, mit einem Klappwohnwagen, was auch immer das ist, im Schlepp, der gehört wohl deinen Eltern. Den lasst ihr dann für ein paar Euro pro Tag auf dem Campingplatz Fusina stehen, fahrt mit dem Vaporetto nach Venedig und wenn ihr genug von Venedig habt, fahrt ihr mit diesem Wohnwagen noch ein bisschen durch Italien. Klingt doch gut." Das alles kam ohne jegliche Verzögerung von Harro Thiem, der sich schon am Gasgrill zu schaffen machte.

„Du kannst also auch italienisch," stotterte Abbo Reichel.

„Na klar, könntest du auch, wenn du eine italienische Ehefrau hättest. Lacht jetzt bitte nicht, aber vor ewigen Zeiten, als ich noch rank und schlank war, bin ich mit einem Kumpel per Motorrad nach Italien gefahren. Aus der geplanten Rundreise sind drei Wochen Ravenna geworden und auf der Rückfahrt hatten wir beide auf dem Sozius jeweils eine Italienerin dabei. Sechs Monate später eine Doppelhochzeit und Anfang diesen Jahres eine Doppel-Silberhochzeit und zwischendurch sowohl bei meinem Kumpel als auch bei mir jeweils drei Kinder, er drei Söhne, ich drei Töchter, fragt lieber nicht, was schlimmer ist. Mein persönlicher Tipp ist, dass drei Töchter schlimmer sind, sieht mein Kumpel aber anders. Meine Frau übrigens auch, aber das zählt nicht so richtig. Und in mehr als 25 Jahren lernt man halt auch italienisch, vor allem dann, wenn man immer im Urlaub zur Verwandtschaft fährt oder die einen öfter mal in Bremen heimsucht. Jetzt lasst mich aber mal den Grill klar machen, sonst verhungern wir noch und irgendwer muss sich um die Getränke kümmern."

Kopfschüttelnd kümmerte sich Abbo Reichel um die Getränke. Als sich Aylin Cantürk eine Bierflasche schnappte, meinte er: „Nicht zu viel davon, du musst morgen ziemlich früh aufstehen. Ich habe heute Vormittag mit meiner Vermieterin telefoniert, die kann sich als Nachmieter gut eine Polizistin und einen Richter vorstellen, ihr sollt um 8.00 Uhr in der Wohnung sein," und fügte achselzuckend hinzu: „Die ist Frühaufsteherin und nimmt da wenig Rücksicht, ist aber sonst absolut in Ordnung. Du kannst ihr ausrichten, dass mir der Übergabetermin ziemlich egal ist, ich bin ja nicht obdachlos."

Ungläubiges Staunen war die erste Reaktion von Aylin Cantürk, bevor sie Abbo Reichel im wahrsten Sinne des Wortes um den Hals fiel: „Danke, vielen vielen Dank, dann können Türel und ich endlich heiraten" und fügte deutlich leiser hinzu: „aber nur in kleinem Rahmen." Damit griff sie zu ihrem Handy und informierte ihren Liebsten über die überraschende Neuigkeit, mit einer aufgeregten Mischung aus deutsch und türkisch.

„Hat noch irgendjemand irgendwelche Neuigkeiten?" fragte Abbo Reichel: „Bevor Harro endlich am Grill loslegen kann? Wie sieht's denn bei dir aus Thomas? Du hattest es doch am Mittwoch so eilig zu deinem Date. Was war denn da so problematisch oder eher unproblematisch?"

„Äh, also ja, ist ja eigentlich kein Geheimnis, kann man unter Bullen sowieso nicht wahren und problematisch ist es auch nicht mehr. Also ja, ich habe mich am Mittwoch mit Svenja, also Frau Eichhorn getroffen, sie im Bürocontainer abgeholt und bin mit ihr ein wenig durch Frohnau spaziert. Dann waren wir im Adriatic im Edelhofdamm essen. War jedenfalls ein sehr netter Abend."

Ein „soso" von Julia Rochow war die einzige direkte Reaktion und es folgte: „Wenn wir gerade bei Familienangelegenheiten und ähnlichem sind, ich gebe hiermit hochoffiziell und verbindlich bekannt, dass ich mich von meinem Freund getrennt habe. Und das ist auch gut so. Wenn also jemand einen gut aussehenden, gut situierten, gut erzogenen und dazu noch netten und nicht allzu alten Mann kennt, her damit." Julia Rochow hob damit ihr Rotweinglas und prostete allen zu.

„Ja ja, und ich bin hier der Langweiler, seit mehr als fünf Jahren mit meiner Henriette zusammen und seit vier Jahren in einer gemeinsamen Wohnung," kam es jetzt von Steffen Thiel.

„Dann könntest du ihr langsam aber sicher mal einen Heiratsantrag machen, auch wenn du gegen die hier Anwesenden hinsichtlich der Geschwindigkeit beim Heiraten keine Chance hast.

Das reicht nicht einmal für einen Platz auf dem Podest," sagte grinsend Julia Rochow, die die Trennung von ihrem Freund offenbar eher als Befreiung ansah und kaum in den Wettkampf um den frühesten Hochzeitstermin würde eingreifen können.

„Bevor es hier zu Massenhochzeiten kommt, die ersten Grillwürste sind fertig und auch das Lamm sieht schon gut aus, her mit den Tellern, setzt gefälligst vernünftige Prioritäten," ließ sich Harro Thiem vernehmen. „Und denkt ja nicht, dass ich den Platz am Grill räume, ich esse hier im Stehen. Kann mir aber bitte mal jemand ein neues Bier bringen, die Flasche hier ist komischerweise leer. Bevor ich es vergesse, die Einladung für den 9. Juni nehme ich natürlich gerne an."

Sonntag, 27. Mai 2018, 9.15 Uhr

„Aufwachen, die Sonne scheint durch die Jalousien. Auch wenn du ganz schön viel Wein getrunken hast, raus aus dem Bett. Wir müssen auch Harro wecken, der wollte spätestens um 10.00 Uhr los in die Stadt und sein Touristenprogramm Tag zwei abspulen, bevor er wieder nach Hause fährt. Wir müssen Küche und Terrasse aufräumen und die Betten neu beziehen, sonst bekommen wir Ärger mit deinen Eltern."

„Uäh, wieso bist du denn so munter?"

„Ich sage nur, kein Alkohol ist manchmal besser, also jetzt raus. Und Finger weg, du kannst heute Abend damit auf Wanderschaft gehen, im eigenen Bett."

Bevor Abbo Reichel etwas erwidern konnte, erklang mal wieder ‚Sweet Lucy'. Zu mehr als einem „Hm" sah er sich nicht in der Lage.

„Nette Begrüßung, Abbo. Hier Ellen. Nun will ich dich schnellstens und umfassend informieren und werde dann mit hm begrüßt. Hat wohl gestern etwas länger gedauert, wie? Und dazu reichlich Alkohol. Aber hoffentlich nicht für Thomas."

„Nee, der ist genauso nüchtern geblieben wie Isabelle, die ist auch quietschvergnügt und sieht mich gerade leiden."

„Mein Bedauern hält sich in Grenzen. Ein paar erfreuliche Nachrichten. Eure uniformierten Kollegen haben die Sicherheitsschuhe am Bahndamm gefunden, die lagen ganz unten an den Gleisen, kurz vor der Brücke Kreuzritterstraße. Die Blutspuren haben zumindest die gleiche Blutgruppe wie euer von Zander, DNA wird noch geprüft, Ergebnisse frühestens am Montag. Aber jetzt kommt's, wir haben auf der Innenseite der Lasche des rechten Schuhs einen Fingerabdruck in Fragmenten gefunden, den wir eindeutig der von Zander zuordnen konnten, den muss die da beim An- oder Ausziehen hinterlassen haben. Es kommt aber noch besser, meine Bremer Kollegen sind auch nicht schlecht, die haben die ganze Wohnung auf den Kopf gestellt, hat wohl schon alleine wegen der Größe der Wohnung eine ganze Weile gedauert. Den ominösen Brief haben sie tatsächlich im Kamin gefunden und er war nur angekokelt. Jedenfalls konnten sie den Text im Labor vollständig entziffern, kommt nachher noch per E-Mail. Nur schon einmal vorab, nett ist er wirklich nicht, stimmt also mit den Angaben von der von Zander überein. Gefunden haben die auch die Handtasche, im Ankleidezimmer gab es wohl mehr als ein Dutzend. Jedenfalls haben sie in einer davon sowohl eine Messerscheide aus Leder als auch einen Ehering gefunden, auch hier passt die Blutgruppe, die DNA-Prüfung kommt aber erst Dienstag, da sind die Bremer Kollegen eindeutig langsamer als wir. Ach ja, noch das Auto. Da war eigentlich nichts weiter, außer, dass das Auslesen des Navi die Fahrt Bremen nach Berlin und zurück bestätigt hat, aber das wusstet ihr ja schon durch die Blitzer. Auf dem Rückweg ist sie übrigens tatsächlich gesitteter gefahren, neun Briefe für den Hinweg und nur einer vom Rückweg, aus der Baustelle am Autobahnkreuz Oranienburg, und auch da nur gerade mal 11 Stundenkilometer zu schnell. Die Briefe lagen alle ungeöffnet und ordentlich gestapelt in der Diele. Mehr habe ich nicht, aber das dürfte ja wohl reichen. Die Einladung zu eurer Hochzeitsfeier habe ich mir damit doch hoffentlich verdient, den 9. Juni habe ich mir schon notiert."

Damit hatte sie bereits aufgelegt und Abbo Reichel musste erst einmal alles verarbeiten. Woher wusste Ellen eigentlich von der Hochzeitsfeier? Einladen wollte er sie sowieso, aber es nagte doch ein wenig an ihm, dass der Flurfunk mal wieder schneller war.

Montag, 28. Mai 2018, 9.05 Uhr

Mit leichter Verspätung wurde Miriam Edle von Zander von einem Polizeibeamten um 9.05 Uhr in den Vernehmungsraum gebracht, wie am Freitag als schöne schwarze Witwe gekleidet und geschminkt. Allerdings hatten Abbo Reichel und Isabelle Berntsen den subjektiven Eindruck, dass es sich dieses Mal eher um eine Art Verkleidung handelte, warum auch immer.

Alle drei hatten ihre Plätze eingenommen und Abbo Reichel die Ton- und Bildaufnahme gestartet: „Guten Morgen Frau von Zander. Wir setzen jetzt das Verhör vom vergangenen Freitag fort, das Procedere ist identisch, ebenso die Teilnehmer, sowohl hier im Raum als auch nebenan."

„Was soll das eigentlich, ich habe Ihnen am Freitag alles gesagt, dem habe ich nichts hinzuzufügen."

Ungerührt antwortete Abbo Reichel: „Wir haben in Ihrer Wohnung den Brief gefunden, ebenso Ihre Handtasche mit dem Ehering und der Messerscheide und an der S-Bahn-Böschung in Frohnau die von Ihnen dort hinuntergeworfenen Arbeitsschuhe. Alle Beweise stimmen soweit mit Ihren Angaben überein. Nur, ich glaube Ihnen nicht."

Kurz blitzte es in Miriam von Zanders Augen irritiert auf, eine weitere Reaktion folgte aber nicht.

Erst nach einer längeren Pause ergriff Abbo Reichel wieder das Wort: „Auch wenn ich mich wiederhole, Frau von Zander, ich habe Ihnen schon am Freitag nicht geglaubt und ich glaube Ihnen auch jetzt nicht. Unstrittig ist nur, dass Sie Ihren Mann erstochen haben, aber der Tatablauf war ganz anders, als Sie uns das geschildert haben."

Schnippisch kam jetzt von Miriam von Zander: „Wenn Sie glauben wollen, sollten Sie in die Kirche gehen. Ich jedenfalls glaube nicht, ich weiß ganz genau, was ich getan habe. Und das habe ich Ihnen am Freitag ausführlich geschildert. Dem habe ich nichts hinzuzufügen."

„Wissen Sie, was ich glaube? Nein, ich muss mich korrigieren. Wissen Sie, was ich weiß? Sie haben Ihren Mann eiskalt ermordet und das alles ziemlich sorgfältig geplant. Angefangen damit, dass Sie sich bei Ihrer Freundin Silvia Strunk Trost gesucht, Ihre Freundin dabei ziemlich abgefüllt haben, selbst aber nüchtern geblieben sind, Sie wollten schließlich noch nach Berlin fahren, um Ihren Mann zu ermorden. Dabei haben Sie aber nicht berücksichtigt, dass zu schnelles Fahren doch ab und zu mal bestraft wird, in Ihrem Fall mit dem neunfachen Beweis, dass Sie nach Berlin gefahren sind und definitiv rechtzeitig am Tatort waren. Ihre Schilderung zum weiteren Hergang ist zumindest, sagen wir es einmal diplomatisch, etwas fragwürdig. Ihr Mann kann den Wagen gar nicht gesehen haben. Wenn Ihr Mann, wie man uns von verschiedener Seite bestätigt hat, die Marotte hatte, vom Casinoturm aus den Sonnenaufgang zu beobachten, kann er gar nicht gesehen haben, dass Sie seinen Range Rover unten abgestellt haben. Erstens geht üblicherweise die Sonne im Osten auf, und der Zebrasteifen beziehungsweise die Parkplätze vor der Dönerbude liegen genau entgegengesetzt in Richtung Westen. Zweitens wäre das Auto von oben kaum zu erkennen gewesen, da genau an der Stelle eine Kastanie steht und das Laub dieser Kastanie schon am 1. Mai sehr dicht war. Sie haben also gelogen, als Sie behauptet haben, dass Ihr Mann wutentbrannt auf Sie zugestürzt ist. Sie selbst haben doch angegeben, und andere haben uns das ausdrücklich bestätigt, dass Ihr Mann bei Sonnenaufgang immer bester Laune war und man mit ihm reden konnte. War es nicht eher so, dass Sie mit gezücktem Messer und wutentbrannt auf ihn zugestürzt sind, er vor Ihnen zurückgewichen ist und Sie ihn dann niedergestochen und über die Brüstung geschubst haben? In Ihrer Wut und um ganz sicher zu sein, dass alles ein Ende hat, haben Sie sogar noch die Betonplatte hinterhergeworfen. Um uns zu verwirren und auf eine falsche Spur zu locken, haben Sie unten die Sicherheitsschuhe übergezogen und damit eindeutige Spuren hinterlassen. Wegen dieser Schuhe und um nicht weitere Spuren mit Ihren eigenen Schuhen zu hinterlassen, haben Sie die Baustelle auch links, direkt am Eingang zum S-Bahnhof verlassen. Betreten haben Sie die Baustelle wohl eher rechts, neben der Dönerbude. Ihnen war auch klar, dass wir Ihren Mann nur schwer würden identifizieren können, so wie Sie ihn hingerichtet haben. Deswegen haben Sie den Ehering an sich genommen und das Handy und Portemonnaie aus seiner rechten Hosentasche. Die teure Uhr an seinem linken Handgelenk haben Sie dabei übersehen, aber die Hand lag auch ein wenig verdreht unter seinem Oberschenkel. Vielleicht hat auch Ihr Mumm dazu nicht mehr ausgereicht, es war ja alles ausgesprochen unappetitlich. Auf jeden Fall einer von mehreren Fehlern, die Ihnen langsam aber sicher in den Tagen nach Ihrer Tat bewusst geworden sind. Sie hatten dann ja auch lange genug Zeit, sich Ihre ganz eigene Geschichte zurechtzulegen. Die Tat abstreiten konnten Sie kaum, aber wenigstens wollten Sie versuchen, mit einer geringen Strafe davonzukommen. Das wird nicht funktionieren, Frau von Zander."

„Ich will zurück in meine Zelle."

„Gerne, gewöhnen Sie sich schon einmal daran," damit ließ Abbo Reichel Miriam von Zander wieder in ihre Zelle zurückbringen.

Zwei Minuten später war der Vernehmungsraum wieder voll. Bodo Harbauer meinte trocken: „Das kann ich alles wortwörtlich für mein Plädoyer vor Gericht verwenden, ich hoffe mal, dass Sie an Ihrer Rede kein Copyright geltend machen, wäre schade, das passt alles gut. So haben wir eine echte Chance, die Dame lebenslänglich hinter Gitter zu bringen."

„Also Fall endgültig gelöst, und das sogar zur Zufriedenheit von Herrn Thoms und damit auch der Polizeipräsidentin," ließ sich Oliver Scholz vernehmen. „Für Sie alle zur Kenntnis, der Kollege Thoms hat uns in einem Bericht an die Polizeipräsidentin diverse Fehler in der Ermittlungsarbeit vorgeworfen, angefangen in der Festlegung auf einen männlichen Täter bis hin zu angeblich überflüssigen Dienstreisen nach Bremen. Die Polizeipräsidentin konnte dem aber nicht so recht folgen und hatte mich angerufen. Das war der Grund, warum ich am Freitag noch das Gespräch mit Herrn Thoms gesucht und auch gefunden habe." Fast schon triumphierend fügte er hinzu: „Gefunden hat aber eher Herr Thoms, nämlich die richtige Sicht auf die Dinge. Seinen Bericht will er ein wenig korrigieren, in unserem Sinne. Fakt ist in jedem Fall, dass Ihr Team als LKA 117 bis auf weiteres erhalten bleiben kann. Mit Ausnahme allerdings von Frau Bern-

366

tsen, die leider nur bis Ende des Monats an uns ausgeliehen ist. Die Damen Rochow und Cantürk müssen sich formal zu uns bewerben. Meine Damen, ich erwarte Ihre Bewerbungen bis spätestens Ende der Woche auf meinem Tisch. Ansonsten noch einmal mein Dank an alle, gute Arbeit."

Nachdem Oliver Scholz und Bodo Harbauer den Raum verlassen hatten, kam von Julia Rochow: „Was glaubt der denn, ich muss mich sowieso bei euch bewerben, geht ja gar nicht anders."

Auf die ungläubige Rückfrage von Thomas Kablow: „Warum?" folgte nur: „Na, unser Koch ist doch jetzt bei euch in der Kantine," was ein befreiendes Lachen aller zur Folge hatte.

Steffen Tietz ergänzte noch: „Wenn wir jetzt bei den nicht ganz so ernstzunehmenden Aussagen sind, ergänze ich mal wie folgt: Frau von Zander hat mit ihrer Tat etwas für die Verbesserung der Frauenquote bei den Mördern getan, so als Witwe auf eigenen Wunsch und auf eigene Veranlassung."

Dienstag, 16. April 2019, 14.15 – Epilog

Zufrieden in sich hineinlächelnd hängte Bodo Harbauer sein Sakko auf und setzte sich auf seinen Schreibtischstuhl. Die Gerechtigkeit hat letztendlich doch mal wieder gesiegt.

Er war gerade vom letzten Verhandlungstag und der Urteilsverkündung im Prozess gegen Miriam Edle von Zander, die sich als nicht sonderlich edel entpuppt hatte, vom Landgericht zurück in sein Büro gekommen. Praktischerweise wurden die Schwurgerichtssachen des Landgerichts in der Turmstraße 91 verhandelt, im gleichen Gebäudekomplex hatte die Staatsanwaltschaft ebenso wie auch das Kammergericht seinen Sitz.

Die Große Strafkammer, unter dem Vorsitz der als sehr penibel geltenden Richterin Susanne Stark-Gschwendtner, hatte sich seine Argumentation zu eigen gemacht, dass es sich sehr wohl um einen Mord mit besonderen Heimtückemerkmalen handeln würde und Frau von Zander zu lebenslanger Haft verurteilt. Frühestens im Mai 2033 würde sie damit wieder freikommen, dann aber wohl ziemlich sicher mit einem Truthahnhals, dachte er noch grinsend. Und das auch nur bei besonders guter Führung, danach sah es aber nicht aus.

Auch aus Sicht des Gerichtes deuteten die sehr planmäßigen Vorbereitungen auf das Tötungsdelikt, wie das versuchte Alibi durch Silvia Strunk, die eilige Fahrt nach Berlin und die Mitnahme des Messers auf den Turm ebenso wie die Nachbereitungen mit der Entsorgung von Messer, Handy etc. auf einen Vorsatz hin. Die Schlampigkeiten in der Ausführung, insbesondere das völlig missglückte Verbrennen des Briefes aus Berlin und die Entsorgung der Tatwaffe begründete das Gericht schon fast sarkastisch mit ‚fehlender Übung' und ‚geringer Durchdringung der Reichweite ihrer Entscheidungen', die Einlassungen der Angeklagten zum Tathergang auf dem Turm wurden als unglaubwürdig zurückgewiesen. Während der gesamten Prozesstage hatte sich Miriam von Zander das Leben, vor allem ihr zukünftiges, selbst schwer gemacht. Ihren Pflichtverteidiger ignorierte sie völlig, verweigerte jegliche Kooperation ebenso wie weitere Aussagen über die vorliegenden Verhörprotokolle hinaus und beleidigte mehrfach das Gericht im Allgemeinen und die Vorsitzende Richterin im Speziellen.

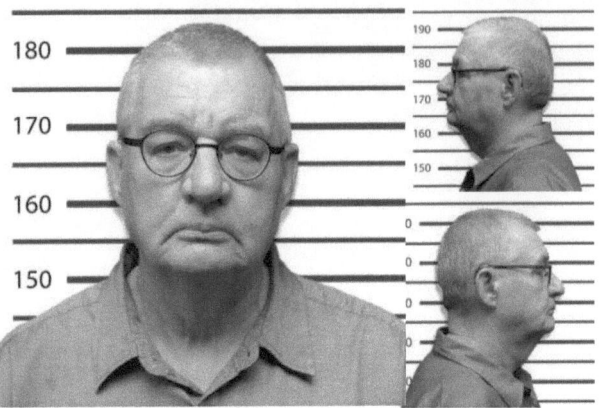

Bernhard Nentwich

Wie der Vater seines Kommissars Abbo Reichel geboren in Oldenburg i.O., zufälligerweise sogar am gleichen Tag.

Seit 1980 gelernter Berliner hat es ihn aus den damals üblichen Gründen in diese Stadt verschlagen. Seit „ewigen" Zeiten verheiratet und – je nach Sichtweise – mit drei Töchtern gesegnet oder geschlagen. Praktischerweise haben seine Töchter die gleichen Geburtsdaten wie Abbo Reichel und seine Brüder, damit kann er sich die Daten wenigstens merken. Die Töchter haben auch friesische Vornamen, damit hören die Gemeinsamkeiten aber auch auf.

Beruflich hat es ihn in eine Branche verschlagen, die heute zumindest teilweise, und das durchaus zu Recht, als kriminell bezeichnet werden kann. Er ist gelernter Banker, war aber bei der Berliner Sparkasse tätig, also bei den tendenziell eher Guten oder zumindest etwas Besseren.

Nebenbei hat er seit Jahren in verschiedenen Kanuzeitschriften eine ganze Reihe an Artikeln zu Paddeltouren veröffentlichen können, dazu auch noch entsprechende Reiseführer.

Jetzt liegt mit ‚Brief aus Berlin' sein erster Krimi vor, weitere sind geplant, die Fortsetzung ist bereits in Arbeit.

Folge ihm auf Instagram: bernhard.nentwich